INDESEJADAS

Kristina Ohlsson

INDESEJADAS

TRADUÇÃO DE SÉRGIO PEREIRA COUTO

3ª EDIÇÃO

Título original: *Askungar*

GERENTE EDITORIAL
Arnaud Vin

EDITOR ASSISTENTE
Eduardo Soares

ASSISTENTE EDITORIAL
Jim Anotsu

REVISÃO DA TRADUÇÃO
Rogério Bettoni

REVISÃO
Amanda Pavani
Eduardo Soares

CAPA E DIAGRAMAÇÃO
Carol Oliveira

Dados Internacionais de Catalogação na Publicação (CIP)
Câmara Brasileira do Livro, SP, Brasil

Ohlsson, Kristina
Indesejadas / Kristina Ohlsson ; tradução de Sérgio Pereira Couto. – 3. ed. – Belo Horizonte : Editora Gutenberg, 2019.

Título original: Askungar.
ISBN: 978-85-8235-594-7

1. Ficção policial e de mistério 2. Ficção sueca I. Título.

19-27610 CDD-839.73

Índices para catálogo sistemático:
1. Ficção : Literatura sueca 839.73
Iolanda Rodrigues Biode - Bibliotecária - CRB-8/10014

A **GUTENBERG** É UMA EDITORA DO **GRUPO AUTÊNTICA** 

São Paulo
Av. Paulista, 2.073 . Conjunto Nacional
Horsa I . 23º andar . Conj. 2310 - 2312
Cerqueira César . 01311-940 . São Paulo . SP
Tel.: (55 11) 3034 4468

Belo Horizonte
Rua Carlos Turner, 420
Silveira . 31140-520
Belo Horizonte . MG
Tel.: (55 31) 3465 4500

www.editoragutenberg.com.br

Para Thelma

PARTE I

Pistas falsas

SEGUNDA-FEIRA

Por alguma razão, toda vez que deixava os pensamentos soltos, ele se lembrava, mais cedo ou mais tarde, daquele prontuário – o que geralmente acontecia à noite.

Ele estava deitado na cama, imóvel, olhando para o teto, onde uma mosca se movia. Nunca teve uma relação muito boa com o escuro e o repouso. Era como se fosse subtraído de suas defesas no momento em que o sol desaparecia e a fadiga e a escuridão viessem se arrastando e o abraçassem. O desamparo era algo totalmente contrário à sua natureza. Havia passado grande parte da vida se precavendo, se preparando. Apesar de anos de treinamento, achava extremamente difícil se preparar para dormir. A prontidão exigia vigília. Estava acostumado a ficar acordado e não se entregar ao cansaço que tomava conta de seu corpo quando se negava o descanso.

Percebeu que já havia passado muito tempo desde a última vez que acordara durante a noite com o próprio choro. Havia passado muito tempo desde a última vez que as lembranças o magoaram e o despertaram. Nesse sentido, ele havia progredido bastante em sua tentativa de encontrar paz.

Ainda assim.

Se fechasse bem os olhos, e se tudo ao redor estivesse totalmente, totalmente quieto, ele a veria bem na sua frente, veria a silhueta corpulenta dela se sobressaindo do fundo sombrio e se aproximando dele. Devagar, devagar, do jeito que ela sempre andava.

A lembrança do cheiro dela ainda lhe provocava náuseas. Carregado, doce e sujo. Impossível respirar. Como o aroma dos livros velhos na biblioteca. Ele ainda conseguia ouvir:

“Seu teimoso inútil”, sibilava a voz. “Vagabundo imprestável”.

Depois ela o agarrava e apertava com força.

As palavras eram sempre seguidas pela dor e pela punição. Pelo fogo. A memória do fogo ainda estava lá, presente em algumas partes de seu corpo. Ele gostava de passar o dedo sobre a cicatriz e saber que tinha sobrevivido.

Quando bem pequeno, achava que era punido porque fazia alguma coisa errada. Então tentava, seguindo sua lógica infantil, fazer tudo certo. Desesperado, obstinado. E, mesmo assim, tudo acabava dando errado.

Só entendeu melhor quando cresceu. Simplesmente não havia nada que fosse certo. Não eram apenas suas ações que estavam erradas e precisavam de punição, mas sim toda a sua essência e existência. Era punido por existir. Se ele não existisse, Ela jamais teria morrido.

"Você nunca devia ter nascido!", gritava ela na cara dele. "Você é mau, mau, mau!"

O choro que se seguia, que sobrevinha ao fogo, tinha sempre de ser silencioso. Silencioso, silencioso, para que ela não ouvisse. Porque, se ouvisse, ela voltaria. Sempre voltava.

Ele se lembrou de que ficou angustiado durante muito tempo por causa dessa acusação. Como poderia aceitar uma condição da qual era culpado, segundo o que ela dizia? Como poderia pagar pelo que fizera, ou compensar o próprio pecado?

O *prontuário*.

Tinha ido ao hospital onde Ela estava internada e lido o prontuário para ela. Principalmente para entender com mais clareza a gravidade de seu crime. Ele já era maior de idade nessa época. Maior de idade, mas eternamente em dívida, como resultado de suas más ações. O que encontrou no prontuário, no entanto, e de maneira totalmente imprevisível, fez com que deixasse de ser um devedor e se tornasse um homem livre. Com a libertação, veio a força e a reparação. Encontrou uma vida renovada, além de novas e importantes questões para responder. A pergunta não era mais como poderia recompensar outra pessoa. Agora se perguntava como *ele mesmo* seria recompensado.

Deitado no escuro, ele abriu um leve sorriso e virou a cabeça de lado, olhando para a nova boneca que escolhera. Pensou – jamais teria certeza, mas *pensou* – que aquela duraria mais do que as outras. Ela não precisava lidar com o passado, como ele fizera. Ela só precisava de uma mão firme, da mão firme *dele*.

E de muito, muito amor. Um amor especial, capaz de guiá-la.

Afagou as costas dela com bastante cuidado. Por engano, ou talvez porque de fato não conseguia ver as lesões que havia provocado nela, sua mão passou bem em cima de uma das contusões mais recentes. A mancha, como um lago escurecido, adornava-lhe uma das omoplatas. Ela acordou de súbito e se virou para ele. Tinha os olhos vidrados de medo: nunca sabia o que a escuridão lhe guardava.

– Está na hora, boneca. Já podemos começar.

Seu rosto delicado se abriu num sorriso bonito e sonolento.

– Começamos amanhã – sussurrou ele.

E se deitou de costas de novo, fixando o olhar na mosca do teto. Desperto e alerta. Sem descanso.

TERÇA-FEIRA

A PRIMEIRA CRIANÇA DESAPARECEU em meados daquele verão de chuvas ininterruptas. Tudo começou numa terça-feira, um dia estranho que poderia ter passado como outro qualquer, mas ficou marcado como aquele que mudaria profundamente a vida de muitas pessoas. Entre elas, Henry Lindgren.

Era a terceira terça-feira de julho, e Henry cumpria um turno extra no trem expresso X2000, de Gotemburgo a Estocolmo. Ele trabalhava há tantos anos como fiscal da companhia ferroviária SJ que sequer se dava ao trabalho de imaginar o que seria dele quando chegasse o dia da aposentadoria compulsória. Sozinho do jeito que era, o que faria com tanto tempo só para si?

Talvez tenha sido a percepção de Henry para os detalhes que o tenha feito posteriormente se lembrar tão bem da jovem mulher que perderia a filha naquela viagem. A jovem ruiva que usava uma blusa de linho verde e uma sandália aberta, revelando as unhas pintadas de azul. Se Henry e a esposa tivessem tido uma filha, provavelmente ela se pareceria com essa jovem – afinal, sua esposa era a mais ruiva das ruivas.

A filhinha da jovem ruiva, no entanto, não se parecia em nada com a mãe, notou Henry ao conferir a passagem das duas logo que o trem deixou a estação de Gotemburgo. Os cabelos da menina eram de um castanho bem escuro e formavam ondas leves, quase artificiais, que quebravam suavemente sobre seus ombros e caíam para a frente, enquadrando o rosto. Sua pele era mais escura que a da mãe, mas os olhos eram grandes e azuis. Pequenas sardas se amontoavam no alto do nariz, tornando seu rosto menos parecido com o de uma boneca. Henry sorriu quando passou por ela, e recebeu de volta um sorriso tímido. Para Henry, a menina parecia cansada. Ela virou o rosto e olhou pela janela.

– Lilian, tire os sapatos se quiser colocar os pés no banco. – Henry ouviu a mulher dizer enquanto se virava para conferir o bilhete de outro passageiro.

Quando olhou de novo para elas, a menina já havia tirado as sandálias roxas e encolhido as pernas, sentando-se sobre elas. As sandálias continuaram no chão depois que ela desapareceu.

A viagem de Gotemburgo a Estocolmo foi tumultuada. Muita gente havia viajado para a segunda maior cidade da Suécia para assistir à apresentação de um grande artista no Estádio Ullevi. Agora, na manhã seguinte, elas voltavam no trem em que Henry trabalhava.

Primeiro, Henry teve problemas no vagão cinco, onde dois rapazes vomitaram no banco: estavam de ressaca por causa da noitada anterior no Ullevi, e Henry teve de sair correndo para buscar produtos de limpeza e um pano úmido. Quase ao mesmo tempo, duas garotas mais novas começaram a brigar no vagão três: uma loira acusou uma morena de tentar roubar seu namorado. Henry tentou em vão apaziguar a briga, e a viagem só voltou a ficar tranquila quando eles passaram por Skövde – os arruaceiros dormiram e Henry tomou uma xícara de café com Nellie, que trabalhava no vagão-restaurante. Quando voltou, Henry percebeu que a moça ruiva e sua filha, Lilian, também dormiam.

A partir daí, a viagem continuou sem incidentes até quase chegar a Estocolmo. O auxiliar Arvid Melin anunciou que o trem já estava próximo de Flemingsberg, a uns vinte quilômetros da capital. O maquinista havia sido avisado sobre um problema de sinalização no último trecho para a Estação Central de Estocolmo, então eles chegariam com uns cinco ou dez minutos de atraso.

Enquanto esperavam em Flemingsberg, Henry percebeu que a moça ruiva havia saído rapidamente do trem, sozinha. Ele a observou discretamente pela janela do compartimento minúsculo no vagão seis, reservado para os ferroviários. Viu-a dando alguns passos firmes pela plataforma, até chegar do outro lado, onde havia menos gente. Ela tirou uma coisa da bolsa; seria um telefone celular? Henry imaginou que a criança estivesse dormindo no banco. Com certeza ela estava dormindo agora há pouco, quando o trem passou trovejando por Katrineholm. Henry suspirou. Que raios estava fazendo? Espionando mulheres atraentes?

Desviou o olhar e começou a resolver um jogo de palavras cruzadas num exemplar da revista semanal *Året Runt*. Ele se perguntaria de vez em quando o que teria acontecido se tivesse continuado a observar aquela mulher na plataforma. Era inútil que tanta gente tentasse convencê-lo de que não tinha como saber de nada, ou tentasse convencê-lo de que ele não devia se martirizar. Henry estava e continuaria convicto de que sua ânsia de resolver o passatempo destruíra a vida de uma jovem mãe. Não havia nada que pudesse fazer para reverter as coisas.

Henry ainda estava de olho na revista quando ouviu a voz de Arvid no sistema de alto-falantes. Todos os passageiros deveriam voltar para seus lugares. O trem já estava pronto para seguir viagem até Estocolmo.

Depois disso, ninguém se lembraria de ver uma mulher correndo atrás do trem. Mas ela deve tê-lo feito, porque, apenas alguns minutos depois, Henry recebeu uma chamada urgente na cabine. Uma jovem que estava sentada com a filha no banco seis, vagão dois, ficou para trás na plataforma de Flemingsberg quando o trem partiu de novo, e agora estava num táxi se dirigindo à Estação Central de Estocolmo. Sua filha estava sozinha no trem.

– Que droga! – disse Henry quando desligou.

Por que será que ele nunca conseguia delegar uma tarefa sequer sem que algo desse errado? Por que será que nunca tinha um momento de paz?

Ninguém pensou em parar o trem numa estação intermediária, pois faltava pouco para o destino final. Henry saiu ligeiro para o vagão dois e percebeu que a mulher que perdeu o trem talvez fosse a ruiva que ele observou na plataforma, pois reconheceu a menina, que estava sentada sozinha. Falou pelo celular com a central e disse que a menina estava sozinha, mas que não havia necessidade de preocupá-la com as notícias da ausência da mãe antes do trem chegar a Estocolmo. Todos concordaram, e Henry prometeu cuidar pessoalmente da criança quando o trem parasse. *Pessoalmente*. Uma palavra que ficaria martelando em sua cabeça durante muito tempo.

Assim que o trem passou pela estação Söder, ao sul de Estocolmo, as garotas no vagão três começaram a brigar e gritar de novo. Henry escutou o som do vidro se estilhaçando no momento em que a porta entre os vagões dois e três se abriu e um passageiro mudou de vagão. Teve de deixar a menina dormindo sozinha. Agitado, pegou o rádio e gritou para Arvid do outro lado da linha.

– Arvid, venha agora para o vagão três!

O colega não respondeu.

O trem parou com seu ruído característico, parecido com a respiração pesada e ofegante de uma pessoa mais velha, antes que Henry conseguisse separar as duas jovens.

– Piranha! – berrou a loira.

– Sua puta! – respondeu a amiga.

– Que comportamento horroroso – disse uma senhora mais velha que acabara de se levantar para pegar a mala no compartimento superior.

Henry foi se esgueirando rapidamente entre as pessoas que começavam a fazer uma fila no corredor para descer do trem e gritou por cima dos ombros:

– Façam o favor de sair do trem agora mesmo, as duas!

Já estava voltando para o vagão dois quando falou com elas. Desejou que a menina não tivesse acordado. Afinal de contas, ele não tinha se distanciado tanto.

Henry foi abrindo caminho pelo corredor, trombando com diversas pessoas enquanto fazia o curto trajeto de volta, e era capaz de jurar que não havia saído dali por mais de três minutos.

Contudo, a quantidade de minutos, por menor que fosse, não mudava nada.

Quando chegou ao vagão dois, a menina que dormia não estava mais lá. As sandálias roxas ainda estavam no chão. E todas aquelas pessoas que viajaram sob a proteção de Henry Lindgren desde Gotemburgo até Estocolmo começaram a sair do trem.

Alex Recht era policial havia mais de vinte e cinco anos. Por causa disso, se sentia na razão de dizer que tinha ampla experiência no trabalho da polícia, que havia adquirido ao longo dos anos uma competência profissional bastante significativa e que havia desenvolvido uma intuição extremamente afiada. Ouvia dizer, com frequência, que seu instinto era visceral.

Poucas coisas eram mais importantes para um policial do que um bom instinto. Era a característica marcante de um policial habilidoso, a melhor maneira de identificar quem fazia e quem não fazia a coisa certa. O instinto visceral nunca substituía os fatos, mas podia complementá-los. Quando todos os fatos estavam sobre a mesa e todas as peças do quebra-cabeça eram identificadas, o macete era entender o que se procurava e reunir os pedaços de informação em um todo coeso.

– Muitos são chamados, mas poucos são escolhidos – disse o pai de Alex no primeiro discurso feito para o filho quando teve seu primeiro cargo na polícia.

Na verdade, o pai de Alex esperava que o filho entrasse para a igreja, como acontecera com todos os outros primogênitos da família. Para ele, era muito difícil aceitar o fato de o filho ter escolhido a polícia.

– Ser policial também requer um tipo de chamado – disse Alex, numa tentativa de tranquilizar o pai.

Seu pai pensou durante alguns meses no que Alex dissera e depois afirmou que sua intenção era aceitar e respeitar a escolha profissional do filho. Talvez a questão tenha sido simplificada de algum modo porque o irmão de Alex acabou decidindo entrar para o sacerdócio. Seja como for, Alex seria eternamente grato ao irmão.

Alex gostava de trabalhar com pessoas que, como ele, tinham um senso particular de vocação no trabalho. Gostava de trabalhar com quem tinha a mesma intuição que ele e um discernimento bem desenvolvido de o que era fato e o que era absurdo.

Talvez, pensou ele enquanto estava sentado ao volante a caminho da Estação Central, talvez fosse por isso que não conseguia se entusiasmar com sua nova colega Fredrika Bergman. Ela não acreditava que tinha vocação para o trabalho, nem que era boa naquilo que fazia, mas também ele não esperava que sua carreira na polícia durasse muito tempo mais.

Alex olhou de soslaio para a figura no banco do carona ao seu lado. Ela estava sentada com o corpo incrivelmente ereto. Pensou inicialmente se ela teria alguma vivência no militarismo. Teve até esperanças de que esse pudesse ser o caso. Todavia, por mais que tivesse vasculhado o currículo dela, não encontrou uma única linha sugerindo que tivesse passado uma única hora nas forças armadas. Alex suspirou. Então só podia ser ginasta, porque mulher alguma cuja experiência mais estimulante na vida fosse a universidade se sentaria com as costas tão eretas como ela.

Alex limpou a garganta sem dizer nada e ficou pensando se devia falar alguma coisa sobre o caso antes de se dirigirem para o local. Afinal de contas, Fredrika nunca tivera de lidar com esse tipo de coisa antes. Seus olhares se cruzaram rapidamente, ao que Alex virou os olhos para a rua.

– O trânsito está terrível hoje – murmurou ele.

Como se houvesse algum dia em que o centro de Estocolmo não estivesse abarrotado de carros.

Em seus muitos anos na polícia, Alex já havia lidado com diversos casos de crianças desaparecidas. Depois de trabalhar em tantas ocorrências, foi se convencendo gradualmente da verdade daquele ditado: "As crianças não desaparecem, são as pessoas que as perdem". Quase sempre – *quase* sempre – era assim: por trás de cada criança perdida, havia um pai ou mãe perdidos. Pessoas negligentes que, segundo Alex, jamais deveriam ter tido filhos, para início de conversa. Não precisava necessariamente ser alguém com um estilo de vida negativo, ou com problemas com álcool. Podia bem ser uma pessoa que trabalhava demais, que saía com amigos com muita frequência e ficava na rua até tarde, ou simplesmente alguém que não prestava atenção suficiente nos filhos. Se as crianças ocupassem na vida dos pais o espaço que deveriam, eles as perderiam com muito menos frequência. Pelo menos era essa a conclusão de Alex.

Quando os dois saíram do carro, as nuvens passavam densas e escuras no céu, ecoando o ruído rouco de uma leve trovoada. O ar estava extremamente pesado e úmido: aquele tipo de dia em que se anseia pela chuva e pelos trovões para tornar o ar mais respirável. Um forte relâmpago cortou o céu entre as nuvens em algum lugar sobre Gamla Stan, a cidade velha. Outra tempestade se aproximava.

Alex e Fredrika correram para a entrada principal da Estação Central. O terceiro membro da equipe de investigação, Peder Rydh, ligou para o celular de Alex dizendo que estava a caminho. Alex se sentiu aliviado. Não seria bom dar início a uma investigação desse tipo tendo como companheira apenas uma rata de escritório como Fredrika.

Já passava das três e meia quando eles chegaram à plataforma 17, onde o trem havia parado e se tornara o objeto da investigação de um crime. A companhia ferroviária SJ afirmara que não havia previsão de quando o trem voltaria a operar, o que acabou levando ao atraso de muitos outros trens naquele dia. Pouquíssimas pessoas na plataforma não usavam uniforme da polícia. Alex imaginou que a moça ruiva, de aparência exausta, mas serena, sentada numa grande caixa azul de plástico com o dizer AREIA, fosse a mãe da criança desaparecida. Sentiu intuitivamente que a mulher não era o tipo de mãe que perdia os filhos. Engoliu seco. Se a criança não estava perdida, tinha sido sequestrada. Se tivesse sido sequestrada, isso complicava as coisas drasticamente.

Alex disse a si mesmo para manter a calma. O pouco que sabia do caso ainda lhe permitia manter a mente aberta.

Um jovem policial uniformizado veio andando pela plataforma na direção de Alex e Fredrika. Seu aperto de mão foi firme, mas um tanto úmido, e tinha o olhar inquieto e perdido. Apresentou-se simplesmente como Jens. Alex supôs que tivesse acabado de se formar na academia de polícia e que esse era seu primeiro caso. A falta de experiência prática é assustadora quando novos policiais assumem o posto pela primeira vez. Nos primeiros seis meses, é possível vê-los irradiando confusão e, muitas vezes, um pânico profundo. Jens, por sua vez, provavelmente se perguntava que diabos Alex estava fazendo ali. Quase nunca os delegados conduziam pessoalmente as investigações – pelo menos, não no início de um caso.

Alex estava prestes a explicar sua presença quando Jens começou a falar, rápido e verborrágico:

– O alerta só foi dado trinta minutos depois que o trem chegou – disse, com uma voz estridente. – Por isso, quase todos os passageiros já haviam deixado a plataforma, exceto aqueles ali.

Acenou com a mão, apontando para um grupo de pessoas que estava um pouco depois da mulher que Alex havia identificado como a mãe da criança. Olhou o relógio. Vinte para as quatro. A criança estava desaparecida há quase uma hora e meia.

– Foi feita uma busca completa no trem, e não a encontramos. A menina, digo, uma garotinha de seis anos. Não está em lugar nenhum. E também ninguém a viu, pelo menos as pessoas com quem falamos. E toda a bagagem dela está aqui. A menina não levou nada, nem os calçados. Eles estavam no chão, embaixo do banco.

As primeiras gotas de chuva bateram no telhado. O trovão agora retumbava mais próximo. Alex imaginou que talvez jamais viveria um verão pior que esse.

– Aquela moça sentada ali é a mãe da criança? – perguntou Fredrika, apontando para a ruiva com um leve gesto da cabeça.

– Sim, ela mesma – disse o jovem policial. – O nome dela é Sara Sebastiansson. Disse que só vai para casa depois que encontrarmos a menina.

Alex deu um suspiro profundo. É claro que a ruiva era a mãe da menina. Não precisava perguntar essas coisas porque já sabia, ele as *sentia*. Fredrika carecia totalmente desse tipo de intuição. Ela perguntou sobre tudo e questionou ainda mais. Alex sentiu seu nível de irritação subir. Uma investigação não se dava dessa maneira. Porém, tinha esperança de que ela logo percebesse como havia errado ao supor que essa profissão lhe era adequada.

– Por que demoraram trinta minutos para alertar a polícia? – perguntou Fredrika.

Alex imediatamente voltou a atenção para ela. Finalmente Fredrika havia feito uma pergunta relevante.

Jens aprumou o corpo. Até aquele momento, tivera respostas para todas as perguntas que os policiais veteranos haviam feito desde que chegaram.

– Então, é uma história meio esquisita – começou Jens, e Alex percebeu que ele tentava evitar os olhos de Fredrika. – O trem ficou parado em Flemingsberg mais tempo do que o habitual, e a mãe saiu para dar um telefonema. Como a menina estava dormindo, a mãe a deixou no trem.

Alex assentiu, pensativo. *Crianças não desaparecem, são as pessoas que as perdem.* Talvez tivesse julgado mal Sara, a ruiva.

– Então uma moça se aproximou dela na plataforma... de Sara, quero dizer, e lhe pediu ajuda porque estava com um cão doente. Daí ela perdeu o trem. Chamou a central na mesma hora, uma pessoa da equipe em Flemingsberg a ajudou, dizendo que sua filha estava no trem e que pegaria um taxi direto para Estocolmo.

Alex escutava com a testa franzida.

– A criança sumiu no momento em que o trem parou em Estocolmo, e o fiscal procurou por ela, junto com outras pessoas da tripulação. As pessoas estavam saindo do trem e nenhum passageiro se deu ao trabalho de ajudar. Um guarda da Securitas, que geralmente ficava perto do Burger King, no térreo, ajudou nas buscas. Depois a mãe, a Sara, aquela moça logo ali, chegou de táxi e imaginou que a menina devia ter acordado e saído do trem junto com as primeiras pessoas. Mas ninguém a encontrou em lugar nenhum. Daí ligaram para a polícia. Mas nós também não a encontramos.

– Foi feito algum anúncio pelos alto-falantes da estação? – perguntou Fredrika. – Digo isso porque ela pode ter saído da plataforma e se misturado à multidão.

Jens anuiu humildemente com a cabeça, depois a balançou. Sim, eles anunciaram. Havia mais policiais e voluntários procurando em toda a estação. A rádio local faria um apelo para que as pessoas prestassem atenção nas ruas e procurassem por uma menina. Eles também entrariam em contato com as centrais de táxi. Se a menina tivesse saído sozinha, não poderia ir tão longe assim.

No entanto, ninguém a havia visto até agora.

Fredrika anuiu levemente. Alex olhou para a mãe sentada na grande caixa azul. Ela parecia devastada. Destruída.

– Faça os anúncios em outras línguas além do sueco – disse Fredrika.

Os colegas olharam para ela, levantando as sobrancelhas.

– Há muitas pessoas que passam por aqui e não falam sueco e podem ter visto alguma coisa. Faça os anúncios em inglês. E também em alemão e francês. E se puder, até em árabe.

Alex concordou com a cabeça e olhou para Jens de um jeito que o levou a fazer exatamente o que Fredrika havia sugerido. Jens saiu apressado, provavelmente desanimado com a possibilidade de conseguir alguém que falasse árabe. A chuva começou a cair em cascatas sobre as pessoas reunidas na plataforma, e o som dos trovões se transformou em estrondos poderosos. Um dia miserável de um verão miserável.

Peder Rydh veio apressado pela plataforma assim que Jens saiu. Olhou para o casaco bege transpassado de Fredrika. Será que ela não sabia como dar sinais de que fazia parte da polícia mesmo quando não estava de uniforme? Ele passou acenando com a cabeça graciosamente para os colegas e mexeu algumas vezes no distintivo para que todos percebessem que era um deles. Para ele, era difícil resistir ao ímpeto de dar um tapinha nas costas dos talentos mais jovens. Amava os anos que passara na radiopatrulha, é claro, mas estava bem feliz por realizar um trabalho sem precisar usar uniforme.

Alex acenou para Peder quando se viram, e seu olhar tinha certa gratidão pela presença do colega.

– Estava indo para uma reunião na saída da cidade quando recebi a mensagem de que uma criança estava desaparecida, então achei que poderia pegar Fredrika no caminho e vir direto pra cá – explicou Alex brevemente para Peder. – Não pretendo ficar muito tempo, só queria tomar um pouco de ar – continuou, com um olhar de cumplicidade para o colega.

– Você está querendo dizer que, para variar um pouco, quis sair de trás da mesa e botar os pés no chão? – disse Peder, abrindo um sorrisinho enquanto Alex lhe respondia com um gesto positivo da cabeça.

Apesar da diferença significativa de idade entre eles, os dois concordavam totalmente nesse aspecto. A hierarquia nunca nos distancia tanto da realidade a ponto de não sentirmos mais necessidade de vê-la. E nunca estamos tão distantes dela como quando estamos atrás de uma mesa. Os dois presumiam, no entanto, que Fredrika não pensava como eles, e por isso não tocaram mais no assunto.

– OK – disse Alex. – Vamos fazer assim: Fredrika pode conversar primeiro com a mãe da criança e você, Peder, pode falar com a equipe do trem e também tentar descobrir se algum dos passageiros que ainda estão aqui sabe de alguma coisa. Acho que devíamos seguir o protocolo e interrogar aos pares, mas não temos tempo pra organizar isso agora.

Fredrika ficou contente com essa divisão das tarefas, mas pensou ter percebido certa insatisfação no rosto de Peder. Insatisfação pelo fato de que ela, e não ele, conversaria com a mãe da criança desaparecida. Alex também deve ter percebido a expressão de Peder, pois logo acrescentou:

– Fredrika só está indo conversar com a mãe da criança porque é mulher. Isso facilita as coisas.

Peder instantaneamente pareceu um pouco mais animado.

– Tudo bem, nos vemos na delegacia depois – disse Alex, um tanto ríspido. – Até mais tarde.

Fredrika suspirou. "Fredrika só está indo conversar com a mãe da criança..." Era sempre a mesma coisa. Todas as tarefas que lhe eram atribuídas tinham de ser justificadas. Ela era um corpo estranho num universo estranho. Toda participação sua era questionável e exigia uma explicação constante. Ficou tão indignada que não se deu conta de que, além de ter colocado em suas mãos a entrevista com a mãe da criança, Alex deixou que a fizesse sozinha. Ela estava praticamente contando os dias para que essa fase na equipe de investigação de Alex Recht acabasse: pretendia terminar o período probatório e depois sair. Suas qualificações podiam ser mais desejáveis em outras entidades, apesar de não serem tão necessárias.

"Vou dar meia-volta e depois nem olho para trás", pensou Fredrika, imaginando o dia em que sairia pela porta do prédio da delegacia, ou Casarão, como os colegas geralmente a chamavam, em Kungsholmen. Depois voltou sua atenção para uma tarefa mais urgente: a criança desaparecida.

Apresentou-se educadamente para Sara Sebastiansson e se surpreendeu com a força do aperto de mão que recebeu: não correspondia à ansiedade e exaustão do rosto dela. Fredrika também notou que Sara não parava de puxar as mangas da blusa. Parecia um tipo de tique, ou hábito, algo que ela fazia o tempo todo. Era como se tentasse esconder os braços.

Talvez fosse uma tentativa de esconder as lesões de quando tentava se defender, pensou Fredrika. Se Sara tivesse um marido violento, essa informação chamaria rapidamente a atenção dos policiais.

Mas ela precisava fazer outras perguntas antes disso.

– Podemos ir lá para dentro, se você preferir – disse Fredrika para Sara. – Não precisamos ficar aqui fora na chuva.

– Estou bem aqui – disse Sara, quase irrompendo em lágrimas.

Fredrika refletiu por um momento e disse:

– Se você acha que precisa ficar aqui por causa da sua filha, eu lhe dou minha palavra de que ela será vista por todas as pessoas que estão aqui.

"Além disso", pensou Fredrika, como se acrescentasse, "é muito pouco provável que sua filha apareça aqui e agora", mas manteve a frase para si.

– Lilian – disse Sara.

– Como?

– Minha filha se chama Lilian. E não quero sair daqui. – Enfatizou o que dizia balançando a cabeça. Também não queria café, obrigada.

Fredrika sabia que era difícil agir de forma pessoal quando estava trabalhando. Muitas vezes, fracassava de maneira lamentável. Nesse sentido, era a clássica policial de escritório. Gostava de ler, escrever e analisar. Todas as formas de conversa e interrogatório lhe eram muito estranhas, difíceis de lidar. Costumava observar, fascinada, quando Alex colocava a mão no ombro da pessoa com quem conversava. Fredrika jamais faria isso, além de não querer ser tocada, fosse nos braços ou nos ombros. Não se sentia bem fisicamente quando os colegas de trabalho tentavam "quebrar o clima" batendo com muita força em suas costas ou cutucando sua cintura. Não gostava de jeito nenhum desse tipo de contato físico, e a maioria das pessoas sabia disso. Mas não todas. Fredrika sentiu um calafrio quando a voz de Sara interrompeu seus pensamentos mais íntimos.

– Por que será que ela não calçou as sandálias?

– O que disse?

– As sandálias de Lilian continuaram no chão do trem. Ela devia estar apavorada com alguma coisa, porque jamais sairia descalça. Muito menos sem falar alguma coisa com alguém, sem pedir ajuda.

– Nem se tivesse acordado e visto que estava sozinha? Talvez ela tenha entrado em pânico e saído correndo do trem.

Sara balançou a cabeça.

– Lilian não faria isso. Nós não a educamos assim. Nós a ensinamos a agir e pensar de maneira prática. Ela pediria ajuda a alguém que estivesse por perto. A moça que estava do outro lado do corredor, por exemplo, nós conversamos um bocado com ela durante a viagem.

Fredrika percebeu a chance de mudar um pouco o assunto da conversa.

– Você disse "nós"?

– Como?

– Você disse "nós não a educamos assim". Você se refere ao seu marido?

Sara fixou o olhar num ponto sobre o ombro de Fredrika.

– Eu e o pai de Lilian nos separamos, mas sim, foi com ele que criei Lilian.

– Vocês dividem a guarda dela? – perguntou Fredrika.

– A separação ainda é muito nova pra todos nós – disse Sara, lentamente. – Ainda não conseguimos seguir uma rotina. Às vezes Lilian fica com ele nos finais de semana, mas mora comigo durante a maior parte do tempo. Ainda precisamos ver qual será o andamento das coisas.

Sara respirou fundo e seu lábio inferior tremeu enquanto expirava. O rosto pálido se destacava do cabelo ruivo. Os braços longos estavam cruzados sobre o peito. Fredrika olhou para as unhas dos pés de Sara, pintadas de azul. Bem incomum.

– Vocês discutiram para resolver com quem Lilian iria morar? – perguntou Fredrika, cautelosa.

Sara levou um susto.

– Vocês acham que Gabriel a levou? – disse ela, olhando bem nos olhos de Fredrika.

Fredrika imaginou que Gabriel fosse o ex-marido.

– Nós não achamos nada – disse imediatamente. – Só estou investigando todas as possibilidades... Estou tentando entender o que pode ter acontecido com ela. Com Lilian.

Sara relaxou os ombros um pouco. Mordeu o lábio inferior e olhou para o chão.

– Eu e Gabriel, nós tivemos... nós temos... nossas diferenças. Tivemos uma briga sobre Lilian nem faz tanto tempo. Mas ele nunca a machucou. Nunca.

Fredrika notou que Sara puxava de novo as mangas da blusa. Ela concluiu rapidamente que Sara não lhe diria naquele momento se tinha ou não sofrido maus tratos do ex-marido. Teria de procurar o registro de alguma queixa formal quando voltasse para o Casarão. Em todo caso, eles teriam de falar com o ex-marido.

– Me conte com mais precisão o que aconteceu na plataforma em Flemingsberg – perguntou Fredrika, imaginando que agora tornava a conversa mais confortável para Sara.

Sara anuiu diversas vezes com a cabeça, sem dizer nada. Fredrika tinha a esperança de que Sara não começasse a chorar, pois achava muito difícil lidar com lágrimas. Não pessoalmente, mas profissionalmente.

– Eu desci do trem para fazer uma ligação – começou Sara, hesitante. – Liguei para um amigo.

Fredrika conteve-se, distraída pela chuva. "Um amigo?"

– E por que não telefonou do trem?

– Eu não queria acordar Lilian – foi a resposta apressada de Sara.

Apressada demais. Além disso, mais cedo ela havia dito para um policial que saíra do trem porque estava num vagão onde era proibido conversar ao celular.

– Ela estava tão cansada – disse Sara, baixinho. – Fomos a Gotemburgo visitar meus pais. Acho que ela estava ficando resfriada: não costuma dormir a viagem toda.

– Ah, entendo – disse Fredrika, e fez uma pequena pausa antes de prosseguir. – Então você não queria que Lilian escutasse a conversa?

Sara admitiu o fato quase imediatamente.

– Não, eu não queria que ela ouvisse – disse, tranquila. – Nós acabamos de nos conhecer... e seria péssima ideia deixar que ela descobrisse sobre ele agora no início.

"Porque aí Lilian contaria para o pai, que provavelmente ainda batia na mãe mesmo depois de separados", pensou Fredrika.

– Nós conversamos só durante uns dois minutos. Talvez menos que isso. Eu disse que estávamos quase chegando e que ele podia ir à minha casa mais tarde, quando Lilian já estivesse dormindo.

– Entendi. E o que aconteceu depois?

Sara esticou os ombros para trás e deu um profundo suspiro. A linguagem corporal dizia a Fredrika que o assunto agora era realmente doloroso de ser lembrado.

– Não fez sentido nenhum, nada fez sentido – disse Sara, aborrecida. – É algo totalmente absurdo.

Ela balançou a cabeça exaustivamente.

– Uma mulher se aproximou de mim. Ou uma moça, eu diria. Bem alta, magra, parecia exausta. Ela balançava os braços e gritava alguma coisa sobre um cachorro doente. Acho que se dirigiu a mim porque eu estava mais distante das outras pessoas na plataforma. Disse que estava descendo a escada rolante quando o cachorro dela desmaiou de repente e começou a ter um ataque.

– Uma convulsão? O cachorro?

– Sim, foi o que ela disse. O cachorro estava lá, se contorcendo, e ela precisava de ajuda para voltar com ele pela escada rolante. Eu tive cães a vida inteira, até pouco tempo atrás, e por isso me sensibilizei com o estado daquela moça. Então eu a ajudei.

Sara fez silêncio, e Fredrika começou a esfregar as mãos e pensar no que ela dissera.

– Você não pensou que corria o risco de perder o trem?

Pela primeira vez durante a conversa, Sara falou com rispidez e olhos fulminantes.

– Quando eu desci do trem, perguntei ao fiscal quanto tempo ficaríamos parados. Ele disse que pelo menos dez minutos. Pelo menos.

Sara levantou as mãos e esticou bastante os dedos longos e finos. Dez dedos, dez minutos. Suas mãos tremiam levemente. O lábio inferior tremeu de novo.

– Dez minutos – sussurrou ela. – Por isso ajudei a moça a colocar o cão na escada rolante. Eu pensei... na verdade eu *sabia* que tinha tempo.

Fredrika tentou respirar com tranquilidade.

– Você viu o trem partindo?

– Nós tínhamos acabado de subir a escada com o cachorro – disse Sara, com a voz trêmula. – Nós tínhamos acabado de subir a escada com o cachorro quando eu me virei e vi que o trem começou a se movimentar.

Respirava com dificuldade e olhava para Fredrika.

– Eu não conseguia acreditar no que estava vendo – disse, e uma única lágrima escorreu pelo seu rosto. – Me senti num filme de terror. Desci correndo a escada e saí como uma louca atrás do trem. Mas ele não parou, ele não parou!

Embora Fredrika não tivesse filhos, as palavras de Sara despertaram-lhe uma angústia genuína, uma sensação parecida com uma dor de estômago.

– Um dos funcionários da estação de Flemingsberg me ajudou a entrar em contato com o trem. Depois peguei um táxi para a Estação Central de Estocolmo.

– O que a moça com o cachorro estava fazendo nesse intervalo?

Sara enxugou o canto do olho.

– Foi estranho. Ela simplesmente sumiu, do nada. Colocou o cachorro num desses carrinhos de carga que estava parado no topo da escada e saiu da estação. Não a vi mais depois disso.

Sara e Fredrika ficaram um tempo em silêncio, cada uma absorvida nos próprios pensamentos. Foi Sara quem quebrou o silêncio.

– E veja bem, eu não estava tão preocupada quando entrei em contato com o trem. Parecia irracional eu me perturbar pelo fato da minha pequena estar sozinha nesse último pedacinho da viagem de Flemingsberg até Estocolmo.

Umedeceu os lábios e caiu no choro pela primeira vez.

– Eu até me encostei no banco de trás do táxi. Fechei os olhos e relaxei. Eu *relaxei* enquanto algum doente filho da mãe levava minha menina.

Fredrika percebeu que aquela era uma dor impossível de aliviar. Com uma relutância enorme, fez o que normalmente não fazia: esticou a mão e segurou o braço de Sara.

Então percebeu que a chuva havia parado. Mais uma hora havia passado e Lilian continuava desaparecida.

JELENA NÃO IMAGINAVA que seria tão complicado tomar um ônibus para sair de Flemingsberg.

– Você não pode pegar o trem intermunicipal, não pode pegar um táxi nem dirigir – disse o Homem naquela manhã, enquanto eles repassavam todos os detalhes do plano pela milésima vez. – Você precisa ir de ônibus. Pegue o ônibus para Skärholmen, depois o metrô para casa. Entendeu?

Jelena concordou com a cabeça.

Sim, ela entendera. E faria o melhor que podia.

Jelena estava tão ansiosa que parecia ter dez borboletas batendo asas no estômago. Esperava que tudo tivesse dado certo. Simplesmente tinha que dar certo. O Homem ficaria furioso se não conseguisse tirar a criança do trem.

Observava o relógio com atenção. Já havia passado mais de uma hora. O ônibus estava atrasado, então teve de esperar o metrô. Logo chegaria em casa e saberia. Secou as palmas suadas na calça *jeans*. Nunca teria certeza se estava fazendo certo ou errado. Não até que o Homem, mais tarde, a elogiasse ou repreendesse. Nos últimos tempos, ela fizera quase tudo certo. Saiu-se bem até quando teve de dirigir e praticar uma conversa de maneira adequada.

– As pessoas precisam conseguir entender o que você está falando – dizia o Homem. – Você não fala com clareza. E precisa parar de contrair o rosto desse jeito, isso assusta as pessoas.

Jelena começou a brigar, mas no fim acabou sendo aceita pelo Homem. Agora, tinha apenas um leve tique no canto do olho, e só quando ficava nervosa ou insegura. Quando estava tranquila, o olho nem se mexia.

– Boa garota – disse o Homem, acariciando-lhe o rosto.

Jelena se sentia aquecida por dentro. Esperava ser mais elogiada quando chegasse em casa.

O trem finalmente parou. Ela precisou fazer um esforço para não sair apressada do vagão e ir correndo até em casa. Precisava andar calma e discretamente para que ninguém a notasse. Jelena mantinha os olhos fixos no chão, meio ocultos por uma mecha do cabelo.

A chuva batia no asfalto quando ela saiu do metrô, ofuscando sua visão. Mas não tinha importância: ela o viu de qualquer jeito. Seus olhares se cruzaram por um breve segundo. Ela teve a sensação de vê-lo sorrindo.

Com grande ceticismo, Peder Rydh observava Fredrika tentando, de maneira patética, oferecer consolo. Ela acariciava Sara Sebastiansson com a mesma relutância com que acariciamos um cachorro que consideramos repulsivo, mas que temos de acariciar por pertencer a um amigo. Pessoas como ela não serviam para a carreira policial, em que tudo depende de como lidamos com pessoas de diferentes tipos. De *todos* os tipos. Peder olhava com irritação. Era mesmo uma péssima ideia recrutar civis para trabalhar na polícia.

"Precisamos de uma injeção de excelência", era a explicação de certos indivíduos que ocupavam cargos elevados na corporação.

Fredrika havia mencionado diversas vezes que estudara na universidade, mas, para ser honesto, Peder não estava nem aí. Ela usava palavras demais, com letras demais. Complicava as coisas. Pensava de mais e sentia de menos. Simplesmente faltava-lhe o que era necessário para o trabalho policial.

Peder só podia admirar a persistente oposição da polícia à posição e ao *status* adquiridos pelos civis na corporação policial. Não tinham absolutamente nenhuma experiência de campo relevante, nem o conjunto de habilidades que só pode ser adquirido com o aprendizado do trabalho policial numa escala hierárquica, passando pelo menos alguns anos numa radiopatrulha, carregando bêbados, conversando com sujeitos que batem nas esposas, levando adolescentes embriagados para casa e encarando seus pais, arrombando apartamentos onde morreram almas solitárias que agora estavam jogadas, apodrecendo.

Peder balançou a cabeça. Tinha coisas mais urgentes para se preocupar do que colegas incompetentes. Pensou nas informações que obtivera até aquele momento conversando com a equipe ferroviária. Henry Lindgren, o fiscal, falava demais, mas tinha uma boa percepção para os detalhes, e com certeza não havia nada de errado com sua memória. O trem saiu de Gotemburgo às 10h50 e chegou a Estocolmo oito minutos depois do horário devido, às 14h07.

– Eu não tive nada a ver com o atraso em Flemingsberg – mencionou Henry. – A culpa foi de Arvid e Nellie.

Ele olhou com tristeza para o trem, ainda parado na plataforma. Todas as portas estavam abertas, formando brechas como se fossem grandes buracos negros ao longo dos vagões. Henry desejava com todas as forças que a menina saísse de repente por um daqueles buracos, que de alguma maneira ela tivesse se perdido dentro do trem, voltara a dormir e acabara de acordar; mas, com toda aquela certeza que só os adultos podem ter, Henry sabia que isso não aconteceria. As únicas pessoas que entravam e saíam do trem eram peritos e policiais. A plataforma inteira havia sido isolada e todos realizavam uma busca minuciosa por qualquer pista da menina desaparecida. Henry sentia um nó na garganta impossível de engolir.

Peder continuou o interrogatório.

– Você disse que estava de olho na menina, mas o que aconteceu?

Peder percebeu que Henry se encolhia, literalmente, como se estivesse envelhecendo bem ali na plataforma, tendo de explicar por que deixou a menina sozinha.

– É difícil estar em vários lugares ao mesmo tempo – disse ele, desanimado. – Como eu disse, houve confusão em diversos vagões, e precisei sair correndo para o vagão três. Mas chamei Arvid pelo rádio, gritei por ele várias vezes, mas ele não respondia. Não acho que tenha escutado. Parece que a chamada não completava.

Peder resolveu não tecer comentários sobre o comportamento de Arvid.

– Então você deixou a menina e não pediu para nenhum passageiro ficar de olho nela? – perguntou ele.

Henry esticou os braços num apelo dramático.

– Mas eu só fui até o próximo vagão! – gritou. – E pensei que voltaria num instante, e eu voltei num instante.

A voz dele quase sumiu.

– Deixei a menina sozinha por menos de três minutos; voltei assim que o trem parou e as pessoas começaram a sair. Mas ela não estava mais lá. E ninguém se lembrava de tê-la visto se levantando e saindo.

A voz de Henry assumiu um tom de choque quando ele continuou.

– Como é possível? Como pode ser que ninguém viu nada?

Peder sabia muito bem. Consiga dez pessoas que testemunharam o mesmo crime e elas contarão dez versões diferentes do que aconteceu, da ordem como aconteceu e do que os criminosos estavam vestindo.

Por outro lado, a maneira como Arvid Melin agiu era *bem estranha*. Primeiro, ele deixou que o trem partisse de Flemingsberg sem que Sara

Sebastiansson tivesse reembarcado, e depois deixou de responder ao chamado de Henry.

Peder procurou rapidamente por Arvid, que estava sentado sozinho num dos bancos da plataforma. Parecia bastante nervoso. Quando Peder se aproximou, ele levantou os olhos e disse:

– Ainda vai demorar muito? Preciso ir embora.

Intencionalmente, Peder se sentou com bastante calma ao lado de Arvid, olhou bem nos olhos dele e respondeu:

– Há uma criança desaparecida. O que você precisa fazer de mais importante além de ajudar a encontrá-la?

Depois disso, Arvid praticamente não disse nenhuma palavra que não fosse uma resposta direta para uma pergunta direta.

– O que você disse para os passageiros que perguntaram quanto tempo o trem ficaria parado em Flemingsberg? – perguntou Peder com firmeza, dirigindo-se a Arvid como se ele fosse um colegial.

– Não me lembro exatamente – respondeu Arvid, esquivando-se.

Peder notou que Arvid, que devia ter quase trinta anos, respondeu da maneira como seus filhos responderiam quando se tornassem adolescentes. "Onde você está indo?" "Vou sair!" "Quando vai voltar?" "Mais tarde!"

– Você se lembra de ter falado com Sara Sebastiansson? – tentou Peder.

Arvid balançou a cabeça.

– Não, na verdade não – disse.

Arvid prosseguiu no momento em que Peder pensava se podia lhe dar uma sacudida:

– Havia muita gente me fazendo a mesma pergunta. Acho que me lembro de uma dessas pessoas ser a mãe da menina. As pessoas precisam assumir a responsabilidade pelo que fazem – disse ele com a voz abafada, e foi só então que Peder percebeu como estava abalado. – Não é uma maldita promessa que o trem ficará parado por dez minutos só porque dizemos que vai. Todos os passageiros, *todos* eles, querem chegar o mais rápido possível. *Nunca* houve problema em sairmos um pouco antes do que dissemos a princípio. Por que ela saiu da plataforma? Se tivesse ficado lá, teria ouvido o chamado do trem.

Arvid chutou uma lata vazia de Coca-Cola que estava no chão. Ela bateu com força no trem e desceu rolando pela plataforma.

Peder suspeitava que tanto Arvid Melin quanto Henry Lindgren teriam perturbações noturnas durante algum tempo se a menina não aparecesse.

– Você não percebeu que Sara Sebastiansson havia ficado para trás? – perguntou Peder gentilmente.

– Não, não percebi – disse Arvid, enfático. – Quer dizer, eu dei uma olhada na plataforma, do jeito que sempre faço. Como estava vazia, nós partimos. Depois Henry disse que me chamou pelo rádio, mas eu não ouvi... porque tinha esquecido de ligá-lo.

Peder olhou para o céu cinzento acima deles e fechou o caderninho.

Ele conversaria só mais um pouco com o restante dos funcionários e as outras pessoas que estavam na plataforma. Se Fredrika tivesse terminado de interrogar a mãe, talvez pudesse ajudá-lo.

Peder viu de soslaio que Fredrika e Sara Sebastiansson trocaram algumas palavras e depois se separaram. Sara parecia extremamente abatida. Peder engoliu seco. A imagem de sua família surgiu-lhe na superfície da consciência. O que ele faria se alguém tentasse machucar algum de seus filhos?

Apertou um pouco mais o caderninho nas mãos. Agora precisava se apressar – precisava conversar com mais algumas pessoas e Alex detestava ficar esperando.

VOLTARAM PARA O CASARÃO no carro de Peder. Enquanto o carro sibilava ao longo do asfalto ensopado por causa da chuva, Fredrika e Peder se perdiam nos próprios pensamentos. Estacionaram na garagem subterrânea e subiram em silêncio pelo elevador até o primeiro andar, onde ficavam as salas da equipe. Perto da Polícia Municipal, da Polícia Nacional e do Departamento de Polícia de Estocolmo. Ninguém dizia isso em alto e bom som, mas a equipe de investigação de Alex Recht trabalhava definitivamente para dois chefes. Quer dizer, três, na verdade. Um grupo de recursos especiais, composto de uma pequena quantidade de pessoas escolhidas a dedo, de diferentes bagagens e experiências, que teoricamente faziam parte da polícia de Estocolmo, mas na prática trabalhavam para os departamentos de polícia municipal e nacional, e que podiam ser chamadas por eles. Uma solução política para algo que não deveria ser problema.

Cansada, Fredrika afundou o corpo na cadeira atrás de sua mesa. Atrás de sua mesa; haveria lugar melhor para pensar e agir? Percebeu que tinha sido tola por pensar que suas habilidades específicas seriam bem-vindas e bem utilizadas dentro da polícia. Pela vida que levava, não conseguia entender o desprezo profundo e universal que os policiais sentiam pela eficiência acadêmica. Mas seria mesmo um desprezo? Ou será que, na verdade, eles se sentiam ameaçados? Fredrika não fazia ideia. Só sabia que sua situação de trabalho atual não seria sustentável a longo prazo.

Sua trajetória até a equipe de Alex Recht passara por um cargo de investigação no Conselho de Prevenção ao Crime e também por alguns anos como consultora em serviços sociais. Ela se inscrevera para trabalhar na polícia para ampliar sua experiência prática. E não continuaria ali, mas estava tranquila com sua situação atual. Tinha uma rede de contatos extensa, que poderia lhe garantir a entrada em muitas outras organizações. Só precisava manter a calma até que surgisse uma nova oportunidade.

Fredrika tinha plena consciência de como era vista pelos colegas na polícia: uma pessoa difícil e reservada, sem senso de humor, sem uma vida emocional comum.

"Isso não é verdade", pensou Fredrika. "Eu não sou fria, só estou perdida demais neste momento".

Seus amigos a descreviam como amigável e simpática. E extremamente leal. Mas isso em sua vida *privada*. Agora se via num local de trabalho em que supostamente tinha de agir de maneira privada mesmo durante o expediente – para ela, algo totalmente inconcebível.

Não é que não sentisse nada pelas pessoas que encontrava durante o trabalho. Ela só escolhia sentir menos.

– Não sou conselheira – disse a um amigo que perguntou por que ela relutava tanto em se envolver emocionalmente no trabalho. – Eu investigo crimes. Não tem a ver com o que sou, mas com o que *faço*. Eu investigo: o aconselhamento cabe a outra pessoa.

"Se não for assim, você se afunda", pensou Fredrika. "Se eu tivesse de consolar todas as vítimas que encontrasse, não me restaria mais nada".

Fredrika não se lembrava de algum dia ter tido desejo de entrar para a polícia. Quando criança, sempre sonhava em trabalhar com música, ser violinista. Tinha a música no sangue. Nutria seus sonhos no coração. Muitas crianças abandonam os primeiros sonhos do que queriam ser quando crescessem. Fredrika, não: seus sonhos se desenvolveram e ficaram mais concretos. Ela e sua mãe visitaram diversas escolas de música, tentando descobrir qual seria a melhor opção. Quando entrou para a escola secundária, ela já compunha músicas.

Assim que completou quinze anos, tudo mudou. Para sempre, como se constatou mais tarde. Ela teve uma lesão séria no braço direito, provocada por um acidente de carro enquanto voltava de uma viagem para esquiar, e depois de um ano de fisioterapia ficou claro que o braço não lhe permitiria se dedicar ao violino durante horas por dia.

Os médicos, com as melhores intenções, disseram que ela teve sorte. Fredrika entendia o que eles queriam dizer, em termos teóricos e práticos. Ela havia viajado para as montanhas com uma amiga e a família dela. A mãe de sua amiga ficara paralisada da cintura para baixo com o acidente. O filho da família morrera. Os jornais chamaram o acidente de "a tragédia de Filipstad".

Contudo, Fredrika sempre se referiria a ele como "o acidente", e o considerava a linha divisória mais concreta de sua vida. Ela era uma pessoa antes do acidente e se tornara outra depois. Havia claramente um antes de um depois. Não queria admitir que tivera algum tipo de sorte. Mesmo agora, quase vinte anos mais tarde, ainda pensava se aceitaria a vida que veio depois.

"Você pode fazer tantas coisas na vida", dizia a avó em tom racional, nas raras ocasiões em que Fredrika falava da sensação apavorante de ter sido roubada das oportunidades com que sonhara. "Você pode trabalhar num banco, por exemplo, pois é muito boa em matemática".

Os pais de Fredrika, por outro lado, não diziam nada. Sua mãe era pianista de concertos, e a música ocupava um lugar sagrado na vida cotidiana da família. Fredrika havia sido praticamente criada nos bastidores de uma série de grandes palcos onde sua mãe se apresentara, como solista ou como membro de uma orquestra. De vez em quando, Fredrika tocava nas apresentações em conjunto. Houve momentos em que tudo era mágico.

Sendo assim, as conversas que tinha com a mãe foram mais produtivas.

– O que vou fazer agora? – sussurrou Fredrika para a mãe, aos dezenove anos, numa noite, logo depois que se formou no colégio e as lágrimas não paravam de fluir.

– Você vai encontrar alguma coisa, Fredrika – disse a mãe, passando a mão gentilmente em suas costas. – Você tem tanta força, tanta vontade e desejo de alcançar seus objetivos. Você vai encontrar alguma coisa.

E assim ela o fez.

História da arte, história da música, história das ideias. A variedade de cursos oferecidos na universidade era infindável.

– Fredrika vai ser professora de história – dizia o pai, orgulhoso, naquela época.

A mãe não dizia nada; era o pai quem sempre se gabava do grande sucesso que imaginava para a filha.

Porém, Fredrika não se tornou professora: tornou-se criminologista, especializada em crimes contra mulheres e crianças. Não chegou a terminar o doutorado e, depois de passar cinco anos na universidade, concluiu que já tinha estudado teoria o suficiente.

Ela via nos olhos da mãe que ninguém esperava por isso. Acreditavam que ela jamais abandonaria o mundo acadêmico. Sua mãe nunca falou abertamente da decepção que sentira, mas admitiu que estava surpresa. Fredrika adoraria, de todo o coração, ter um pouco mais dessa qualidade: nunca se decepcionar, apenas se surpreender.

Isso quer dizer que Fredrika sabia um bocado sobre prazer e ócio, paixão e dúvidas sobre que caminho seguir na vida. Enquanto imprimia a queixa formal de agressão que Sara Sebastiansson fizera contra o ex-marido, ela se perguntou, como costumava fazer, por que as mulheres continuavam com os homens que as agrediam. Seria por amor e paixão? Medo da solidão e da exclusão? Mas Sara não continuara com ele. Não de fato. Pelo menos, não foi isso que Fredrika deduziu dos documentos que tinha em mãos.

A primeira queixa formal fora feita quando a filha tinha dois anos. Sara, a despeito de muitas mulheres, disse na época que o marido nunca batera nela antes. Nos casos em que as próprias mulheres registraram queixas, geralmente havia um histórico. Na época do primeiro relato, Sara apareceu na delegacia local com uma grande contusão do lado direito do rosto. O marido negou as acusações e disse que tinha um álibi para a noite em que Sara disse ter sido agredida. Fredrika franziu a testa. Pelo que entendeu, Sara jamais retirou a acusação, como faziam muitas mulheres, mas a queixa também não gerou nenhum tipo de inquérito. Os fatos não se sustentavam, visto que três amigos do marido disseram que ele ficara jogando pôquer naquela noite até as duas da manhã e depois passara a noite na casa de um deles.

Dois anos se passaram até que Sara Sebastiansson deu outra queixa. Sara afirmara que o marido não bateu nela nenhuma vez nesse período, mas, quando leu a respeito da gravidade das lesões de Sara e comparou com o primeiro incidente, Fredrika quase se convenceu de que Sara havia mentido. Ela tinha tido o braço quebrado, marcas de chute nas costelas e um deslocamento no cóccix. E fora violentada. Não havia nenhuma marca visível em seu rosto.

Na visão de Fredrika, era improvável que o marido não tivesse batido em Sara durante esses dois anos, e que a violência tivesse se agravado tanto assim entre os dois incidentes.

Dessa vez também não houve inquérito. O marido de Sara conseguiu provar, com passagens originais e com o depoimento de diversas testemunhas independentes, que estava trabalhando em Malmö no momento do suposto ataque. O crime não foi comprovado e o inquérito foi suspenso.

Fredrika começou a ficar preocupada com o que lia, para dizer o mínimo. E não conseguia encaixar as peças para formar um quadro. Sara Sebastiansson não tinha dado a impressão de ser mentirosa. Não a ponto de criar histórias. Ela não mencionara as agressões, embora talvez soubesse que a polícia descobriria mais cedo ou mais tarde, mas Fredrika não conseguia encarar isso como uma mentira. Além disso, as lesões documentadas eram reais e genuínas. Então o ex-marido devia ser culpado, mas como conseguira os álibis? Estava claro que ele era um executivo bem-sucedido, doze anos mais velho que Sara. Será que havia comprado os álibis? Mas tantos assim?

Fredrika continuou vasculhando os papéis. O casal se separou logo depois da segunda agressão, e, apenas algumas semanas depois, Sara voltou à delegacia para fazer outra queixa. O ex-marido não a deixava em paz: ele a seguia de carro, esperava por ela na porta do prédio e no trabalho. O ex-marido se defendeu dizendo que Sara dificultava todas as suas tentativas de manter contato com a filha. Um verdadeiro clássico. Passaram-se mais alguns meses, houve mais reclamações de ameaças, assédios e contravenções, mas ele não a agrediu. Se o fez, ela não disse nada.

O último relatório era de 11 de novembro de 2005, quando, segundo os registros da Telia, maior empresa de telefonia da Suécia, o marido de Sara havia telefonado para ela mais de cem vezes numa única noite. Foi a única vez que uma acusação contra ele pôde ser provada, o que gerou uma liminar impedindo-o de se aproximar de Sara.

Fredrika pensou nisso. Enquanto interrogava Sara, ela dissera que havia se separado do marido recentemente, mas os relatórios diziam outra coisa: ela e o marido não viviam juntos desde julho de 2005, quando Sara prestara a segunda queixa de agressão à polícia. O que teria acontecido entre 11 de novembro de 2005 e hoje? Fredrika comparou rapidamente as informações com os arquivos do registro civil e suspirou quando descobriu a resposta. Eles haviam voltado, é claro.

A cronologia agora estava clara. Em 17 de julho de 2005, duas semanas depois da segunda queixa policial, Sara e Gabriel Sebastiansson estavam domiciliados em endereços diferentes. Eles não chegaram a dar entrada no divórcio porque nunca se separaram. Em 20 de dezembro de 2005, algumas semanas depois da expedição da liminar, voltaram a morar no mesmo lugar e tudo se acalmou.

Fredrika se perguntou como havia sido a vida deles desde então. Pensou em como seria a relação entre os dois atualmente e entendeu por que Sara não queria que o ex-marido soubesse que ela dera continuidade à sua vida e conhecera outro homem.

Fredrika virou a página de seu caderno de anotações. Teria de falar com Sara o mais rápido possível sobre a primeira agressão, que talvez tenha sido contínua. Definitivamente, teria de conversar com o ex-marido de Sara, inacessível no momento. Também teria de falar com o novo "amigo" de Sara, como ela o chamava. Fredrika fechou o caderninho e saiu apressada da sala. Ainda dava tempo de tomar um café antes de a equipe se reunir para juntar as informações sobre a criança desaparecida, Lilian. Talvez até conseguisse telefonar para a mãe de Gabriel Sebastiansson antes da reunião. Ela devia saber do paradeiro do filho.

Alex Recht conduziu a reunião no Covil com experiente eficácia. Peder sempre sentia o coração acelerar de leve quando se reuniam lá durante uma operação. Covil dos Leões era o nome que davam à única sala de reunião do departamento. Peder gostava do nome e supunha que não tivesse sido dado por Fredrika; afinal, ela não tinha a imaginação e a delicadeza necessárias.

Já eram quase seis, e Lilian Sebastiansson estava desaparecida há mais de quatro horas. Tendo em vista que ela desaparecera no meio de Estocolmo, e tendo em vista sua idade, esse período era considerado longo. Sem sombra de dúvida, estava claro que ela não tinha desaparecido por vontade própria. Era jovem demais para conseguir sair sem ajuda, e estava descalça.

– Acho que não preciso dizer que temos uma situação muito grave aqui – disse Alex, fechando o rosto e olhando para os colegas.

Ninguém disse nada, e Alex puxou uma cadeira para se sentar junto à mesa.

Além de Alex, a reunião contava com Fredrika, Peder e a assistente da equipe, Ellen Lind. Também havia alguns soldados de uniforme para falar da busca que fizeram nas imediações da Estação Central, além de alguns peritos da polícia científica.

Alex começou perguntando o que a busca havia revelado. A resposta foi tão curta quanto decepcionante: não tinham descoberto nada. Quase ninguém respondeu aos anúncios feitos pelos alto-falantes da estação, e as empresas de táxi também não deram nenhuma pista.

O resultado do exame técnico dos vagões também foi insuficiente. Foi difícil obter impressões digitais, e tampouco foram encontradas pistas que indicassem que caminho a menina havia tomado ao sair do trem. Se ela tivesse sido carregada no colo enquanto ainda estava adormecida, a tarefa ficava ainda mais difícil. Não havia traços de sangue em lugar nenhum. A única coisa concreta que conseguiram foram algumas pegadas no chão, perto do banco onde a menina estava sentada.

Alex retomou a atenção quando ouviu que a tripulação dissera limpar o chão entre uma viagem e outra, o que significava que as pegadas encontradas pelos peritos talvez tivessem alguma relação com aquela viagem. As pegadas eram de um par de sapatos Ecco, tamanho 46.

– Muito bem – disse Alex, rapidamente. – Precisamos tentar descobrir alguma pista dos outros passageiros.

Limpou a garganta.

– Por sinal, o desaparecimento já foi noticiado na mídia? Ainda não vi nem ouvi nada.

A pergunta fora direcionada para Ellen, que era a profissional mais próxima de uma assessora de imprensa.

– Saiu rapidamente na rádio, como solicitamos, e na internet, é claro – respondeu ela. – E saiu uma nota pela agência de notícias TT, há mais ou menos uma hora, que deve passar no Rapport e no noticiário da TV4. Amanhã a notícia estará em todos os jornais diários do país. A declaração que mandamos para a imprensa diz especificamente que queremos falar o mais rápido possível com todos os passageiros do trem que saiu de Gotemburgo.

Alex anuiu com a cabeça, satisfeito. Ele não tinha objeções quanto a pedir ajuda à imprensa. Contudo, tinha plena consciência de que fazer um apelo público pode ser contraproducente. Era final de julho, o verão ia embora junto com as chuvas, milhões de suecos estavam de férias e a redação dos jornais e noticiários provavelmente sofria uma total escassez de notícias. Ele nem ousava pensar em quais seriam as manchetes do dia seguinte se a menina não aparecesse durante a noite. Mal conseguia imaginar quantos civis telefonariam para relatar alguma pista. Muitas pessoas tendem a supor que sabem de alguma informação importantíssima para a polícia.

– Não faremos nenhuma coletiva de imprensa por enquanto – decidiu, pensativo. – E também vamos esperar um pouco antes de divulgar uma foto da menina.

Ele prosseguiu, dessa vez dirigindo-se a toda a equipe de investigação:

– Estamos falando de um período muito curto em que a menina ficou sem nenhum adulto por perto. Segundo as declarações que temos, ela ficou vulnerável por menos de quatro minutos. O trem estava parado há menos de um minuto quando o fiscal chegou ao assento da menina e viu que ela não estava mais lá.

Alex se virou para Peder.

– Peder, você conseguiu alguma coisa concreta? Qual a sua impressão depois de ter conversado com as pessoas?

Peder suspirou e bateu com o dedo no caderninho.

– Eu diria que não conversei com ninguém diretamente suspeito – disse ele, em tom arrastado. – Ninguém viu nada; ninguém ouviu nada. A menina sumiu, só isso. A única pessoa que teve um comportamento mais estranho foi o outro fiscal, Arvid Melin. Além de autorizar a partida do trem de Flemingsberg sem Sara Sebastiansson, ele também ignorou o pedido de ajuda do colega pelo rádio. Mas, para ser honesto... não, não acredito que Arvid tenha alguma coisa a ver com isso. Ele parece totalmente inútil no trabalho e, por isso, com certeza seria mais fácil para qualquer um levar Lilian embora, mas não acho que ele estava diretamente envolvido no desaparecimento. E ele não tem antecedentes criminais.

– Ótimo – disse Alex.

Fredrika franziu a testa.

– Não acho que Arvid Melin seja o principal suspeito dessa história – disse ela. – Não podemos dizer que Sara perdeu o trem em Flemingsberg por uma mera coincidência? O que sabemos sobre a mulher que a abordou na estação?

Alex inclinou um pouco a cabeça.

– O que você está pensando? – perguntou.

– Depende de como encararmos o desaparecimento da menina. Se partirmos do princípio de que foi planejado e que, para acontecer, a menina precisaria estar sozinha em Estocolmo para ser levada com mais facilidade, precisamos encarar a dona do cachorro como suspeita – respondeu Fredrika.

– É verdade – disse Alex, hesitante. – Mas como a pessoa que a levou sabia que o adulto que deveria vigiar Lilian não conseguiria cumprir sua tarefa?

– Ele não sabia, é claro – disse Fredrika. – Naturalmente, a pessoa que a levou deve ter se dado conta de que Sara Sebastiansson agiria rapidamente depois de perder o trem e entraria em contato com a tripulação. Mas não seria um problema tão grande tirar a menina de alguém que não a conhecia quanto tirá-la da própria mãe. Quem a levou teria tentado mesmo que Henry Lindgren estivesse lá.

– Então você acha que a prioridade era tirar Sara do trem e que o ocorrido em Flemingsberg não foi coincidência? – perguntou Alex.

– Exatamente – disse Fredrika.

– Humm – disse Alex.

– Talvez... – disse Peder.

Alex olhou sério para Peder, assentindo com a cabeça.

– Não sei, me parece bastante improvável – disse Peder, com uma expressão de dúvida.

– E qual seria a outra opção? – perguntou Fredrika. – Obra do acaso?

– A oportunidade faz o ladrão – disse Peder, como um professor paciente.

Fredrika não conseguia acreditar no que estava ouvindo, mas foi interrompida por Alex quando estava prestes a responder.

– Vamos terminar de revisar o que descobrimos e depois voltamos a esse assunto – sugeriu ele, acenando para que Peder continuasse.

Peder demonstrou que esperava uma reação de protesto de Fredrika, mas, para sua surpresa, ela não disse nada. O telefone de Ellen começou a tocar e ela saiu da sala. Voltando-se para suas anotações apressadas, Peder dividiu com os colegas as poucas informações que conseguira. Ninguém vira o que aconteceu em Flemingsberg e ninguém vira Lilian saindo do trem.

– Os interrogatórios não foram muito produtivos – disse Peder, sentindo-se envergonhado.

Alex balançou a cabeça como se isso não tivesse importância.

– Nessa situação, é impossível dizer o que é e o que não é importante – lamentou, suspirando. – Fredrika, poderia nos contar a história de Sara e o que você descobriu sobre o ex-marido dela?

Fredrika gostava de discursar. Falava de maneira clara e objetiva e, em todos os lugares em que trabalhara, suas apresentações eram elogiadas. Todavia, achava que, na polícia, era considerada arrogante e formal demais.

Fredrika falou rapidamente do que achava de Sara e de seu depoimento sobre o que havia acontecido em Flemingsberg. Também explicou o que havia descoberto nos arquivos e apresentou a teoria de que o marido de Sara continuava sendo um problema.

O próximo a tomar a palavra foi Alex, é claro.

– Você conversou com o ex-marido dela? – perguntou ele.

– O nome dele é Gabriel e tecnicamente eles ainda estão casados, então na verdade ele ainda é marido dela – começou Fredrika. – Não consegui localizá-lo. Ele mora numa pequena casa num condomínio no interior de Östermalm. Falei com a mãe dele pouco antes da reunião e ela me disse que ele estava viajando a trabalho e que passaria o dia todo em Uppsala. Tentei telefonar, mas o celular estava desligado. De todo modo, como ele precisa saber do que aconteceu com a filha, deixei um recado.

– Com quem ele mora atualmente? Sozinho? – perguntou Alex, rabiscando algo no caderno.

– Ainda não tive a chance de perguntar isso para Sara ou para a mãe dele. Mas vou procurar saber, sem dúvida.

Alex pensou em silêncio. Um pai que muito provavelmente agredira a ex-mulher diversas vezes, e que talvez ainda a agredisse, era uma pessoa muito interessante nas investigações de crianças desaparecidas. A pessoa mais interessante de todas, na verdade. Décadas de carreira policial corroboravam sua suposição.

– Quais eram os termos da guarda da menina? – perguntou a Fredrika, recostando-se na cadeira com as mãos por trás da cabeça.

– O que a própria Sara me disse é que eles não brigavam por causa da guarda, mas agora há pouco a mãe dele me disse que seu filho não via Lilian com muita frequência. Tive a impressão de que ela era uma mãe muito bem informada sobre a vida do filho. Ela me disse, por exemplo, que quando ele ligou para Sara cem vezes numa noite, ele estava "fora de si de preocupação com a menina", nas palavras dela. Ela disse que Sara havia viajado com a menina sem contar a Gabriel.

– Então eles *discutiam* sobre a menina, pelo menos no passado – disse Alex, pausadamente. – Temos algum motivo para suspeitar que Sara Sebastiansson mentiu e nunca foi agredida ou maltratada pelo marido?

Fredrika balançou a cabeça, enfaticamente.

– Não – disse ela, sem hesitar. – Não acredito nessa possibilidade. Não quando as lesões são tão bem documentadas.

– Mas você não acha que existe algo suspeito nisso tudo? – perguntou Peder, olhando para Alex, que assentiu.

– Sim, há algo muito suspeito, mas não consigo dizer o que é.

Ele olhou para Fredrika.

– Você conversou com Sara Sebastiansson sobre a questão das agressões?

– Não, eu só tive acesso aos relatórios quando cheguei aqui. Mas devo visitá-la mais tarde e vou tocar no assunto.

Quando Fredrika parou de falar, o silêncio foi atravessado por um ruído chocalhante. O velho ar-condicionado fazia muito barulho, considerando o pouco que refrigerava.

– Mas mesmo assim... – insistiu Peder, olhando inquisitivo para Alex. – Nosso principal alvo tem de ser o pai da menina, se ele for realmente esse crápula que Sara retratou, quero dizer.

Alex percebeu que o semblante de Fredrika ficou mais sério diante da insinuação de que Sara Sebastiansson possa ter mentido para a polícia.

– Com certeza – disse. – Independentemente do que Sara possa pensar, o pai é nossa principal pista na investigação até que tenhamos razões para considerá-lo irrelevante.

Fredrika se sentiu aliviada e seus ombros relaxaram um pouco. Alex, de vez em quando, pensava em como ela era atraente quando sorria e relaxava. Uma pena que não fizesse isso com mais frequência.

– Muito bem – concordou Alex. – E você disse que a mãe da menina conheceu outro homem. Devemos nos ater a ele?

– Ainda não sei nada de concreto sobre sua identidade. Ele se chama Anders Nyström, e Sara o conhece há tão pouco tempo que só conseguiu me dizer a data de nascimento e o endereço dele. Não há registros de que ele more no endereço onde Sara o encontrava, e o número do celular é de um plano pré-pago sem informações de cadastro. Ele não atende ligações e não tem caixa postal.

– Mas com que tipo de sujeito essa mulher se encontra? Um a agride, outro ela mal conhece – disse Peder, afundando na cadeira com um suspiro.

Fredrika olhou fixamente para Peder, mas não disse nada.

Alex fez um gesto para que ela continuasse.

– Quando Sara telefonou para ele da estação, combinaram que ele a visitaria hoje à noite, por volta das nove e meia, quando Lilian já estivesse na cama. Encontrei três homens que se chamam Anders Nyström e que poderiam ser amigos de Sara; nenhum deles tem ficha na polícia. Terei mais detalhes quando o encontrar à noite, na casa de Sara.

– Então, quando você se encontrar com ele hoje... – começou Alex, pensativo, mas logo foi interrompido por Fredrika, que fez um discreto gesto com a mão. Alex reprimiu um suspiro.

– Sim? – perguntou ele, pacientemente.

– A mulher com o cachorro – respondeu ela, com a mesma paciência.

– Sim? – disse Alex de novo.

Fredrika respirou fundo.

– Como a mulher com o cachorro se encaixa no cenário, se assumirmos que o pai levou a criança?

Alex deu um sorriso de canto de boca.

– Se o pai de Lilian a levou, a mulher com o cachorro não pode ser mera coincidência? – perguntou. Depois olhou fixamente para Fredrika e disse, com firmeza: – Nós não nos esquecemos da mulher em Flemingsberg, Fredrika. Por ora, estamos apenas priorizando outras informações. E por um bom motivo.

Alex olhou para todo o grupo mais uma vez e limpou a garganta.

– Eu gostaria de ir com você até a casa de Sara – disse ele, apontando para Fredrika com a cabeça.

Ela levantou as sobrancelhas. Peder também reagiu, aprumando as costas.

– Não é que eu esteja questionando sua competência – disse Alex, apressado –, mas não seria uma boa ideia dividir a responsabilidade desses interrogatórios com mais alguém? O novo namorado de Sara pode ser um sujeito intratável e eu ficaria mais contente se fôssemos juntos.

Peder olhou para Alex com um sorriso. Por um instante, Alex pensou que ele lhe daria um tapinha nas costas. A investigação seria difícil demais se a equipe não trabalhasse em conjunto.

Fredrika não disse uma palavra sequer. E nenhuma palavra se fez necessária, pois sua expressão fixa dava a entender claramente o que estava pensando.

Ellen interrompeu o silêncio com uma batida forte na porta.

– Já estamos recebendo telefonemas das pessoas na central – disse ela.

– Excelente – disse Alex –, isso é ótimo!

Se a criança não aparecesse logo, ele teria de pensar na hipótese de pedir ajuda à Polícia Nacional para percorrer todas as pistas. Deu por encerrada a reunião.

– Apesar da natureza chocante da situação – disse enquanto saía da sala –, preciso dizer que tenho um bom pressentimento sobre esse caso. Será apenas uma questão de tempo até encontrarmos a menina.

Quando o pacote ficou pronto, o Homem o colocou numa sacola de papel e deixou Jelena sozinha no apartamento.

– Até mais tarde – disse ele.

Jelena sorriu consigo mesma. Andava sem parar da cozinha para a sala, da sala para a cozinha. Evitava a todo custo se aproximar do banheiro.

A televisão estava ligada. A notícia de que uma criança desaparecera do trem foi dada em algumas frases curtas. Jelena quase se irritou.

"Aguardem", pensou ela. "Logo vocês se darão conta de que essa não é uma notícia qualquer".

Nervosa, começou a chacoalhar o cabelo com as mãos. O Homem não gostara do que ela tinha feito: tomou como um sinal de que ela não confiava totalmente na capacidade dele de planejar e executar um projeto. Mesmo assim, havia muita coisa em jogo, muita coisa que precisava dar certo.

Jelena foi até a cozinha e resolveu preparar um sanduíche. Estava abrindo a porta da geladeira quando a viu no chão, bem embaixo da mesa. Sentiu o sangue correndo por todo o corpo e a pulsação acelerada. Seu coração batia tão rápido que achou que seu peito explodiria enquanto se abaixava para pegar a calcinha no chão.

– Não, não é possível – disse ela, em pânico, dando um suspiro. – Como fui capaz de fazer isso?

Sua cabeça estava funcionando no piloto automático, fazendo o que tinha de ser feito. Precisava se livrar de uma vez daquela calcinha. As instruções do Homem haviam sido bem claras. Todas as roupas precisavam ser colocadas no pacote. *Todas.* Jelena ficou tão apavorada que quase chorou embolando a calcinha nas mãos e colocando-a numa sacolinha de plástico. "Tomara que ele não pare no meio do caminho para conferir se está tudo no pacote", pensou. Saiu do apartamento à velocidade da luz e desceu correndo até o depósito de lixo no subsolo do prédio. A porta estava fechada, como de costume, e custou a abrir. Jelena levantou a tampa de uma das lixeiras e jogou a sacola lá dentro. Voltou correndo com o coração na boca para o apartamento, subindo dois degraus por vez.

Bateu a porta com um estrondo e se atrapalhou com a fechadura. Precisou respirar fundo diversas vezes para evitar que as palpitações se transformassem num ataque de pânico. Depois, foi caminhando pé ante pé até o banheiro e engoliu seco algumas vezes antes de abrir a porta. O alívio que sentiu ao acender a luz era indescritível.

Pelo menos, no banheiro, tudo estava em seu devido lugar. A menina continuava lá, nua na banheira, exatamente onde eles a deixaram.

Peder Rydh passava distraído as páginas de seu caderninho. Mal conseguia ler o que havia anotado. Começou a se abanar com o caderno por causa do calor da sala e deixou os pensamentos soltos. A vida era capaz de vomitar as surpresas mais inesperadas e desagradáveis. Lilian Sebastiansson havia experimentado uma delas hoje, pessoalmente. Mas Peder tinha a mesma sensação que Alex: esperava que sua equipe resolvesse esse caso específico com relativa tranquilidade.

Seus devaneios foram interrompidos pelo toque do telefone. Sorriu ao ver que a ligação era do irmão. Jimmy telefonava pelo menos uma vez ao dia.

– Está me ouvindo? – perguntou a voz, depois das amenidades iniciais.

– Sim, estou ouvindo – respondeu Peder, apressado.

Conseguiu sentir a risada silenciosa do outro lado, como se fosse o riso abafado de uma criança.

– Deixa de brincadeira, Pedda, eu sei que não está ouvindo.

Peder não conseguiu evitar o riso. Não, ele não estava ouvindo. Não da maneira como costumava ouvir o irmão.

– Você vem logo, Pedda?

– Sim – prometeu Peder. – Nos vemos no final de semana.

– Falta muito?

– Não, não falta muito; só uns dias.

Os dois terminaram a conversa como costumavam fazer: com promessas de beijos, abraços e torta de marzipã quando se encontrassem. Jimmy parecia relativamente feliz. Ele veria os pais no dia seguinte.

– Poderia ter acontecido com você, Peder – dizia a mãe de Peder, muito mais do que ele se lembrava.

Quando era pequeno, sua mãe costumava colocar as mãos quentes no rosto dele enquanto dizia:

– Poderia ter acontecido com você. Você poderia ter caído do balanço naquele dia, com a mesma facilidade.

Peder se lembrava nitidamente do dia em que seu irmão caiu do balanço que o pai havia colocado numa das bétulas do jardim. Ele se lembrava do sangue escorrendo na pedra onde Jimmy batera com a cabeça, do cheiro forte da grama cortada recentemente, de Jimmy deitado no chão, como se estivesse adormecido. E se lembrava de sair correndo para tentar segurar a cabeça do irmão, que sangrava ao extremo.

– Você não pode morrer – gritava, pensando no coelhinho que haviam enterrado com tanta tristeza há mais ou menos um mês. – Você não pode morrer.

Seu apelo foi ouvido, de certo modo, pois Jimmy continuou com eles, mas nunca mais foi o mesmo; embora tivesse crescido fisicamente com a mesma rapidez que Peder, continuou sendo uma criança.

Peder passou o dedo pelas páginas do caderninho mais uma vez. Não, a gente nunca sabe quais surpresas a vida nos reserva. Peder certamente achava que tinha mais conhecimento a respeito disso do que a maioria das pessoas. Não só como consequência do que acontecera com o irmão, mas também como resultado de experiências mais amargas obtidas ao longo da vida. Sem falar nos eventos mais recentes. Mas era melhor não pensar no assunto.

Seus devaneios foram interrompidos pelo som de Fredrika passando pelo corredor.

Alex dissera para Peder algumas semanas antes, confidencialmente, é claro, que Fredrika carecia do tato e da sensibilidade tão importantes nessa profissão. Peder não conseguiria expressar a mesma sensação com tanta clareza. Para ser sincero, Fredrika era detalhista e sistemática demais. Além disso, parecia não ter alguém que lhe desse um trato de vez em quando, mas Peder preferiu não dizer nada. Era visível que Alex não tinha interesse em ideias e comentários desse tipo: nunca falava sobre outra coisa além do trabalho. Será que, algum dia, quando os dois estivessem trabalhando até mais tarde, conseguiriam sair para tomar uma cerveja? Sentiu uma pontada de empolgação na boca do estômago. Poucos policiais tinham a sorte de até mesmo contemplar isso: uma cerveja com Alex Recht.

Era de fato irritante que Fredrika não visse, e por isso não reconhecesse, a grandeza de Alex no mundo policial. Ela ficava lá, sentada, usando um casaquinho – sempre usava um casaco –, com o cabelo preso numa longa trança incomum, esticada feito um chicote sobre as costas, e aparentando tanto ceticismo que Peder sentia vontade de vomitar. E tinha algo na atitude dela, além da risada arrogante que soltava de vez em quando, que ele simplesmente não suportava. Não, Fredrika não era uma policial, era apenas uma acadêmica. Pensava demais e agia de menos. Policiais não trabalhavam assim.

Peder detestava o fato de ter sido ignorado mais uma vez e não ter recebido, no lugar de Fredrika, a tarefa de conversar com Sara Sebastiansson. Ao mesmo tempo, detestava o fato de não ter mais tempo livre para dedicar ao trabalho. Sua vida pessoal continuava consumindo muito de sua energia, impedindo-o de trabalhar de forma efetiva.

De todo modo, Alex não tinha quase certeza de que o desaparecimento de Lilian seria logo solucionado? Não eram frequentes os casos de homens que se sentiam traídos pelas esposas e usavam os filhos para atingi-las? Sendo assim, o caso de Lilian não deveria ser considerado particularmente importante ou significativo. Visto dessa maneira, era mais compreensível que Fredrika fosse junto com Alex interrogar Sara. Na verdade, era até bom que Alex a tivesse chamado no lugar dele, pois era ela que precisava aperfeiçoar suas habilidades, não ele.

O que Peder não ousava admitir, ainda que para si mesmo, era que, apesar de toda a crítica feita a Fredrika, ele a considerava uma mulher especialmente atraente. Tinha uma pele perfeita, seus olhos azuis eram grandes e adoráveis. Os olhos, contrastando com os cabelos escuros, criavam um efeito dramático. Tinha o corpo de uma garota de vinte, mas a postura e o olhar de uma mulher extremamente madura. Certamente, tinha os seios de uma mulher madura.

De vez em quando, Peder se pegava envolto em fantasias eróticas com Fredrika. Suspeitava que os clubes universitários e os bares estudantis transformassem muitas alunas em excelentes parceiras sexuais. Com a mesma intensidade, suspeitava que Fredrika fosse uma delas. Evitou olhá-la de frente quando ela passou pelo corredor, e automaticamente virou a cabeça para dentro de sua sala. Ficou imaginando como seria ir para a cama com ela. Provavelmente, nada mal.

No ático de um prédio em Östermalm, Fredrika Bergman terminava sua longa jornada de trabalho na companhia de seu amante. Fredrika e Spencer Lagergren já se encontravam havia alguns anos. Na verdade, Fredrika não gostava muito de pensar em quantos anos fazia que eles se viam, mas, nas raras ocasiões em que se permitia fazer isso, ela se lembrava da primeira vez que passaram a noite juntos. Fredrika tinha vinte e um anos, e Spencer, quarenta e seis.

A relação dos dois não era nada complicada. Fredrika ficou solteira algumas vezes ao longo desses anos, e às vezes se envolvia com outra pessoa. Quando estava com alguém, não se encontrava com Spencer. Muitos homens e mulheres conseguem se relacionar com duas pessoas ao mesmo tempo. Fredrika, não.

Mas Spencer conseguia, e Fredrika sabia muito bem disso. Spencer e a esposa, Eva, se casaram num dia ensolarado quase trinta e cinco anos antes, e ele não a trocava por ninguém. Exceto algumas noites, e durante a semana. Para Fredrika, essa circunstância era totalmente satisfatória. Spencer era vinte e cinco anos mais velho que ela. O senso comum lhe dizia que a equação acabaria se mostrando impossível. A frieza de matemática também lhe dizia que, se algum dia tivesse de entregar sua vida a Spencer, se ele escolhesse viver com ela, estaria sozinha de novo alguns anos depois.

Assim, Fredrika se contentava em encontrá-lo esporadicamente e aceitar o papel de segunda, e não primeira mulher na vida dele. Por extensão, também não se incomodava por nunca ter cultivado ou desenvolvido uma relação com ele. Como um todo, Spencer Lagergren era justamente o que precisava. Pelo menos era isso que dizia a si própria.

– Não consigo tirar a rolha – disse Spencer, franzindo a testa enquanto lutava com a garrafa de vinho que havia comprado.

Fredrika o ignorou. Ele preferiria morrer a deixá-la abrir a garrafa. Spencer sempre cuidava do vinho; Fredrika cuidava da música. Ambos adoravam música clássica. Spencer, uma vez, tentou convencê-la a tocar algo no violino que ela ainda tinha, mas ela não quis.

– Não toco mais – foi a resposta firme e abrupta.

E nada mais foi dito a respeito.

– Se eu mergulhar o gargalo em água quente, talvez a rolha amacie um pouco – murmurou Spencer consigo mesmo.

Sua sombra era projetada nos azulejos da cozinha enquanto ele andava de um lado para o outro com a garrafa. A cozinha era pequena: ele quase pisava nos pés de Fredrika o tempo todo, embora ela soubesse que nunca pisaria. Spencer jamais pisava numa mulher, a não ser quando expressava suas opiniões nada modernas em discussões feministas. E, mesmo assim, ele o fazia de uma maneira tão sagaz que quase sempre saía vencendo. Era um sujeito culto e inteligente, que exalava humor e calidez. Aos olhos de Fredrika e de outras tantas mulheres, isso o tornava um homem muito atraente.

Fredrika notou que ele finalmente ganhara a luta contra a garrafa de vinho. Ao fundo, Chopin, na interpretação de Arthur Rubinstein. Fredrika surgiu por trás de Spencer e gentilmente o envolveu em seus braços. Repousou a cabeça cansada nas costas dele, encostando a testa contra o corpo que conhecia tão bem quanto o seu.

– Você está cansada ou exausta? – perguntou Spencer tranquilamente, servindo o vinho.

Fredrika sorriu.

Ela sabia que ele também sorria.

– Exausta – sussurrou ela.

Ele se virou, envolto pelo abraço, e suspendeu a taça de vinho. Ela encostou a testa no peito dele por um segundo antes de pegá-la.

– Me desculpe por ter atrasado tanto.

Spencer levantou a taça oferecendo um brinde silencioso e os dois tomaram o primeiro gole.

Fredrika não gostava muito de vinho tinto até conhecer Spencer. Agora, já não conseguia passar muitos dias sem tomar uma taça. O bom professor havia lhe ensinado maus hábitos.

Spencer lhe acariciou gentilmente o rosto.

– Eu me atrasei da última vez, lembra? – disse.

Fredrika abriu um pequeno sorriso.

– Mas são sete da noite, Spencer. Você não se atrasou tanto da última vez que nos vimos.

Por alguma razão, talvez por se sentir culpada, ou por se sentir cansada, seus olhos se encheram de lágrimas.

– Ah, não ligue para isso... – começou Spencer, vendo o brilho úmido nos olhos dela.

– Desculpe – murmurou ela. – Não sei o que está havendo comigo. Eu...

– Você está cansada – disse Spencer, sem hesitar. – Você está cansada e detesta o trabalho na polícia. E essa combinação, meu amor, é realmente ruim.

Fredrika tomou mais um gole de vinho.

– Eu sei – disse ela, baixinho –, eu sei.

Ele a segurou com firmeza pela cintura.

– Fique em casa amanhã. Nós dois podemos ficar aqui.

Fredrika deu um suspiro imperceptível.

– Sem chance – disse ela. – Estou trabalhando num caso novo, de uma menina desaparecida. Por isso me atrasei tanto; passamos a noite interrogando a mãe da menina e seu novo namorado. Uma história horrível, nem consigo acreditar que seja verdade.

Spencer a puxou para mais perto de si. Ela tirou os óculos e o abraçou.

– Senti sua falta – sussurrou ela.

Expressar esse tipo de sentimento certamente violava as regras tácitas da relação dos dois, mas Fredrika estava exausta demais para se preocupar com o que haviam combinado.

– Eu também senti sua falta – respondeu Spencer, beijando-lhe o topo da cabeça.

Surpresa, Fredrika olhou nos olhos dele.

– Acho que temos uma coincidência aqui, não é? – disse Spencer, com um sorriso torto.

Já passava das duas da manhã quando Fredrika e Spencer finalmente resolveram tentar dormir. Como sempre, ele dormiu logo em seguida; para Fredrika, era mais difícil pegar no sono.

A cama de casal ficava encostada na parede do único cômodo realmente decente do apartamento. Além da cama, a escassa mobília incluía duas poltronas inglesas surradas e uma linda mesa de xadrez. Junto à cozinha apertada havia também uma pequena mesa de jantar e duas cadeiras.

Spencer herdara o apartamento do pai depois que ele morrera, mais ou menos dez anos antes. Desde então, Fredrika e o amante nunca se encontraram em outro lugar. Ela nunca havia ido à casa de Spencer, o que era lógico. As únicas vezes que se encontraram fora do apartamento se resumiam a ocasiões em que Fredrika o acompanhara discretamente durante alguma conferência no exterior. Ela achava que diversos colegas dele sabiam que os dois mantinham um caso, mas, para dizer a verdade, não estava nem aí.

Além disso, o prestígio de Spencer entre o professorado era extremamente alto, o que lhe dava a garantia de nunca ouvir uma pergunta direta sobre o assunto.

Deitada daquela forma nos braços de Spencer, Fredrika se encolhia como uma bola. Ele respirava fundo atrás dela; havia dormido muito rápido. Ela não conseguia imaginar a vida sem ele. Sabia que pensamentos desse tipo eram indescritivelmente perigosos, mas não podia fazer nada para evitá-los. E eles sempre surgiam na calada da noite, quando se sentia mais solitária.

Virou-se com cuidado até conseguir se deitar nas costas dele.

A visita à casa de Sara Sebastiansson fora tensa em todos os sentidos. Em parte por causa da própria Sara Sebastiansson, é claro. Ela estava totalmente desequilibrada. Mas também por causa de Peder. Ele parecera alegrar-se bastante quando Alex decidiu que Fredrika não deveria visitar Sara Sebastiansson sozinha. Fredrika vira que ele aprumou o corpo e que surgira em seu rosto um sorrisinho irônico.

"Não é que eu esteja questionando sua competência", dissera Alex.

Fredrika sabia muito bem que o problema era exatamente esse. As expectativas em relação a ela, uma mulher jovem e com experiência acadêmica, eram extremamente baixas. Esperava-se que ela mal soubesse mexer na máquina de xerox. Ela sentia a irritação de Alex toda vez que ousava apresentar ou defender uma nova hipótese.

A atitude dele em relação à moça em Flemingsberg era um bom exemplo.

Fredrika achava difícil excluí-la da investigação. Era um total absurdo que ninguém tivesse pedido para Sara descrevê-la nem fazer um retrato falado. Enquanto voltavam para a delegacia depois de terem interrogado Sara, Fredrika tentou tocar no assunto de novo, mas Alex, cansado, a interrompeu com firmeza:

– Mas é óbvio, aliás, mais que óbvio, que o pai dessa menina é o maior doente que existe – disse ele, agitado. – Não há nada que nos aponte para outros lunáticos, no círculo de amizades de Sara, que quisessem machucar a menina, ou amedrontar Sara levando a filha dela embora. E ninguém mandou um bilhete ou algo do tipo para Sara.

Quando Fredrika abriu a boca para dizer que o crime pode ter sido cometido por uma pessoa com quem Sara não se encontrou recentemente, ou por uma pessoa com quem ela não sabia ter um conflito, Alex interrompeu a discussão:

– Será melhor para você e para a organização se você respeitar nossa competência e experiência. Investigo casos de crianças desaparecidas há décadas, então confie em mim, eu sei o que estou fazendo.

Um silêncio absoluto tomou conta do carro depois disso, e Fredrika não tinha motivo nenhum para continuar a discussão.

Ela passou os olhos pelo rosto sereno de Spencer. Ele tinha feições duras e o cabelo grisalho ondulado. Boa pinta, algumas pessoas diriam que era bonito, talvez até charmoso. Já havia desistido de se perguntar como ele conseguia dormir tão bem, noite após noite, mesmo sendo infiel à própria mulher. Supunha que fosse porque ele e a esposa tivessem vidas separadas e haviam entrado num acordo sobre o limite da liberdade pessoal de cada um no casamento. Nunca tiveram filhos. Talvez ele tivesse escolhido não tê-los. Fredrika não tinha certeza.

Para ela, na verdade, Alex Recht não era uma pessoa difícil de lidar. Não depois de passar quatorze anos com alguém cuja visão parecia pertencer a uma máquina do tempo emperrada no século dezenove. Não depois de quatorze anos com alguém que ainda não a deixava abrir uma garrafa de vinho. Fredrika sorriu com tristeza. Apesar disso tudo, Spencer a respeitava infinitamente mais do que Alex.

– O que você acha que ele lhe dá de tão indispensável? – era o que amigos e amigas lhe perguntaram muitas vezes ao longo dos anos. – Por que você continua o encontrando mesmo sabendo que não vai sair nada dessa relação?

A resposta mudou com o tempo. No início, a relação era inacreditavelmente apaixonada e excitante. Proibida e revigorante para os dois. Uma aventura. Porém, depois, o relacionamento foi se aprofundando dentro das próprias fronteiras. Os dois tinham muitos interesses e alguns valores em comum. Com o passar dos anos, a proximidade de Spencer se transformara em um tipo de fixação para ela. Por mais que transitasse por diferentes cidades e países para terminar os estudos, Spencer sempre estava lá para recebê-la de volta. A mesma coisa aconteceu quando ela se envolveu com outras pessoas em casos relativamente curtos. Quando havia uma catástrofe e o castelo de cartas vinha abaixo, ele sempre estava lá. Nunca livre do orgulho, mas sempre entediado com o casamento, embora incapaz de abandonar a esposa, mesmo que dissesse a Fredrika que a esposa também vivia seus romances.

A solteirice de Fredrika se transformou em assunto de família em inúmeras ocasiões. Ela sabia que surpreendia os pais em outros aspectos além da escolha da profissão. Ninguém imaginava que ainda estaria solteira naquela idade. Definitivamente, não era o que sua avó imaginava.

– Ah, você vai encontrar alguém – costumava dizer, dando palmadinhas no braço de Fredrika.

Bastante tempo havia passado desde a última vez que a avó lhe dissera isso. Fredrika acabara de comemorar o aniversário de trinta e quatro anos com alguns amigos, no arquipélago de Estocolmo, e continuava sem marido e filhos. Sua avó provavelmente teria um infarto se soubesse que a neta dividia uma cama de vez em quando com seu antigo orientador da universidade.

Seu pai costumava lhe dar lições veladas sobre o valor de "estabelecer" algumas coisas na vida e "não ter tanta ganância". Só quando Fredrika entendesse isso é que teria lugar na mesa de jantar dos pais junto com sua própria família, como fazia o irmão todo domingo. Um ou dois anos depois que Fredrika completou trinta anos e continuou determinadamente solteira (ou "sozinha", como dizia o pai), os jantares de domingo começaram a ser uma pressão mental tão grande que ela começou a evitá-los.

Deitada no escuro ao lado de um homem que pensava que amava, apesar de tudo, Fredrika sabia que, quando lhe contasse que estava grávida, Spencer sairia de sua vida. Não por ela ser substituível, mas porque não havia espaço para uma criança na relação dos dois.

Fredrika e Spencer não tocavam nesse assunto há algum tempo, mas, depois de um longo período de reflexão, Fredrika começou a perceber que talvez não encontraria um homem com quem formar uma família, e que devia começar a pensar em alternativas. Essa decisão não podia ser adiada indefinidamente: ela precisava decidir. Ou fazia algo a respeito, ainda que estivesse sozinha, ou não haveria criança alguma. Causava-lhe uma dor incomensurável pensar que passaria a vida toda sem experimentar a maternidade. Em poucas palavras, achava injusto e antinatural.

Havia diversas alternativas a considerar. A mais inconcebível delas era impor a paternidade a Spencer: ela podia parar de tomar pílulas sem dizer nada a ele. Menos inconcebível ainda era uma viagem a Copenhague para tentar a inseminação artificial numa clínica. Adotar uma criança parecia ser a opção mais factível.

– Mas que droga, mande logo os papéis – dissera Julia, amiga de Fredrika, alguns meses antes. – Você pode desistir, se quiser, e dizer que se precipitou. Decisões sobre adoção demoram uma eternidade, você terá todo o tempo do mundo para pensar. Eu entraria na fila de uma vez.

No início, ela sequer levara a sério essa sugestão. Além disso, acabaria desistindo, de alguma maneira. Só enviaria os papéis para adoção no dia em que realmente desistisse de ter uma família própria, com um companheiro. Será que havia chegado esse momento?

A resposta apareceu quando Spencer não atendeu o telefone, nem o celular, nem o do gabinete. Depois de vários dias de silêncio, ela começou a telefonar para os hospitais da região. Ele estava no centro cardiológico do Hospital Universitário de Uppsala: havia sofrido um sério infarto e precisara de um marca-passo. Fredrika chorou durante uma semana. Com uma nova perspectiva do que é duradouro na vida, deu entrada nos documentos.

Fredrika deu um beijo de leve na testa de Spencer, que sorriu, dormindo. Ela sorriu de volta. Ainda não havia lhe contado sobre os planos de adotar uma garotinha chinesa. Afinal de contas, sua amiga estava certa: tinha todo o tempo do mundo.

Um último pensamento lhe passou pela cabeça antes de conseguir dormir: quanto tempo Lilian ainda tinha? Ela também tinha todo o tempo do mundo ou seus dias estavam contados?

QUARTA-FEIRA

A MULHER NA TELEVISÃO FALAVA tão rápido que Nora quase perdeu a notícia. Era de manhãzinha, e o apartamento estava tomado pela escuridão. A única luz vinha da TV, mas, como as persianas estavam baixadas, Nora tinha quase certeza de que o brilho da tela não poderia ser visto por quem passasse na rua.

Para Nora, isso tinha importância. Sabia que estava condenada a se sentir insegura, mas também sabia que podia fazer certas coisas para se expor o menos possível. Protegendo seus dados pessoais, ela se tornava menos visível; mantendo sempre a luz do apartamento apagada durante a noite, tornava-se ainda menos visível. Seu círculo de amigos era pequeno. Só mantinha contato esporádico com a avó, telefonando sempre de orelhões localizados em outras cidades. Seu trabalho era conveniente nesse aspecto, pois lhe permitia viajar bastante.

Quando ouviu a notícia, estava na cozinha preparando um sanduíche, com a geladeira aberta. A luz da geladeira era útil: significava que ela não precisava acender nenhuma outra lâmpada para ver o que fazia.

A voz da apresentadora cortou o silêncio e atingiu os ouvidos de Nora enquanto ela brigava com uma fatia de queijo.

– Uma menina de seis anos desapareceu ontem de um trem que ia de Gotemburgo a Estocolmo – proferiu a voz. – A polícia está pedindo que todos que estiveram no trem que saiu de Gotemburgo às 10h50 ontem de manhã, ou na Estação Central de Estocolmo, mais ou menos...

Nora largou o queijo e saiu correndo até a televisão.

– Oh, meu Deus – sussurrou, sentindo o coração acelerar. – Ele começou.

Ouviu a notícia até o fim, desligou o aparelho e se jogou no sofá. As palavras que acabara de ouvir penetraram lentamente em sua consciência, uma a uma. Juntas, formaram frases longas, suscitando ecos violentos de uma época que ela fazia o impossível para esquecer.

"O trem, boneca", sussurrou o eco. "Você não faz ideia do que as pessoas esquecem no trem. E não faz ideia do quanto as outras pessoas não prestam atenção. As pessoas que não deixam nada para trás, mas que estão apenas viajando. É isso o que as pessoas fazem no trem, boneca. Elas viajam. E não veem nada".

Ficou sentada no sofá até que a fome a lembrou do sanduíche. Só então decidiu o que fazer; ligou a televisão de novo e apertou o botão do canal interativo. O telefone da polícia, disponibilizado para o público que tivesse informações sobre o caso, estava no final da notícia sobre a criança desaparecida. Digitou o número no celular para telefonar mais tarde. Não do próprio aparelho, é claro, mas de um orelhão.

Alex Recht acordou pouco depois das seis, praticamente uma hora antes do despertador tocar. Para não incomodar a esposa, Lena, levantou-se cuidadosamente e saiu do quarto na ponta dos pés para preparar a primeira xícara de café do dia.

A casa estava iluminada pela luz da manhã, mas o sol já havia se escondido por trás de um aglomerado de nuvens densas. Alex conteve um suspiro ao despejar o pó de café no filtro da máquina. Não, ele não se lembrava de alguma vez ter passado um verão pior que esse. Sairia de férias dali a algumas semanas e, se o tempo não melhorasse, seriam dias praticamente perdidos.

Cético em relação à previsão meteorológica, abriu a porta dos fundos, viu que ainda não tinha começado a chover e saiu apressado para buscar o jornal. Abriu o exemplar antes mesmo de entrar de volta. Deparou-se com a manchete do desaparecimento de Lilian Sebastiansson na primeira página: "Desaparecida ontem criança de seis anos...". Excelente, deu tempo de sair a notícia nos principais jornais.

Com o café e o jornal em mãos, Alex cruzou o pequeno corredor, pintado de azul, até o escritório. Fora ideia de Lena pintar o corredor de azul. Alex ainda tinha lá suas dúvidas.

– Espaços pequenos não ficam ainda menores quando pintamos com cores escuras? – dissera ele, hesitante.

– Talvez – dissera Lena. – Mas ficam bonitos, o que é mais importante.

Alex percebeu que dificilmente seria capaz de rebater esse argumento, então preferiu se calar. O filho acabou recebendo a tarefa da pintura e o corredor ficou bem bonito. E apertado. Mas eles não falaram mais nisso.

Alex se sentou na enorme cadeira que mais parecia uma poltrona de rodas. Ele a herdara do avô e nunca se desfez dela. Satisfeito, bateu com a mão no braço da cadeira. Além de ser bonita, era confortável. Alex e a cadeira logo comemorariam seu trigésimo aniversário juntos. Trinta anos! É tempo demais para se sentar na mesma cadeira. Na verdade, pensou Alex, era tempo demais para qualquer coisa. Até mais do que ele estava casado com Lena.

Reclinando-se para trás, fechou os olhos.

Não se sentia totalmente descansado. Não havia dormido bem na noite anterior. Pela primeira vez em muitos anos, teve pesadelos. Por mais que gostasse de culpar o clima, sabia que os sonhos ruins vinham de outro lugar.

Alex tinha uma vaga consciência de que, no decorrer de sua carreira na polícia, passara a ser visto como uma espécie de lenda. De modo geral, achava que merecia essa fama. A quantidade de casos e investigações que passaram pela sua mesa era grande demais para ser contada, e ele acabava resolvendo a maioria, uma hora ou outra. Nunca trabalhava sozinho, mas geralmente assumia o comando. Justamente como acontecia neste momento. Contudo, agora ele tomava consciência da passagem do tempo. Já se falava em diminuir a idade de aposentadoria dos policiais para sessenta e um anos. No início, Alex achou uma ideia péssima, mas agora pensava diferente. Não era bom para uma instituição como a polícia ser debilitada por uma série de agentes velhos e cansados. Era importante renovar a energia da organização.

Alex perdera a conta de quantas pessoas desesperadas encontrara em todos esses anos na polícia. Sara Sebastiansson era a mais recente, mas ela ainda não havia demonstrado um desespero real: mantinha-se contida de uma maneira bastante notável, pensou Alex. Não tinha dúvida de que, por dentro, estava destroçada pela angústia e pela saudade da filha, mas se forçava a continuar impassível. Parecia que, se ela demonstrasse durante um único segundo – *um único segundo* – o horror pelo qual passava, o mundo se abriria sob seus pés e a filha não voltaria nunca mais. Alex achava que ela sequer havia avisado aos pais.

– Vou fazer isso amanhã, se Lilian não aparecer até lá – dissera ela.

O amanhã chegara e, pelo que Alex sabia, Lilian continuava desaparecida. Ele olhou para o telefone celular. Nenhuma chamada perdida, nenhuma novidade.

Era preciso se concentrar em outras coisas básicas em casos de crianças desaparecidas. A grande maioria dessas crianças acabava sendo encontrada. Mais cedo ou mais tarde. E "mais tarde" era no máximo um ou dois dias. Tinha sido assim, por exemplo, com o garoto que desaparecera na costa no ano anterior, quando Alex fora chamado justamente por já ter trabalhado com uma série de casos de crianças desaparecidas no decorrer de sua carreira. O garoto, que devia ter uns cinco anos, havia fugido da casa de veraneio da família em Ekerö durante uma discussão dos pais, e simplesmente correu para tão longe que não conseguiu achar o caminho de volta.

Foi encontrado dormindo embaixo de um abeto a uns dez quilômetros de casa, mais longe que o esperado, além do raio de busca inicial. Na manhã seguinte, já estava junto dos pais, e a última coisa que Alex ouviu enquanto saía do lugar foi os pais tendo uma discussão barulhenta e amarga sobre de quem era a culpa pelo desaparecimento do menino.

Todavia, Alex também trabalhara em casos mais complicados de resolver: crianças, por exemplo, que foram submetidas a tantas atrocidades quando sequestradas que praticamente se tornavam outras pessoas quando voltavam para os pais. Havia uma menina, em particular, que sempre voltava à mente de Alex quando outra criança desaparecia. A menina passou dias desaparecida até ser encontrada numa vala por um motorista. Ficou inconsciente por mais de uma semana depois de ser internada no hospital e jamais conseguiu explicar exatamente o que lhe aconteceu. Tampouco era necessário. As lesões em seu corpo eram o testemunho do tipo de escória que deve tê-la levado e, por mais que médicos, psicólogos e os pais dedicados fizessem tudo para curar as feridas, havia cicatrizes psicológicas que nenhuma palavra ou tratamento médico do planeta seriam capazes de curar.

A menina cresceu problemática e perturbada, sem interagir com ninguém ao seu redor, em casa ou na escola, e foi se sentindo cada vez mais excluída. Não terminou a escola secundária. Antes de completar a maioridade, fugiu de casa e se entregou à prostituição. Os pais a levavam para casa de tempos em tempos, mas ela sempre fugia de novo. Antes de completar vinte anos, morreu de overdose de heroína. Alex se lembra de como chorou em sua sala quando soube da notícia.

Ele sentira uma vontade incontrolável de visitar Sara Sebastiansson na noite anterior e, por isso, acompanhou Fredrika Bergman no interrogatório. Temia que Fredrika interpretasse aquilo como um sinal de que ele questionava sua competência, o que era verdade até certo ponto, mas não foi esse o motivo que o fez acompanhá-la. Não, ele só queria entender melhor o caso. E realmente entendeu.

Primeiro, Fredrika e Alex conversaram a sós com Sara, até que seu novo namorado, Anders Nyström, apareceu. Não haviam encontrado nenhum problema nos dados pessoais dele, mas Fredrika o entrevistou rapidamente na cozinha, enquanto Alex continuou conversando com Sara na sala de estar.

Ele ficara incomodado com o que descobriu.

Sara não tinha inimigos. Ou, pelo menos, não se lembrava de nenhum.

Por outro lado, particularmente, ela também não parecia ter muitos amigos.

Disse que o marido costumava agredi-la, mas que isso não era mais um problema, e que por um instante pensou que ele tivesse levado a menina. Por isso, resolvera não contar para Fredrika sobre as agressões quando se falaram pela primeira vez: não queria que a investigação policial fosse desviada sem necessidade, como dissera.

Alex não acreditou numa palavra sequer. Começou explicando em tom bastante pedagógico, de modo que não soasse arrogante, que não cabia a Sara avaliar os diferentes caminhos da investigação, se houvesse mais de um. Além disso, Alex não acreditava que o ex-marido de Sara a tivesse deixado em paz. Demorou um tempo para convencê-la, mas, por fim, ela lhe mostrou os antebraços que tanto tentara esconder sob as mangas. Exatamente como Fredrika suspeitara, os braços carregavam claros sinais de violência física. No braço esquerdo havia um ferimento nitidamente dolorido, com contornos bem definidos. A pele estava arroxeada, e Alex percebeu sinais de bolhas no primeiro estágio da cicatrização. Uma queimadura, sem dúvida.

– Ele me queimou com o ferro de passar, pouco antes de nos separarmos – disse Sara com a voz desanimada e o olhar vazio, tentando se fixar em algum ponto atrás de Alex.

Alex tomou levemente a mão dela e disse, em tom gentil, porém enfático:

– Você terá de prestar uma queixa disso, Sara.

Ela imediatamente virou a cabeça e olhou bem nos olhos dele.

– Ele não estava aqui quando aconteceu.

– Como?

– Você não leu os relatórios? Ele nunca está aqui quando acontece. Sempre existe alguém para confirmar que ele estava em outro lugar.

Fixou de novo os olhos naquele ponto atrás de Alex.

Alex ficou transtornado ao ver a gravidade dos ferimentos de Sara Sebastiansson. Para seu aborrecimento e preocupação, o marido dela não entrou em contato à tarde ou à noite. Alex mandou uma viatura até a casa dele duas vezes, mas os policiais disseram que a casa continuava toda apagada e ninguém atendia a campainha. Fredrika então disse que entraria em contato mais uma vez com a mãe de Gabriel Sebastiansson no dia seguinte e que iria até o lugar onde ele trabalhava. *Alguém* deveria saber onde ele estava.

Sentado ali, na cadeira giratória do pai, Alex sentiu a raiva crescendo dentro de si. Fora criado com alguns princípios básicos que aprendera a respeitar em seus quase cinquenta e cinco anos neste mundo. Não se deve bater em mulheres. Não se deve bater em crianças. Não se deve mentir. E deve-se cuidar dos mais velhos.

Alex tremeu ao se lembrar da queimadura.

O que leva as pessoas a fazer esse tipo de coisa?

Ele não conseguia engolir a tendência política no país inteiro de se falar na "violência dos homens contra as mulheres". Era inconcebível fazer esse tipo de generalização em outras áreas. Para citar apenas um exemplo, um colega havia dito, numa conferência da polícia, que "a sociedade pagava muito caro pela tendência dos imigrantes de não obedecer leis, normas e regras". A declaração quase custou o trabalho do colega. Se ele continuasse dizendo coisas desse tipo por aí, as pessoas poderiam pensar que todos os imigrantes escolhem viver à margem das regras sociais, o que definitivamente não é verdade.

"Não", pensou Alex, "definitivamente não é verdade". Não mais do que dizer que todos os homens batem em todas as mulheres. *Alguns* homens batem. A grande maioria deles não bate. O problema só seria tratado de maneira apropriada quando tal fato fosse aceito como ponto de partida.

Não havia necessidade de a equipe se reunir de novo na noite anterior. Alex manteve Peder informado assim que ele e Fredrika saíram do apartamento de Sara Sebastiansson. Alex não era estúpido, muito menos ingênuo. Peder tinha um desejo quase infantil de mostrar como era esperto, e Alex sentia uma leve preocupação de que isso pudesse atrapalhar seu juízo em situações estressantes. Porém, ao mesmo tempo, não queria inibir Peder, que mostrava um entusiasmo exemplar pelo caso e tinha tamanha energia.

"Seria maravilhoso se Fredrika demonstrasse um pouco mais dessa energia", pensou, ironicamente.

Olhou o relógio. Quase sete. Hora de se vestir e correr para a cidade. Era um cara sortudo por morar numa ilha como Resarö, tão perto da cidade e, ao mesmo tempo, tão longe de tudo. Jamais trocaria sua casa por outra. Um verdadeiro achado, dissera Lena quando a compraram, alguns anos antes. Alex se levantou e tomou o corredor azul de volta até a cozinha. Quando entrou no chuveiro, momentos depois, as primeiras gotas de chuva da manhã começaram a bater na vidraça.

O TREM ENTRE GOTEMBURGO E ESTOCOLMO parte mais ou menos de hora em hora. Os pais de Sara Sebastiansson pegaram o primeiro horário que conseguiram, saindo de Gotemburgo às seis da manhã. Essa não era a primeira viagem de emergência que faziam de costa a costa, mas definitivamente o motivo era o mais grave. Em diversas ocasiões, tiveram de deixar tudo em casa e no trabalho para cuidar de Lilian enquanto Sara se recuperava das lesões corporais provocadas pelo marido. Desde o primeiro ataque que Sara sofrera, eles se recusavam a manter qualquer tipo de contato com o genro. Tentaram de todas as maneiras convencer Sara a ser forte e se afastar dele. Imploraram para que voltasse a morar na costa oeste, mas ela sempre recusava: não deixaria Gabriel destruir outros aspectos de sua vida, dizia. Já morava fora de Gotemburgo há quinze anos e jamais voltaria para lá. Jamais. Sua vida agora era em Estocolmo.

– Mas, Sara, meu amor – dissera sua mãe, começando a chorar. – Pense em Lilian, Sara. O que vai acontecer com Lilian se você morrer?

Mas Sara já estava preparada contra as lágrimas da mãe e continuava dizendo não.

Será que fizera a coisa certa?

Sentada à mesa da cozinha depois do desaparecimento de Lilian, ela se perguntava se havia cometido um erro de proporções incalculáveis. Será que Gabriel tinha sequestrado Lilian? Sabe Deus que ele já fizera coisas más e monstruosas, nunca direcionadas a Lilian, mas que acabavam afetando-a indiretamente, pois, mais de uma vez, ela acordara de seu sono inocente por causa dos gritos da mãe no quarto ao lado. Uma vez, Lilian pulou da cama e, chorando, seguiu o som até descobrir de onde vinham os gritos.

Sara ainda se lembrava nitidamente da cena. Ela estava deitada no chão, impedida de se levantar pela dor intensa que sentia na costela que Gabriel havia chutado. Gabriel, fervilhando de ódio, estava debruçado sobre ela. No meio disso tudo, a voz de Lilian:

– Mamãe. Papai.

Como num transe, Gabriel se virou.

– Oh – sussurrou ele. – A queridinha do papai está acordada?

Atravessou a cozinha em passos apressados, ergueu a menina nos braços e a tirou de lá.

– A mamãe caiu, meu amor – Sara ouviu ele dizer. – Vamos deixá-la descansar um pouco para que fique novinha em folha. Você quer que eu leia uma história?

Sara havia feito um curso básico de psicologia na universidade e sabia que muitos homens batiam nas esposas e se arrependiam depois. Gabriel nunca se arrependeu; nunca pediu desculpas; nunca demonstrou que o que fizera era anormal ou errado. Ele simplesmente olhava para os ferimentos e contusões de Sara com um desprezo tão grande que ela desejava que ele caísse morto na sua frente.

Ela sabia que estava exausta demais para continuar. Aquela noite, a primeira sem Lilian, havia sido implacavelmente longa.

– Tente descansar um pouco – aconselhara Alex Recht. – Eu sei que parece impossível, mas é realmente a melhor coisa que você pode fazer por Lilian, para que esteja forte, pois, quando ela voltar, vai precisar de uma mãe descansada para cuidar dela. Tudo bem?

Sara tentou se agarrar a esse pensamento. Tentou dormir, tentou se preparar para o retorno da filha. Lembrou-se das últimas palavras de Alex: "Pois, quando ela voltar...". Não *se* ela voltar, mas *quando* ela voltar.

Deitada na cama, Sara percebeu quase imediatamente que havia sido um erro mandar Anders embora tão cedo. Ela sentira que talvez estivesse traindo Lilian se o deixasse ficar, como se a presença dele de certa forma diminuísse a probabilidade de ter a filha de volta. Às duas da manhã, ligou para os pais. O pai ficou totalmente quieto; ela o ouviu respirando no telefone.

Por fim, escutou a voz dele, robusta:

– A gente sempre soube que perderia uma das duas – disse ele. – Não podia acabar bem, com aquele demônio na vida de vocês.

Ao ouvir as palavras do pai, Sara largou o telefone e despencou no chão. Cravou as unhas no assoalho da cozinha enquanto as lágrimas fluíam.

– Lilian – gritava ela. – Lilian.

Ao fundo, do telefone pendurado na parede pelo fio, ela ouviu a voz desesperada do pai.

– Estamos indo agora mesmo, Sara. Eu e sua mãe estamos indo agora mesmo.

Sara se agarrou à xícara de café. Ela gostava quando a luz do dia aparecia bem cedo, apesar do mau tempo. No total, havia dormido menos de uma hora. Tentou se convencer de que isso não fazia dela uma mãe ruim. Uma mãe que não se importava nada era pior do que uma mãe que se importava em excesso. Sara se surpreendeu com os próprios pensamentos. Será que havia um limite do quanto devemos nos preocupar se um filho nosso desaparece? Esperava que não. Rezou para que não houvesse.

O som estridente da campainha atravessou o silêncio. Sara havia acabado de desligar o rádio; escutara a notícia do desaparecimento da filha no rádio e na televisão. De início, sentiu que as palavras da locutora agiram como um cobertor, grande e aquecido. Alguém se importava. Alguém queria ajudar a encontrar sua filha. Contudo, depois do terceiro ou quarto noticiário, o cobertor aquecido se transformou num laço que a enforcava, um lembrete constante da ausência de Lilian, uma ausência da qual Sara estava dolorosamente ciente.

A campainha tocou de novo.

Sara pensou por um momento. Olhou rapidamente para o relógio e viu que eram quase oito e meia. Há uma hora havia conversado com o policial de plantão, que lhe dera as últimas informações. Ainda nenhuma notícia.

Sara olhou com cuidado pelo olho mágico da porta na esperança de que fosse Fredrika Bergman ou Alex Recht, mas não era nenhum dos dois. Havia uma espécie de entregador parado do lado de fora, com um pacote na mão.

Sara abriu a porta, surpresa.

– Sara Sebastiansson? – perguntou o homem com o pacote.

Ela assentiu. O pensamento que lhe ocorreu nesse momento foi de que sua aparência devia ser de uma mulher exausta e esgotada.

– Tenho uma entrega para você – disse o homem, entregando-lhe o pacote. – Precisava entregar em mãos. Pode assinar o recibo, por favor?

– Sim, é claro – disse Sara, pegando o pacote. – Obrigada.

– Por nada! – disse o homem, sorrindo. – Tenha um bom dia!

Sara não respondeu; em vez disso, fechou e trancou a porta. Sacudiu de leve o pacote. Não pesava quase nada e não fez som nenhum quando balançado. Ela procurou o endereço do remetente, mas não havia nada. A caixa era mais ou menos do tamanho da embalagem de um aparelho de DVD. Ela virou-a nas mãos, olhando-a do outro lado: hesitante a princípio, depois mais decidida.

– Entre em contato com a polícia imediatamente se acontecer alguma coisa incomum, alguma coisa que você não está esperando – havia dito Alex Recht na noite anterior. – Você tem de nos contar, Sara, o que quer que seja. Telefonemas estranhos, chamados curiosos na porta. Mesmo que não estejamos considerando muito essa hipótese, Lilian pode ter sido sequestrada e, nesse caso, o criminoso pode entrar em contato com você.

Parada com o pacote nas mãos, Sara se perguntava se aquele seria um evento incomum. Seus pais chegariam a qualquer momento; será que ela esperava por eles?

Talvez tenha sido a falta de sono ou o impulso do desespero e da curiosidade que fizeram Sara Sebastiansson decidir abrir o pacote de imediato. Ela o colocou gentilmente na mesa da cozinha e repousou o celular ao lado dele. Abriria o pacote e depois ligaria para Alex Recht ou Fredrika Bergman. Se houvesse algum motivo para isso. Poderia ser apenas algum produto que ela pediu e se esqueceu.

Sara puxou a fita que selava a lateral da caixa. Seus dedos longos agarraram os dois lados da tampa e ela a levantou. Deparou-se com uma camada de pedaços de isopor em formato de coração. Franziu a testa. O que seria isso?

Ela retirou com cuidado os pedaços de isopor. A princípio, não conseguiu entender o que tinha recebido. Seus olhos procuravam algum tipo de contexto que pudessem compreender. Cabelo. Um monte de cabelo castanho, ondulado e de comprimento mediano. Emudecida, Sara tocou o cabelo, revelando o que havia por baixo. Foi quando instantaneamente entendeu de quem era aquele cabelo e soltou um berro alto e animalesco. E continuou gritando, até que seus pais chegaram alguns minutos depois, chamaram a polícia e um médico. Então os gritos, que começavam a deixá-la afônica, se transformaram em soluços de perplexidade e desespero. O muro que ela havia construído com tanto esmero para se proteger do pânico crescente acabava de ruir. *O que fizera para merecer aquilo? Por Deus, o que fizera?*

A polícia recebeu a ligação dos pais de Sara Sebastiansson pouco depois das nove da manhã. Alex foi informado imediatamente e saiu dirigindo como um louco até o apartamento de Sara, levando consigo Fredrika Bergman. Para sua sincera surpresa, Fredrika notou que Peder não parecia nada feliz por não ter sido chamado para a emergência no lugar dela.

Depois que enviaram a caixa de papelão e seu conteúdo repugnante para o Laboratório Nacional de Ciência Forense da Suécia, o SKL, em Linköping, Alex e Fredrika voltaram para o Casarão. Os dois ocupantes do carro sentiram certo conforto pelo silêncio que se estabeleceu entre eles quando deram início ao curto trajeto de Södermalm para o prédio da polícia em Kungsholmsgatan. Subiram pela ponte Västerbron e de lá observaram Estocolmo, coberta por uma escuridão quase outonal. A densa frente fria que cobrira a capital durante a noite estava refletida vivamente na água que se estendia sob os dois. Fredrika refletiu sobre o fato de que as nuvens coloriam a água cinzenta, tornando a vista bem menos atraente do que costumava ser.

Alex limpou a garganta.

– Como? – disse Fredrika.

Alex olhou para ela e balançou a cabeça.

– Nada, eu não falei nada – respondeu, tranquilamente.

Ele relutava em admitir, mas estava em choque com o que vira. O pacote transformara o caso, que inicialmente parecia uma investigação de rotina envolvendo dois adultos durante um divórcio doloroso no qual a filha havia sido inevitavelmente colocada no papel de joguete, num sequestro com uma solução muito menos previsível. A experiência foi ainda mais perturbadora devido ao pânico de Sara Sebastiansson, que preencheu toda a atmosfera do apartamento e se tornou ainda mais tangível por causa da mãe de Sara, que pedia, entre lágrimas, para a filha se acalmar. Alex notara que Sara Sebastiansson havia ultrapassado aquele ponto em que um ser humano pode simplesmente "se acalmar". Resolveu que a melhor linha de ação seria esperar o médico e só investigar a caixa e o conteúdo depois que Sara recebesse um sedativo.

Pela reação de Sara, estava claro que o cabelo devia ser de Lilian. Os exames dariam o fato como certo. Embaixo do monte de cabelo estavam as roupas que Lilian usava quando desapareceu. Uma saia verde, na altura dos joelhos, e uma camisetinha com uma estampa verde e rosa na frente. Também havia dois elásticos de cabelo. Por alguma razão, a calcinha não estava na caixa.

Ver as roupas fez o estômago de Alex embrulhar. Alguém devia ter tirado as roupas dela. De todas as pessoas doentes do mundo, nenhuma era mais repugnante do que as que violentavam crianças.

Não havia sinal algum de sangue nas roupas. Pelo menos nenhum sinal visível, mas o SKL poderia afirmar a presença ou não de sangue com maior precisão, é claro, além de procurar traços de outros fluidos corporais. Alex achou que entendia muito bem a mensagem que um pacote como aquele tinha a intenção de transmitir. Alguém queria assustar Sara numa proporção incalculável. A reação histérica de Sara mostrou como o remetente havia sido bem-sucedido. Mais tarde, Sara teria de ser interrogada sobre o pacote e a pessoa que o entregou, mas esse tipo de pergunta estava fora de cogitação em seu estado atual.

"Depois", pensou Alex. "Depois".

Segurou o volante com força.

– Você conseguiu descobrir alguma informação útil quando telefonou para o lugar onde o ex-marido de Sara trabalha?

Fredrika estremeceu.

– Sim e não.

Ela aprumou o corpo no assento. Havia ligado para o chefe de Gabriel Sebastiansson no início da manhã.

– Segundo seu chefe, Gabriel Sebastiansson saiu de folga na segunda-feira. Não soube dizer onde ele está.

– Interessante – disse Alex. – Principalmente por ele não ter dito nada à ex-esposa, mesmo tendo uma filha juntos. Ele não disse à mãe que estava viajando a trabalho?

– Sim – respondeu Fredrika. – Ou pelo menos foi o que ela disse. Mas, para ser honesta, ela não me causou uma impressão muito boa.

Alex franziu a testa.

– Como assim?

– Estou dizendo que o fato de a mãe ter dito que ele disse estar viajando a trabalho não significa que ela não esteja mentindo. A lealdade em relação ao filho é tão forte que acho que ela não se importaria de mentir para protegê-lo.

Alex refletiu. Estavam quase chegando ao Casarão.

Fredrika se perguntava por que era sempre a passageira, e não a motorista, toda vez que saía de carro com os colegas. Possivelmente, isso também era explicado pelo fato de ela não ter passado pela academia de polícia, de nunca ter trabalhado com uma viatura; então, era óbvio que devia ser uma péssima motorista.

– Vá até a casa dela – disse Alex abruptamente, esquecendo-se de aplaudir o momento em que Fredrika, pela primeira vez, admitia estar agindo por instinto. – Vá até a casa da mãe de Gabriel. Nós só precisamos fazer uma pequena reunião antes disso.

– Tudo bem – disse Fredrika.

Entraram na garagem e seguiram pelo túnel até o estacionamento.

– Ainda estamos considerando que foi o pai quem levou a menina? – perguntou Fredrika calmamente, temendo reascender a raiva de Alex ao questionar sua hipótese. – Você acha que um pai tosaria o cabelo da filha e o mandaria para a mãe?

A pergunta levou Alex a se lembrar da queimadura de ferro no braço de Sara.

– Pais normais não o fariam – disse. – Mas Gabriel Sebastiansson não é um pai normal.

Peder Rydh estava frustrado. O chamado de emergência dos pais de Sara Sebastiansson pegou toda a equipe de surpresa e, justo agora, no momento mais delicado da investigação, Fredrika havia sido chamada, e não ele, que precisaria continuar seguindo palpite depois de palpite. Achava inútil e estressante perder tempo com coisas aparentemente menos importantes do que uma visita à casa de Sara Sebastiansson para uma nova entrevista.

Decerto que estava recebendo uma ajuda valiosa de Mats Dahman, analista da Polícia Nacional, que Alex havia recrutado logo depois que os pais de Sara telefonaram. Mats tinha um programa excelente que ajudaria a descartar algumas pistas. Com o programa, por exemplo, era possível identificar facilmente quem havia relatado coisas que aconteceram antes do desaparecimento. Todas as pessoas que disseram ter visto Lilian Sebastiansson na Estação Central de Estocolmo às quinze para as duas, por exemplo, seriam descartadas automaticamente, pois Lilian ainda não estava desaparecida nesse horário. Mas havia outras pistas mais ardilosas. Uma mulher que estivera no mesmo trem que Sara e Lilian dissera ter visto um homem baixo carregando uma menina adormecida quando os passageiros saíram da plataforma. Mas se o criminoso calçava um sapato tamanho 46, provavelmente devia ser um sujeito bem alto. Se é que aquelas pegadas tinham alguma coisa a ver com o desaparecimento de Lilian.

Peder inclinou-se na cadeira e deu um suspiro desanimado. A noite anterior também não havia sido particularmente agradável. Embora tivesse se programado para ir embora mais cedo, só conseguiu chegar em casa depois das dez da noite e encontrou Ylva sentada à mesa da cozinha tomando uma xícara de chá. Ela passara o dia todo em casa, mas ainda se sentia cansada. Por alguma razão, Peder ficou furioso com o que ela disse e teve de fazer um esforço tremendo para não criticá-la ou ser indelicado. Obrigou-se a repetir o mesmo velho mantra que resolvia em sua mente pelos últimos dez ou onze meses:

Ela está cansada; não está se sentindo bem. Não pode evitar. E se continuarmos devagar, dando um passo de cada vez, ela vai melhorar. As coisas vão melhorar.

Há cerca de um ano, Peder era uma daquelas pessoas que adoravam a vida em toda a sua plenitude. Considerava essa adoração quase um dever para quem fosse sortudo o suficiente para ter um corpo saudável e uma situação decente na vida. Gostava de ir todos os dias para o trabalho. Gostava da vida em geral, da carreira que finalmente começava a decolar, e gostava de Ylva e da ideia da família que estavam prestes a constituir. Em suma, era um sujeito seguro, objetivo, positivo e equilibrado. Feliz e extrovertido. Era assim que se via, pelo menos.

Mas as coisas mudaram quando Ylva deu à luz gêmeos, seus primeiros filhos. A vida como Peder conhecia se evaporou para nunca mais voltar. Os meninos foram imediatamente colocados numa incubadora e Ylva afundou-se numa profunda escuridão chamada "depressão pós-parto". No lugar da vida que tinha antes, Peder obteve uma diferente: cheia de insatisfação e arrependimento, prescrições de medicamentos e longas licenças médicas, com telefonemas constantes pedindo para a mãe cuidar das crianças. Além disso, precisava lidar com a miséria da cotidiana falta de sexo. Instintivamente, Peder sentia que aquela não era a vida que havia pedido, tampouco desejado.

– Ylva está tão deprimida que não sente vontade de ter nenhum tipo de relação física com você – explicou-lhe o médico idoso, para não dizer antiquado. – Você precisa ser paciente.

E Peder realmente tinha sido paciente. Tentava pensar em Ylva como uma doente incurável, quase do mesmo jeito que pensava em Jimmy, sem perspectiva de melhora. Peder – e sua mãe, não poderia se esquecer – cuidava do andamento das coisas em casa. Ylva dormiu durante todos os meses de setembro, outubro e novembro. Chorou dezembro inteiro, exceto no Natal, quando se recompôs à força para passar pelo menos um dia com a família. Em janeiro se sentiu melhor, mas Peder ainda precisou ser paciente. Em meados de fevereiro, ela teve uma recaída e passou todo o mês deprimida de novo. Em março as coisas melhoraram um pouco, mas aí já era tarde demais.

Em março, a polícia de Södermalm, onde Peder trabalhava na época, realizou sua grande festa de primavera, e Peder passou metade da noite transando com a colega Pia Nordh. Uma experiência libertadora e deliciosa, mas pecaminosa e imperdoável na mesma medida. Ainda assim, na cabeça de Peder, totalmente compreensível.

Depois disso, ele sentiu o remorso mais profundo e tenebroso que já sentira. Todavia, com o passar do tempo, à medida que Ylva ia melhorando, Peder começou a se perdoar. Tinha o direito de desfrutar de um pouco de prazer físico de vez em quando depois do inferno pelo qual passou. E teve a solidariedade e o apoio de alguns colegas, que sabiam do segredo. Para ele, era natural que transasse com outra de vez em quando. Sentia pena de si mesmo, achava que merecia um destino melhor. Que merda, ainda nem tinha completado trinta e cinco anos. Por isso, às vezes saía com Pia. O mal já estava feito, afinal.

Tomou um susto quando ela lhe perguntou se pensava em se separar de Ylva. Era maluca? Abandonar Ylva por uma colega de trabalho que morria por uma transa? Pia obviamente não fazia nem ideia do que era importante na vida, pensou Peder, e se livrou dela com uma mensagem de texto.

Pouco tempo depois ele mudou de cargo – largou a polícia comum e se tornou, bem mais cedo que muitos outros, inspetor criminal. Foi alocado na equipe de investigação do quase legendário Alex Recht e se atirou de corpo e alma no novo trabalho. Em casa, para o genuíno deleite de Peder, Ylva começou a fazer planos para o futuro e a falar do outono, quando Peder entraria de licença-paternidade, e sobre quando os meninos começariam a frequentar a escola maternal; foram todos passar a última semana de maio na ilha de Maiorca. Peder e Ylva transaram pela primeira vez em meses, e depois disso algumas coisas começaram a voltar para o que ele considerava o normal.

– Não tenha tanta pressa para que as coisas voltem a ser como antes – alertou a mãe. – Ylva ainda está sensível.

Na verdade, Peder diria que Ylva ainda beirava o irreconhecível, mas a semana que passaram fora renovou-lhe as esperanças. Ylva começava a mostrar, pouco a pouco, aspectos de si mesma que ele conseguia reconhecer. Contar sobre o caso com Pia Nordh seria um risco muito grande, pensou consigo mesmo. De todo modo, ele merecia um pouco de diversão naquele momento.

Era final de julho. Dois meses haviam se passado desde a viagem a Maiorca. Ele ainda tinha o telefone de Pia, caso se sentisse miserável de novo. Esperava que nunca precisasse voltar a usá-lo, mas nunca se sabe.

Houve momentos em que simplesmente não conseguia aceitar a própria situação, momentos em que se sentia pequeno demais diante dos acontecimentos. A noite em que transara com Pia Nordh havia sido um deles. A noite passada havia sido outro.

– Estava trabalhando até agora? – perguntou Ylva.

Peder ficou tenso. Mas que raios era aquilo, uma acusação?

– Sim, no caso de uma menina desaparecida.

– Eu vi – disse Ylva, procurando a xícara de chá. – Não sabia que você estava envolvido nesse caso.

Peder pegou uma cerveja na geladeira e um copo na prateleira.

– Ela desapareceu hoje no início da tarde. Antes disso, não tinha caso nenhum e só agora estou lhe dizendo que me colocaram no caso.

A cerveja gelou sua mão enquanto a despejava no copo.

– Você podia ter telefonado – disse Ylva.

Peder começou a ficar nervoso.

– Mas eu liguei – respondeu, tomando um gole da cerveja.

– Sim, mas só às seis – disse Ylva, cansada. – Você disse que ia se atrasar, mas que estaria de volta até as oito. E agora são dez. Você tem ideia de como eu estava preocupada?

– Não sabia que você se preocupava com meu paradeiro – disse Peder bruscamente, arrependendo-se no mesmo instante.

Às vezes, quando estava cansado, ele deixava escapar coisas estúpidas como essa. Através do copo, viu as lágrimas brotando nos olhos de Ylva. Ela se levantou e saiu da cozinha.

– Mas que droga, Ylva, me desculpe – disse ele, mantendo a voz baixa enquanto a seguia.

A voz baixa era para não acordar as crianças, e as desculpas, para tentar deixá-la novamente de bom humor. Havia sempre alguém cujas necessidades tinham de ser priorizadas em relação às dele.

Sentado em sua sala, Peder se sentiu angustiado e com um peso na consciência cada vez maior. Simplesmente não conseguia entender como tudo dava errado quando chegava em casa. Ele telefonou, não foi? Só não telefonou de novo porque não queria acordar as crianças. Ou pelo menos tentava se convencer de que essa era a principal razão de não ter telefonado.

Passou uma noite miserável. Os meninos acordaram e não conseguiram dormir de novo, tiveram de acabar a noite deitados entre os pais na cama de casal. Peder adormeceu com o braço envolvendo um dos meninos; assim, o sono dele foi mais tranquilo.

Dirigindo para casa na noite anterior, Peder tinha tido a esperança de que Ylva estaria acordada e talvez quisesse fazer sexo. Como havia sido ingênuo ao pensar isso. Ela só teve vontade de transar uma vez depois que voltaram de Maiorca, e ele mal conseguia falar no assunto com os amigos durante a sauna depois do hóquei de salão que jogavam toda quinta-feira.

Era muito humilhante, pensava Peder. Não poder transar com a própria mulher.

Mas uma coisa era certa: ninguém humilhava Peder.

Ylva era uma mulher tão cheia de vida quando se conheceram, seis anos antes. Ele jamais imaginaria, naquela época, que um dia seria capaz de traí-la. Mas era mesmo traição, se a pessoa passou praticamente o ano inteiro sem querer fazer sexo? Da maneira como Peder via as coisas, um ano era um tempo longo demais.

Ylva, onde se meteu a Ylva que conheci?

O telefone de Pia Nordh brilhava na tela do celular.

Se ao menos ligasse para ela, usando todo o seu charme e dando a entender que a culpa era só dele por ter terminado de um modo tão ruim, com certeza ela teria vontade de vê-lo de novo. Peder endireitou as costas na cadeira. Essa abstinência forçada estava afetando terrivelmente seu juízo, pensou consigo mesmo. Afetando seu juízo e causando-lhe frustração. Conseguiria trabalhar muito melhor se pudesse se distrair um pouco.

Os dedos atrapalhados de Peder encontraram o celular. Demorou alguns toques até que ela atendesse.

– Alô.

Voz robusta, memórias cálidas. Memórias *alucinantes*. Peder desligou. Engoliu seco e passou as mãos no cabelo. Precisava se recompor. Não estava na hora de perder o controle da própria vida de novo. Não era a hora. Resolveu então telefonar para Jimmy e saber como ele estava.

Foi quando Ellen, sua assistente, enfiou a cabeça pela porta.

– Alex ligou e pediu para você mandar uma foto da menina para a imprensa. Ninguém recebeu a foto ontem.

Peder se aprumou na cadeira.

– Claro, sem problemas.

Alex Recht se sentiu pressionado quando encontrou de novo a equipe depois de voltar da casa de Sara Sebastiansson. Duas pegadas de um sapato tamanho 46 feitas por uma pessoa não identificada haviam sido encontradas exatamente onde Sara e Lilian estavam sentadas no trem. Além disso, não havia nenhuma evidência concreta que pudesse ser útil para o trabalho da equipe. Alex esperava que a caixa enviada para o SKL resultasse em algumas pistas.

Todavia, o pacote entregue a Sara era extremamente alarmante. A ação havia sido tão bem arquitetada que parecia oriunda de uma mente doente. Que diabos estava acontecendo?

– Fredrika, tente fazer com que a mãe de Gabriel Sebastiansson lhe conte tudo que ela sabe, *tudo mesmo* – disse ele, em tom firme.

Fredrika assentiu rapidamente com a cabeça e rabiscou algumas palavras no caderninho que carregava consigo. Alex não ficaria surpreso se qualquer dia ela aparecesse com um gravador.

– O pacote traz um novo aspecto para a situação – disse ele. – Agora temos certeza de que o desaparecimento de Lilian não foi coincidência e que ela simplesmente não saiu sozinha do trem. Alguém que sabia quem ela era, alguém que claramente queria atingir a mãe dela, está escondendo a menina de propósito. Do jeito como estão as coisas...

Alex limpou a garganta e prosseguiu:

– Nós ainda não conseguimos interrogar Sara, mas quando falei com ela ontem, não havia indícios de que tivesse algum inimigo além do ex-marido. Até que tenhamos outras informações que nos levem para outro caminho ou qualquer pista que apareça, por exemplo, vamos trabalhar com a hipótese de que Gabriel Sebastiansson levou a menina.

Alex olhou fixamente nos olhos de Fredrika, que não disse nada.

– Alguma pergunta?

Ninguém disse nada, mas Peder remexeu o corpo onde estava sentado.

– Como vocês estão se saindo com as informações dadas pelas pessoas? – perguntou Alex. – Alguma novidade que possamos usar?

Peder balançou a cabeça.

– Nada – disse, hesitante, olhando de soslaio para o analista da Polícia Nacional que havia sido convocado para a reunião. – Não temos nada de concreto para contar. Tivemos algumas pistas, mas acho que só teremos resultados quando a fotografia da menina for divulgada na TV e nos jornais.

Alex assentiu.

– Mas eles receberam a foto?

– Sim, é claro – respondeu Peder rapidamente.

– Ótimo – murmurou Alex. – Ótimo. Alguém deve ter visto alguma coisa. Não faz o menor sentido que nenhuma pessoa naquele trem se lembre de ver Lilian saindo.

Ele respirou fundo e acrescentou:

– E naturalmente não vamos dizer nada sobre o pacote que Sara recebeu. Não quero nem imaginar quais serão as manchetes se vazar a informação de que o sequestrador raspou a cabeça da menina.

Todos fizeram silêncio por um momento. O ar-condicionado parecia tossir.

– Muito bem – disse Alex, concluindo. – Vamos nos encontrar de novo durante a tarde, quando Fredrika voltar da casa da mãe de Gabriel. Decidi mandá-la sozinha; acho que conseguiremos mais informações da dama em questão se ela não sentir que está lidando com uma delegação inteira. Peder vai continuar acompanhando as novidades, e esperamos que o SKL dê notícias em breve sobre o pacote. Também podemos procurar a empresa que realizou a entrega. Pedi aos pais de Sara para fazerem uma lista das pessoas que Sara conhece, pessoas com quem possamos conversar e perguntar sobre o paradeiro de Gabriel. Teremos mais um dia bastante movimentado.

Com isso, a reunião acabou e a equipe se dispersou. Apenas Ellen continuou na mesa mais alguns minutos, fazendo anotações.

Fredrika Bergman só se deu conta de que a mãe de Gabriel Sebastiansson, ou avó de Lilian, morava em Djursholm quando estava no carro, com o mapa no colo. Mansões enormes e caríssimas, jardins amplos e beijinhos na bochecha infindáveis. Fredrika pensou por um instante que Sara Sebastiansson não parecia ter vindo do mesmo mundo que o marido.

Fez uma retrospectiva mental das primeiras horas da manhã. Sentia falta de estrutura e diretrizes em seu trabalho diário. Em nenhum momento duvidava que Alex fosse uma pessoa *muito* competente e habilidosa. Também admitia prontamente que ele tinha a ampla e profunda experiência que ela não tinha. Contudo, detestava a incapacidade de Alex em aceitar novas sugestões, principalmente na situação que estavam naquele momento. Os fios soltos da meada continuavam soltos e Fredrika não via nenhuma atitude concreta sendo tomada para descartá-los ou segui-los. Eles *supunham*, e talvez estivessem totalmente errados, que o pai da menina a estava escondendo e que por isso ela não corria perigo imediato. Agora eles sabiam de fato que Lilian não havia desaparecido por acaso. Então, como Alex podia afirmar que o que acontecera em Flemingsberg não tinha a menor importância?

E como é que ele pôde deixar um analista da Polícia Nacional participar da reunião sem apresentá-lo apropriadamente? Nas conversas que tivera com Fredrika e Peder, Alex só se referiu a ele como "o analista". Fredrika quase sentiu vergonha pelo descuido. Quando tivesse uma chance, tomaria a liberdade de se apresentar.

Fredrika não queria admitir, mas, como mulher, ela era tratada de maneira diferente pelo chefe que ela e Peder dividiam, e era tratada de maneira diferente principalmente por ser uma mulher *sem filhos*, pensava. Isso sem falar de como era excluída por causa de sua história acadêmica. Pelo menos isso ela tinha em comum com o analista da Polícia Nacional.

Fredrika pensou em fazer uma rápida ligação para Spencer antes de sair do carro, mas acabou desistindo. Spencer havia deixado a entender que eles se veriam de novo no final de semana. Melhor não importuná-lo, deixando-o terminar seu trabalho em paz para que sobrasse tempo para encontrá-la.

– Mas vocês só se encontram de acordo com as condições dele – disse Julia, amiga de Fredrika, diversas vezes. – Por acaso você já telefonou alguma vez, sugerindo se encontrarem espontaneamente, como ele faz?

Fredrika ficava bastante incomodada com perguntas e comentários desse tipo. As condições sempre foram estabelecidas assim: Spencer era casado, ela não era. Ou aceitava as consequências disso, como o fato de Spencer sempre ser menos acessível para ela do que o contrário, ou não aceitava. Se não aceitasse, poderia simplesmente procurar um novo amante. O mesmo valia para Spencer. Se não tivesse aceitado que Fredrika de vez em quando se relacionasse com outros homens e depois voltasse para ele, os dois já teriam terminado há muito tempo.

"Ele não me dá tudo", diria Fredrika, "mas como não tenho ninguém no momento, ele me dá o suficiente".

Talvez a relação não fosse convencional, mas era genuína e prática. Não diminuía nem ridicularizava nenhum dos dois. Era uma troca em que ninguém parecia sair perdendo. Fredrika decidiu não pensar muito sobre qual dos dois seria o vencedor. Enquanto seu coração continuasse pulsando de desejo, ela se entregaria à relação.

Uma mulher mais velha, que supôs ser a mãe de Gabriel, já estava parada nos primeiros degraus quando Fredrika parou o carro na entrada de cascalho. A mulher fez um gesto para que baixasse o vidro da janela.

– Estacione ali, por favor – disse, apontando graciosamente com o dedo longo e delgado para um espaço entre dois carros, que Fredrika imaginou pertencer à casa.

Fredrika estacionou e veio caminhando pelo cascalho. Respirou o ar úmido e abafado e sentiu a roupa grudar no corpo. Enquanto caminhava até Teodora Sebastiansson, olhou automaticamente ao redor de si. O jardim era maior que os outros pelos quais passara no caminho; parecia um parque no final da rua, separado do restante. O gramado tinha uma tonalidade estranha de verde e lembrou-a da grama dos campos de golfe. Um muro circundava todo o jardim. O portão pelo qual Fredrika passou era a única entrada. Teve a sensação tanto de ser uma intrusa quanto de estar presa. Árvores enormes, de uma espécie que não reconheceu, cresciam por todos os lados e também atrás da casa. Por alguma razão, no entanto, Fredrika não conseguiu imaginar que crianças já tivessem brincado por ali. Na parte do gramado junto ao muro havia uma série de árvores frutíferas suntuosas e, mais adiante, depois de onde Fredrika estacionara o carro, havia uma estufa de proporções descomunais.

– No verão, temos todos os legumes e verduras aqui mesmo, somos autossuficientes – disse a mulher, respondendo à pergunta que Fredrika imaginou estar estampada em seu rosto enquanto observava a estufa. – O pai do meu marido adorava horticultura – acrescentou, à medida que Fredrika se aproximava.

Alguma coisa na voz dela chamou a atenção de Fredrika: havia um eco indistinto no tom, como um ruído que se arrastava em algumas consoantes. Difícil explicar esse eco quando vinha de uma pessoa de constituição física tão pequena.

Fredrika estendeu a mão enquanto subia os degraus e se apresentou.

– Fredrika Bergman, investigadora policial.

A mulher apertou a mão de Fredrika com uma força que ela não esperava, do mesmo jeito que Sara havia feito um dia antes na Estação Central de Estocolmo.

– Teodora Sebastiansson – disse, com um leve sorriso.

Fredrika teve a impressão de que o sorriso envelheceu o rosto delgado de Teodora.

– É muita gentileza sua me receber – disse.

Teodora assentiu com a mesma graciosidade de quando lhe mostrara o estacionamento. O sorriso desapareceu e seu rosto tornou-se inexpressivo.

Fredrika notou que elas tinham quase a mesma altura, mas a semelhança acabava aí. Os cabelos de Teodora, grisalhos e presumivelmente longos, estavam presos num coque bem firme atrás da cabeça. Seus olhos eram de um azul tão glacial quanto os do filho, que Fredrika vira na fotografia de Gabriel ao checar os registros de passaporte.

Teodora parecia controlar perfeitamente sua linguagem corporal. Suas mãos repousavam uma sobre a outra acima do ventre, onde a blusa se juntava à saia cinza. A blusa creme estava enfeitada apenas por um broche preso na linha do queixo. Nas orelhas, brincos simples de pérola.

– Naturalmente, estou muito preocupada com minha neta – disse Teodora, mas sua voz era tão impessoal que Fredrika duvidou da verdade da afirmação. – Vou fazer tudo o que puder para ajudar a polícia.

Estendeu a mão direita com um gesto, convidando Fredrika para entrar. Fredrika deu três passos rápidos, entrou no amplo saguão e ouviu Teodora fechar a porta com firmeza atrás de si.

Houve um breve silêncio enquanto os olhos de Fredrika se acostumavam à iluminação fraca do saguão, onde não havia janelas. Ela teve a sensação de estar entrando em um museu do século anterior. Um turista que não fosse da Europa provavelmente pagaria uma pequena fortuna para visitar a mansão da família Sebastiansson. A sensação de estar em outra época se intensificou, se é que isso ainda era possível, quando Fredrika foi levada até o que devia ser a sala de estar. Cada detalhe, desde o papel de parede, as molduras, o estuque no teto, a mobília, até cada pintura e cada lustre, havia sido escolhido a dedo, com uma precisão refinada, para dar a sensação de uma residência que ficou parada no tempo.

Fredrika estava maravilhada e não conseguia se lembrar de ter visto alguma coisa parecida antes. Não havia nada que se comparasse àquela visão, até mesmo na casa dos amigos mais burgueses de seus avós.

Teodora Sebastiansson estava de pé ao lado de Fredrika, observando, com um deleite sutilmente velado, a impressão que o interior de sua casa provocava.

– Meu pai deixou uma coleção enorme de porcelana, incluindo as bonecas lá em cima, na última prateleira – disse ela, ao ver Fredrika observando de olhos arregalados um armário alto, com portas de vidro, que parecia ocupar um lugar de honra bem ao lado de um grande piano preto, deslumbrante.

Os pensamentos de Fredrika vagaram diretamente para sua mãe. Ela sabia que, se fechasse os olhos, seria instantaneamente transportada de volta no tempo para antes do acidente e se veria sentada ao piano junto da mãe.

"Consegue ouvir a melodia, Fredrika? Percebe como ela brinca antes de chegar ao ouvido?"

Teodora seguiu o olhar de Fredrika e correu os dedos sobre o instrumento.

"Estou perdendo o controle da situação", pensou Fredrika. "Preciso tomar a iniciativa de novo. Eu não estaria aqui se não tivesse me convidado".

– E a senhora vive sozinha nesta casa tão grande? – perguntou.

Teodora reagiu com uma risada seca.

– Sim; e se depender de mim, jamais conhecerei um asilo.

Fredrika abriu um sorriso fugaz e limpou a garganta.

– Então, vim até aqui porque estamos tentando falar com seu filho, mas não o encontramos em lugar nenhum.

Teodora ouviu e não moveu um músculo sequer. Depois, voltou a olhar para Fredrika e perguntou:

– Gostaria de uma xícara de café?

Mais uma vez, Fredrika perdeu o controle da conversa.

Peder Rydh estava tentando fazer pelo menos dez coisas ao mesmo tempo, o que inevitavelmente o levava a pensar que trabalhava num caos muito maior do que era de fato. Havia um endereço no pacote entregue a Sara Sebastiansson, o que lhes permitiu identificar a empresa que fizera o transporte. Cheio de esperança, ele saiu apressado até o discreto escritório da empresa em Kungsholmen. Havia uma boa chance de algum funcionário ter recebido o pacote e conseguir descrever quem o havia postado.

Suas esperanças foram arruinadas num piscar de olhos.

O pacote havia sido deixado anonimamente na empresa na noite anterior, depois do expediente. Os funcionários o encontraram no dia seguinte, na caixa de postagens que fica aberta 24 horas. O sistema funcionava da seguinte maneira: o remetente afixava um envelope ao pacote, contendo o endereço do destinatário, a hora da entrega e o pagamento em dinheiro. Infelizmente, a câmera de segurança voltada para a caixa estava estragada há muito tempo, então não havia imagem nenhuma da pessoa que postou o pacote. Peder pegou o envelope com o dinheiro e o endereço, obviamente, e mandou direto para o SKL como entrega de urgência, mas não esperava que fosse encontrada alguma pista do sequestrador no dinheiro nem no envelope.

Reclamou consigo mesmo e voltou para o Casarão. Pegaria Alex para que os dois fossem conversar mais uma vez com Sara Sebastiansson.

De repente, recebeu uma ligação de Ylva. A voz dela estava tensa, queria conversar sobre o que havia acontecido na noite anterior. Peder disse que teria de retornar a ligação mais tarde, que estava ocupado naquele momento. Ficou irritado e estressado com a ligação. Os dois estavam distantes um do outro de uma maneira indescritível. Pareciam viver em mundos distintos. Às vezes, sentia que a única coisa em comum com ela eram os filhos.

Quando chegaram, Sara estava dormindo profundamente. O médico lhe dera um sedativo muito forte pela manhã. Peder olhou para ela, deitada na beirada da cama. O rosto pálido enquadrado pelo cabelo ruivo despenteado. Um dos braços, cheio de sardas, estava esticado sobre o edredom. No outro havia uma grande queimadura começando a se curar. Uma mancha azulada na panturrilha. "A maldade tem cores vivas", pensou Peder.

Alex estava na cozinha conversando tranquilamente com os pais de Sara, ansiosos para contar a ele todas as crueldades do genro até o momento. Haviam feito uma lista com o nome de pessoas que poderiam ser de algum interesse para a polícia. Era uma lista curta. Sara era uma mulher muito isolada, graças àquele marido abominável.

– Ela sequer conseguia se relacionar com os amigos – disse a mãe de Sara. – Não tinha quase nenhum.

Eles alertaram Alex e Peder para que tomassem cuidado com a sogra de Sara. Eles haviam se encontrado com ela apenas uma vez, no casamento, mas a impressão que ela causara era permanente.

– Ela enfrenta qualquer coisa pelo filho – disse o pai de Sara. – Acho que não bate muito bem da cabeça.

Peder pegou a lista com nomes e telefones feita pelos pais de Sara depois de consultarem o celular dela. Com Alex ao volante, enquanto voltavam para Kungsholmen começou a fazer as ligações. A reação do outro lado era sempre a mesma: "Ah, não, de novo não!" "O que aconteceu de tão ruim dessa vez para que a polícia tivesse de telefonar?" "O que deu na cabeça daquele maluco?". Ninguém tinha notícias dele, nem sabia onde ele poderia estar.

– Mas tente falar com a mãe dele – disse um rapaz que havia sido amigo de Sara e Gabriel.

Peder colocou o telefone de volta no bolso da jaqueta e pensou por um instante em Fredrika.

– Para dizer a verdade, imaginei que meu filho se casaria com outro tipo de mulher – disse Teodora Sebastiansson, rompendo o silêncio que havia se instalado depois que Fredrika Bergman aceitou a xícara de café.

Interessada, Fredrika levantou a sobrancelha por trás da xícara de café que levara à boca.

Teodora fixou o olhar em algo atrás de Fredrika. Por um segundo, Fredrika sentiu o ímpeto de se virar, mas, em vez disso, tomou mais um gole de café. Estava forte demais, mas fora servido em xícaras tão maravilhosas que sua avó seria capaz de vender os próprios netos só para beber delas.

– Então... – disse Teodora, um tanto hesitante. – Eu tinha expectativas em relação a Gabriel. Expectativas do tipo que toda mãe deve ter em relação aos filhos, suponho, mas desde cedo ele nos mostrou que queria seguir a própria vida. Talvez por isso tenha escolhido Sara como esposa.

Ela tomou um leve gole de café e colocou a xícara de volta na mesa, diante de si. Com cautela, Fredrika perguntou:

– A senhora tem alguma ideia de como era o relacionamento de Sara e Gabriel?

Ela percebeu o erro que cometera um segundo depois. Teodora enrijeceu ainda mais o corpo na cadeira.

– Se você está perguntando se eu, como avó de Lilian, fui informada de todas as mentiras odiosas que minha nora andou espalhando sobre meu filho, a resposta é sim. Acho que lhe contei isso quando conversamos pelo telefone.

A mensagem não era tão difícil de interpretar: ou Fredrika voltava atrás, ou a conversa acabaria ali mesmo.

– Entendo que essa questão é um tanto delicada – disse Fredrika, baixinho –, mas nós estamos no meio de uma investigação muito séria, e...

Teodora a interrompeu inclinando o corpo sobre a mesa que as separava e olhando para Fredrika com olhos de aço.

– Minha querida, quem está desaparecida é a *minha neta*, não a sua. Você acha que precisa mesmo, ainda que por um segundo, me explicar a gravidade da situação? – perguntou com voz sibilante.

Fredrika respirou fundo e se forçou a não baixar os olhos, embora sentisse o corpo tremer.

– Não tenho dúvida de sua preocupação – disse Fredrika, com uma compostura que surpreendeu a si mesma. – Mas seria ótimo se a senhora respondesse minhas perguntas, pois só assim entenderei que está realmente tentando cooperar.

Dito isso, Fredrika começou a falar sobre o pacote que Sara recebeu durante a manhã. Quando terminou, a sala foi tomada por um silêncio assustador e, pela primeira vez, Fredrika percebeu ter dito algo que comoveu Teodora.

– Nós não estamos dizendo – continuou Fredrika, salientando a palavra "não" – que seu filho esteja envolvido nesse caso. Mas nós temos, repito, *temos* que falar com ele. Nós não podemos e não vamos ignorar as informações que tivemos a respeito dele, ou do casamento com Sara. E só podemos riscar o nome dele da nossa lista depois de falar com ele.

Não havia lista nenhuma, mas, de todo modo, Fredrika se sentiu plenamente satisfeita com o que dissera. Se ela ainda não tinha conquistado a atenção de Teodora, certamente havia conquistado agora.

– Se a senhora souber onde ele está, este é o momento certo para nos contar – disse Fredrika, tranquila, mas em tom impositivo.

Teodora balançou levemente a cabeça.

– Não – disse ela, com tanta tranquilidade que Fredrika quase não escutou. – Eu não sei onde ele está. Só sei que ontem estaria fora, a trabalho. Foi isso que me disse quando conversamos pelo telefone na segunda. Falamos sobre ele e Lilian virem jantar aqui quando Sara voltasse de uma das tantas viagens que ela faz levando a menina a tiracolo.

Fredrika a observou.

– Entendo – disse, inclinando-se sobre a mesa. – O único problema é que, segundo o chefe de Gabriel, ele está de folga desde segunda – completou Fredrika, com um leve sorriso.

Sentiu o coração acelerar quando percebeu o rosto de Teodora empalidecendo.

– Por isso, é claro, estamos nos perguntando por que ele mentiria para a própria mãe a respeito disso – continuou Fredrika, com voz suave, encostando-se de novo na cadeira. – A não ser que a senhora tenha alguma coisa para me dizer.

Teodora não disse nada durante um longo tempo. Depois, declarou:

– Gabriel não sabe mentir. Eu me recuso a dizer que mentiu até que ele mesmo admita que mentiu para mim.

Ela franziu os lábios e o rosto voltou a corar. Olhou nos olhos de Fredrika.

– Vocês estão fazendo a mesma investigação minuciosa a respeito da mãe de Lilian? – perguntou, semicerrando os olhos.

– Em casos desse tipo, investigamos todas as pessoas do círculo de relações da menina – respondeu Fredrika, sucintamente.

Teodora bateu as mãos na mesa e abriu um sorriso sarcástico, com ares de superioridade.

– Minha querida – disse, ternamente –, seria realmente uma lástima se você não investigasse Sara mais de perto.

Fredrika endireitou o corpo.

– Como eu disse, estamos investigando todos...

Teodora levantou a mão para interrompê-la.

– Acredite em mim – disse. – Você e seus colegas ganharão muito tempo se começarem a se concentrar mais em todas aquelas pessoas que Sara deixa entrar e sair do apartamento.

Quando percebeu que Fredrika não esboçou resposta, ela prosseguiu:

– Você pode não estar ciente, mas, na minha opinião, meu filho foi extremamente paciente no relacionamento com Sara.

Ela fazia um som de clique com a língua que Fredrika sabia que jamais conseguiria imitar, por mais que tentasse.

– Ele foi muito humilhado – disse Teodora, e Fredrika foi pega de surpresa ao ver os olhos da senhora brilhando, cheios de lágrimas.

Teodora olhou para o céu escuro lá fora e tocou de leve o canto dos olhos. Quando se virou e olhou para Fredrika, seu rosto estava transformado pela raiva.

– Depois ela contou todas aquelas mentiras atrozes. Como se Gabriel já não tivesse sofrido o suficiente, ela tentou ainda destruir a vida dele, acusando-o de ter batido nela.

Ela deu uma risada inesperada e tão estridente que Fredrika pulou na cadeira de susto.

– Se isso não é o mal, eu não sei o que é.

Atônita, Fredrika observava a encenação teatral da velha senhora, ou seja lá o que estivesse fazendo.

– Talvez a senhora não saiba que Sara teve lesões muito bem comprovadas a cada queixa que prestou por agressão.

Teodora a interrompeu antes que ela expusesse mais alguma coisa.

– É claro que eu sei – disse ela, lançando um olhar para Fredrika como se quisesse dizer que o comentário era desnecessário e sem nenhum propósito. – Algum dos amigos dela deve ter perdido a paciência, é claro.

Dito isso, Teodora esticou o braço e apanhou a xícara de café que Fredrika mal tocara.

– Tenho muita coisa para fazer, espero que me entenda – disse, desculpando-se. – Então, se não tiver mais perguntas...

Fredrika rapidamente pegou um cartão no bolso e colocou sobre a mesa.

– Sinta-se à vontade para me telefonar quando quiser – disse, com firmeza.

Teodora assentiu e não disse nada, mas as duas sabiam que ela não ligaria nunca.

Quando voltaram para o saguão escuro, Fredrika perguntou:

– Gabriel ainda mantém as coisas dele aqui?

Teodora franziu os lábios mais uma vez.

– Naturalmente. Esta casa é dele, afinal de contas. Ele continua tendo o quarto lá em cima.

Antes que Fredrika tivesse tempo de responder, ela prosseguiu:

– A não ser que você tenha um mandado de busca, devo lhe pedir que vá embora.

Fredrika agradeceu apressada e saiu. Somente quando pisou no primeiro degrau e Teodora estava fechando a porta, Fredrika se deu conta de que tinha esquecido de perguntar:

– A propósito, quanto seu filho calça?

Ellen Lind tinha um segredo. Estava apaixonada. Por alguma razão, isso a fazia se sentir culpada. "Em algum lugar lá fora", pensou, olhando pela janela, "uma menina é mantida em cativeiro por algum demente, enquanto aqui em Söder a mãe da menina passa pelos maiores tormentos". Ellen também tinha filhos. Sua filha estava com quase treze anos, e o filho tinha doze. Já fazia algum tempo que os criava sozinha e não tinha palavras para descrever o que os dois significavam para ela. Às vezes, no trabalho, sentia o corpo aquecido só de pensar neles. Tinham uma vida boa, uma vida plena, e, de vez em quando, mas só de vez em quando, o pai aparecia brevemente. Ellen esperava que os filhos ficassem mais velhos e entendessem como o comportamento do pai tinha sido péssimo durante todos esses anos. Na idade deles, só havia espaço para as alegrias quando o pai entrava em contato. Nunca perguntavam sobre o pai, até que Ellen começou a notar que haviam parado de perguntar onde ele estava e por que ficava semanas ou até meses sem telefonar.

Ellen descobriu, por meio de amigos em comum, que ele tinha arrumado uma nova namorada e que ela não tardou a engravidar, o que Ellen não achou muito agradável. Na verdade, rangia os dentes só de pensar nisso. Para quê ter mais filhos se ele não consegue nem cuidar dos que já tem?

Todavia, acima de qualquer outra coisa, Ellen pensava em seu novo amor. Inesperadamente, fora o interesse dela pela bolsa de valores e fundos de investimento que os aproximara. No trabalho, Ellen não conhecia ninguém que compartilhasse de seus interesses, mas lá fora tinha diversos amigos dispostos a aconselhá-la e lhe dar dicas. Para Ellen, tratava-se de uma espécie de loteria. Nunca investia muito dinheiro e tomava cuidado para não colocar em risco os lucros. Na primavera passada, havia ganhado uma boa quantia, muito maior do que podia imaginar. Um investimento bem sucedido e, na verdade, um tanto ousado, pagou tão bem que Ellen e as crianças conseguiram viajar de férias para o exterior durante algumas semanas no início do verão. Foram para Alanya, na Turquia, e se hospedaram num hotel cinco estrelas. Com tudo incluído, é claro. Uma infinidade de comida e bebida. Durante o dia, passeios ou mergulhos na praia e na piscina. Durante a noite, diversão. Ellen percebeu como estava desesperada por umas férias assim: ela e as crianças, como sempre havia sido.

Não era namoradeira. Na verdade, era muito tímida, não estava acostumada a receber elogios. Não que fosse feia, longe disso, mas tendia a dar uma impressão muito "comum" de si mesma. Sua pele não tinha cor demais, mas também não tinha de menos. Seu guarda-roupa não era fabuloso, mas também não era nada sem graça. Era fácil fazê-la rir, e tinha um sorriso lindo. Os olhos eram rasgados, e o cabelo, liso. Talvez os seios tenham pesado um pouco depois de amamentar duas crianças, mas o modo como se vestia disfarçava muito bem esse detalhe.

Até que uma noite, no bar do hotel em Alanya, ele apareceu perguntando se podia lhe oferecer uma bebida.

Ellen adorava se lembrar desse momento, e toda vez seu rosto enrubescia. Ele era muito bonito, e seus olhos tinham um brilho adorável. Os primeiros botões da camisa estavam abertos e Ellen viu os pelos escuros. Além disso, era alto e tinha a pele bronzeada. Um sujeito muito atraente.

Ellen não era mulher de se entregar com facilidade, mas aquele homem havia mexido com ela. Ele a lisonjeava e flertava, mas nunca demais – o suficiente para fazê-la levá-lo a sério. Tinham muita coisa para conversar. Ellen aceitou várias taças de vinho, e o tempo passou voando. Pouco antes da meia-noite, ela disse que precisava ir – as crianças, que também estavam se divertindo, queriam voltar para o quarto e Ellen não os deixaria voltar sozinhos.

– Nos vemos amanhã? – perguntou ele.

Ellen assentiu entusiasmada, *muito entusiasmada*, e sorriu. Queria muito vê-lo de novo e se alegrou pelo mútuo interesse.

Talvez tenha tido dúvidas quando chegou a hora de voltar para casa, no final das férias. Eles tentavam se encontrar todo dia, sempre quando as crianças estavam ocupadas com alguma coisa. Não dormiram juntos, mas ele a beijou em duas ocasiões diferentes. Por fim, foi Ellen quem tocou no assunto durante a última noite.

– Nós vamos nos ver em Estocolmo quando voltarmos?

Um olhar levemente evasivo tomou conta dos olhos dele: evitava encará-la.

"Que droga", foi o primeiro pensamento de Ellen.

Ele aprumou o corpo na cadeira.

– Eu trabalho demais – disse, gentilmente. – Passo muitas horas no trabalho – prosseguiu. – Eu adoraria vê-la de novo, mas não posso prometer nada.

Ellen assegurou que não queria nenhuma promessa, que só queria saber se havia alguma chance dos dois se encontrarem de novo. Sim, havia, assegurou ele, por sua vez, claramente aliviado por entender que ela não estava fazendo exigências. Porém, na verdade ele não morava em Estocolmo, embora fosse até lá com frequência, a trabalho. Telefonaria da próxima vez que estivesse na cidade.

Uma semana se passou e o verão chuvoso se tornou um fato. Ele telefonou num desses dias chuvosos; desde então, Ellen não parou de sorrir. Era ridículo, mas também um grande alívio. A única pedra no caminho era o fato de que, como ele dissera, eles se veriam muito pouco e ele também quase não demonstrou interesse pelas crianças. Mas isso ela também entendia. Colocá-lo de imediato na vida das crianças seria dar uma importância grande demais para a relação, e rápido demais. Por isso, pensou Ellen, seria melhor encontrá-lo no hotel em que se hospedara, da maneira como ele sugeriu. Sairiam para jantar em um bom restaurante e depois voltariam para o hotel. Depois que passaram essa primeira noite juntos, Ellen teve certeza: não deixaria aquele homem escapar sem lutar. Era muito bom para ser verdade.

Olhou para o calendário sobre a mesa. Contava as semanas desde que voltara da Turquia. Cinco semanas haviam se passado. Nessas cinco semanas, ela e seu novo amor se viram quatro vezes. Tendo em vista que ele não morava na cidade, Ellen sentia que aquele era um início sólido, veredito confirmado pela amiga que cuidava das crianças quando ela saía para se encontrar com ele.

– Estou tão feliz por você – dizia a amiga, empolgada.

Ellen esperava que o entusiasmo da amiga não desaparecesse, pois logo precisaria mais uma vez de uma babá. Tinha acabado de pegar o celular para ligar para o amado quando o telefone da mesa tocou. Era a telefonista central perguntando se podia transferir a chamada de alguém que tinha informações sobre a menina desaparecida, Lilian. Ellen atendeu a chamada na mesma hora e ouviu a voz estridente de uma mulher do outro lado.

– É sobre essa menina que sumiu – disse ela.

Ellen esperou.

– Sim? – disse.

– Eu acho... – A mulher fez silêncio. – Acho que sei quem a sequestrou.

Mais silêncio.

– Acho que pode ser um homem que conheci – disse ela, baixinho.

Ellen franziu a testa.

– Por que acha que foi ele? – perguntou gentilmente.

Ellen conseguia escutar a respiração da mulher do outro lado, incerta, sem saber se continuava ou não.

– Ele era repugnante – disse ela. – Estava completamente louco. – Mais uma pausa. – Estava sempre falando nisso, em fazer isso.

– Como disse? – perguntou Ellen. – Acho que não entendi. Ele falava em fazer o quê?

– Em consertar as coisas – sussurrou a mulher. – Pôr as coisas no lugar.

A mulher parecia prestes a chorar.

– O que ele queria pôr no lugar?

– Ele dizia que algumas mulheres faziam coisas que significavam que não mereciam os filhos – disse a mulher, com a voz frágil. – Era isso que ele queria consertar.

– Ele ia tirar os filhos dessas mulheres?

– Eu nunca entendi o que ele dizia, nunca quis ouvir – disse a mulher. Ellen percebeu que ela estava chorando. – E ele me batia com tanta força, tanta força. Gritava comigo, dizendo que eu tinha que parar de ter pesadelos, tinha que lutar contra isso... tinha que ajudar a consertar as coisas.

– Me desculpe, mas acho que não entendi nada – disse Ellen, calmamente. – O que você falou dos pesadelos?

– Ele dizia – soluçou a mulher – que eu tinha que parar de sonhar, esquecer o que tinha acontecido. Dizia que se eu não conseguisse fazer isso, é porque era fraca. Dizia que eu tinha que ser forte para entrar na luta.

A mulher ficou em silêncio por um momento e depois prosseguiu:

– Ele me chamava de boneca. Não conseguia fazer nada sozinho; deve ter outra boneca agora.

Ellen ficou tão perdida que não sabia o que dizer. Decidiu que tentaria trazer de novo à tona a questão das crianças.

– Você tem filhos? – perguntou.

A mulher riu, abatida.

– Não, não tenho – disse. – E ele também não tem.

– Então por isso ele queria pegar a criança de outra pessoa?

– Não, não, não – protestou a mulher. – Ele não ia só pegar a criança; ele não queria a criança para ele. Mais importante era que as mulheres fossem punidas, que ficassem sem as crianças.

– Mas por que ele faria isso? – perguntou Ellen, hesitante.

A mulher não disse nada.

– Alô? – disse Ellen.

– Não posso falar mais nada, já falei demais – lamentou-se a mulher.

– Me diga o seu nome – pediu Ellen. – Não precisa ter medo. Nós vamos te ajudar.

Ellen certamente duvidava que a história dessa mulher confusa fosse relevante para o caso, mas estava convencida de que ela precisava de ajuda.

– Não posso dizer meu nome – sussurrou a mulher. – Não posso. E não diga que pode me ajudar, porque vocês nunca ajudaram. E as mulheres não podiam ficar com seus filhos porque não os mereciam.

"Por que não?", perguntava-se Ellen.

– Onde você o conheceu? Me diga o nome dele.

– Não posso falar mais nada agora, não posso.

Ellen imaginou que a mulher desligaria e tentou mantê-la na linha:

– Mas por que você telefonou se não quer nos dizer quem ele é?

A pergunta fez a mulher hesitar.

– Eu não sei qual é o nome dele. E as mulheres não mereciam os filhos porque, se não gostavam de todas as crianças, não deviam ter nenhuma.

Depois de dizer isso, a mulher desligou e Ellen ficou sentada com o telefone na mão, atônita. Tinha certeza que não havia descoberto nada que tivesse valor. Não obteve nenhum nome, e a mulher não explicou por que o homem que conheceu tinha levado aquela criança específica. Balançou a cabeça, colocou o telefone no gancho e redigiu uma breve nota sobre a chamada recebida, colocando-a junto com os demais papéis. Depois, disse a si mesma que não podia se esquecer de mencionar o episódio para os colegas.

Estavam todos no Casarão esperando Fredrika voltar da casa de Teodora Sebastiansson. O horário do almoço já havia passado há muito tempo e, numa tentativa desesperada de elevar um pouco o nível de açúcar no sangue, Fredrika engoliu uma barrinha de chocolate que encontrou no fundo da bolsa.

Alex Recht estava sentado sozinho num canto da sala. Seu rosto exprimia tensão, estava profundamente preocupado. O caso do desaparecimento de Lilian Sebastiansson começava a caminhar numa direção que ele jamais conseguiria prever. Os primeiros testes confirmaram que o cabelo e a roupa eram de Lilian. Fora isso, não havia mais nenhuma pista. A caixa não continha impressões digitais, nem dentro, nem fora. Não havia resquícios de sangue ou algo do tipo. E a visita àquela maldita transportadora também não havia sido nada produtiva.

Peder entrou na sala logo depois de Fredrika. Após um breve momento, Alex deu início à terceira reunião no Covil.

Fredrika começou a relatar o encontro que tivera com a avó de Lilian. Desde o princípio, Alex ficou em dúvida se deixava ou não Fredrika conduzir uma entrevista tão importante sem a ajuda de um colega mais experiente, mas, à medida que a história foi surgindo, ele se deu conta – e até mesmo Peder – de que não poderia ter mandado pessoa melhor para entrevistar essa senhora tão excêntrica.

– Qual a impressão geral que você teve do encontro? – perguntou Alex.

Fredrika inclinou a cabeça.

– Não tive uma impressão muito clara sobre ela – admitiu a princípio. – Tenho a sensação de que ela está mentindo, mas não sei até que ponto, nem sobre o quê. Não sei se acredita mesmo que o filho nunca bateu em Sara, e não sei se está mentindo porque sabe de alguma coisa ou porque está apenas protegendo o filho, independentemente do que ele possa ter feito.

Alex assentiu, pensativo.

– Temos alguma coisa concreta que justifique um mandado de busca e apreensão?

– Não, acredito que não – respondeu Fredrika, contundente –, mas podemos acusá-lo de maltratar a ex-mulher. Não temos absolutamente nenhuma prova que o conecte à Estação Central, ou alguma testemunha que confirme que ele esteve lá. Só sabemos que está de folga e que provavelmente agredia a ex-mulher.

Alex estava abrindo a boca para dizer algo quando Fredrika acrescentou:

– Sabemos também que ele calça 45 e que a mãe é meio maluca.

Alex ficou tão surpreso ao ver Fredrika falar daquela maneira que se esqueceu completamente do que ia dizer.

– Ele calça 45... – repetiu ele.

– Sim – confirmou Fredrika. – Segundo a mãe dele. Portanto, não é tão improvável que ele tenha um par de sapatos 46.

– Muito bem, Fredrika, muito bem – disse Alex, animado.

O rosto de Fredrika enrubesceu imediatamente diante do inesperado elogio, e Peder deu a impressão de que queria se matar. Ou, talvez, matar Fredrika.

– Então talvez possamos acusá-lo de agressão? – disse Peder, tentando chamar um pouco da atenção da mesa. Ele ignorou o fato de que Fredrika acabara de dizer a mesma coisa.

– Com toda a certeza – disse Alex, assentindo com a cabeça. – Só podemos retirá-lo da lista depois de encontrá-lo. Mande expedir um mandado de prisão por agressão à mulher.

Peder fez um leve gesto de anuência, aliviado.

Fredrika olhou para ele com a expressão vazia.

Ellen interrompeu o silêncio.

– Uma mulher ligou há pouco tempo – começou, hesitante.

Distraído, Alex coçou uma picada de mosquito. Malditos mosquitos; a cada ano eles pareciam chegar ainda mais cedo.

– Sim?

– Então... – suspirou Ellen. – Não sei muito bem o que dizer. Ela não se identificou e me deu informações muito confusas. Basicamente, ela acha que conhece o homem que levou Lilian.

Todos na mesa voltaram o olhar para Ellen, que fez um gesto com o braço, descartando falsas esperanças da equipe.

– Quero dizer, ela pareceu confusa. E com medo. Mas não entendi muito bem o motivo. Disse que pode ter sido um homem com quem ela se relacionou, e que ele batia nela.

– Exatamente o que faz Gabriel Sebastiansson com a mulher – ponderou Alex.

Ellen continuou, balançando a cabeça.

– Mas era outra coisa – disse, tentando colocar as ideias em ordem. – Ela disse que tinha pesadelos que o deixavam furioso e que...

– Como? – interrompeu Peder.

– Sim, foi mais ou menos isso que ela disse: que os pesadelos dela deixavam o sujeito com raiva. Pelo que entendi, ele lutava por alguma coisa e queria que ela se envolvesse.

– Que tipo de luta? – perguntou Fredrika.

– Não consegui descobrir – disse Ellen, suspirando. – Tudo era muito confuso, como disse. Tinha a ver com mulheres que não mereciam os filhos. Ela falou também sobre ser a boneca dele, que ele usava bonecas para alguma coisa. Não entendi quase nada.

– E ela não falou o nome dele? Do homem que bateu nela? – perguntou Alex, calmamente.

– Não – respondeu Ellen. – E, como eu disse, também não falou o nome dela.

– Mas você pediu para o departamento técnico rastrear a ligação? – perguntou Alex.

Ellen hesitou.

– É... não, não pedi – admitiu. – Parecia tão esquisito, não levei a sério. Além disso, sempre tem uns lunáticos que ligam nessas ocasiões. Mas posso falar com o departamento técnico assim que terminarmos a reunião.

– Ótimo – disse Alex. – Acho que sua avaliação está correta, mas não faz mal identificar a pessoa que ligou.

Ele estava pronto para prosseguir quando Fredrika sinalizou que também tinha algo a dizer.

– A não ser que a mulher não estivesse confusa, mas apenas com medo – interrompeu.

Alex franziu a testa.

– Se a mulher sofreu alguma agressão, ela deve ter procurado a polícia na época e sentido que não teve apoio nenhum. Nesse caso, ela estaria traumatizada com a experiência que teve com a polícia, e provavelmente continuava com medo do ex. Por causa disso...

– Mas que merda é essa? – interrompeu Peder, irritado. – Como assim "traumatizada com a experiência que teve com a polícia"? A polícia não tem culpa se quase todas as mulheres que prestam queixa de agressão acabam retirando as queixas uma atrás da outra e...

Fredrika levantou a mão imediatamente.

– Peder, não é isso que estou dizendo – interveio ela, em tom suave. – E não acho que neste momento precisemos de uma discussão sobre tática policial para evitar que mulheres sejam agredidas. Porém, *se* ela foi agredida e sentiu que não teve proteção da polícia, é provável que esteja com medo, sim! Isso significa que seria estupidez descartar o telefonema por ser confuso.

– Mas, se pararmos para pensar – interrompeu Alex –, não é estranho que ela tenha dito isso logo agora, no início da investigação?

Ninguém disse nada.

– Estou querendo dizer o seguinte: o que a imprensa sabe até agora? Que uma criança desapareceu, nada mais. Ainda não divulgamos nenhuma informação sobre o cabelo da menina e não há nada que mostre que ela sofreu algo pior do que todas as outras crianças dadas como desaparecidas no decorrer de um ano.

Cada membro da reunião refletiu sobre o que Alex disse.

– Continuo achando que a mulher não sabia o que estava dizendo – concluiu. – Mas é claro que precisamos rastrear a ligação. Não podemos desconsiderar a possibilidade de que ela tenha se relacionado com Gabriel Sebastiansson.

– Deve ter alguma coisa na história que ela reconheceu e relacionou com o ex – insistiu Fredrika. – Você está certíssimo, Alex, quando diz que liberamos poucas informações. Deve ter sido um detalhe mínimo que chamou a atenção dela, fazendo-a diferenciar esse caso de todos os outros de crianças desaparecidas. E também não está claro se Gabriel Sebastiansson está envolvido nisso tudo.

Isso foi o suficiente para que Alex se esquecesse de que, há poucos instantes, havia se enchido de orgulho por Fredrika.

– Tudo bem, vamos continuar com a reunião – disse ele, bruscamente. – Há sempre diferentes caminhos numa investigação, Fredrika, mas por ora nós só temos um, que parece bastante plausível, para dizer o mínimo.

Alex se virou para o analista da Polícia Nacional, de cujo nome não conseguia se lembrar por nada neste mundo.

– Mais alguma testemunha entrou em contato? Algum passageiro do trem?

O analista anuiu no mesmo instante. Sim, muita gente entrou em contato, quase todos os passageiros do vagão número dois, onde Sara e Lilian estavam sentadas. Ninguém se lembrava de ter visto ou ouvido alguma coisa. Todos se lembravam de ver a menina dormindo, mas ninguém se lembra de ter visto alguém a levando.

– Na primeira vez que conversei com Sara, ela disse que ela e a filha conversaram com uma mulher que estava sentada no banco do outro lado do corredor. Ela entrou em contato? – quis saber Fredrika.

O analista retirou um maço de papéis de uma pasta de plástico.

– Se ela estava sentada do outro lado do corredor – disse ele, puxando uma das folhas de papel –, significa que o número do banco era quatorze. Não telefonou ninguém que tenha viajado com bilhete número treze ou quatorze.

– Tomara que telefonem logo – murmurou Alex, esfregando o queixo.

O olhar de Alex se perdeu através da janela. Em algum lugar, do outro lado, estava Lilian Sebastiansson. Mais provavelmente na companhia do pai sádico, que usava de todos os recursos para aterrorizar a ex-mulher. Desejava que a menina fosse encontrada o mais rápido possível.

O telefone de Ellen começou a tocar e ela escapuliu da sala para atendê-lo.

– Peder – disse Alex, decidido. – Preciso que você cuide do mandado de prisão de Gabriel Sebastiansson. Também quero que você e Fredrika façam uma segunda entrevista com o máximo de amigos e familiares de Sara que conseguirem. Tentem descobrir onde ele se meteu.

“Ou podemos descobrir alguma coisa que nos leve para outra direção”, pensou Fredrika, mas preferiu não dizer nada.

No momento em que Alex ia encerrar a reunião, Ellen enfiou a cabeça pela porta:

– Nossas preces foram ouvidas – disse ela. – A mulher que estava sentada no banco ao lado de Sara e Lilian acabou de telefonar.

“Finalmente”, pensou Alex. “Finalmente as coisas começaram a caminhar”.

Peder Rydh tomou o depoimento de Ingrid Strand numa das salas de entrevista, no mesmo andar da recepção. O dia tinha começado tão caótico que ele mal conseguia ordenar os pensamentos. Estava feliz por ter um colega acompanhando-o na entrevista da testemunha; do contrário, correria o risco inegável de perder alguma informação. Ingrid Strand provavelmente ocupava uma posição crucial para solucionar o caso, por isso Peder precisava estar alerta.

Estava contente por se sentar na principal cadeira junto à mesa, assumindo o papel de estrela da entrevista. Por um momento, pensara que a entrevista seria realizada por Fredrika, mas Alex, graças a Deus, tivera o bom senso de lhe atribuir a tarefa.

Ingrid Strand olhou diretamente nos olhos dele, bem como Jonas, colega de Peder. Ele olhou de volta para os dois, limpando a garganta.

– Desculpe, onde estávamos? – perguntou, olhando para cima.

– Acho que não estávamos em lugar nenhum – disse a senhora sentada diante dele.

Peder deu um sorriso de soslaio, aquele que geralmente deixaria derretendo até as senhoras mais duronas. Ingrid Strand se enterneceu um pouco.

– Perdão – disse ele. – O dia tem sido muito estressante.

Ingrid Strand assentiu e sorriu, aceitando as desculpas de Peder. A conversa então continuou.

Discretamente, Peder examinou Ingrid Strand. Parecia uma senhora agradável, como uma vovó lúcida e segura de si. Lembrava um pouco sua mãe. Imediatamente, Peder sentiu uma pressão no peito. Ainda não tinha retornado o telefonema de Ylva. A consciência que não para de pesar.

– Então a senhora estava sentada bem em frente a Sara e Lilian Sebastiansson no trem, do outro lado do corredor? – perguntou, pois tinha de começar de algum lugar.

Ingrid assentiu, incisiva, e aprumou as costas na cadeira.

– Sim – respondeu –, e eu gostaria de explicar por que não entrei em contato antes.

Peder inclinou o corpo para a frente, prestando atenção.

– Por favor, pode nos contar – disse, sorrindo.

Ingrid sorriu de volta, mas o sorriso não durou muito.

– Acontece que – disse tranquilamente, baixando os olhos – eu estava com minha mãe. Ela está muito adoentada. Quer dizer, ela já é bem idosa, mas há alguns dias ela adoeceu de repente, por isso tive de vir para Estocolmo.

Peder percebeu pelo sotaque que ela não podia ser de Estocolmo.

– Moramos em Gotemburgo há uns quarenta anos, eu e meu marido, mas meus pais ficaram aqui. Papai morreu ano passado e parece que chegou a hora de mamãe. Meu irmão está com ela agora. Disse que telefonaria se acontecesse alguma coisa.

Peder assentiu devagar com a cabeça.

– Agradecemos muito por ter nos procurado – disse, com calma.

Jonas também concordou com a cabeça e rabiscou alguma coisa no bloquinho.

– Ah, é claro, eu quis vir assim que soube o que aconteceu. Ontem passei praticamente o dia todo com minha mãe. Quase não saí do quarto e dormi na cadeira ao lado da cama. Achávamos que seria mais rápido, entende? Pelo menos é o que parecia. Mas então meu irmão chegou e eu fui me sentar um pouco na sala com os parentes, onde a televisão estava ligada. Daí ouvi que a menina tinha desaparecido e percebi que precisava entrar em contato na mesma hora. Eu estava sentada bem ao lado delas. Liguei para vocês o mais rápido que pude.

Ingrid sentiu um leve arrepio no corpo antes de prosseguir.

– Acho que percebi que alguma coisa estava errada – disse ela, suspirando. – Quer dizer, conversei com a menina e a mãe dela, encantadora, durante a viagem. A menina dormiu rapidamente, mas continuei conversando mais tempo com a mãe. E é claro que notei a menina sozinha quando o trem saiu de Flemingsberg, mas o fiscal, o mais velho, chegou e ficou tomando conta dela. Eu não quis me meter e o fiscal parecia ter controle da situação. E, como disse, eu estava preocupada com outros assuntos.

Para facilitar as coisas para Ingrid Strand, Peder assentiu, demonstrando entendimento.

– Isso acontece – disse, gentilmente. – Estamos sempre com a cabeça cheia, não é mesmo?

Ingrid olhou para ele com os olhos cheios de lágrimas.

– Eu nunca ia imaginar que ela sofreria algum mal – sussurrou. – O trem parou normalmente em Estocolmo, nós nos levantamos para pegar a bagagem e sair. E o fiscal não voltou. Fiquei pensando se devia fazer alguma coisa, mas, por alguma razão, imaginei que eles saberiam o que fazer com a menina.

Ingrid suspirou e deixou uma lágrima rolar pelo rosto.

– Eu estava saindo do vagão quando a vi acordar. Ela olhou em volta, ainda sonolenta. Depois se sentou e olhou de novo ao redor. Foi então que ele surgiu do nada. De repente, não vi mais a menina, só as costas dele.

– Um homem chegou perto dela? – perguntou Jonas, que ainda não tinha falado nada.

Ingrid Strand concordou com a cabeça e esfregou os olhos.

– Sim. E ele parecia tão seguro do que estava fazendo que pensei... concluí que estava tudo certo. Pois quando saí para a plataforma, eu a vi de novo.

Peder enrijeceu o corpo na cadeira, imóvel. Sentiu a boca secar.

– O homem estava com ela nos braços – sussurrou Ingrid. – Eu os vi na porta do vagão assim que saí. Ele estava segurando a menina e ela parecia tranquila. Imaginei que uma pessoa conhecida tivesse ido lá para pegá-la.

Ingrid piscou algumas vezes.

– Eu só o vi de costas. Era alto e moreno, de cabelo curto. Usava uma camisa verde, parecida com a que meu genro usa quando vamos para o interior. Passava a mão nas costas dela, como um pai faria. Vi que tinha um anel grande de ouro no dedo, um anel de sinete.

Peder tomou nota de tudo. Será que o homem era alto o suficiente para calçar 46?

– Vi que ele cochichou alguma coisa no ouvido dela – prosseguiu Ingrid, agora com a voz menos trêmula. – Ele falava e ela escutava, com o corpo todo relaxado nos braços dele.

Um completo silêncio tomou conta da sala. Peder inspirou e expirou algumas vezes, lentamente. Jonas se mexeu na cadeira e olhou para ele. Se Ingrid tivesse mais alguma coisa para dizer, seria melhor que não falassem nada.

Com o olhar abatido, Ingrid soltou os ombros.

– Não achei mesmo que tivesse alguma coisa errada – disse ela, com a voz suave e os olhos cheios de lágrimas de novo. – Era tão óbvio que a menina o conhecia. Na verdade, imaginei que fosse o pai dela.

Quando Peder voltou para sua sala, encontrou Pia Nordh esperando-o. Peder parou na porta e olhou para ela. Pia tinha um sorriso leve nos lábios, e Peder sentiu o estômago dar uma cambalhota quando ela virou a cabeça e o cabelo louro clarinho lhe caiu sobre o rosto em forma de coração.

– Olá – disse ela.

– Olá – respondeu Peder, entrando na sala.

Ele olhou ao redor, confuso. "Merda", pensou.

– Vi no celular uma chamada não atendida – disse Pia, sorrindo. – Atendi assim que você desligou.

"Sim, o plano era esse."

Peder estava desconcertado demais para fazer qualquer coisa; ficou parado, olhando para Pia. "Que inferno, e agora?"

– Mas você deve estar ocupado, não é? – aventurou-se Pia, com suavidade.

Com muita suavidade.

Peder balançou a cabeça, resoluto. Deu alguns passos e se sentou a uma distância segura, atrás da mesa.

Endireitou as costas. Raspou a garganta. "Controle-se Peder, controle-se."

– Sim, na verdade estou, sim – disse ele, em tom autoritário. – Estou trabalhando num caso muito importante. Não vou ter tempo para... para conversar. Não vou conseguir parar para um café, quero dizer.

Peder sabia que estava exagerando. Na polícia, sempre havia motivo para um café. Dizer que não tinha tempo para um café dava a entender que não se queria enfrentar uma situação muito séria. Como se o rei tivesse levado um tiro ou se o parlamento tivesse sido bombardeado por terroristas. Porém, é claro que casos desse tipo seriam assumidos pela Säpo, a polícia secreta.

A Säpo. Imagine, trabalhar na Säpo? O sonho de qualquer policial.

Os dois foram interrompidos por Ellen Lind, que entrou correndo na sala, olhando para Peder.

– Pode vir agora? Alex quer saber o que aconteceu na entrevista, o mais rápido possível – disse ela, parecendo estressada.

Ellen olhou surpresa para a encantadora Pia, como se jamais a tivesse visto antes, e depois olhou de novo para Peder.

– Estou indo agora mesmo – respondeu ele de imediato.

Ellen saiu, deixando a porta aberta.

– Que tal uma cerveja depois do trabalho? – perguntou Pia, com um sorriso.

Peder sorriu de volta. "Esqueça-a, esqueça-a, esqueça-a."

– Eu te ligo mais tarde – disse.

Peder olhou para Pia mais uma vez antes de sair da sala, aliviado por conseguir evitar um confronto com a própria personificação do pecado, mas dolorosamente ciente do desejo que ela despertava nele. "Esqueça-a, esqueça-a, esqueça-a."

O destino havia sido muito gentil com Ellen Lind quando ela nasceu. Além de sempre gozar de uma saúde perfeita, era dotada de diversos talentos.

Um desses talentos era a capacidade de perceber quando havia uma centelha entre duas pessoas. Foi assim que descobriu que a mãe conhecera outra pessoa; por isso, não se surpreendeu quando os pais anunciaram o divórcio. Infelizmente, também foi assim que percebeu que estava sendo traída pelo marido, o que a levou a tomar a iniciativa do término. Também foi graças a esse dom que, apesar de usado por apenas um milésimo de segundo, percebeu que a bela moça na sala de Peder era mais que uma amiga.

Descobrir que Peder estava enganando a esposa não surpreendeu Ellen, mas a deixou absolutamente furiosa. Com as mãos nervosas, arrumou de qualquer jeito os papéis sobre sua mesa. Sabia que a mulher de Peder passara o ano todo sofrendo de uma depressão pós-parto, sem responder ao tratamento.

Ellen conhecia muito bem essa característica do mundo masculino para não perceber o que tinha acontecido. Peder se sentira uma lástima e acabou se permitindo ter um caso. Ela simplesmente não conseguia entender como homens desse tipo conseguiam suportar a si mesmos. Também não conseguia entender como alguém podia estar com um homem nessas condições.

Por outro lado, sua própria situação no amor estava longe do ideal. Seu amado telefonara relatando um problema no trabalho, motivo que não lhe permitiria ausentar-se. Ellen achou difícil esconder sua decepção. Era como se ele não entendesse que, para ela, não era nada fácil manter uma relação cuidando sozinha de dois filhos.

Nessa conversa pelo telefone, Ellen captou um tom totalmente diferente do habitual, dando a entender que ela estava sendo reclamona e infantil por expressar seu descontentamento. De repente, ele mudara totalmente o tom, como se lhe desse um sermão. Sutil, porém inconfundível.

– Precisamos ser razoáveis em nossas expectativas – disse ele. – Você é tão travada e inflexível que chego a me preocupar, Ellen.

A primeira reação dela foi o espanto. Depois, pensou em desligar. Por fim, decidiu ignorar completamente aquela resposta infeliz e terminar a ligação com um "conversamos na semana que vem".

Por que tinha de ser tão difícil, *tão difícil assim*, ter um relacionamento normal, que desse certo?

SOZINHA NA ESTRADA, protegida da chuva e da escuridão incomum do céu, Jelena dirigia o carro que ela e o Homem compraram apenas para esse propósito. Jelena estava tão empolgada que mal conseguia ficar quieta. A hora tinha chegado. Depois de todos os planos e da longa espera, finalmente estava prestes a acontecer. Um sorriso brotou em seu rosto pequeno e delicado; uma onda de felicidade insistia em chamar sua atenção e tomar conta de seu corpo; mas as instruções do Homem foram extremamente claras, como sempre.

– Não podemos nos apressar demais, boneca – sussurrou ele, segurando o rosto dela entre as mãos, com uma força leve. – Só podemos comemorar depois que der tudo certo. Lembre-se disso, boneca. Não deixe nada dar errado. Não agora, quando já estamos quase no fim.

Ela olhou diretamente nos olhos dele e jurou, por tudo que lhe era mais sagrado, que nunca o decepcionaria.

– Você me ama? – perguntou ele.

– Sim – sussurrou ela, com candura e desejo. – Eu te amo demais!

Ele segurou o rosto dela com mais força.

– Eu perguntei se você me ama, boneca. É melhor responder com uma única palavra. Nunca use mais palavras que o necessário, pois pode nos colocar em maus lençóis.

Ela tentou assentir com a cabeça nas mãos dele, ansiosa para agradá-lo.

– Eu sei – respondeu –, eu sei. Mas como só estamos nós dois aqui... eu quis mostrar *o quanto* te amo, não só que te amo.

Ele apertou o rosto dela com mais força; doeu, dessa vez. Lentamente, ele a puxou até seu peito, depois até seu rosto. Se não ficasse na ponta dos pés, ela acabaria pendurada nas mãos dele.

– Que bom que você quer me mostrar isso, boneca – sussurrou ele. – Mas nós já conversamos sobre isso. O mais importante não é o que você diz, mas o que você *faz*. Se eu não souber o quanto você me ama, se você tem que me dizer isso, é porque nosso amor não vale nada. Estou certo?

Jelena tentou concordar com um gesto, mas era impossível assentir com ele segurando-a daquele jeito. Seus olhos se encheram de lágrimas e desejou com toda força que elas não rolassem. Do contrário, a noite estaria arruinada. Para ela, significaria dor. Muita dor.

– Você entendeu o que disse?

Ele relaxou um pouco as mãos, o suficiente para ela assentir.

– Diga – pediu ele, com o tom de voz normal.

– Entendi – disse Jelena, suavemente. – Entendi.

Para seu horror, ele voltou a lhe apertar o rosto.

– Isso é bom – disse ele, baixando a voz de novo. – Porque se você não entender, se eu não puder confiar em você, não me servirá de nada. Você entende isso também?

Jelena entendia. Ela entendia muito bem.

– Então não vamos falar mais nisso – disse ele tranquilamente, soltando o rosto dela o suficiente para que a sola dos pés tocasse o chão.

A respiração dela se acalmou. Os músculos do pescoço estavam tensos.

– E você é minha boneca, não é? – sussurrou ele, inclinando-se para beijá-la.

– Sim – sussurrou ela de volta, profundamente aliviada por ele ter perdoado seu erro.

– Muito bom – disse ele. – Muito bom.

Com firmeza, mas sem deixar de ser gentil, ele a levou até o quarto.

Jelena agarrou o volante com força ao se lembrar dos dois juntos na cama, tomados por uma grande alegria depois de concluir as primeiras etapas do plano. O Homem estava certo, é claro. Ela ainda não podia se sentir vitoriosa, pois corria o risco de não se concentrar direito. Porém, quando eles acabassem... Jelena sentiu um arrepio só de pensar. Seria maravilhoso. Tinha de ser.

O carro seguia suave pela estrada, muito embora Jelena não tivesse carteira de motorista. Ela praticamente não cruzou com outros carros. Não parecia adiantada, nem atrasada. Estava bastante segura do papel que tinha a cumprir. Pensando bem, aquela era a fase mais simples. Ela só precisava fazer tudo de acordo com o que planejaram. Ou que o Homem planejou. Como ele tinha mais conhecimentos, Jelena deixava todo o planejamento para ele.

Tinha certeza de que estaria morta se cometesse alguma besteira. Engoliu seco e se concentrou na estrada.

“Precisamos nos livrar desse Feto”, pensou ela. “Agora, isso é o mais importante.”

Só era preciso esperar o momento certo.

FREDRIKA BERGMAN TERMINOU o expediente fazendo uma lista. Estava exausta. Não fazia ideia de que o dia seria tão pesado quando resolveu, na noite anterior, beber tanto vinho e dormir tão pouco.

Olhou para o relógio. Sete e meia. Só conseguira almoçar às quatro. Logo estaria com fome de novo.

Seu celular vibrou. Uma mensagem. Fredrika se surpreendeu ao ver que era de Spencer: ele quase nunca enviava mensagens.

"Querida, muito obrigado por mais uma noite maravilhosa. Espero vê-la no final de semana. S."

Fredrika sentiu um calor por dentro. Para cada pessoa havia uma outra pessoa. E ela tinha Spencer Lagergren. Pelo menos às vezes.

Os pensamentos que tivera na noite anterior ressurgiram. O que lhe custava mesmo a relação com Spencer? Uma de suas amigas dissera uma vez que ela estava confortável com Spencer, por isso nunca se permitiu conhecer uma pessoa com quem pudesse começar uma relação séria. Fredrika discordou, disse que a situação não era aquela. Spencer era um refúgio, um consolo seguro para o qual ela podia voltar sempre que fosse tomada pelo desejo de estar com alguém. Não estaria *menos* solitária se não tivesse Spencer; estaria *desesperadamente* solitária.

Fredrika voltou a atenção para a lista, ciente de que os pensamentos logo retornariam.

Por que não havia outra testemunha que corroborasse o depoimento de Ingrid Strand? Por que ninguém mais vira a menina sendo carregada pela plataforma por um homem alto?

Alex explicou que ela não passava de uma cena muito cotidiana: como não atraía o olhar das pessoas, elas não se lembravam. Um pai carregando a filha no colo, quem prestaria atenção nisso?

Fredrika aceitava o argumento, mas só até certo ponto. Também entendia que Ingrid Strand se lembrava da cena porque tivera um contato mais próximo com a menina durante a viagem. Mesmo assim, Fredrika procurou Mats, o analista que Alex não parecia muito disposto a integrar ao grupo, e perguntou discretamente se não havia mesmo mais nenhuma testemunha que confirmasse a versão de Ingrid.

Mats, que investigava as pistas uma a uma e as inseria numa base de dados, franziu os lábios e balançou a cabeça enquanto procurava alguma chamada. Não, ninguém mais havia telefonado contando alguma coisa que corroborasse a história de Ingrid Strand.

Fredrika não tinha dúvidas de que Ingrid Strand vira o que relatou à polícia. Ela simplesmente queria saber para onde Lilian e o pai foram depois que saíram da plataforma, se é que o sujeito era mesmo o pai dela. Por que ninguém mais os viu depois daquilo?

Haviam perguntado a diferentes empresas de táxi e aos lojistas que trabalhavam dentro da Estação Central de Estocolmo, mas não conseguiram a menor pista. Ninguém se lembrava de ver um homem alto carregando no colo uma menina parecida com Lilian. Ninguém dizia que não viu, é claro, mas mesmo assim ninguém se lembrava de nada. E isso incomodava Fredrika, pois muitas pessoas tiveram a oportunidade de vê-los.

Alex não parecia particularmente preocupado com a incapacidade de descobrirem como Lilian saiu da estação.

– Espere um pouco mais – disse ele. – Uma hora alguém vai se lembrar de alguma coisa.

Espere um pouco mais.

Fredrika sentiu um tremor pelo corpo. Afinal, quanto tempo eles podiam esperar, nas atuais circunstâncias?

Tudo dependia de quem levara a criança, e por quê. Desesperada, Fredrika percebeu que era a única pessoa da equipe que não havia descartado a hipótese de que Lilian não havia sido levada por Gabriel Sebastiansson.

O promotor público designado para o caso seguiu a mesma linha que Alex e Peder, imaginando que Lilian provavelmente fora tirada do trem pelo pai. Ingrid Strand não viu o rosto do homem, mas a informação que dera apontava para essa direção. Estava claro, no entanto, que buscar a filha no trem não constituía crime nenhum. Não havia uma ordem judicial que proibisse Gabriel Sebastiansson de ver a filha, muito embora fosse melhor avisar à mãe dela para onde ele a levaria. Por outro lado, o promotor sugeriu que o fato de o cabelo de Lilian ter sido cortado poderia ser classificado instantaneamente como maus-tratos. Todavia, como não havia provas que ligassem o pai às roupas e ao cabelo da menina, eles não podiam excluir a possibilidade de ter acontecido algo totalmente diferente à menina, ainda que o promotor tivesse dito várias vezes que era improvável.

Depois de uma discussão de meia hora, o promotor declarou sua conclusão: a menina foi sequestrada, a mãe não foi informada, a menina sofreu maus-tratos e o pacote enviado para a mãe constituía uma ameaça. Era o suficiente para classificar o crime como sequestro, cujo principal suspeito era Gabriel Sebastiansson. Eles podiam expedir um mandado de prisão e Alex faria um alerta nacional.

Alex e Peder pareciam extremamente aliviados quando saíram da sala do promotor. Fredrika os seguiu a dois passos de distância, franzindo a testa.

Ela examinou a lista contendo conhecidos e familiares de Sara Sebastiansson, pessoas que tentaria procurar no dia seguinte. Como era de se esperar, Peder se encheu de alegria quando ela o convenceu de que estava disposta a continuar investigando os conhecidos de Gabriel. Ele ficou radiante, como se tivesse ganhado na loteria.

Fredrika, no entanto, continuava na incerteza.

Não tinha dúvidas de que o criminoso fosse uma pessoa com quem Sara tivesse algum tipo de relação, consciente ou inconsciente, mas não estava convencida de que a pessoa tinha necessariamente de ser Gabriel. Pensou na mulher com quem Ellen conversara durante a tarde. A mulher que se relacionou com um homem que batia nela e que achava ser esse o homem que sequestrou Lilian. Havia uma chance mínima de que esse homem fosse Gabriel Sebastiansson, mas Fredrika também desconfiava disso. Não existia mais nenhuma queixa contra ele, e com certeza existiria se ele fosse o mesmo a quem se referia a mulher anônima. Isso se trabalhassem com a hipótese de que a mulher teria prestado alguma queixa contra o homem. Alex e Peder, impacientes, descartaram a proposta de Fredrika de descobrir mais alguma informação sobre o telefonema da mulher, pedindo-lhe para se concentrar em "cenários reais e concretos" em vez de ficcionais.

Fredrika abriu um sorriso sarcástico. Cenários ficcionais. De onde eles tiraram essa expressão?

Graças a Mats, ela pelo menos descobriu o que aconteceu quando tentaram rastrear a chamada. A mulher telefonara de um orelhão no centro da cidade de Jönköping. Ali morriam todas as pistas, em Jönköping. Fredrika verificou se Gabriel Sebastiansson tinha algum conhecido lá, mas não encontrou ninguém.

Fredrika concluiu que a ligação não tinha nada a ver com Gabriel. Agora, restava saber se era ou não importante. Ellen estava certa, é claro: sempre aparecia um monte de gente para lá de estranha quando a polícia pedia a ajuda das pessoas.

Fredrika franziu a testa. Talvez Alex estivesse certo quando disse que ela não tinha a sensibilidade necessária para a profissão. "Por outro lado...", pensou Fredrika, dando um suspiro profundo, "se eu levar em conta o que

Alex e Peder classificam como a essência do trabalho policial, até que estou fazendo um trabalho de ponta".

Afinal de contas, em se tratando da mulher com o cachorro na plataforma de Flemingsberg e no caso da mulher que ligou tentando dar uma pista, Fredrika não tinha nada a que se ater, exceto seu instinto visceral. Isso os rapazes teriam de entender.

Instinto visceral. Seu estômago embrulhava só de pensar nas palavras.

Colocou com cuidado a mão sobre o estômago, enquanto a outra anotava mais uma coisa que precisava fazer no dia seguinte. Visitar a Estação de Flemingsberg.

Sentiu a barriga roncar.

"Diálogo", pensou Fredrika. Naquele instante, não havia ninguém mais para conversar a não ser o próprio estômago.

Peder Rydh saiu relaxado do trabalho naquela noite. Na verdade, sentia-se ótimo, simplesmente porque não tinha a intenção de estragar sua noite voltando para a esposa mal-humorada que o esperava em casa, mas sim de tomar uma cerveja com alguns colegas.

Sentia-se curiosamente aliviado. Eles sabiam o tempo todo que Gabriel Sebastiansson havia levado a menina, é claro, mas agora, que tinham quase certeza, não precisavam mais lutar com o "quem" e podiam se concentrar no "onde". *Onde estava a menina*?

Peder caiu na gargalhada quando imaginou Fredrika atolada em cada pista mínima que surgia na investigação. Ela não era um perdigueiro, disso estava certo. Parecia mais um *pug* velho e cansado, de pernas curtas e nariz para cima. Peder deu outra gargalhada. Um *pug*, Fredrika era um *pug*. E *pugs* não brincam com cães ferozes como Alex e Peder.

Quando se deu conta, Peder já estava no bar. Passou pela porta com as costas eretas. Por acaso, Pia Nordh estava lá. Ele percebeu que vários colegas a reconheceram e sorriram para ele. Sorriu de volta. *No comments, guys.*

Peder era um sujeito que acreditava no destino, pois a sorte o fizera feliz em mais de uma ocasião. Ylva, por outro lado, gostava de planejar tudo da melhor maneira possível. Deixar-se levar pelos dias não era algo que a agradava.

Na verdade, pensou Peder consigo mesmo, essa era a centelha, o brilho da relação. Era divertido e desafiador viver com alguém que pensava diferente, que seguia um padrão diferente.

Mas, como em todo relacionamento, havia um lado negativo.

O destino segue seu próprio rumo, é impossível evitá-lo ou controlá-lo. Uma ironia que o destino tivesse devastado a vida dos dois. Peder não gostava de pensar por esse lado, ainda mais depois de estar levemente alterado por causa de algumas cervejas, mas a verdade era essa. A vida deles estava por demais devastada e a culpa era tanto do destino quanto da incapacidade de Ylva em lidar com ele.

Quando Ylva fez o ultrassom, os dois emudeceram, atônitos, ao descobrir que esperavam gêmeos.

– Mas – gaguejou Ylva – não há gêmeos em nenhum lado da família.

A obstetra então explicou que gêmeos bivitelinos podem resultar de predisposição genética. Gêmeos idênticos, por outro lado, se dão por um único óvulo fecundado e são fruto do acaso.

Peder sentiu uma força tremenda nessa expressão. Fruto do acaso. Ylva, como descobriu Peder algum tempo depois, começou a se deprimir desde o momento que ouviu as palavras.

– Mas não foi isso que planejamos – disse ela diversas vezes durante a gravidez. – Não devia ser assim.

Peder se lembra da surpresa que sentiu quando escutou essa frase; afinal, ele não tinha uma imagem muito clara de como as coisas "deviam" ser.

Um dos colegas interrompeu seus devaneios dando-lhe um tapinha nas costas.

– Como estão as coisas na equipe de Recht? – perguntou, com os olhos nitidamente cheios de inveja.

Peder saboreou aquele momento. Para o inferno todos aqueles pensamentos sombrios; a fonte de energia estava ali, diante dele.

– Estão muito bem – disse ele, com um sorriso afável. – Alex é um profissional e tanto. Tem uma sensibilidade incrível para o trabalho.

O colega anuiu, atencioso, e Peder sentiu o rosto quase enrubescer. Quem diria que depois de apenas alguns anos na polícia ele estaria ali, se referindo ao grande Alex Recht apenas como "Alex"?

– Está tudo dando certo para você, Peder – disse o colega. – Parabéns, rapaz!

Sem falsa modéstia, Peder abriu os braços para agradecer o cumprimento.

– A próxima rodada é por minha conta – disse em voz alta, juntando outros colegas à sua volta.

Teve de responder a um fluxo contínuo de perguntas. Os colegas estavam interessadíssimos em saber como o trabalho era feito na equipe de Recht. Peder gostava tanto de ser o centro das atenções que não se importou em mencionar os aspectos claramente negativos de seu novo trabalho, como a constante falta de recursos e a necessidade de contar com pessoas de todos os lados. Além disso, precisava trabalhar sozinho muito mais do que antes, e Alex Recht, muitas vezes, não estava à altura de sua reputação.

Pouco tempo depois, começaram a falar de outros membros daquela equipe restrita. Quase instantaneamente, o assunto passou a ser Fredrika Bergman.

– Sabe, na nossa equipe também tem um civil – disse um dos colegas de Peder, da polícia de Södermalm. – É o sujeito mais inútil com quem já trabalhei na vida. Só sabe falar em dados e estruturas, desenhar diagramas e ditar regras. Fala demais e não age, na verdade.

Peder engoliu entusiasmado um gole de cerveja e assentiu.

– Está certíssimo! – exclamou ele. – Como se não tivessem instinto nenhum para seguir o que é relevante. É impossível ter um bom resultado quando se equilibra todos os pratos ao mesmo tempo.

Outro colega de sua época em Södermalm olhou de soslaio para Peder e abriu um sorrisinho.

– Mas pelo menos essa moça, Fredrika, deve ser uma visão e tanto, não é?

Peder sorriu de volta.

– Bem... – respondeu ele –, detesto dizer isso, mas... sim, ela é uma visão e tanto.

Sorrisos entusiasmados se abriram no rosto de todos na mesa e eles pediram outra rodada.

Devia ser onze horas quando Peder conseguiu sair discretamente do bar na companhia de Pia Nordh. Sua cabeça girava por causa do álcool e da falta de sono, mas seu instinto lhe dizia, inconfundível: aquela era uma das raras ocasiões na vida de um homem em que se tem todo o direito de ir para a cama com outra mulher.

Quando Pia fechou a porta do apartamento algum tempo depois, Peder não sentiu a consciência pesar um grama sequer. Seu corpo exalava apenas álcool e um desejo incontrolável. Entregou-se com todas as honras.

TEODORA SEBASTIANSSON TINHA plena consciência de que pertencia a uma época passada há muito, e se orgulhava disso. Às vezes tinha a sensação de estar constantemente deslocada no presente.

Sua mãe nunca medira palavras para lhe dizer em que consiste a vida: precisa estudar, se casar e se perpetuar – esta última basicamente pela reprodução. Educação, marido e filhos: a santíssima trindade das mulheres. Não havia espaço para a carreira dentro dos limites restritos dessa trindade; tampouco era necessário, pois o marido deve sustentar a esposa. Nesse caso, os estudos serviam apenas para conversar com pessoas cultas.

Como dissera a Fredrika Bergman, era da opinião de que o filho poderia ter conseguido uma mulher muito melhor do que Sara. Teodora ficara observando pacientemente nos bastidores, esperando que o filho caísse na real e abandonasse a esposa enquanto ainda tinha chance. Para seu aborrecimento, ele continuou com Sara, que deu a Teodora sua primeira neta.

Como fora criada numa das escolas mais exigentes do mundo, ela honestamente não via nada de errado nos esforços justificados e desesperados do filho para dominar a esposa. Apesar do que dissera a Fredrika Bergman, ela conhecia muito bem a relação do filho com Sara e o clima turbulento que muitas vezes tomava conta do casal. Teodora não podia fazer outra coisa senão lamentar a incapacidade de Sara para agradar o marido. Sara *certamente* nunca tentou esconder sua verdadeira personalidade. Teodora havia se dado conta de que a principal razão de o filho ter se casado com Sara fora uma rebeldia, vergonhosa e tardia, contra seus pobres pais. No entanto, não tinha dúvida nenhuma a respeito da falta de lealdade da nora quando as coisas chegaram a um ponto crítico e ela procurou ajuda da polícia. A vida luxuosa que Gabriel oferecia para Sara não lhe servia de nada!

Sara havia sido muito estúpida por imaginar que uma boa mãe como Teodora decepcionaria o filho ou a neta em qualquer circunstância. Ela pensava em Lilian acima de qualquer coisa, refletiu Teodora consigo mesma, enquanto tirava o telefone do gancho para telefonar para dois antigos e fiéis empregados de seu marido, que deviam à família Sebastiansson uma grande quantia em dinheiro, além de inúmeros favores.

O mais fácil tinha sido salvar a pele de Gabriel arrumando os álibis necessários e merecidos. O mais difícil fora ensinar a ele que rumo tomar no futuro. Depois de mais um período conturbado no casamento e da segunda queixa à polícia, Teodora teve uma conversa séria com o filho. Não tinha problema nenhum com as tentativas do filho de consertar Sara na marra, mas o envolvimento com a polícia precisava parar. Era vergonhoso para a família, e limpar o nome dele repetidas vezes ficaria mais difícil com o tempo, principalmente porque os esforços do filho para endireitar a mulher acabavam deixando marcas visíveis, e Sara não tinha o bom senso de manter a boca fechada sobre o que acontecia na família.

Depois que Gabriel foi proibido judicialmente de se aproximar da própria esposa e, como consequência, acabou telefonando para ela dezenas de vezes numa única noite, Teodora perdeu a paciência. Ou Gabriel tentava recuperar Sara, o que desde o início ela não apoiava, ou desistia de tentar transformá-la numa boa pessoa e pedia o divórcio. O divórcio e a guarda exclusiva da menina.

Teodora não sabia exatamente como o filho conseguiu resolver a situação, mas, de repente, ele e Sara estavam morando juntos de novo. E não durou muito. Sara continuou criando problemas e logo os dois tiveram outra separação.

E agora Sara havia realizado a façanha inimaginável de desaparecer com a única neta de Teodora. Seu corpo inteiro tremia. Estava claro que as atitudes de Sara para destruir a família Sebastiansson não tinham limites. Teodora, que também era mãe, já havia percebido como Sara tratava a filha: sem mão firme e sem carinho maternal. Se a menina ficasse com a mãe, Teodora brigaria com unhas e dentes pelo direito do filho de criar Lilian sozinho. Sara finalmente encontraria um inimigo imune a ameaças e queixas policiais. Ela finalmente descobriria o que acontece quando se escolhe viver uma vida fadada à desgraça e à autodestruição e, ainda, levando consigo a própria filha.

Tendo em vista seus sentimentos em relação à nora e à neta, Teodora não teve dificuldade nenhuma em mentir para beneficiar o filho, fosse antes ou durante o interrogatório feito por Fredrika Bergman. Era lamentável, obviamente, que o filho não tivesse tido tempo de avisá-la que sairia de folga; se ela soubesse, seria bem mais fácil sustentar suas mentiras.

Suspirou.

– Ela vai voltar – disse ele.

Teodora deu um salto quando ouviu a voz dele.

– Mas que susto você me deu, querido!

Gabriel atravessou a porta da biblioteca do pai, onde Teodora continuava sentada desde que Fredrika Bergman havia saído. Ela se levantou e caminhou devagar na direção dele.

– Eu preciso saber, Gabriel – disse, em tom baixo e insistente. – Eu preciso saber a verdade. Você tem alguma coisa a ver, *seja lá o que for*, com o desaparecimento de Lilian?

Gabriel Sebastiansson olhou para a janela, desviando do olhar da mãe.

– Acho que vai cair uma tempestade – disse, com a voz rouca.

ANTIGAMENTE, quando Nora era bem mais jovem, a escuridão era sua inimiga. Agora que ela era adulta, conhecia melhor as coisas. A escuridão era sua amiga e Nora a recebia de bom grado todas as noites. O mesmo valia para o silêncio. Ela o acolhia de braços abertos e precisava dele.

Escondida na escuridão e no silêncio, Nora encheu rapidamente uma mala de roupas. Como costumava acontecer no verão, o céu nunca escurecia por completo, mas aquele azul marinho e sedoso já era bastante escuro. O assoalho rangia sob seus pés à medida que se movia pelo quarto. O som a assustava. O som quebrava o silêncio e o silêncio não queria ser perturbado. Não agora. Não quando ela precisava se concentrar. Na verdade, tinha sido muito fácil arrumar a mala dessa vez: ela não precisava levar tudo, pois ficaria fora apenas por algumas semanas.

A avó se encheu de felicidade ao ouvir a voz de Nora pelo telefone.

– Você quer vir passar alguns dias aqui, meu amor? – disse, quando Nora comentou os planos de visitar a avó no interior.

– Se não tiver problema – disse Nora.

– Você é sempre bem-vinda, minha querida. Você sabe disso, não é? – respondeu a avó.

Sua avó, segura e maravilhosa. Seria doloroso lembrar da infância se não tivesse tido a avó, a única centelha brilhante de sua vida.

– Eu telefono de novo depois que comprar a passagem e ter uma ideia melhor do horário que vou chegar, vó – sussurrou Nora ao telefone, sentindo que estava com a voz rouca.

– Tudo bem, Nora – respondeu a avó, antes de desligar.

Nora tentava colocar os pensamentos em ordem enquanto arrumava a mala. Decidiu viajar com um par de sapatos vermelhos, de salto alto. Uma vez o Homem lhe dissera que esses sapatos lhe conferiam um aspecto vulgar, mas ela adorava usá-los: eram o emblema de sua independência. Talvez ela tivesse errado por não dizer seu nome para a polícia, mas Nora não queria deixar ninguém quebrar a casca dentro da qual havia construído uma existência segura.

Terminou de arrumar a mala e se aprontou para sair do apartamento.

Colocou a mala no chão e se sentou na beirada da cama. Eram quase dez horas. Precisava telefonar para a avó confirmando o horário da chegada, como prometido.

Estava com o telefone na mão quando um som no corredor chamou sua atenção, um único ruído; em seguida, o silêncio. Nora ignorou. Porém, depois escutou o mesmo ruído, o som de passos estalando no assoalho.

Sua boca secou de medo quando ele apareceu de repente na porta. Paralisada e destruída por saber que aquele seria o fim, ela não se moveu na cama. Ainda não tinha teclado o número todo.

– Olá, boneca – sussurrou ele. – Está indo para algum lugar?

O telefone escorregou de sua mão e ela fechou os olhos na esperança de que o mal desaparecesse. A última coisa que viu foram os sapatos vermelhos, no chão, ao lado da mala.

QUINTA-FEIRA

O Dr. Melker Holm sempre gostou dos plantões no pronto-socorro. Era um homem que gostava de ação e movimento e, além disso, sentia uma atração terrível pela tranquilidade noturna que sempre se instalava depois das horas mais turbulentas.

Quando Melker começou o trabalho naquela noite, talvez tivesse um pressentimento de que aquele turno seria diferente. A ala de emergências fervilhava com uma comoção e uma atividade fora do comum. Um sério acidente de carro envolvendo vários veículos dificultou o trabalho de todo mundo, enquanto, na sala de espera, havia diversos pacientes com problemas menos graves, fartos de estarem ali.

Melker ouviu os passos da enfermeira Anne antes de ouvir sua voz. Anne tinha pernas nada compridas, o que a levava a dar passos excepcionalmente curtos e rápidos. Com exceção desse detalhe, Melker não notava um defeito sequer em sua constituição física geral. Ainda que não fosse dado a ouvir ou espalhar rumores, havia chegado a seus ouvidos que a enfermeira não era do tipo que não sabia como explorar a própria beleza.

Ele não dava a mínima importância para mulheres vulgares que se vendiam no trabalho, mas confiava na enfermeira Anne mais do que em qualquer outra pessoa. Havia nela algo de sincero e fidedigno e, de todas as qualidades pessoais, a que Melker mais valorizava era a sinceridade.

Anne apareceu na porta poucos segundos depois do ruído dos passos.

– Doutor, o senhor precisa vir comigo – disse a enfermeira, com uma tensão no rosto que Melker jamais vira.

Sem fazer perguntas, levantou-se e acompanhou-a. Para sua surpresa, Anne passou correndo pela emergência e saiu pela porta principal. Foi só então que Melker disse alguma coisa.

– O que aconteceu?

Anne virou o rosto para ele e diminuiu um pouco os passos.

– Uma mulher telefonou – respondeu. – Disse que ela e o marido estavam vindo de carro para cá. Disse que ia ter o primeiro bebê e que talvez não conseguisse chegar a tempo. Estava com medo de parir no caminho e perguntou se podíamos recebê-la aqui fora.

Anne passou a língua nos lábios e olhou ansiosa para a rua que dava direto na entrada do pronto-socorro. Sentiu o olhar inquisitivo de Melker e virou a cabeça de novo.

– Ela disse que estavam quase chegando e, como não consegui encontrar o obstetra, imaginei que...

Melker a interrompeu, concordando com a cabeça.

– Tudo bem. Mas eles não estão aqui, certo? Afinal, por que viriam para o pronto-socorro? Você devia ter falado para ela procurar a maternidade.

Anne enrubesceu.

– Sinto muito, não queria que perdesse seu tempo – respondeu, rapidamente. – Mas é que... a voz dela. Havia algo na voz dela que deu a sensação de ser mais urgente do que parecia.

Melker assentiu mais uma vez, agora cordialmente.

– Entendo o que disse e estou à sua disposição. Mas se telefonarem de novo, diga para procurarem a recepção da maternidade, por favor.

Virou as costas e voltou para sua sala. Por acaso, olhou o relógio no pulso. Havia acabado de dar meia-noite. Começava um novo dia.

Uma hora depois, Melker ouviu os passos de Anne no corredor de novo. Deu tempo de pensar que ela quase corria antes de vê-la na porta, ensopada de chuva e com os olhos arregalados.

– Doutor, o senhor precisa vir agora – disse ela, repetindo imediatamente: – Agora, doutor, que merda!

Melker Holm se surpreendeu com o tom abrupto e a linguagem totalmente inapropriada para um pronto-socorro e saiu correndo atrás da enfermeira, atravessando a recepção até chegar no estacionamento.

– Venha, está lá na ponta – indicou Anne.

Bem no final da via de acesso, entre o estacionamento de visitantes e a entrada da emergência, havia uma menina no meio da calçada. Não tinha nenhuma peça de roupa no corpo e os olhos vazios e vidrados estavam voltados para o céu noturno, que cobria de chuva seu corpo pálido e nu.

– Meu Deus... – exclamou Melker, ajoelhando-se ao lado da menina para verificar o pulso, embora pudesse dizer, só de olhar, que ela estava morta.

– Não tive coragem de encostar nela – explicou Anne, soluçando. – Quando me dei conta de que estava morta, não tive coragem de fazer nada.

Algum tempo depois, Melker sentiria inveja das lágrimas de Anne, mescladas com a chuva, pois ele não conseguiu derramar nenhuma durante vários dias.

– Eu saí para ver se aquele casal estava aqui no estacionamento, porque eles não ligaram de novo – Melker ouviu Anne dizer. – Oh, meu Deus, ela estava aí, deitada nessa posição.

Sem pensar muito, Melker Holm inclinou-se e acariciou o rosto da menina. Olhou para a testa dela e viu uma palavra escrita, com as letras borradas. Alguém tinha marcado o corpo dela.

– Precisamos ligar agora para a polícia, para depois tirarmos essa pobre menina da chuva – disse ele.

No momento exato em que abriu a porta para sair para o trabalho, Alex recebeu uma chamada da polícia de Umeå.

– Quem fala é Hugo Paulsson, inspetor-chefe da polícia de Umeå – bramiu a voz do outro lado.

Alex parou o que estava fazendo.

Hugo Paulsson suspirou.

– Acho que encontramos a menina que desapareceu na Estação Central de Estocolmo – disse ele, calmamente. – Lilian Sebastiansson.

Encontraram? Alex depois se lembraria daquele momento como um dos poucos de sua carreira em que o tempo parou. Ele não escutou a chuva batendo na janela, não viu Lena que o observava a poucos passos de distância, não disse nada como resposta ao que acabara de escutar. O tempo parou e o chão se abriu embaixo de seus pés.

"Como é que eu pude me equivocar desse jeito?", pensou.

Hugo Paulsson prosseguiu logo depois de perceber que não teria resposta.

– Ela foi encontrada na porta da emergência do hospital aqui de Umeå, à uma hora da manhã. Demorou um tempo para confirmarmos a provável identidade dela, pois uma outra menina aqui da cidade tinha fugido, então primeiro tivemos de verificar se não era ela.

– Lilian não fugiu – disse Alex, automaticamente.

– Sim, nós sabemos disso – respondeu Hugo, com firmeza. – De todo modo, agora você sabe onde ela está. Quer dizer, onde ela provavelmente está. Alguém precisa vir identificá-la.

Alex assentiu para si mesmo, sem sair do lugar; esperava o momento ideal para continuar andando.

– Eu telefono de volta assim que souber como proceder – disse, por fim.

– Tudo bem – respondeu Hugo Paulsson, não sem acrescentar: – Não sei o que isso significa, mas não encontramos as roupas da menina. E a cabeça dela foi raspada.

Fredrika Bergman recebeu pelo celular a notícia de que o caso do desaparecimento de Lilian havia se transformado numa investigação de assassinato. Alex telefonou e ela percebeu pelo tom de voz que ele estava em estado de choque. Ela mesma sentiu todas as suas emoções sendo drenadas. Alex pediu para ela visitar Teodora Sebastiansson mais uma vez e depois tentar conversar com o máximo de pessoas possível da lista de contatos que tinham pegado com os pais de Sara. Ele tentaria descobrir por que a menina foi aparecer justamente em Umeå, que ficava a mais de 600 quilômetros ao norte de Estocolmo.

Foi só quando desligou o telefone e olhou para fora, constatando que o verão trouxera mais um dia de chuva, que Fredrika começou a chorar. Sentiu-se profundamente grata por estar sozinha na sala, com a porta fechada.

Como é que de repente a menina podia estar morta?

De todas as perguntas que fervilhavam em sua cabeça, uma se destacava mais do que as outras.

"Que diabos estou fazendo aqui?", pensou ela. "Como é que vim parar num lugar desses, num trabalho desses?"

Fredrika sentiu que estava prestes a ligar de volta para Alex e dizer: "Você está certo, Alex. Não fui feita para isso. Sou fraca demais, emocional demais. Nunca vi uma pessoa morta na vida e detesto histórias com finais tristes. Nada pode ser mais triste que isso. Desisto. Não posso continuar aqui".

Passou os dedos levemente sobre a cicatriz no braço direito. O tempo reduzira a marca a apenas duas linhas brancas, mas ainda visíveis. Para ela, eram um lembrete diário não só daquele acidente, mas também da vida que nunca aconteceu. A vida que nunca teve.

Fredrika enxugou o canto dos olhos e assoou o nariz. Se continuasse pensando assim, naquele estado em que se encontrava, certamente não conseguiria trabalhar direito. Estava cansada, esgotada. Faltavam apenas algumas semanas para o início das férias. Balançou a cabeça, obstinada. "Agora não", disse para si mesma, "agora não". Nesse momento, seria pior para a investigação se ela partisse. Melhor esperar o fim da investigação...

"Aí, sim, eu vou embora."

Fredrika assoou o nariz de novo. Amassou o lenço de papel nas mãos e o jogou na lixeira. Errou o alvo, mas também não se abaixou para apanhar o papel.

Por que estava sendo tão difícil se concentrar?

Os pensamentos passavam à velocidade da luz pela cabeça de Fredrika, e ainda não eram nem oito horas da manhã. Ela era a primeira a reconhecer que não havia trabalhado em muitas investigações, mas tinha uma experiência analítica bem sólida. Considerando o ponto em que haviam chegado no caso do desaparecimento de Lilian, não teria tanta dificuldade em encaixar as peças do quebra-cabeça. Contudo, a sensação de que ainda faltava alguma coisa lhe percorria o corpo todo, mas não conseguia colocá-la em palavras. Será que eles tinham deixado alguma coisa passar? Havia algo que não viram ou não prestaram atenção antes?

"Mas nós nem encontramos um motivo para o sequestro", pensou Fredrika. Se Gabriel Sebastiansson levara Lilian, qual seria o motivo? Não havia briga pela guarda da menina; não havia nenhuma queixa de agressão anterior à menina.

O encontro de Fredrika com a mãe de Gabriel serviu para que tivesse certeza de que Gabriel havia agredido Sara fisicamente. Havia algo de muito desagradável naquela família. Fredrika foi até o computador para anotar algumas perguntas que faria a Teodora Sebastiansson. A simples lembrança dos dedos delgados daquela senhora apontando o lugar onde Fredrika deveria estacionar o carro a deixou tensa. Com certeza havia algo doentio naquela família. A única pergunta era: por que uma mulher como Sara escolheria se casar com um deles? Afinal de contas, diferente da sogra, ela parecia uma pessoa simples, franca e modesta. Com certeza seria interessante conhecer Gabriel Sebastiansson, quando chegasse a hora.

O telefone de Fredrika tocou, forçando-a a interromper a lista que mal começara a fazer. Ela escutou uma voz masculina do outro lado.

– Gostaria de falar com Fredrika Bergman.

– Sim, sou eu. Quem está falando? – perguntou Fredrika.

– Meu nome é Martin Ek, da SatCom. Nós conversamos rapidamente outro dia, quando você me perguntou sobre Gabriel Sebastiansson – respondeu o homem.

SatCom era a empresa onde Gabriel construíra carreira nos últimos dez anos e agora era um dos diretores executivos.

Fredrika se pôs em alerta imediatamente.

– Sim? – disse.

– Então – começou Martin Ek, parecendo aliviado por ela ter se lembrado dele. – Você pediu para eu telefonar se Gabriel entrasse em contato, então guardei seu cartão.

– Ah, é claro – disse Fredrika, segurando a respiração. – E ele entrou em contato?

Martin Ek não disse nada a princípio. Fredrika sentiu que ele estava prestes a desligar.

– Não tivemos notícia dele.

Fredrika relaxou um pouco os ombros.

– Mas acho que encontrei uma coisa que pode lhe interessar – disse ele.

– Entendo – disse Fredrika, com cautela, puxando o papel e a caneta que estavam na mesa. – O que você encontrou, exatamente?

Mais uma pausa.

– Prefiro que você venha ver pessoalmente – disse ele.

Fredrika hesitou. Ela não tinha tempo nem vontade de ir até lá. De todo modo, Peder é que deveria tratar desses contatos, pois era ele quem estava cuidando agora das pessoas ligadas a Gabriel Sebastiansson.

– Por que você não adianta o assunto pelo telefone? – perguntou ela. – Estamos muito ocupados agora.

Martin Ek agora respirava ofegante do outro lado da linha.

– É algo que encontrei no computador dele – disse Martin.

Ele respirou profundamente mais algumas vezes antes de continuar.

– São fotos, fotos horríveis. Nunca vi algo tão doentio na vida. Acho que seria bom se você viesse aqui. Agora mesmo, se possível.

Fredrika sentiu um aperto na garganta.

– Vou pedir a um colega para ir assim que possível. Tudo bem?

– Tudo bem.

Quando Fredrika estava quase desligando, Martin Ed acrescentou:

– Mas venha rápido, por favor.

DESERTO.

Sede.

Dor. A cabeça inteira doendo.

Peder Rydh estava de ressaca e ainda um pouco adormecido quando Alex telefonou dizendo que uma menina, muito provavelmente Lilian Sebastiansson, havia sido encontrada morta em Umeå. Alex também pediu para que ele fosse até a casa de Sara e a colocasse, ou algum dos pais dela, no avião das dez horas para Umeå. Alex estaria no mesmo avião e se encontraria com qualquer um deles no aeroporto. Pediu também para Peder fazer o que pudesse para descobrir como Umeå se encaixava no caso.

A primeira reação de Peder foi se encher de pânico.

"Como essa menina pode estar morta?"

Ela estava desaparecida há menos de quarenta e oito horas e, desde que colheram o depoimento da mulher que viajou sentada ao lado de Sara e Lilian no trem, eles estavam procurando o pai da menina, principal suspeito de estar envolvido no caso. Será que Gabriel Sebastiansson tinha enlouquecido? Será que tinha matado a própria filha e jogado na porta de um hospital?

Depois veio a segunda reação: "Mas onde é que eu estou?".

Peder começou a lutar desesperadamente contra a ressaca, que paralisava por completo seu poder de raciocínio. Vários segundos se passaram até que se deu conta de que tinha dormido no apartamento de Pia Nordh. Que merda, isso, sim, seria difícil de explicar para Ylva.

Pia acordou com o barulho do telefone e estava deitada de lado, observando Peder. Estava nua, com uma expressão confusa no rosto; percebeu, com o breve telefonema, que alguma coisa muito séria tinha acontecido.

– Eles a encontraram – disse Peder, bruscamente, levantando-se da cama de supetão.

Sentiu o chão balançando sob seus pés, a cabeça pulsando e os olhos doendo. Sentou na beirada da cama e repousou a cabeça nas mãos. Precisava pensar, se recompor. Passou as mãos no cabelo e pegou o celular de novo. Tinha uma chamada perdida de Jimmy e onze de Ylva, que certamente esperava que ele fosse chegar tarde em casa, mas dificilmente esperava que não fosse aparecer. Quando ele havia telefonado para casa? As lembranças da noite anterior estavam nebulosas, era impossível diferenciar uma da outra. Será que tinha mesmo telefonado para casa? A sombra de uma lembrança lhe passou pela cabeça. Peder, seminu no banheiro de Pia Nordh. Uma das mãos encostada no lavabo, para se apoiar, e a outra mão segurando o telefone, escrevendo uma mensagem:

"Não me espere. Vou chegar tarde. Ligo depois."

Sua vontade era que um buraco se abrisse sob seus pés. Isso não era nada bom. Quer dizer, não ficaria pior que isso. Se ainda não havia chegado ao fundo do poço, estava quase lá.

– Preciso ir – disse ele, ríspido, levantando-se de novo.

Suas pernas o carregaram para fora do quarto e o conduziram pelo corredor até chegar ao banheiro. Quanto tinha bebido? Quantas cervejas havia tomado além da conta?

Estava terminando de tomar banho quando ouviu o telefone tocar. Saiu correndo do chuveiro e quase escorregou no azulejo molhado. Pia o encontrou no meio do corredor, com o telefone na mão.

Era Fredrika.

– Recebi uma ligação do lugar onde Gabriel Sebastiansson trabalha – disse ela, sucinta. – Eles encontraram alguma coisa no computador de Gabriel e querem que alguém vá lá verificar. Umas fotografias horríveis.

Ele voltou para o banheiro para não respingar água no corredor, mas teve de sair de novo porque o celular não pegava sinal lá dentro. Tentou se enxugar com uma mão só enquanto falava com Fredrika.

– Certo – começou ele. – Alex me pediu para comunicar a Sara Sebastiansson o que aconteceu. Depois posso ir até o trabalho de Gabriel.

Percebeu que Fredrika estava quase dizendo alguma coisa, então logo acrescentou:

– Mas que tipo de fotos? Não podemos simplesmente olhar o computador das pessoas sem ter um mandado de busca.

Fredrika, *com aquela arrogância de sempre,* disse a Peder que sabia muito bem que a polícia não pode vasculhar o computador das pessoas quando quiserem, mas que isso podia ser encarado como uma pista para uma investigação importante, e que não havia nenhuma lei que proibisse a polícia de ver alguma coisa que outra pessoa já tinha descoberto, e...

– Tudo bem, tudo bem – interrompeu Peder, cansado. – Me dê o telefone. Vou ligar e decidir o que fazer.

– Ótimo – disse Fredrika, também parecendo exausta.

– Eles não falaram o que tem nessas fotos? – perguntou Peder.

– Não – respondeu Fredrika. – Só disseram que eram horríveis.

– O que você vai fazer agora, por sinal? – perguntou Peder, curioso.

– Alex me pediu para ir mais uma vez à casa de Teodora Sebastiansson – disse Fredrika. – E tenho também algumas outras coisas para resolver...

– Eu não deveria conduzir as entrevistas com os familiares e amigos de Gabriel daqui em diante? – perguntou Peder, irritado.

– Não essa, pelo visto – respondeu Fredrika, ríspida.

Peder desligou o telefone com a cara fechada e voltou para o banheiro.

Pia apareceu na porta. Ainda estava totalmente nua. Peder a viu pelo reflexo do espelho. Ela seria mesmo tão atraente? Teve a impressão de que os seios dela estavam um pouco caídos. Ou seria a ressaca interferindo na sua capacidade de julgar? Dane-se; em breve estaria longe dali.

Por alguma razão, relutou em se virar e olhá-la de frente.

– E agora, como faremos? – disse Pia, cruzando os braços.

– Você tem paracetamol? – perguntou Peder, com a voz cansada, e começou a escovar os dentes. Com a escova dela.

Sem dizer nada, ela abriu o armário do banheiro e tirou uma cartela de comprimidos da caixa. Peder pegou a cartela toda; ia precisar de outros durante o dia.

– Você podia pelo menos dizer alguma coisa.

Peder arremessou a escova no lavabo, impaciente.

– Será que você não entende como estou me sentindo agora? – vociferou ele, sentindo que a cabeça ia explodir quando aumentou o tom de voz. – Encontraram a menina morta, assassinada! Não vê que não consigo pensar em nada mais nesse momento?

Pia olhou para ele.

– Vá embora, Peder – disse, saindo do banheiro sem esperar pela resposta.

Peder se sentou no chão e suspirou profundamente diversas vezes.

Havia deixado a esposa na mão.

Havia deixado o chefe na mão por estar naquele estado.

Muito provavelmente, também havia deixado Lilian na mão.

E agora Pia Nordh queria deixar claro que ele também a havia deixado na mão. Mas que raios essa mulher esperava?

Peder endireitou o corpo. Precisava se concentrar. Precisava se levantar e sair. Como chegaria ao apartamento de Sara Sebastiansson era outra questão. Provavelmente, não conseguiria dirigir. Levantou-se do chão, vestiu a roupa, calçou os sapatos e saiu apressado do apartamento de Pia.

Poucos minutos depois ele se viu sentado na calçada, debaixo de chuva, com o cabelo molhado, chamando um táxi. Piscou algumas vezes e levantou o rosto, olhando o céu.

Parou um instante.

Pela primeira vez depois de muito tempo, parecia que o sol começava a atravessar as nuvens. O verão havia chegado.

JELENA ESTAVA VOLTANDO para Estocolmo. De avião. Ela se livrara do carro, como planejado. Nunca tinha voado antes. Inclinou o corpo para a frente e olhou para fora da aeronave, fascinada. "Puta que pariu", pensou. "Que coisa incrível!"

Imediatamente, foi tomada por uma onda de ansiedade. O Homem detestava quando ela xingava. No início, ele a punira várias vezes por causa disso. Quer dizer, não era uma punição, mas uma "repreensão", palavra que ele geralmente usava. E só para o bem dela.

Jelena sorria, sentada no avião. O Homem era a melhor coisa que já havia lhe acontecido. Apertou o braço da poltrona. Na verdade, o Homem era a única coisa boa que havia lhe acontecido. Era tão generoso. E inteligente. Jelena adorava vê-lo trabalhando, fazendo planos, ele ficava tão bonito! O fato de ele ter descoberto como segurar aquela vaca estúpida em Flemingsberg para que ela perdesse o trem, por exemplo, deixara Jelena muito espantada.

"Além disso, todos tivemos muita sorte em Flemingsberg", pensou.

É claro que o Homem não concordaria com ela, mas Sara Sebastiansson se entregou de bandeja quando decidiu sair do trem para telefonar. O plano original era que Jelena chamasse a atenção de Sara batendo na janela e chamando-a para fora com gestos frenéticos. E se isso não funcionasse, eles tentariam sequestrar Lilian no dia seguinte, quando a mãe a entregasse para o pai. Porém, no fim, nada disso foi necessário.

Jelena realmente não sabia por que o Homem a havia escolhido. Era uma sortuda. O Homem devia saber que muitas outras jovens dariam um braço para participar dessa luta. Ele deve ter tido muitas opções, e fazia questão de frisar isso sempre que podia.

– Eu podia ter escolhido qualquer outra – sussurrava ele toda noite, quando eles iam dormir. – Podia ter escolhido qualquer outra, mas escolhi você. E se você me decepcionar, eu escolho outra.

Jelena mal tinha palavras para expressar o terror que sentia toda vez que ele dava sinais de que ela era substituível. Pelo que se lembra, sempre havia sido substituível. Não era nada agradável se lembrar da vida que levava antes de conhecer o Homem, então raramente o fazia. Era somente à noite, quando sonhava, que as memórias não a deixavam em paz. Era quando se lembrava de cada detalhe de todas as coisas repugnantes. Muitas vezes, os sonhos não acabavam nunca, e ela só se dava conta de que tinha acordado quando se via sentada na cama, aos gritos.

– Não quero, não quero, não quero.

O Homem nunca queria saber dos sonhos dela. Ele simplesmente a puxava de novo para a cama e sussurrava em seu ouvido:

– É você que controla seu sono, precisa entender isso. Senão, vai continuar tendo sonhos de que não gosta. E se você continuar assim, tendo sonhos de que não gosta e não se esforçar para se livrar deles, é porque é fraca. E você sabe o que penso sobre bonecas fracas, não sabe?

Da primeira vez que isso aconteceu, ela tentou contestar, tentou dizer a ele que, apesar de todos os esforços, os sonhos voltavam. E chorou.

Ele se deitou sobre ela na cama e soltou o corpo; estava tão pesado que ela mal conseguia respirar.

– Não há nada, *absolutamente nada* mais inútil do que lágrimas. Tente entender isso. Você *precisa* entender. Não quero que isso aconteça de novo. Nunca mais. Entendeu?

Jelena concordou com a cabeça, sentindo que ele aumentava o peso sobre ela.

– Responda, eu quero ouvir.

– Entendi – sussurrou ela, apressada. – Entendi.

– Se você não entender – prosseguiu ele –, vou fazer questão de te repreender.

Colocou a mão por trás da cabeça dela, entrelaçando-lhe o cabelo com os dedos, e ela o viu cerrando a outra mão.

– Você entendeu?

– Entendi – disse, com os olhos arregalados de medo.

– Não acha que vai entender melhor se eu te repreender, como fazia no início?

Jelena começou a tremer involuntariamente, jogando a cabeça de um lado para o outro sobre o travesseiro.

– Não, não – sussurrou. – Por favor, não.

Ele abriu a mão cerrada e acariciou-lhe o queixo.

– Minha boneca – disse ele, com a voz suave. – Nós não imploramos. Não você e eu.

Ela respirou lentamente, ainda com o peso do corpo dele sobre o seu. Esperava o próximo movimento.

– Você não precisa ter medo de mim – disse ele. – Não mais. Tudo o que faço é para o seu bem. Para *o nosso* bem. Você sabe disso, não sabe?

Ela assentiu com a cabeça enquanto inspirava e expirava.

– Sim, eu sei.

– Ótimo – respondeu ele, saindo de cima dela. – Porque, quando nossa luta começar, nossa campanha para arrancar esses malditos pecadores de seu sono, não poderemos errar de jeito nenhum.

ALEX RECHT SÓ TEVE TEMPO para entrar e sair correndo do Casarão antes de ir para o aeroporto. Fredrika conseguiu falar com ele sobre o telefonema recebido do trabalho de Gabriel Sebastiansson e depois ele conversou com Peder, que tinha acabado de sair do apartamento de Sara. Peder confirmou que Sara iria para Umeå, acompanhada dos pais, para identificar o corpo da menina. Alex disse tanto para Fredrika quanto para Peder que era importante descobrir se a família Sebastiansson conhecia alguém em Umeå.

Logo depois, Alex estava num táxi a caminho do aeroporto de Arlanda. Não esperava ficar muito tempo em Umeå, provavelmente pegaria o voo de volta no mesmo dia. Um pouco a contragosto, havia mandado Peder junto com um padre para dar as más notícias a Sara. Peder não era nem um pouco ideal para essa tarefa, mas mandar Fredrika parecia ainda menos concebível.

Pessoas cuja vida emocional é instável dificilmente podiam se encarregar de uma dura tarefa como essa, notificar sobre a morte de alguém.

Alex encostou a nuca no apoio para cabeça do banco de trás do carro. O corpo de Lilian fora encontrado do lado de fora da emergência em Umeå por volta de uma da manhã. Alex sabia que ela tinha sido encontrada pela enfermeira e pelo médico de plantão e que estava deitada de costas na calçada, nua e debaixo de chuva. Alguém havia escrito a palavra "Indesejada" na testa dela.

A criança já estava morta quando a encontraram. Não houve tentativa de reanimá-la. A causa da morte ainda era desconhecida, mas o exame inicial do corpo indicava que já estava morta há cerca de vinte e quatro horas quando foi encontrada. Isso queria dizer que ela viveu poucas horas depois do sequestro. Poucas horas. Se ao menos eles soubessem que precisavam trabalhar com essa margem de tempo...

Mas essa era a questão. Eles não sabiam. E não tinham motivo para isso. Ou será que tinham?

Alex sentiu um nó na garganta e engoliu seco, tentando dissipá-lo. Pensou imediatamente nos filhos. Com os dedos rápidos e atrapalhados, pegou o celular e ligou para a casa de Viktoria, sua filha. Ela atendeu no quinto toque e Alex percebeu, pela voz dela, que a havia acordado.

– Que bom que você atendeu – disse ele, quase afônico.

A filha, acostumada com o hábito do pai de ligar em horas estranhas, não disse muita coisa e desligou sem saber por que ele havia telefonado. Não tinha importância. Por experiência, ela sabia que o tempo lhe daria a resposta. Talvez não antes de receber outro telefonema.

Alex, contente e aliviado, colocou o telefone de volta no bolso.

Uma parte dele sempre esperava, como anseiam todos os pais, que um de seus filhos escolhesse a carreira dele. Ou pelo menos algo parecido. Mas nenhum deles a escolheu.

Viktoria se formou em veterinária. Durante muito, muito tempo, Alex se agarrou à esperança de que o interesse generalizado que ela tinha por cavalos pudesse levá-la à polícia montada, mas, quando ela terminou as últimas provas no colegial e começou a se preparar para a universidade, reconheceu que isso seria quase impossível.

Ele não podia objetar. Afinal de contas, ele mesmo escolhera uma carreira muito diferente da que esperavam *para ele*. Era mais como se nutrisse a esperança de que Viktoria, cuja aparência era a cópia da mãe, se transformasse espiritualmente numa cópia do pai, mas não foi bem assim. Alex se enchia de orgulho toda vez que pensava nela, embora demonstrasse muito pouco. No olhar da filha ele percebia, às vezes, um vislumbre de dúvida e ansiedade.

"Está orgulhoso de mim, pai?", seus olhos sussurravam. "Está orgulhoso do que eu me tornei?"

Alex sentiu outro nó na garganta. Tinha um orgulho tão indizível dela que a própria palavra "orgulhoso" parecia banal num contexto como aquele. Esse orgulho imenso não era apenas de Viktoria, mas também de Erik, o filho mais novo. Erik, o eterno indeciso. Sabia que era crueldade classificar o filho mais novo como indeciso antes de o menino completar vinte e cinco anos, mas, honestamente, não conseguia imaginar Erik assentando raízes. Não da maneira como ele levava a vida.

Durante um curto período, depois de terminar o colegial, Erik deu a entender que se encontraria na carreira militar. Alex não queria um filho nas forças armadas, mas, se fosse uma boa oportunidade para Erik, não faria objeções. Contudo, Erik largou o curso de oficiais e disse que queria ser piloto. Quando se deram conta, ele já estava matriculado numa escola de aviação em Skåne, até que aconteceu alguma coisa e, para a genuína surpresa dos pais, ele largou a escola, saiu do país e se mudou para a Colômbia, para morar com uma mulher que conheceu no curso de espanhol que frequentava à noite. A mulher era dez anos mais velha que ele e tinha acabado de se separar do marido. Alex e Lena simplesmente não sabiam o que dizer, então, sem muita discussão, deixaram o filho partir.

– Ele logo vai se cansar dela – disse Lena, tentando consolar um pouco o marido.

Abatido, Alex se limitava a balançar a cabeça.

As notícias da vida do filho do outro lado do planeta chegavam na forma de *e-mails* e telefonemas, mas também por meio de Viktoria. Como previsto, a relação com a mulher acabou, mas não foi surpresa quando descobriram que ele havia conhecido outra pessoa e que ficaria mais um tempo na Colômbia. Ele morava lá há dois anos, e Alex não o via desde então.

"Devíamos ir até lá", pensou Alex, no táxi. "Mostrar que nos importamos. Talvez assim ele volte. Não quero perdê-lo."

Olhou distraído pela janela do táxi. O sol brilhava. Alex sentiu a boca seca. Que merda de dia o verão havia escolhido para dar as caras.

Parado ali, na porta do prédio de Sara Sebastiansson, Peder Rydh foi envolvido pelo dia claro de Estocolmo. Estava se sentindo péssimo, seu corpo praticamente rastejava. Os gritos e o choro de Sara ainda ecoavam em sua cabeça. "Coitada", pensou. Não podia e *se recusava* a imaginar uma coisa assim acontecendo com ele. Os filhos de Peder jamais desapareceriam. Eram *seus* filhos e de mais ninguém. Prometeu a si próprio que, a partir daquele momento, ficaria sempre de olho nos meninos, como jamais fizera.

Assustou-se com o som da porta se abrindo atrás de si. O pai de Sara saiu andando com cuidado até a calçada e parou para esperar junto ao muro. Peder podia jurar que o homem tinha envelhecido durante os quinze minutos desde que chegara no apartamento de Sara, junto com o padre. O cabelo grisalho parecia sem vida, e os olhos estavam tão cheios de desespero que Peder não conseguia encará-lo. Sentiu-se mais uma vez envergonhado por ter de chamar um táxi, pois era incapaz de dirigir.

– Você acha que existe alguma chance de não ser nossa menina? – perguntou o senhor, antes que Peder tivesse a chance de romper o silêncio.

Peder engoliu seco e sentiu um aperto no estômago quando viu que o senhor estava chorando.

– Acho que não – disse ele, com a voz rouca. – Nós tivemos acesso às fotografias e temos quase certeza de que a identificamos. E ela foi encontrada com a cabeça raspada... Sinto muito, mas estamos bastante seguros.

Respirou fundo.

– Não podemos concluir a identificação até que vocês a vejam, é claro, mas, como eu disse, não temos dúvidas.

O pai de Sara anuiu lentamente com a cabeça. As lágrimas lhe caíam sobre o casaco escuro como grossos pingos de chuva, formando manchas úmidas que lhe pesavam ainda mais os ombros já cansados.

– A gente sabia desde o início que isso não acabaria bem, eu e minha esposa – sussurrou ele.

Peder deu um passo adiante e colocou as mãos no bolso, mas imediatamente as retirou.

– Sabe – disse o homem –, eu e minha esposa só tivemos Sara. E a gente sempre soube, *desde o instante* em que Sara conheceu aquele homem, que as coisas acabariam mal.

Sua voz ficou trêmula e o olhar se fixou num ponto distante, desaparecendo muito além de Peder.

– Quando Sara nos apresentou Gabriel, eu disse para minha mulher que ele não era bom para ela. Mas eles estavam tão apaixonados. *Ela* estava apaixonada. Mesmo que ele a maltratasse desde o começo. Sem falar na bruxa da mãe dele.

Peder franziu a testa.

– Mas, pelo que entendemos dos relatórios policiais, demorou alguns anos para que ele começasse a agredi-la, não é?

O senhor balançou a cabeça.

– Ele não batia nela, mas existem outras maneiras de machucar as pessoas. Ele tinha outras mulheres, por exemplo, sempre teve. Quase desde o começo. Desaparecia algumas noites sem dizer para onde ia, passava fins de semana fora. E ela sempre o aceitava de volta. Uma vez atrás da outra, até que tiveram Lilian e as coisas se acalmaram um pouco.

O ar de repente pareceu pesado demais e o senhor sentiu um calafrio. Quando expirou, os ombros caíram e as lágrimas escorreram mais ligeiras pelo seu rosto.

– Quando Lilian nasceu, nós achamos que tinha acabado. Todos os nossos amigos nos parabenizaram, mas... foi o começo de uma coisa nova, e... depois disso, não teve mais volta, o destino era que acabasse num desastre.

– O senhor acha – começou Peder – que Gabriel Sebastiansson pode ter alguma coisa a ver com o que aconteceu com a menina?

O senhor levantou a cabeça e olhou nos olhos de Peder.

– Aquele homem é o demônio encarnado – disse, com a voz cansada, porém firme. – Ele não tem limites quando o objetivo é ferir e magoar Sara. Nenhum limite.

Peder teve a sensação de que o senhor ia desabar no chão, então correu para ampará-lo. Ele se pôs a chorar feito uma criança, seguro nos braços de Peder.

Pouco depois, Peder estava a caminho do trabalho de Gabriel, no centro da cidade. Para segurar as lágrimas, precisava engolir seco continuamente. Foi então que se deu conta de que não havia telefonado ainda para Ylva.

Apertou o celular nas mãos. Estava encrencado, mas Ylva ia ter de esperar. Ele já estava atrasado para o encontro com o colega de Gabriel.

Martin Ek o recebeu do lado de fora da entrada da SatCom. Peder percebeu que ele estava tenso e nervoso. De modo geral, não era muito bom em leitura corporal, mas o incômodo de Martin era nítido. Ele estava *muito* agitado.

– Obrigado por vir tão rápido – disse Martin Ek, com um firme aperto de mão.

Peder notou que Martin tinha a palma das mãos suadas e o viu enxugá-las na calça do terno. Encantador.

Martin não disse mais nada até chegarem ao elevador que os levaria ao andar da direção. Peder intuiu que o elevador devia ser pequeno e que os dois ficariam muito próximos um do outro. Desejou não estar com hálito de álcool.

– Entrei no escritório dele hoje de manhã – disse Martin, olhando para a frente. – Eu precisava de um relatório trimestral importante e Gabriel não atendeu o telefone. Tentei diversas vezes, todas em vão.

Peder teve a impressão de que Martin estava tentando justificar o fato de ter mexido no computador do colega, o que não era necessário.

– Eu entendo – disse ele, tranquilizando-o, e saiu do elevador tão logo as portas se abriram.

Martin relaxou um pouco e indicou o caminho de sua sala pelo longo escritório sem baias. Peder notou que as pessoas levantavam a cabeça, com as sobrancelhas erguidas, e se perguntou se Martin não devia apresentá-lo para o resto da equipe. Acabou decidindo que isso podia esperar.

Uma vez dentro da sala, Martin apontou para a cadeira de visitas e se sentou atrás da mesa. Cruzou as mãos e limpou a garganta.

Atrás dele, Peder viu uma série de fotos em molduras coloridas. As imagens irradiavam alegria e ternura. Peder notou que Martin tinha três filhos, todos com menos de dez anos, e uma esposa adorável. Se as fotografias dissessem a verdade, Martin tinha um bom casamento e amava a esposa o bastante para querer vê-la todos os dias. Peder sentiu-se afundar na cadeira.

Era uma vergonha para a espécie humana. Alex também tinha um monte de fotos da família em sua sala, não tinha?

– Então entrei na sala de Gabriel para pegar o relatório – recomeçou Martin, forçando-o a prestar atenção no que dizia. – Temos o direito de fazer isso se precisarmos – acrescentou. – E nosso chefe, meu e de Gabriel, me autorizou.

Peder assentiu de novo, dessa vez com certa impaciência.

– Não encontrei o relatório – prosseguiu Martin. – Procurei no armário de arquivos; nós temos armários especiais de segurança, onde guardamos documentos confidenciais, e nossa recepcionista tem uma chave mestra que abre todos eles.

Mais uma pausa, para criar efeito.

– Como não encontrei o relatório, imaginei que ele tivesse pelo menos uma cópia no computador para que eu pudesse imprimir.

Martin se mexeu um pouco na cadeira e de repente se colocou na frente de todas as fotos de família; Peder sentiu-se agradecido pelo gesto involuntário.

– Foi aí então que me deparei com as fotos – disse ele, baixando o tom de voz, quase sussurrando. – Você quer vê-las agora?

Peder trocara pouquíssimas palavras com Alex sobre o assunto. Se o conteúdo das fotos fosse realmente criminoso, seria importante que o computador fosse manipulado corretamente para não dar a impressão de que a polícia obtivera informações ilícitas sobre Gabriel Sebastiansson no disco rígido de seu computador de trabalho. Todavia, se as informações fossem apresentadas por uma terceira pessoa que tivesse acessado o computador de Gabriel por vontade própria, não havia motivos que impedissem Peder de verificá-las. Peder, no entanto, sentiu que ver as fotos era a última coisa que gostaria de fazer.

– Você não quis falar sobre as fotos no telefone – disse, tranquilo. – Mas me dê uma ideia geral do que se trata...

Martin Ek mexeu-se na cadeira, incomodado. Voltou os olhos para uma pequena fotografia sobre a mesa diante dele, provavelmente, da filha. Limpou a garganta de novo; seu rosto tinha a aparência pálida e séria. Olhou para Peder com os olhos vidrados e respondeu em duas palavras:

– Pornografia infantil.

ENQUANTO DIRIGIA em alta velocidade rumo a Flemingsberg, Fredrika se perguntava se o que estava fazendo configurava má conduta profissional. Alex lhe dera ordens expressas para se concentrar na investigação entrevistando conhecidos e familiares de Sara Sebastiansson. A prioridade era que visitasse Teodora Sebastiansson mais uma vez e descobrisse como Umeå se encaixava no quadro. Ele *não tinha* pedido para ela ir a Flemingsberg verificar uma estação que nenhum membro da equipe considerava relevante.

Mesmo assim, lá estava ela, a caminho.

Fredrika estacionou na porta da promotoria, bem perto da estação. Olhou em torno de si ao sair do carro. Os prédios coloridos onde costumava ir para visitar amigos na época de estudante se destacavam contra o céu, do outro lado das pistas. Perto dos prédios, o hospital. Sentiu o estômago embrulhar ao ver as placas mostrando o caminho e se lembrou automaticamente de Spencer.

"Ele poderia ter morrido", pensou Fredrika. "Eu poderia estar sozinha agora".

A caminhada do carro até a estação deixou Fredrika com muito calor. Tirou o casaco e dobrou as mangas da camisa. Era embaraçoso se pegar pensando tanto em Spencer nos últimos dias. Não deveria estar pensando na entrada que dera nos papéis para adoção? De repente, Spencer parecia persegui-la, dia e noite. Fredrika sentiu um leve tremor no chão, embaixo de seus pés. Estaria só imaginando coisas, ou sua relação com Spencer mudara desde o início do verão? Eles se encontravam com mais frequência, e parecia... diferente.

Porém, era difícil definir com exatidão o que estava acontecendo.

"Venho levando essa relação com Spencer há mais de dez anos sem supor nada, nem fazer dela algo que ela não é", pensou Fredrika. "Não há motivo nenhum para complicar as coisas agora".

Entrou na estação e olhou em volta. Havia uma escada rolante para cada plataforma. Ao fundo estavam as escadas rolantes e os degraus para a plataforma um, onde chegavam os trens intermunicipais indo para Estocolmo. "É para lá que Sara deve ter corrido quando perdeu o trem", pensou Fredrika.

Dirigiu-se à moça do guichê de passagens junto à grade que dava acesso ao embarque e desembarque das plataformas dois e três e mostrou sua carteira. Apresentou-se e explicou rapidamente por que estava ali. A moça endireitou o corpo imediatamente dentro daquele espaço apertado, pois percebera, pelo olhar sério de Fredrika, que era importante responder com precisão às perguntas que ela fizesse.

– Você estava trabalhando na última terça-feira?

Para seu alívio, a moça do guichê assentiu com a cabeça. A visita seria rápida.

– Você se lembra de ver uma mulher com um cachorro doente em algum momento do dia?

A moça franziu a testa, mas logo depois assentiu mais uma vez.

– Sim – disse ela. – Sim, eu me lembro. Você diz uma moça alta e magra? Com um pastor-alemão?

O coração de Fredrika acelerou quando ela se lembrou de Sara descrevendo a mulher que havia lhe abordado em Flemingsberg.

– Sim – disse, esforçando-se para não parecer muito empolgada. – É essa a descrição que tivemos. Você se lembra de como ela era, ou do momento em que esteve aqui?

A moça sorriu.

– Com certeza eu me lembro dela – disse, quase triunfante.

Fredrika se lembrou do modo como o policial havia recebido ela e Alex na Estação Central de Estocolmo quando Lilian foi dada como desaparecida.

– Depois eu vi no noticiário sobre aquela menina que desapareceu no trem. A moça com o cachorro estava aqui no momento em que o trem de Gotemburgo chegou na plataforma e teve de esperar um tempo. Eu me lembro disso porque fui eu quem ajudou a mãe da menina a ligar para nossa central depois que ela perdeu o trem.

Fredrika sorriu. Excelente.

– Para onde ela estava indo? – perguntou Fredrika. – Você se lembra?

A moça pareceu confusa.

– A mulher que perdeu a menina?

– Não – respondeu Fredrika, pacientemente. – A moça com o cachorro.

– Eu não sei. Ela só quis descer até a plataforma para se encontrar com alguém que ia sair do trem. Ela me perguntou aonde chegava o trem que vinha de Gotemburgo.

– Ah – disse Fredrika. – E o que aconteceu depois?

– Então, eu percebi que havia alguma coisa errada com o cachorro – disse a moça. – Ele mal conseguia ficar de pé; ela o puxava pela coleira, empurrava-o para a frente. Vi ela descer a escada com ele, e pouco depois escutei ela gritando. A moça com o cachorro, quero dizer.

Ela fez uma pausa.

– E apenas um ou dois minutos depois ela apareceu de novo com a ruiva, que estava ajudando. Primeiro eu pensei que elas estivessem juntas, mas quando o X2000 partiu da estação, a moça ruiva quase teve um ataque histérico e desceu correndo de novo para a plataforma e não parava de gritar "Lilian".

Fredrika sentiu um aperto na garganta.

– E depois disso, o que fez a mulher com o cachorro?

– Ela colocou o cachorro num desses carrinhos que os carteiros usam para carregar correspondência, estava parado bem ali – respondeu a moça, apontando pelo vidro.

Fredrika olhou, mas não havia carrinho nenhum.

– Eu nunca tinha visto um carrinho daquele tipo por aqui, agora que me lembro – disse a menina –, mas o carteiro deve ter esquecido.

Fredrika inspirou profundamente.

– Foi então que percebi que as duas não se conheciam – continuou a moça. – Pelo que entendi, a moça com o cachorro não estava com ninguém. Imaginei que a pessoa com quem ela veio se encontrar não tenha chegado, então ela preferiu ir embora porque o cachorro estava mal... Se bem que o cachorro estava mal desde o princípio.

Fredrika assentiu lentamente, mas, por dentro, sentiu crescer a convicção de que a mulher com o cachorro desceu até a plataforma com o único propósito de atrasar Sara Sebastiansson e fazê-la perder o trem.

– Você acha que a moça com o cachorro tem alguma coisa a ver com o desaparecimento da menina? – perguntou a moça dentro da bilheteria, curiosa.

Fredrika abriu um sorriso forçado.

– Não sei – disse, cautelosa. – Só estamos tentando conversar com todas as pessoas que podem ter visto algo. Você conseguiria dar uma descrição clara dessa moça se eu mandasse alguém para fazer um retrato falado?

A moça endireitou a coluna e disse, com o olhar sério:

– Com toda a certeza – respondeu.

Fredrika anotou os contatos da moça e também pediu o número de telefone do centro de controle da companhia ferroviária. Agradeceu à moça pela primeira vez e disse que voltaria mais tarde.

Estava saindo quando a moça gritou atrás dela:

– Espere um minuto!

Fredrika se virou.

– O que aconteceu com a menina? Vocês a encontraram?

Há imagens que falam mais que mil palavras. E há imagens que você simplesmente não quer ver, para não ter que pensar nas palavras relacionadas a elas. Esse era o tipo das imagens armazenadas no computador de Gabriel. Para evitar o risco de fazer alarde por nada, Peder olhou para uma delas. Arrependeu-se instantaneamente, e continuaria se arrependendo pelo resto da vida.

As fotografias estavam escondidas em uma pasta chamada RELATÓRIOS SEGUNDO TRIMESTRE VERSÃO III, justamente a pasta que chamou a atenção de Martin Ek. Como não encontrara o relatório de que precisava em lugar nenhum, ele abriu essa pasta cheia de coisas repugnantes que nenhuma pessoa normal gostaria de ver.

Dentro do táxi, voltando para o Casarão, Peder telefonou para os colegas para pedir mais um mandado de prisão para Gabriel Sebastiansson, desta vez sob acusação de pornografia infantil, o que provocaria uma caçada nacional. A análise das imagens – "Como aconteceu aquilo? Quem tem estômago para analisar algo tão perverso assim?" – diria se Gabriel era culpado de exploração sexual de crianças ou se ele apenas via as fotografias. Peder sentiu o horror crescendo dentro de si diante da possibilidade de encontrar fotos de Lilian, mas não ousou pensar nisso de maneira consciente.

Trocou algumas palavras com Alex, que acabara de descer do avião em Umeå, e o informou das novidades.

– Ainda não sabemos aonde isso nos leva – disse Alex, circunspecto. – Mas algo me diz que estamos chegando mais perto.

– Não podemos dizer que já o pegamos? – disse Peder, agitado.

– Não podemos errar agora – alertou-lhe Alex. – Até que encontremos Gabriel Sebastiansson, precisamos manter a mente aberta a outras possibilidades. Fredrika precisa passar um pente fino nos conhecidos de Sara para ver se aparece mais algum suspeito. E você faça a mesma coisa com os conhecidos de Gabriel. Tente trazer à tona toda a merda que puder.

– Pornografia infantil e violência doméstica não bastam? – objetou Peder, hesitante.

Alex fez uma pausa para aumentar o efeito do que diria em seguida.

– Quando encontrarmos esse sujeito, Peder, não podemos ter dúvida nenhuma. Absolutamente nenhuma, entendido?

– Entendido – disse Peder, desligando o telefone.

Em seguida, telefonou para Fredrika. Olhou para fora do táxi. O sol ainda brilhava. Incrível.

Peder não conseguiu evitar a euforia quando Fredrika atendeu.

– Nós o pegamos! – disse ele, pressionando o telefone contra o ouvido, satisfeito.

– Quem? – perguntou Fredrika, lacônica.

Peder ficou surpreso e irritado.

– Pegamos o pai – disse ele, exagerando na clareza, mas evitando dizer o nome de Gabriel dentro do táxi.

– Muito bem – disse Fredrika.

– Pornografia infantil – disse Peder, triunfante, e viu que o motorista olhou imediatamente para ele pelo retrovisor.

– O quê? – perguntou Fredrika, surpresa.

– Isso mesmo que você ouviu – disse Peder, encostando no banco de tanto contentamento. – Mas podemos falar sobre isso no Casarão. Onde você está, por sinal?

Fredrika não respondeu de imediato.

– Precisei checar uma coisa, mas estarei de volta em quinze minutos. Também tenho novidades.

– Duvido que seja algo do mesmo calibre que a minha – zombou Peder.

– Até logo – disse Fredrika bruscamente, desligando o telefone.

Peder estava satisfeito quando desligou. Aquilo, sim, era o que havia de melhor no trabalho da polícia. A equipe de investigação fizera um excelente trabalho, na verdade. Tudo bem, a menina morrera; isso sem dúvida podia ser encarado como uma falha da polícia. Porém, mesmo assim... Olhando para trás, parecia inevitável, como se a tarefa da polícia nunca fosse a de salvá-la, mas sim de encontrar a pessoa responsável pelo crime. Um crime macabro resolvido com muita rapidez. Em pouco tempo, encontrariam Gabriel Sebastiansson. Peder faria questão de estar presente em todos os interrogatórios. Fredrika, supostamente, não tentaria competir com ele nessa tarefa específica.

O telefone tocou de novo e ele o tirou do bolso.

Só quando viu o identificador de chamadas é que se deu conta. Havia se esquecido totalmente de telefonar para Ylva.

ALEX RECHT SÓ ESTIVERA em Umeå uma vez na vida. Na verdade, fizera apenas duas viagens ao norte de Estocolmo, o que era vergonhoso: uma para visitar os parentes de Lena em Gällivare, e outra, quando jovem, para visitar uma namorada em Haparanda. Nada mais que isso.

Depois de falar com Peder, seu humor melhorou consideravelmente. A notícia de que os colegas encontraram material pornográfico no computador de Gabriel Sebastiansson realmente não mudava muita coisa, mas confirmava o que eles já sabiam de diversas maneiras. Muita coisa apontava para Gabriel Sebastiansson nesse caso. Ele continuava sumido, maltratara a esposa e mantinha pornografia infantil no computador.

Para Álex, estava tudo muito bem definido.

Talvez ele tivesse algumas dúvidas quanto ao motivo do crime. Incomodava-se com o fato de ainda não terem encontrado Gabriel, de não fazerem ideia de como ele era. Será que era um maluco que perdeu a cabeça, calculou e executou friamente o plano de matar a própria filha? Ou algo totalmente diferente? Será que odiava Sara tanto assim, a ponto de puni-la matando a menina?

O inspetor Hugo Paulsson, com quem Alex falara mais cedo pelo telefone, o esperava no aeroporto. Os dois se cumprimentaram com um forte aperto de mão e Hugo mostrou onde o carro estava estacionado. Alex comentou que o aeroporto era maior do que ele se lembrava e Hugo respondeu que a memória passa a não ser tão confiável assim "quando você vai ficando mais velho". Só abriram a boca de novo quando já estavam a caminho de Umeå.

Alex olhou de soslaio para Hugo Paulsson. "Mais velho", dissera ele. Alex não achava que nenhum dos dois podia ser considerado "mais velho". Os dois pareciam ter a mesma idade. O cabelo do colega provavelmente era um tom mais grisalho e um pouco mais ralo, mas, na aparência geral, os dois pareciam ter a mesma idade e a mesma saúde.

"São os filhos que nos mantêm mais jovens, Alex", dizia Lena de vez em quando.

Ele percebeu, calado, que Hugo não usava aliança. Talvez também não tivesse filhos.

– Recht; seu sobrenome é alemão? – perguntou Hugo, tentando puxar assunto.

– Parcialmente alemão – respondeu Alex. – Judeu, na verdade.

– Judeu? – repetiu o colega, olhando para ele como se fosse muito estranho ter um sobrenome judeu.

Alex deu um leve sorriso.

– Sim, mas é uma longa história. Por diversas razões, meu avô por parte de pai recebeu o sobrenome da mãe judia quando nasceu, Recht. Mas, como o pai dele não era judeu, a família não manteve as tradições. Meu parente judeu mais próximo é meu avô.

Alex podia jurar que Hugo se sentiu aliviado, mas não tocou mais no assunto. Em vez disso, ele disse:

– A pasta do caso está no porta-luvas. Fique à vontade se quiser olhar, mas prepare-se para as fotos.

Alex concordou e pegou a pasta. Abriu-a com cuidado, quase respeitoso, e pegou a pilha de fotografias. Assentiu consigo mesmo. Era Lilian, sem a menor dúvida.

Sentiu uma fincada no peito. Sara Sebastiansson e os pais chegariam no próximo avião, pois tinham ficado presos no trânsito a caminho de Arlanda, e a identidade da menina seria formalmente confirmada. Alex deu mais uma olhada no material, folheando a pilha de fotos desoladoras. Na verdade, o processo de identificação seria desnecessário e cruel. Não havia dúvida de que a criança era Lilian.

Alex tentou se ajeitar no banco. O velho Saab tinha bancos duros e feios; Alex começava a sentir dor nas costas, apesar da curta viagem.

– Acho que devíamos ir direto para o hospital – disse Hugo Paulsson. – Falamos com o legista e ele pode nos dar um relatório preliminar da causa da morte. Imagino que os peritos de Estocolmo vão assumir o caso depois que a menina for identificada, não é?

– Acredito que sim – disse Alex. – Você disse que ela morreu vinte e quatro horas antes de ser encontrada, correto?

– Sim, isso mesmo – confirmou Hugo. – E ela foi encontrada por volta de uma da manhã.

Isso significa que Lilian passou menos de um dia viva depois de desaparecer do trem. Com certeza ela já estava morta quando a mãe recebeu o pacote com as roupas e o cabelo.

– Você interrogou as pessoas que a encontraram? – perguntou Alex.

Hugo assentiu. Sim, eles haviam interrogado o médico e a enfermeira sobre o que tinha acontecido. Os dois foram bem práticos ao dizer o que acontecera durante a noite e não havia motivos para suspeitar que estivessem envolvidos.

– Alguma coisa sugere que a menina foi morta aqui em Umeå? – perguntou Alex, delicadamente.

A pergunta era importante porque determinaria qual autoridade policial assumiria a responsabilidade pela investigação. O que decidia isso era a cena do crime, não a cena onde o corpo foi descoberto.

– Difícil dizer – disse Hugo. – A menina já estava lá, debaixo de chuva, há algum tempo, talvez meia hora, e tememos que muitas pistas tenham sumido com a água.

Alex estava abrindo a boca para dizer alguma coisa quando Hugo prosseguiu:

– A menina tinha um cheiro curioso, de acetona ou algo parecido. Parece que alguém tentou limpar o corpo dela, mas estava com pressa demais e não terminou o serviço. E as unhas dela foram cortadas bem rente.

Alex suspirou profundamente. Por algum motivo, os detalhes o convenceram ainda mais de que a menina havia sido levada por Gabriel Sebastiansson. Alguém lavou o corpo da menina para limpar as provas e cortou as unhas para que nenhum indício fosse encontrado nelas. O assassino certamente era bastante inteligente.

Contudo, por que eles foram largar a menina justamente no hospital de Umeå? É claro que o assassino queria que a menina fosse encontrada ali. Mas por quê?

"Ele está sacaneando com a gente", pensou Alex, fechando o rosto. "Está sacaneando e praticamente jogou a menina na nossa cara. 'Veja só como eu chego perto e mesmo assim ninguém me vê'".

Hugo apontou para fora da janela.

– Chegamos. Esse é o hospital.

Fredrika Bergman telefonou para a companhia ferroviária assim que desligou a chamada com Peder. Apresentou-se como investigadora da polícia e disse que estava ligando por causa da menina que desapareceu do trem X2000, saindo de Gotemburgo, há dois dias. O homem do outro lado da linha soube de imediato do que ela estava falando.

– Preciso fazer apenas uma pergunta rápida.

– Pois não? – disse o homem, esperando.

– Gostaria de saber o que causou o atraso. Por que o trem teve de parar em Flemingsberg?

– Bem, então – começou o homem, hesitante –, o trem acabou atrasando apenas alguns minutos e...

– Eu sei disso – interrompeu Fredrika –, e não estou interessada em saber quantos minutos ele ficou parado. Só quero saber qual foi o problema.

– Foi o que chamamos de problema de sinalização – respondeu o homem.

– Certo, e o que pode ter causado esse problema? – perguntou Fredrika.

O homem suspirou do outro lado.

– Provavelmente alguns jovens imprudentes brincando nos trilhos. Uns rapazes morreram desse jeito ano passado, sabe? Geralmente isso não causa tantos transtornos, como aconteceu em Flemingsberg: dali a poucos minutos, tudo volta a funcionar normalmente.

Fredrika engoliu seco.

– Então foi uma espécie de sabotagem que atrasou o trem?

– Sim – disse o homem. – Ou algum animal que chegou até o transmissor. Mas não acho que esse tenha sido o caso, porque o problema foi apenas na saída da estação de Flemingsberg.

Fredrika assentiu consigo mesma.

– Obrigada, por enquanto é só isso – disse ela, memorizando o nome da pessoa que a havia atendido. – Devo entrar em contato mais uma vez para fazer outras perguntas ou para lhe pedir uma declaração por escrito.

Quando desligou o telefone, segurou com força o volante do carro.

Ela sequer ousava pensar o que a equipe de investigação tinha perdido por não seguir uma linha de raciocínio tão óbvia.

Podia ser apenas que Gabriel Sebastiansson tenha algum envolvimento com a mulher de Flemingsberg. Fredrika engoliu seco. Não achava isso, mas apresentaria as informações dessa maneira para a equipe. Do contrário, jamais conseguiria autorização para continuar investigando.

Fredrika se sentia tudo, menos eufórica. Toda aquela história era tenebrosa, do início ao fim. Seus pensamentos ficavam nebulosos toda vez que se perguntava como Sara reuniria forças para identificar o corpo da menina.

Alguns anos antes, Alex não conseguia lembrar exatamente quantos, sua sogra foi internada num hospital. O diagnóstico, câncer incurável no fígado e no pâncreas, deixou Lena em desespero. Como o pai dela continuaria vivendo depois da notícia? Como seria para os filhos dela e Alex crescerem sem a avó?

Alex não se preocupou tanto com as crianças. É claro que elas sentiriam falta da avó, mas a sensação de perda causada nelas dificilmente podia ser comparada à dor do sogro.

– Precisamos dar muito apoio ao papai agora – disse Lena, na noite em que receberam a trágica notícia.

– Sim, é claro – respondeu Alex.

– Não, é mais que isso – disse Lena. – É mais que "é claro", Alex. É nessas horas que as pessoas precisam de toda ajuda e de todo apoio que pudermos dar.

A lembrança da época em que sua sogra estava doente doeu no coração de Alex quando ele se sentou na sala de Sonja Lundin, no Hospital Universitário de Umeå. Hugo Paulsson se sentou ao lado dele.

Sonja Lundin era a médica legista que fizera a análise inicial da morte de Lilian.

– Nós não sabíamos qual unidade seria responsável pela autópsia – disse ela, franzindo a testa. – Não sabemos onde o crime foi cometido, obviamente, se aqui ou em Estocolmo.

Alex olhava para Sonja Lundin. Era uma mulher mais alta que o comum e inspirava muita determinação; aquele tipo de olhar atraía Alex. Já havia pensado algumas vezes que Fredrika também inspirava essa determinação. Uma pena que falhasse em outros aspectos.

– Mas nós pesquisamos os procedimentos de outros casos e resolvemos fazer pelo menos um exame inicial aqui, para não atrasar a investigação da polícia – continuou Sonja Lundin. – E o resultado foi o seguinte.

Sonja fez um breve resumo do que descobriu.

– Não há nada que indique que a menina tenha sofrido algum tipo de violência, muito menos, pelo que vi a olho nu, algum tipo de violência sexual – começou ela, e Alex deu um leve suspiro, aliviado.

Sonja percebeu o suspiro e levantou a mão.

– Mas devo ressaltar que não podemos descartar abuso sexual até que seja feito um exame mais detalhado.

Alex assentiu. Naturalmente, sabia disso.

– A princípio, não consegui descobrir a causa da morte – disse a médica, franzindo mais uma vez a testa –, mas, como a cabeça dela estava raspada, logo descobri, depois de olhar mais de perto.

– Descobriu o quê? – perguntou Hugo.

– Uma ferida no meio da cabeça. E uma pequena perfuração na nuca.

Hugo e Alex levantaram a sobrancelha na mesma hora.

– Não posso afirmar com certeza antes de realizarmos exames e testes mais precisos, é claro, mas minha conclusão inicial é que alguém tentou perfurar a cabeça dela; como não deu certo, injetou veneno pela nuca e a matou.

Com a sobrancelha erguida, Hugo olhou para ela.

– É comum esse tipo de ação?

– Não que eu saiba – disse Sonja. – Também não entendemos por que alguém tentaria, antes de qualquer outra coisa, perfurar sua cabeça.

– Você sabe dizer qual veneno eles usaram? – perguntou Alex.

– Não, precisaríamos fazer alguns testes para dizer – respondeu ela, fazendo um gesto para que tivessem paciência.

Hugo não conseguiu ficar quieto.

– Mas – começou ele – ela estava consciente quando tentaram perfurá-la? Quer dizer...

Sonja abriu um leve sorriso. Um sorriso cordial.

– Eu sei o que você está pensando – interrompeu ela –, mas infelizmente não posso responder. A menina pode ter sido sedada antes, mas não posso confirmar nada ainda.

Um silêncio tomou conta da sala. Hugo limpou a garganta e Alex, inquieto, mexia na aliança. Ele também limpou a garganta, porém com um ruído mais alto que Hugo.

– E quais serão os procedimentos agora? – perguntou ele.

– Seu colega deve saber melhor do que eu – disse Sonja Lundin, apontando com a cabeça na direção de Hugo.

– Vamos esperar a mãe e os avós para identificar o corpo – disse ele, com firmeza. – Se ao longo do dia não conseguirmos relacionar o caso a Umeå, mandaremos o corpo para o instituto forense em Solna, no final da tarde, para realizar a autópsia completa. Você acha que a mãe chega quando?

Alex olhou o relógio.

– Eles devem pousar daqui a uma hora.

Para sua alegria, Fredrika descobriu que Peder estava ocupado demais para perguntar onde ela esteve e por que ainda não tinha visitado a mãe de Gabriel. Ele estava preparando o rascunho de um requerimento para o promotor de justiça quando Fredrika entrou em sua sala.

– Vamos pedir a prisão preventiva – disse Peder, com os olhos arregalados por conta do elevado nível de adrenalina no sangue.

Tirando isso, ele parecia um trapo. O que será que tinha acontecido na noite anterior? Fredrika preferiu não tecer comentário sobre a aparência malcuidada de Peder.

– Também vamos conseguir um mandado de busca e apreensão – continuou ele. – Então você pode ir até a casa da mãe de Gabriel. Você disse que ele tem um quarto lá, não é?

Fredrika tomou um susto. Quando mesmo ela havia dito isso?

– Sim – acabou respondendo. – Ele tem.

– Ótimo, então precisamos de um mandado para realizar uma busca na casa dele em Östermalm, outro para a casa da mãe e mais um para o escritório – disse Peder.

– O que vamos procurar oficialmente? – perguntou Fredrika.

– Oficialmente, pornografia infantil. Não oficialmente, qualquer merda que sirva de pista para incriminá-lo. Acabei de falar com Alex e parece que injetaram veneno na nuca da menina. É tão doentio que mal consigo acreditar.

Fredrika engoliu. Mais um detalhe grotesco que não tinha lugar em sua visão de mundo.

– Vamos ter reforços – acrescentou Peder. – Mais dois investigadores vão nos ajudar a entrevistar amigos e familiares.

– Tudo bem – disse Fredrika, cautelosa.

Ela pensou em perguntar quem substituiria Alex enquanto ele estivesse ausente, mas relutou porque sabia que podia ter uma resposta desagradável. Por fim, resolveu perguntar assim mesmo.

– Alex disse que seria *eu* – respondeu Peder, tão triunfante que Fredrika quase vomitou.

Ele esperou ela perguntar só para ter o prazer da resposta. Cair nesse tipo de armadilha era típico de Fredrika.

– Mas Alex vai voltar hoje à noite – acrescentou Peder –, a não ser que exista alguma coisa que relacione o caso a Umeå. Vou levar comigo um dos investigadores novos até o trabalho de Gabriel e deixá-lo lá. Gabriel era amigo de alguns colegas de trabalho, então talvez ele possa ter dito alguma coisa para eles. Há também uma investigadora; você pode levá-la para interrogar os conhecidos de Sara.

Fredrika estava prestes a fazer um comentário quando ele gritou:

– Caramba, que maravilha! Vamos fazer três buscas simultâneas! Não é todo dia que nos envolvemos numa operação grande como essa – disse ele, tão eufórico que Fredrika se perguntou se ele tinha tomado alguma coisa.

– Uma menina está morta – disse ela em voz baixa. – Sinto muito se sua empolgação não me contagia.

Fredrika saiu da sala de Peder para conhecer sua nova colega de trabalho.

Peder pensou se devia seguir Fredrika e lhe dar um sermão de uma vez por todas. Quem ela pensa que é para lhe dar lição de moral? No entanto, conteve-se. Fredrika estava certa, pelo menos no que se referia à investigação de assassinato; mas era ela, e não ele, que agira com falta de respeito. Tudo bem, não ia descer ao nível dela. E com certeza não deixaria que estragasse seu bom humor. Se conseguira sobreviver à conversa que teve com Ylva, ou melhor, ao que Ylva *lhe dissera*, não deixaria que uma colega de trabalho estúpida cantasse vitória sobre ele.

Peder sentiu um arrepio ao se lembrar do telefonema de Ylva. Estava furiosa, para dizer o mínimo, e não ajudava em nada o fato de ela ter ligado para todos os colegas de trabalho sem conseguir descobrir onde ele estava. Ylva quase chegou a registrar o desaparecimento, mas, em vez disso, adormeceu no sofá, para a alegria de Peder. Ele prometeu conversar direito quando voltasse para casa, mas aproveitou para falar dos últimos desdobramentos do caso da menina desaparecida. Provavelmente chegaria tarde em casa, mais uma vez.

Para ele era um pouco difícil admitir, mas Ylva ficou realmente abalada quando soube que a menina tinha sido assassinada: adotou de imediato uma atitude mais compreensiva, mas infelizmente ainda não parecia acreditar que Peder tinha passado a noite trabalhando. Ele precisava aprender a mentir melhor, ou então desistir dos encontros com Pia Nordh. Para ser honesto, sabia que não conseguiria fazer nenhuma das duas coisas, mas, no final das contas, o que vale é a intenção.

Jimmy ligou querendo conversar. Estava preocupado e ansioso. Começaria um curso de culinária com outras pessoas da casa de saúde onde morava e queria saber se daria tudo certo.

– Mas é claro que vai! – disse Peder, usando aquele tom eufórico e positivo que sempre usava quando conversava com o irmão. – Você pode fazer tudo, sabe disso!

– Tem certeza? – perguntou Jimmy, ainda sem se convencer totalmente.

– Certeza – repetiu Peder.

Sua mente foi tomada por imagens bem antigas, da época em que tudo era diferente, em que o ousado era Jimmy e o medroso era Peder.

"Consigo balançar mais alto que tudo, Pedda! Vou mais alto que todo mundo!"

"Duvido, duvido!"

"É verdade, Pedda, balanço até bem lá no alto, mais alto que a rua toda!"

Se Jimmy tivesse crescido com saúde, pensou Peder, ele seria o mais forte dos dois? Ou teria se tornado mais brando com o tempo?

Peder voltou a atenção para o trabalho. Sabia que Jimmy era a única pessoa no planeta que ele não havia decepcionado na vida adulta. Por outro lado, não havia ninguém a quem devesse tanto. E talvez não amasse ninguém de maneira tão incondicional.

Peder já estava com quase todas as informações preparadas para o promotor, faltando apenas alguns detalhes. Depois que deixasse o novo colega na SatCom, acompanharia Fredrika até a casa da mãe de Gabriel Sebastiansson. Afinal, não é todo dia que se tem a chance de vasculhar a mansão de um milionário.

A cabeça de Peder estava mais em ordem, agora que já haviam se passado algumas horas desde que acordou daquela maneira brutal. Havia tomado litros de água e mais alguns comprimidos e se perguntava se conseguiria dirigir para realizar as buscas. Provavelmente não. Mas quem pararia um policial a caminho de uma ocorrência? Quem teria tanto azar? Não Peder Rydh. Disso ele tinha certeza.

Ellen Lind estava muito transtornada. Esperava que Lilian Sebastiansson acabasse voltando para a mãe, por isso ficou muito abalada com a notícia da morte da menina. Tentou telefonar para o namorado, mesmo sabendo que ele não tinha sido muito gentil na noite anterior, mas a ligação caiu na caixa postal.

"Você ligou para Carl. Por favor, deixe seu recado após o sinal e eu retornarei assim que puder."

Ellen suspirou. Talvez eles pudessem se encontrar mais tarde, durante a noite. Seria difícil encontrar uma babá de última hora, mas um dia esse aborrecimento ia ter de passar. Ela precisava dele e queria saber se tinha o direito de se sentir assim. Queria saber se não tinha problema sentir falta dele de vez em quando. Era pedir demais?

Deixou um recado na secretária eletrônica e não conseguia parar de chorar enquanto dizia o que aconteceu. Pobre menina, jogada na porta do hospital. Nua, de costas, debaixo de chuva.

Ellen olhava inexpressiva para a tela do computador. Não tinha ideia do que deveria estar fazendo. Emudecida, observava com admiração as idas e vindas de Peder e Fredrika pelo corredor, sempre ocupados com uma nova etapa da investigação.

Alex dera instruções claras para Ellen pelo telefone antes de partir para Umeå: ela não podia dizer absolutamente nada sobre os desdobramentos do caso de Lilian até que a mãe identificasse formalmente a filha. Não podia dar nenhum detalhe, em nenhuma circunstância. Não podia falar que a cabeça da menina foi raspada, muito menos sobre o conteúdo pornográfico encontrado no computador do pai da menina. Ellen estava acompanhando as notícias pela internet e viu que a menina encontrada era manchete em todos os jornais.

Mats, o analista da polícia nacional, interrompeu os devaneios de Ellen com uma batida na porta.

– Desculpe incomodá-la – começou ele, educadamente.

Ellen sorriu.

– Tudo bem, eu só estava aqui... pensando.

Mats sorriu de volta.

– Peder disse que temos uma autorização do promotor para usar QS e ET com Gabriel. Você sabe alguma coisa sobre isso?

Como Ellen não respondeu de imediato, Mats esclareceu:

– Quebra de sigilo e escuta telefônica.

Ellen deu uma risada curta.

– Obrigada, eu sei o que é isso – disse, e prosseguiu. – Sempre demora uma ou duas horas para o início das escutas; mas, para ter certeza do tempo correto, você pode perguntar no departamento técnico. E a Tele2 vai nos passar uma lista com o registro das ligações feitas do celular de Gabriel nos últimos dois anos, mas não sei quando receberemos isso...

– Recebi há uma hora – Mats a interrompeu. – Verifiquei o histórico dos últimos dias. Desde que a menina desapareceu, ele fez apenas três ligações, bem longas: uma para a mãe, outra para o advogado, e outra internacional para um número que ainda não consegui identificar. Só sei que o prefixo é da Suíça; e ele recebeu algumas mensagens de texto.

Ellen olhou para ele, surpresa.

– Suíça?

Mats assentiu.

– Sim, mas não sei para quem ele telefonou, como disse. E se a mãe diz que não o viu nos últimos dias, ela está mentindo. Eu verifiquei o registro da empresa de telefonia, e o telefone de Gabriel Sebastiansson esteve ativo na região da casa da mãe diversas vezes desde terça-feira. Até às seis da manhã de hoje, para ser exato.

Ellen assobiou.

– Aí tem coisa – disse ela, pensativa.

– Com toda certeza – comentou Mats.

Fredrika não poupou o acelerador a caminho da casa da mãe de Gabriel Sebastiansson. Dessa vez, não telefonou para avisar que estava indo; quando chegou, não esperou que Teodora Sebastiansson lhe apontasse onde estacionar. Em vez disso, ela freou de uma vez só, dando uma leve derrapada bem na frente da casa, e saiu com o veículo quase em movimento. Deu três longos passos para subir os degraus até a porta e tocou duas vezes a campainha. Como não teve resposta, tocou mais uma vez. Um instante depois, escutou alguém mexendo na fechadura e a porta se abriu.

Teodora ficou furiosa ao ver Fredrika.

– Mas o que significa isso? – rugiu a frágil mulher, com uma força surpreendente na voz. – Chega em nossa propriedade dessa maneira e quase põe a porta abaixo!

– Primeiro, não sei exatamente se sua casa pode ser descrita como "propriedade"; segundo, eu não fiz nada mais que insistir ao tocar a campainha; e terceiro...

Fredrika se surpreendeu pela forma como reagiu ao ataque de Teodora e fez uma pequena pausa.

– E terceiro, sinto lhe informar que tenho péssimas notícias. Posso entrar, por favor?

Teodora olhou fixamente para Fredrika, que devolveu o olhar. Dessa vez, a mulher usava de novo um broche grande preso na blusa, bem embaixo do queixo. Era quase como se o broche existisse para manter sua cabeça erguida.

– Vocês a encontraram? – perguntou ela, gentilmente.

– Eu realmente prefiro conversar aí dentro – disse Fredrika, com mais tranquilidade.

Teodora negou com a cabeça.

– Não, eu quero saber agora – disse ela, sem tirar os olhos do rosto de Fredrika.

– Sim, nós a encontramos – disse Fredrika, depois de pensar nos efeitos possíveis de dar uma notícia daquele tipo, na porta de casa, a uma senhora idosa como Teodora Sebastiansson.

Teodora continuou parada durante um momento.

– Entre – disse ela, abrindo passagem para Fredrika.

Fredrika se dirigiu diretamente à sala de estar, dessa vez sem reparar na decoração enquanto caminhava.

Teodora se sentou lentamente numa cadeira junto à mesa. Para o alívio de Fredrika, Teodora não lhe ofereceu nada para beber. O mais discretamente possível, acomodou-se na cadeira do outro lado da mesa e encostou o queixo nas mãos fechadas.

– Onde vocês a encontraram?

– Em Umeå – disse Fredrika.

Teodora se assustou.

– Umeå? – repetiu ela, claramente surpresa. – Mas como pode... vocês têm certeza de que é ela?

– Sim – disse Fredrika –, acredito que sim. A mãe e os avós maternos foram identificá-la formalmente, mas sim, temos certeza de que é ela. A senhora tem alguma ligação com Umeå? Talvez seu filho, ou Sara?

Devagar, Teodora pôs as mãos no colo.

– Como me lembro de ter lhe explicado da outra vez, não sei exatamente como minha nora leva a própria vida – disse ela, rispidamente. – Mas, pelo que sei, nem ela nem meu filho têm alguma ligação com Umeå, tampouco eu tenho. Ligação nenhuma, na verdade.

– Tem amigos lá?

– Minha querida, eu jamais estive lá – disse Teodora. – Tampouco conheço alguém de lá. Nenhum familiar, quero dizer. Talvez Gabriel já tenha ido até lá a trabalho, mas, honestamente, não sei dizer.

Fredrika ficou alguns segundos em silêncio.

– Falando no seu filho – disse ela, mais resoluta –, a senhora teve alguma notícia dele?

Teodora enrijeceu o corpo na cadeira.

– Não – disse ela. – Não tive.

– Tem certeza disso? – perguntou Fredrika.

– Certeza absoluta – respondeu Teodora.

As duas mulheres se olharam nos olhos, como se avaliassem suas forças por cima da mesa.

– Posso ver o quarto dele? – perguntou Fredrika.

– Minha resposta é a mesma que dei anteriormente – precipitou-se Teodora. – Você não pode ver um metro quadrado sequer desta casa se não tiver um mandado.

– Por acaso, eu tenho – disse Fredrika, ouvindo no mesmo instante o ruído de vários carros parando do lado de fora.

Teodora arregalou os olhos, radiando uma surpresa genuína.

– Não será nada bom para o seu filho se a senhora continuar se recusando a ajudar a polícia na caça pelo assassino de sua neta – disse Fredrika, ficando de pé.

– Se você tivesse filhos, saberia que nós nunca os deixamos na mão – disse Teodora com a voz trêmula, inclinando-se para frente. – Se Sara soubesse disso, Lilian não teria sofrido mal nenhum. Onde ela estava, *aquela inútil*, quando Lilian desapareceu?

"Estava presa numa armadilha armada por alguém que queria lhe fazer algum mal", pensou Fredrika.

Ela não disse nada. Por apenas um segundo, conseguiu ver o cansaço e a vulnerabilidade nos olhos da velha senhora.

"Não se sente nada confortável em demonstrar o quanto está sofrendo", pensou Fredrika.

Em seguida, acompanhou Teodora até a porta para receber os policiais.

PEDER RYDH PAROU NO MEIO da sala de Teodora Sebastiansson e não conseguiu acreditar no que via. O cômodo inteiro parecia um museu, o que o deixou estranhamente desconfortável. Não ajudou em nada ver aquela senhora, de aparência frágil, olhando para ele do outro lado da sala. Ela não piscou os olhos desde que o recebera na porta e ele dissera o que fazia ali junto com os outros. Ela simplesmente os deixou entrar e se plantou numa cadeira, no canto da sala.

Peder examinou rapidamente o primeiro andar: nenhum traço de Gabriel Sebastiansson; mas Peder sabia que ele tinha estado ali. Recentemente. Tinha ciência da presença de Gabriel de uma maneira que não conseguia explicar.

– Quando a senhora viu seu filho pela última vez? – perguntou Peder depois de dar um giro pelo primeiro andar e voltar para a sala.

– A Sra. Sebastiansson não vai responder nenhuma pergunta por enquanto – disse abruptamente uma voz, atrás dele.

Peder se virou.

Um homem que Peder não conhecia apareceu de repente na sala. Tinha os ombros largos e era bastante alto, de feições duras, pele e cabelos escuros. Peder sentiu um respeito imediato e involuntário por ele.

O homem estendeu a mão e se apresentou como advogado da família Sebastiansson.

Peder tomou a mão dele e disse por que a polícia estava fazendo uma busca na casa.

– Acusação de pornografia infantil? – gritou Teodora, colocando-se rapidamente de pé. – Vocês estão malucos?

Ela atravessou a sala, aproximando-se dos dois.

– Pensei que estavam procurando Gabriel!

– Como expliquei quando cheguei, é *só isso* que estamos fazendo – disse Peder, calmamente. – E devo lhe informar que foi emitido um mandado de prisão nacional para seu filho. A senhora também será acusada se continuar protegendo Gabriel, dependendo do crime de que ele for acusado. Seu advogado pode confirmar isso.

Mas os olhos de Teodora assumiram mais uma vez um olhar distante e ela não parecia prestar atenção no que ele dizia. Peder conteve um suspiro e saiu da sala.

Subiu a passos largos a escada até o primeiro andar. O quarto de Gabriel ficava no topo, bem no patamar.

– Tudo bem aí? – perguntou. – Encontrou alguma coisa?

Uma policial que estava de quatro no chão, olhando embaixo da cama, colocou-se de pé.

– Nada – respondeu ela. – Mas sabemos que ele esteve aqui. A cama estava meio desarrumada, com os lençóis amarrotados. Eu diria que ele passou a noite aqui.

Peder assentiu firmemente com a cabeça.

– Ele deve ter um *laptop* – disse ele.

– É bem provável – concordou um colega. – Mas deve ter levado consigo.

– É claro – disse Peder, decepcionado. – Vocês não encontraram nenhuma fotografia por aí?

– Nada – disse a policial.

– Tudo bem – disse Peder, para concluir –, mas podemos dizer com alguma certeza que ele passou a noite aqui?

Todos fizeram que sim com a cabeça.

– Ótimo – murmurou Peder. – Vou ligar para o resto da equipe e tentar descobrir o que encontraram no escritório e na casa dele em Östermalm.

O primeiro telefonema, no entanto, foi para o Casarão, de onde Ellen confirmou que Mats conseguiu conectar Gabriel Sebastiansson à casa da mãe pelos registros da empresa de telecomunicação. Mas não, eles não tinham recebido nenhuma ligação importante da população, mesmo que tenha saído uma foto da menina em todos os jornais e noticiários da TV. Sim, alguém viu uma pessoa carregando Lilian no colo pela plataforma, então aquela versão parece ter sido confirmada. Só isso? Sim, nenhuma novidade.

Peder telefonou para a equipe que estava no trabalho de Gabriel Sebastiansson. O computador fora levado e o conteúdo seria analisado o mais rápido possível por uma equipe que se oferecesse para lidar com esse tipo de material infeliz. Os *e-mails* seriam examinados em separado e consideravelmente mais rápido. O chefe de Gabriel também confirmou que ele usava um *laptop* pertencente à empresa, mas não sabia onde estava. Como era de se esperar, a equipe não encontrou nenhum traço de pornografia infantil no escritório, exceto o que estava no computador.

Peder então tentou falar com o novo investigador que entrevistaria os colegas de Gabriel, mas ele estava ocupado fazendo um interrogatório e prometeu telefonar de volta.

Peder não soube muito bem o que fazer com as informações obtidas até aquele momento. Era compensador ter a confirmação de que Gabriel estava evitando a polícia. Foi bom confirmar que a mãe havia mentido para protegê-lo, mas foi melhor ainda ter descoberto onde ele esteve nos últimos dias.

Mesmo assim...

Por que ele seria tão estúpido de manter pornografia infantil no computador do trabalho se ele carregava um *laptop*? Por que se escondeu na casa da mãe, sabendo que aquele seria o primeiro lugar onde a polícia o procuraria? E se Gabriel Sebastiansson matou a própria filha, será que o crime ocorrera na casa da mãe dele? A avó teria sido cúmplice?

Peder sentiu instantaneamente que isso era impossível. Mas será que Gabriel conseguiria manter a menina na casa sem que a mãe dele soubesse, ainda que Lilian estivesse sedada ou algo do tipo? Provavelmente não.

Peder olhou ao redor. Lilian teria morrido naquela casa? Se sim, ele precisava da permissão imediata do promotor de justiça para revirar a casa de cabo a rabo e encontrar a cena do crime. No entanto, Alex dissera no último telefonema que Lilian tinha morrido por algum tipo de veneno, injetado na nuca. Um assassino desse tipo não deixaria tantas pistas para trás.

Alguma coisa deteve Peder. Mats, o analista, disse que não havia registros do telefone de Gabriel ao norte de Estocolmo, mas sim ao sul. Se Gabriel levou o telefone consigo o tempo todo, como é que o corpo de Lilian foi levado para Umeå?

Novamente, o cansaço tomou conta de Peder. Seu cérebro se recusava a cooperar, e a dor de cabeça voltou de uma vez só.

Foi então que recebeu uma ligação dos colegas que faziam a busca na casa de Gabriel Sebastiansson, em Östermalm. Eles não encontraram nada suspeito, exceto uma caixa grande cheia de brinquedos sexuais. Era discutível se a caixa podia ser considerada anormal. Eles também encontraram uma série de DVDs sem rótulo. Talvez eles revelassem alguma coisa.

– Vocês encontraram algum traço da menina no apartamento? – perguntou Peder, desconsolado.

– Ela tinha o quarto dela aqui, é claro – foi a resposta –, mas não podemos dizer que encontramos alguma coisa que indique a presença dela na casa nos últimos tempos. Na verdade, parece que a casa esteve vazia todos esses dias. Não há nada na lixeira da cozinha e a geladeira está vazia. Ou ninguém vem aqui há muito tempo, ou alguém esteve aqui e esvaziou a geladeira.

Peder tendeu a considerar a segunda opção. Seria interessante descobrir se o telefone fixo do apartamento havia sido usado nos últimos dias. Mas, por outro lado, o chefe de Gabriel Sebastiansson disse que Gabriel trabalhou normalmente durante a semana anterior e esteve no escritório até sábado.

Então alguma coisa levara Gabriel a se esconder, tirar folga de uma hora pra outra e mentir para a mãe sobre uma viagem de negócios. Mas por que era tão atrapalhado? Era óbvio que a mãe lhe era extremamente fiel. No entanto, se havia o mínimo de decência naquela senhora, a lealdade com certeza não se estenderia à pornografia infantil e ao assassinato de uma criança.

Peder foi ao encontro dos colegas no quarto de Gabriel e disse que iria fazer uma busca no apartamento do suspeito, e deixou a casa. Teodora Sebastiansson e o advogado dela se trancaram na sala de estar e Peder não precisou anunciar que estava partindo.

Uma estranha e avassaladora sensação de alívio percorreu todo o corpo de Peder quando ele pisou no chão de cascalho onde o carro estava estacionado. Olhou por alguns instantes para aquela enorme mansão de tijolos à vista. Depois olhou para a porção de terra onde ela estava construída, do tamanho de um parque. Naquele ponto específico do planeta, o tempo havia parado há muitas décadas.

JELENA INSERIU A CHAVE na porta da frente. Suas mãos sempre tremem quando está ansiosa ou nervosa. Naquele instante, ela estava as duas coisas. Terminou. Havia feito absolutamente tudo que o Homem mandou. Dirigiu o carro até Umeå, se livrou do Feto quase exatamente do jeito que ele queria e quase exatamente no lugar que ele queria. Depois pegou o avião de volta. Ninguém a viu, ninguém suspeitou do que ela estava fazendo. Jelena tinha certeza de que jamais fizera algo tão certo em toda sua vida.

O silêncio a recebeu quando ela fechou a porta.

Atrapalhou-se enquanto tirava os sapatos e os colocava exatamente um ao lado do outro, do jeito que o Homem sempre dizia que os sapatos deviam ficar no pequeno corredor de entrada.

– Olá – disse ela, entrando no apartamento. – Você está em casa?

Ela deu mais alguns passos. Aquele silêncio não era estranho?

"Alguma coisa está errada, muito errada."

De repente ele saiu das sombras. Ela não viu, mas sentiu o punho firme se aproximando e a acertando direto no rosto.

"Não, não, não", pensou ela, desesperada, enquanto voava pelo ar até bater de costas no chão e sentir a cabeça dando uma pancada na parede.

O pânico e o medo pulsavam em seu corpo, que havia aprendido que o melhor a fazer em situações como essa era não reagir de jeito nenhum. Mas o golpe foi tão inesperado e fatal que ela quase se mijou inteira de tanto pavor.

Ele se aproximou rapidamente dela e a puxou, colocando-a de pé. O sangue escorria pelo canto da boca, a cabeça girava. Fincadas de dor atravessavam suas costas.

– Sua filha da puta, inútil de merda! – gritou ele entre os dentes. O ódio fervilhava nos olhos dele de um jeito que ela nunca tinha visto.

"Não, não, por favor, alguém me ajude", murmurou ela consigo mesma.

– Ela tinha que ter ficado na posição fetal – disse ele, segurando o rosto dela tão próximo do dele que ela conseguia ver todos os poros. – Ela tinha que ter ficado na posição fetal, e além disso, *além disso*, que merda ela estava fazendo na calçada do estacionamento? Será que é tão difícil entender?

Ele gritou as últimas palavras com tanta força que ela emudeceu.

– Eu... – começou ela, mas o Homem a interrompeu.

– Cale a boca! – gritou ele. – Cale a boca!

Quando ela esboçou mais uma tentativa de explicação, de dizer que não houve tempo de arrumar o Feto *exatamente* como eles, ou melhor, como *ele* havia planejado, e não *exatamente* no lugar correto, ele a mandou calar a boca de novo, silenciando-a com mais um soco no rosto. Dois socos. Uma joelhada no estômago. Um chute na costela quando ela caiu no chão. Os ossos se quebraram, emitindo o mesmo ruído de galhos congelados quando partem e estalam na floresta durante o inverno. Logo ela não conseguiria mais ouvir os gritos ou sentir os golpes. Estava quase inconsciente quando ele arrancou as roupas dela e a arrastou até o quarto. Começou a chorar quando o viu pegando a caixa de fósforos. Ele a calou enfiando-lhe uma meia na boca, depois riscou o primeiro palito.

– E então, como vai ser, boneca? – suspirou ele, segurando o fósforo aceso bem diante dos olhos dela, arregalados e amedrontados. – Posso confiar em você?

Ela assentiu desesperadamente com a cabeça, tentando se livrar da meia na boca.

Ele a agarrou pelo cabelo e se aproximou dela. O fósforo continuava aceso.

– Não tenho certeza – disse ele, chegando o palito mais perto da pele fina entre o pescoço e o busto. – Realmente não tenho certeza.

Então abaixou o fósforo e deixou a chama trêmula lhe queimar a pele.

Alex Recht e Hugo Paulsson encontraram Sara Sebastiansson e os pais dela numa sala chamada "familiar", mais ou menos uma hora depois que o corpo de Lilian foi identificado. As paredes eram pintadas com cores quentes. Os sofás e poltronas eram macios e havia mesas indianas de madeira. Sem quadros, ilustrações ou fotografias nas paredes. Mas havia uma cesta de frutas.

Alex examinou Sara com o olhar.

A despeito de quando recebeu a caixa com o cabelo e de quando soube da notícia da morte, ela agora parecia mais composta. *Parecia*. Alex já havia se deparado com o pesar e o sofrimento de muita gente em sua carreira para saber que Sara teria uma longa jornada pela frente antes de retomar o que poderíamos chamar de vida cotidiana e normal. A perda tinha tantas faces e tantas fases. Alguém dissera, Alex não conseguia se lembrar quem, que era tão difícil suportar a desgraça quanto o era caminhar sobre uma fina camada de gelo que se forma durante a noite. Num momento parece que está tudo bem, que sabemos onde estamos pisando, mas no outro o gelo cede e afundamos na mais insondável escuridão.

Sara parecia estar sobre um pedaço de gelo pequeno, mas bem sólido. Alex sentiu que a observava à distância. Ela não estava totalmente presente, mas tampouco estava ausente. Os olhos ainda estavam vermelhos e inchados de tanto chorar, e ela segurava um lenço de papel. De vez em quando erguia o lenço para limpar o nariz. Durante o resto do tempo, repousava a mão no colo, imóvel.

Os pais estavam quietos, sentados, com os olhos úmidos.

Hugo rompeu o silêncio. Primeiro ofereceu café, depois ofereceu chá. Por fim, prometeu que a entrevista seria breve.

– Estamos tentando entender por que Lilian veio parar aqui em Umeå – começou Alex, hesitante. – A família tem algum tipo de relação aqui na cidade, ou na região?

Ninguém disse nada a princípio, até que Sara respondeu:

– Não, não conhecemos ninguém aqui – respondeu ela, em voz baixa. – Ninguém mesmo. Gabriel também não conhece.

– Você nunca esteve aqui antes? – perguntou Alex, voltando o olhar para Sara.

Ela assentiu. Sua cabeça parecia estar solta do pescoço, balançando em todas as direções.

– Estive uma vez. Eu e Maria, minha melhor amiga na época, passamos um verão aqui logo depois de nos formarmos na escola – sussurrou ela, depois limpou a garganta. Mas isso foi há, deixe-me ver, dezessete anos. Fiz um curso de redação num instituto de línguas nos arredores da cidade e acabei trabalhando lá nesse período como assistente de uma das professoras. Mas não durou muito tempo, como disse, acho que no máximo três meses.

Alex olhava para ela, pensativo. Apesar do cansaço e do rosto abatido de Sara, ele conseguia ver uma pequena ruga no canto do olho enquanto ela falava. Alguma coisa a incomodava, alguma coisa que não tinha nada a ver com Lilian.

O lábio inferior de Sara tremeu um pouco, e o queixo projetou-se para a frente. Seria uma expressão provocadora, apesar das lágrimas que inundavam seus olhos e ameaçavam rolar?

– Você fez alguma amizade aqui? Teve algum namorado? – perguntou Alex vagamente.

Sara balançou a cabeça.

– Não – disse ela. – Quer dizer, conheci umas pessoas legais no curso, umas moravam aqui em Umeå, e nós costumávamos nos ver depois que comecei a trabalhar no instituto. Mas você sabe como é, a gente volta pra casa e tudo parece distante. Perdi o contato praticamente com todo mundo.

– E você não teve nenhuma inimizade aqui? – perguntou Alex, gentilmente.

– Não – disse Sara, fechando os olhos por um instante. – Não, nenhuma.

– E sua amiga que a acompanhou?

– Maria? Não, também não. Não que eu me lembre. Não tenho mais contato com ela.

Alex reclinou o corpo na cadeira e assentiu para Hugo, dando a entender que não tinha mais perguntas. Alex e Hugo tiveram dúvidas em relação ao curso de redação, mas, para garantir, Hugo tomou nota do nome de todas as pessoas do instituto que Sara conseguiu se lembrar. Afinal de contas, eles não tinham mais nada que pudessem usar para descobrir por que o corpo da menina tinha aparecido em Umeå.

Por hora, a equipe de Umeå entendeu que a menina tinha sido morta em Estocolmo; portanto, a equipe de Alex assumiria a investigação.

A equipe de Hugo, no entanto, coletou todas as informações sobre a descoberta do corpo de Lilian. O primeiro telefonema que levou a enfermeira

Anne ao estacionamento foi feito de um telefone celular pré-pago, sem registro. A ligação fora realizada a uns trinta quilômetros ao sul de Umeå. Desde então, o telefone não havia sido usado. Naquela noite não apareceu nenhum casal prestes a ter um bebê, por isso a equipe concluiu que a ligação foi feita apenas para que parte da equipe médica se dirigisse ao estacionamento. Alguém queria que a menina fosse encontrada rapidamente.

Muita coisa nesse caso deixava Alex confuso e ele sabia que não conseguiria se concentrar muito bem se continuasse ali. Precisava voltar para Estocolmo o mais rápido possível, se sentar em paz e refletir sobre as coisas. Sentiu uma ansiedade perturbadora. Nada se encaixava na história. Nada.

A voz de Sara Sebastiansson atravessou seus pensamentos.

– Jamais me arrependi de tê-la – sussurrou ela.

– Como? – disse Alex.

– Estava escrito "Indesejada" na testa dela. Mas não é verdade. Eu nunca me arrependi de tê-la. Ela era a melhor coisa que já me aconteceu na vida.

Fredrika passou o resto do dia tentando entrevistar os amigos, conhecidos e colegas de Sara Sebastiansson usando a lista fornecida pelos pais dela. A lista aumentou depois da primeira rodada. Alguns nomes tiveram de ser repassados para a nova investigadora.

A partir dos interrogatórios, ela formou uma imagem bastante clara de Sara: uma mulher amigável e positiva, uma *boa* pessoa. Praticamente todas as pessoas, até as menos próximas de Sara, disseram que ela passou por uma situação difícil nos últimos anos. O marido era pouco atencioso e inflexível, frio e controlador. Às vezes ela chegava mancando no trabalho, outras vezes usava blusas de manga comprida, mesmo no verão. Ninguém tinha certeza, é claro, mas... quantas vezes uma pessoa era capaz de tropeçar e se machucar sozinha?

Nenhuma das pessoas entrevistadas por Fredrika e sua assistente confirmou a descrição de Sara, feita por Teodora Sebastiansson, como uma mãe irresponsável e uma esposa infiel. Entretanto, uma das amigas mais próximas de Sara disse que Gabriel a traía com outras mulheres desde o princípio. Ela chorou durante o depoimento e disse:

– Todos nós achamos que ela se separaria dele, que encontraria forças para deixá-lo. Mas acabou engravidando, aí tivemos certeza que o jogo tinha acabado. Ela nunca mais se livraria dele.

– Mas ela se separou, não? – perguntou Fredrika, franzindo a testa. – Eles se divorciaram.

A amiga, que agora chorava ainda mais, balançou a cabeça.

– Ninguém acreditou nisso. Gente como ele sempre acaba voltando. Sempre.

Fredrika percebeu durante as entrevistas que até mesmo as pessoas a quem Sara se referia como "amigos de antigamente" eram todos amigos da vida adulta. Ela não mantivera uma amizade sequer da época que morava em Gotemburgo. A julgar pela lista, os pais eram as únicas pessoas com quem manteve contato na costa oeste.

– Sara me disse uma vez que teve de romper com todos os amigos quando conheceu Gabriel – explicou uma amiga. – Todos nós conhecemos Sara e Gabriel como casal já formado, mas acho que os amigos antigos de Sara jamais aceitariam que ela estivesse com ele.

As informações que apareceram em todas as entrevistas davam a entender que Sara não tinha um inimigo sequer no mundo, além do marido.

Fredrika voltou exausta para o Casarão, segurando um cachorro-quente. Ansiava fervorosamente que Alex estivesse de volta. Mas se não estivesse, aproveitaria para se trancar na sala e tentar relaxar um pouco. Precisava colocar os pés para cima e escutar umas músicas que a mãe indicara e havia gravado no *player* de MP3.

– Algo para meditar – dissera a mãe com um sorriso, sabendo que Fredrika, como ela, considerava música um elemento tão importante na vida quanto o sono e a alimentação.

Mas, antes disso, deparou-se com Peder.

– Uau, cachorro-quente! – exclamou ele.

– Mmmm – respondeu Fredrika, com a boca cheia.

Para sua surpresa, Peder a seguiu até sua sala e praticamente se jogou na cadeira de visitas. Pelo visto, não haveria nem descanso, nem música.

– Como foi seu dia? – perguntou ele, parecendo cansado.

– Bom e ruim – respondeu ela, evasiva.

Ainda não havia dito a ele que tinha ido até Flemingsberg, muito menos que havia mandado um perito para fazer um retrato falado da mulher que segurou Sara Sebastiansson e a fez perder o trem.

– Você descobriu alguma coisa nas buscas? – perguntou ela.

Peder demorou um instante para colocar os pensamentos em ordem e respondeu:

– Sim, com certeza. Mas tudo continua muito confuso, para dizer a verdade.

Fredrika se sentou e observou Peder. Ele ainda parecia destruído. De vez em quando, sentia por ele um desprezo despudorado. Era infantil, abusado e sempre tinha as unhas afiadas, pronto para atacar. Mas, especificamente naquela tarde em que todos sentiam os efeitos do que acontecera nos últimos dias, ela o via sob uma luz diferente. Dentro dele também havia um ser humano. E aquele ser humano não estava muito bem.

Apressada, engoliu o cachorro-quente.

Peder, um pouco hesitante, colocou sobre a mesa dela uma pequena pilha de papéis.

– O que é isso? – perguntou Fredrika.

– *E-mails* impressos do computador de trabalho de Gabriel Sebastiansson – respondeu Peder.

Fredrika ergueu uma sobrancelha.

– Consegui isso há mais ou menos uma hora – disse Peder –, logo depois de entrevistar o tio de Gabriel. Uma entrevista de merda, aliás.

Fredrika abriu um sorrisinho sarcástico. Também tivera diversas entrevistas de merda durante o dia.

– O que há nos *e-mails*? – perguntou.

– Dê uma olhada – respondeu Peder. – Acho que ainda não consegui acreditar no que li.

– OK – disse Fredrika, pegando as folhas de papel.

Peder continuou sentado. Queria ver a reação dela enquanto lia. Estava inquieto e ansioso ao mesmo tempo.

Começou pela primeira página.

– É uma conversa – explicou Peder. – Começou em janeiro.

Fredrika assentiu enquanto lia.

Tratava-se de uma conversa entre Gabriel Sebastiansson e uma pessoa cujo apelido era "Titio Pernas Longas", que Fredrika, com seu escasso conhecimento de literatura infantil, imaginou ter origem numa série de livros que ela conhecia. Gabriel e Titio Pernas Longas conversavam sobre vários tipos de vinho e marcavam encontros para degustação. Depois de ler duas páginas, Fredrika começou a sentir uma onda de mal-estar atravessando seu corpo.

Titio Pernas Longas, 1 de janeiro, 09:32: Os outros membros do grupo não gostam de vinhos engarrafados antes de 1998. O que você acha?

Gabriel Sebastiansson, 1 de janeiro, 11:17: Acho que uvas de 1998 seriam ótimas, mas o ideal é que sejam posteriores. Sou bastante crítico com vinhos mais antigos.

Titio Pernas Longas, 2 de janeiro, 6:25: É preciso ter em conta o país de origem dos vinhos e a variedade das uvas. Isso é importante para você?

Gabriel Sebastiansson, 2 de janeiro, 7:15: Naturalmente prefiro uvas azuis a vermelhas. Não me importo com a região dos vinhos. Gostaria de experimentar algo um pouco mais exótico do que experimentei em nosso último encontro. América do Sul, talvez?

– Meu Deus – sussurrou Fredrika, sentindo um aperto na garganta.
– Eles não estão falando de degustação de vinhos, não é? – disse Peder, ainda em dúvida.
Fredrika balançou a cabeça.
– Não – disse ela. – Acho que não.
– Uvas vermelhas podem ser meninas? E azuis, meninos...?
– Acredito que sim.
Fredrika sentiu o estômago revirar.
– Meu Deus – disse ela em voz baixa, levando a mão à boca enquanto continuava a leitura.

Titio Pernas Longas, 5 de janeiro, 7:11: Estimado membro! A próxima degustação de vinhos acontecerá semana que vem! Nosso fornecedor trará vinhos deliciosos para degustarmos durante a tarde e noite. O pagamento será feito no dia, em dinheiro. Mais detalhes sobre o lugar serão dados como antes.

Desde o início do ano, Gabriel Sebastiansson estivera em quatro "degustações de vinho".
– Como eles ficam sabendo do lugar dos encontros? – perguntou Fredrika.
– Não sei – respondeu Peder, com a voz cansada. – Mas entrei em contato com um amigo da Polícia Nacional que lida com esse tipo de merda. Ele disse que eles agem de diferentes maneiras, poderia ser até por mensagens de texto de celulares pré-pagos.
– Que coisa horrível – disse Fredrika, agitada, sem coragem para continuar a leitura dos *e-mails*.
– Leia a última página – disse Peder, um pouco impaciente.
Fredrika ficou feliz por saltar algumas páginas e pegou a última folha.

Titio Pernas Longas, 5 de julho, 9:13: Estimado membro! O ponto alto do verão está chegando! Acabamos de receber uma remessa inesperada de vinhos maravilhosos, de diversas variedades de uvas, fabricados em 2001! Venha degustá-los na próxima semana! O lugar será comunicado em separado, mas já deixe agendado para terça-feira, dia 20 de julho. Nosso encontro terá início às 4 da tarde. Este encontro não acontecerá na sua cidade, então prepare-se para uma viagem de pelo menos cinco horas. Confirme sua presença assim que possível.

Fredrika levantou imediatamente a sobrancelha e olhou para Peder.

– Mas... 20 de julho é o dia do desaparecimento de Lilian – disse ela, com a testa franzida.

Peder assentiu sem dizer nada.

Eles se olharam por alguns instantes, até que Fredrika folheou as páginas impressas. Não havia nenhum *e-mail* recebido depois do que tinha acabado de ler.

– Segundo o chefe de Gabriel, ele tirou folga de domingo até quarta-feira dessa semana – disse ela, pensativa. – Fez o pedido de última hora e disse que precisava daqueles dias para resolver assuntos pessoais.

– E, pelo que sabemos dos registros do celular, no dia do desaparecimento de Lilian ele estava em algum lugar perto da cidade de Kalmar, pouco depois das dez da noite – disse Peder. – O telefone ficou desligado desde o princípio da manhã, mas, no final da noite, ele o ligou de novo.

– E para quem ele telefonou?

– Para a mãe – disse Peder.

Fredrika olhou demoradamente para Peder.

– Eu diria que esse pequeno... como posso dizer... "evento" aconteceu em Kalmar – começou ela, e Peder assentiu para mostrar que também suspeitava disso. – Estaria mais ou menos de acordo com a viagem de cinco horas.

– Então ele deve ter saído da cidade por volta de onze horas para chegar lá às quatro, no horário marcado – acrescentou Peder.

– Exatamente – disse Fredrika, ansiosa, colocando as páginas impressas sobre a mesa. – Temos algum registro de quando o celular saiu de Estocolmo?

– Não, não temos nenhum registro de atividade depois das oito da manhã – disse Peder, refletindo sobre a informação.

– Tudo bem, não importa – disse Fredrika. – Sabemos que às dez da noite ele estava em Kalmar, telefonando para a mãe. Podemos concluir que, nesse horário, o encontro já tinha terminado e ele estava voltando para casa.

Ela olhou para Peder.

– Nesse caso, ele não poderia ter apanhado Lilian no trem – disse ela, resumindo as peças que acabavam de juntar. – Não se, no mesmo horário, ele estivesse num carro voltando para Kalmar.

Peder mexeu o corpo na cadeira.

– Ou – disse Peder – ele pode ter resolvido levar Lilian consigo e chegou atrasado no "evento".

Fredrika balançou a cabeça.

– Bem – ponderou Fredrika –, até que poderia ser. Mas isso não resulta numa hipótese absurda? Primeiro ele pega Lilian no trem e a leva para o carro. Depois dirige até Kalmar, vai a um clube de doentes ou seja lá o que for. Depois leva Lilian de volta para casa, raspa a cabeça dela, manda o cabelo para a mãe, mata a menina e depois dirige de novo até Umeå e a joga na entrada do hospital. Os registros da Tele2 não mostram o celular ativo ao norte de Estocolmo durante esse período, não é?

Peder endireitou o corpo na cadeira. Fredrika percebeu que as novas informações o deixaram irritado.

– Correto – reconheceu ele. – Parece mesmo muito absurdo se colocado dessa maneira.

Ele pensou por um segundo, depois bateu com o punho cerrado na mesa de Fredrika.

– Que merda – disse ele –, tudo acontece muito rápido nessa porra toda! Como ele teria tempo de fazer tudo isso? Não faz sentido! Talvez tenha dado o celular para outra pessoa.

Fredrika inclinou a cabeça e atravessou Peder com o olhar. Imaginou ter ouvido Alex se aproximando pelo corredor.

– Ou – disse, bem devagar – pode ser que as duas histórias não tenham nada a ver uma com a outra.

Alex Recht saiu de Umeå depois das quatro da tarde. O corpo de Lilian Sebastiansson seria transferido para Estocolmo no início da noite.

– Esperamos que vocês encontrem o responsável antes que ele mate outras crianças – disse Hugo Paulsson, com a voz grave, enquanto se despedia de Alex.

– Mate outras crianças? – repetiu Alex.

– Sim, por que ele pararia? Se acreditar que não pode ser detido, quero dizer – disse o colega.

A conversa não serviu de nada para dissipar a inquietação de Alex.

Ele pousou em Estocolmo mais ou menos uma hora depois e foi direto para o Casarão.

Fredrika, Peder, Ellen, o analista da Polícia Nacional e duas pessoas que Alex nunca tinha visto antes, mas imaginou serem da equipe de reforço, o esperavam no Covil.

– E então, meus amigos? – começou Alex enquanto se sentava. – Por onde começamos?

Estava tarde. Ele queria uma reunião curta e eficiente. Depois queria ir embora e pensar no caso sem ser perturbado.

– O que sabemos? Vamos começar por aí.

A maioria das informações descobertas durante o dia já havia sido compartilhada pela equipe por telefone. Alex acabava de ouvir, no entanto, os últimos detalhes sobre os *e-mails* de Gabriel Sebastiansson e os registros de atividade do celular dele. Percebeu que Peder e Fredrika trocaram olhares rápidos quando ele pediu para alguém – qualquer pessoa, desde que fosse breve – atualizá-lo sobre o assunto. Depois ele falaria sobre o pouco que ainda não tinha contado do que acontecera em Umeå.

Peder organizou os pensamentos por um instante e começou a falar. Entregou cópias dos *e-mails* trocados entre Gabriel e “Titio Pernas Longas” a todos os presentes. Depois, para completa admiração de Alex, colocou num projetor uma transparência com duas linhas cronológicas.

Alex olhou para Fredrika.

"Isso deve ter sido ideia dela", pensou.

A julgar pelo olhar de satisfação de Fredrika, ele devia ter adivinhado corretamente.

Não era uma má ideia, apenas um pouco diferente do habitual. "De vez em quando é bom ver algo diferente", admitiu Alex para si mesmo.

– Então – disse Peder, apontando para as linhas. – Nós chegamos... quer dizer, eu e Fredrika... chegamos a duas teorias possíveis tendo como base o que já sabemos.

Resumiu basicamente sua teoria. Depois passou a palavra para Fredrika, que falou sem se levantar.

– A alternativa para a teoria de que Gabriel levou Lilian até Kalmar e voltou com ela, o que é totalmente possível, apesar do tempo apertado, é que se trata de duas histórias completamente diferentes, dois crimes totalmente independentes.

Alex franziu a testa.

– Tudo bem, deixe-me explicar – acrescentou Fredrika de imediato. – Sabemos que Gabriel agredia Sara, sabemos que ele vê pornografia infantil no trabalho, e acho que podemos deduzir, a partir dos *e-mails*, que ele é um pedófilo ativo. Faz parte de uma rede de pedofilia da qual não sabemos nada e vem se encontrando regularmente com seus membros desde o início do ano. De última hora, foi comunicado de mais um encontro, em Kalmar. Pede alguns dias de folga e, como é lógico, mente para a mãe e diz que está indo viajar a trabalho durante alguns dias. Promete voltar para jantar com Lilian depois que Sara chegar de viagem com a menina, vindo de Gotemburgo.

Fredrika fez uma pequena pausa para verificar se todos estavam acompanhando seu raciocínio. Ninguém parecia confuso.

– Então – prosseguiu ela, sabendo que o rosto havia enrubescido pelo nervosismo –, ele dirige até Kalmar na manhã de terça-feira. Pouco depois das duas da tarde, Lilian desaparece. Mais ou menos uma hora depois, nós começamos a telefonar para ele, mas o celular está desligado. Por acaso, Gabriel não está disponível desde então, e continua indisponível até as dez da noite, quando liga o telefone de novo.

Fredrika fez uma pausa.

– O homem acabara de cometer o crime mais asqueroso de nossa sociedade ao mesmo tempo que sua filha desaparecia, e começa a ser procurado pela polícia por causa do desaparecimento. Provavelmente, já sabe que encontramos as queixas de agressão feitas pela esposa e imagina que também temos declarações contraditórias de sua mãe e dos colegas sobre seu paradeiro. Está tarde, e ele está a quilômetros de distância. Talvez seja só o pânico, pura e simplesmente, mas ele não quer dirigir de volta para casa e não quer falar com a polícia. Sabe que não sequestrou Lilian, mas não quer dizer onde estava no momento em que ela desapareceu.

Fredrika respirou profundamente antes de prosseguir.

– Mas acabou se colocando num beco sem saída, porque a mãe, que costumava arrumar álibis para ele, acha difícil dessa vez, porque ele mentiu sobre onde estaria. É claro, ele telefona para ela: ninguém mais o ajudaria incondicionalmente. É difícil dizer o que os dois mancomunaram, ou o que ele falou para a mãe, mas supostamente imaginam que Lilian vai aparecer logo e continuam mentindo.

– E então, quando Lilian voltasse em segurança, a polícia não se interessaria em saber onde ele esteve – acrescentou Alex.

– Exatamente – disse Fredrika, tomando um gole de água depois da longa explicação.

O silêncio tomou conta de toda a sala.

Alex passou os olhos pelos *e-mails* que Peder entregou, e leu uma ou outra passagem.

– Puta merda – disse ele, afastando os papéis e inclinando o corpo sobre a mesa. – Alguém tem alguma informação que invalide a teoria de Fredrika? – perguntou, calmamente.

Ninguém disse nada.

– Nesse caso – disse Alex, em voz baixa –, estou propenso a acreditar que nosso amigo Gabriel, que estamos caçando com tanta vontade, provavelmente *não é* a pessoa que sequestrou Lilian.

Olhou para Peder, que agora estava sentado ao lado de Fredrika.

– Concordo que não é impossível para Gabriel ter pegado Lilian e ido a Kalmar no mesmo dia, mas, como mostrou Fredrika, seria um espaço de tempo muito apertado.

Alex balançou a cabeça.

– Mas, nesse caso – interviu Peder –, e o depoimento de Ingrid Strand? A mulher que estava sentada ao lado de Sara e Lilian no trem. Ela disse que Lilian foi levada...

– ... por alguém que "podia ser o pai dela" – interrompeu Alex calmamente. – Eu sei, está tudo muito confuso. No colo de quem mais Lilian se entregaria? A não ser que ela já estivesse drogada, mas teremos que esperar o resultado dos testes para afirmar isso.

Fredrika engoliu.

– Mas ela... – começou Fredrika. – Os legistas disseram se ela sofreu algum tipo de abuso?

Alex balançou a cabeça.

– Eles acham que provavelmente não, mas só teremos um relatório oficial sobre isso amanhã de manhã.

Dito isso, Alex se calou. Independentemente de Gabriel Sebastiansson estar ou não envolvido no desaparecimento de Lilian, uma série de informações sobre uma rede de pedofilia de repente aparecera em sua mesa. Decerto não era problema dele, e o caso seria encaminhado para a Polícia Municipal, quiçá Nacional.

– Então isso quer dizer que voltamos à estaca zero? – perguntou Peder, em dúvida.

Alex sorriu.

– Não – disse ele, pensativo. – Significa apenas que as informações que obtivemos não se sustentam do modo como gostaríamos. Mas, como disse, acho que podemos prender Gabriel como principal suspeito, pelo menos por enquanto.

Peder suspirou e Alex levantou o dedo num sinal de alerta.

– Mas – acrescentou –, isso não significa necessariamente que Gabriel não saiba quem levou a filha dele. Não podemos desconsiderar isso, tendo em vista o círculo que ele frequenta.

Fredrika levantou o braço, pedindo permissão para falar.

Alex fez um gesto com a cabeça, dando-lhe a palavra.

– Mas nós sabemos – disse Fredrika, suavemente – que a pessoa que levou Lilian chamou a atenção de Sara e não de Gabriel. O cabelo foi enviado para a casa dela, não dele.

– Então você acha que o assassino tem alguma ligação com Sara, e não com Gabriel? – perguntou Alex.

– Sim – foi a resposta imediata de Fredrika.

– Temos alguma informação que corrobore isso? – perguntou Alex, dirigindo-se aos presentes.

Fredrika pediu mais uma vez para falar.

– Sim, temos – disse ela, enrubescendo. – Veja bem, estive hoje rapidamente em Flemingsberg.

Alex e os outros ouviram o breve relato de Fredrika sobre o que ela descobriu em Flemingsberg e no telefonema que dera para a companhia ferroviária. Ela concluiu garantindo que não considerava nenhuma informação como prova, mas deixou claro que muitas coisas aconteceram ao mesmo tempo para que fosse uma simples coincidência.

Alex ponderava em silêncio. Depois, franziu a testa.

– Preciso dizer que você não devia se embrenhar em pequenas tarefas quando eu lhe pedi explicitamente para fazer outras coisas, mas vou deixar para lá dessa vez.

Fredrika suspirou aliviada.

– Se supusermos que as informações coletadas são verdadeiras no sentido de indicar um plano de ação planejado em detalhes, direcionado a Sara, é porque estamos lidando com um sádico completo – disse Alex, suavemente. – E um sádico extremamente inteligente e sortudo, por sinal. Mas fico pensando o seguinte: por que não encontramos nenhuma explicação para isso? Por que Sara não tem consciência de ter contrariado alguém a ponto de fazê-lo agir assim?

– Talvez por ela não ter percebido – interpôs Peder. – Se quem levou Lilian foi de fato um psicopata, o que parece ser o caso, o motivo pode parecer ilógico para todos, menos para o assassino.

– Precisamos repassar todas as informações – disse Alex, com uma tensão perceptível na voz. – A gente deve ter perdido alguma coisa. Quando o retrato falado da mulher com o cachorro vai ficar pronto?

– Já está pronto – disse Fredrika –, mas queremos confirmar com a funcionária da bilheteria se precisa de algum retoque, o que ela vai fazer hoje à noite.

– Certo, então vamos adiante – disse Alex, e agradeceu Fredrika com um gesto de cabeça.

Fredrika tentou interromper, mas Alex foi mais rápido.

– Posso resumir minhas impressões da conversa que tive com Sara e os pais dela em Umeå?

Fredrika assentiu, tão curiosa quanto os outros.

Alex sabia que os decepcionaria.

Ele repetiu o que Sara e os pais disseram depois da identificação formal. Percebeu que Fredrika o atravessou com o olhar enquanto ele falava da temporada que Sara passou em Umeå depois de sair da escola.

Quando terminou, Fredrika foi a primeira a comentar.

– Hoje conversei com diversos amigos e colegas de Sara – disse –, e me impressionou saber que ela não tem nenhum amigo antigo.

– Sim – disse Alex. – Pelo que entendi, ela se afastou de todos quando conheceu o marido.

– Perfeitamente – disse Fredrika –, mas isso significa que, quando tentamos rastrear a rede social de Sara, nosso ponto de partida começa muito recentemente. Ou seja, não estamos levando em conta ninguém que por acaso estivesse na vida de Sara *antes* de ela conhecer Gabriel.

– E você acha que pode ser isso? Que Lilian foi levada por alguém que está remoendo e planejando uma vingança há anos e anos?

– Acho que não podemos descartar isso – esclareceu Fredrika. – *Se isso* for verdade, não teremos nenhuma chance de descobrir porque estamos analisando um intervalo temporal totalmente errado.

Alex assentiu, pensativo.

– Tudo certo, amigos – disse ele –, vamos descansar a mente por hoje. Vamos todos para casa relaxar um pouco. Quando voltarmos amanhã, vamos repassar todas as informações que conseguimos até agora. Todas. Até os telefonemas que descartamos previamente. Tudo bem?

Alex se surpreendeu ao perceber que usou a palavra "amigos" duas vezes na mesma reunião. Sorriu.

Ellen Lind saiu do trabalho um pouco decepcionada. Vinha trabalhando pesado desde que a menina desaparecera, e, embora fosse apenas uma assistente, seu chefe deveria reconhecer a importância de sua contribuição. Mas Alex não era muito bom nisso, sem falar do modo como tratava o pobre analista. Será que ele sabia que o rapaz se chamava Mats?

Todos esses pensamentos evaporaram quando ela pegou o celular e viu que tinha diversas chamadas não atendidas de seu amado. Ele deixara uma mensagem curta e direta dizendo que gostaria muito de vê-la naquela noite no Hotel Anglais, onde estava hospedado. Também disse que sentia muito pelas coisas estúpidas que aconteceram desde a última vez que se falaram.

O coração de Ellen acelerou de pura alegria.

Ao mesmo tempo, sentiu uma pontada de irritação. Não gostava nada quando o clima da relação mudava drasticamente.

Pagando uma boa grana, Ellen conseguiu que sua sobrinha cuidasse das crianças. Na verdade, ela já estava lá dando uma força, visto que Ellen trabalharia até mais tarde.

– Eles precisam mesmo de uma babá? – perguntou a menina, que tinha acabado de completar dezenove anos e terminado o colegial.

Ellen pensou imediatamente em Lilian Sebastiansson e respondeu com um enfático “sim”.

Foi correndo para casa para pelo menos dar um beijo de boa noite nas crianças e trocar de roupa.

A sobrinha de Ellen a observava enquanto corria de calcinha pela casa, procurando o que vestir.

– Você parece uma adolescente que acabou de se apaixonar – disse ela, dando uma risadinha.

Ellen sorriu e sentiu o rosto ruborizar.

– Sim, eu sei que é meio bobo, mas eu fico tão feliz quando ele vem me encontrar.

A menina respondeu com um sorriso cálido.

– Use a blusa vermelha – disse ela. – Fica ótima em você.

Pouco tempo depois, Ellen estava num táxi a caminho do hotel. Só se deu conta de como estava cansada quando relaxou o corpo no banco de trás. Os últimos dias haviam sido muito pesados e exaustivos. Esperava que Carl não se importasse de ouvir ela falar sobre esse caso terrível, pois ela realmente precisava colocar tudo para fora.

Carl a encontrou na recepção. O rosto dele se abriu num sorriso ardente quando a viu.

– Que bom, duas vezes numa semana só – murmurou Ellen enquanto se abraçavam.

– Algumas semanas são mais tranquilas do que outras – respondeu Carl, abraçando-a com força.

Ele passou a mão nas costas dela, elogiou a escolha da roupa e disse que ela estava radiante, mesmo que se sentisse esgotada.

As horas passaram voando até o momento em que adormeceram. Tinham tomado vinho, pedido algo para comer, conversado longamente sobre tudo que aconteceu e depois transado apaixonados até decidirem que precisavam dormir.

Ellen relaxou nos braços dele e estava quase dormindo quando suspirou:

– Estou tão feliz com nosso encontro, Carl.

Sentiu o sorriso dele roçar em sua nuca.

– Também estou muito feliz – respondeu. Cobriu o seio esquerdo dela com a mão, beijou-lhe o pescoço e continuou: – Você me dá tudo que preciso.

PARTE II

Sinais de fúria

SEXTA-FEIRA

ESTAVA ESCURO no apartamento quando Jelena recobrou os sentidos. Ela abriu um olho, percebendo que estava deitada de costas. Um dos olhos não abria de jeito nenhum. Quando tentou entender por quê, uma onda de dor atravessou todo o seu corpo. Impossível resistir, impossível suportar. A dor percorreu seu corpo e a fez tremer. Quando tentou se virar na cama, o lençol grudou nas costas, nos pontos em que o sangue havia secado.

Jelena quase se rendeu ao impulso de evitar o choro. Sabia que o Homem não estaria em casa. Ele nunca ficava em casa depois de uma repreensão.

As lágrimas puderam escorrer livremente por seu rosto.

Se ele pelo menos a deixasse falar, se pelo menos a tivesse escutado em vez de se atirar sobre ela... *com toda aquela fúria*.

Jelena jamais havia visto uma coisa assim.

"Como ele pôde fazer isso?", perguntava-se, enquanto chorava sobre o travesseiro manchado.

Aquele era um pensamento realmente proibido. Ela não devia questionar o Homem em nada, as regras eram essas. Se ele a repreendesse, era para o bem dela. Se ela não entendesse, a relação dos dois enfraqueceria até se destruir. Quantas vezes ele repetira isso?

Mesmo assim.

Jelena foi perdendo pouco a pouco a fé em si mesma e em todos ao redor. Era sozinha, porque merecia ser sozinha. Por isso se tornou uma mulher que agradecia e se sentia querida quando alguém como o Homem a queria.

Mas ainda havia nela um resquício de força que o Homem não conseguiu apagar. E essa nem era a intenção dele: sem força, ela jamais seria aliada dele na batalha que os dois tinham pela frente.

Deitada nua na cama, sozinha e abandonada, com feridas por todo o corpo, Jelena usou a última gota de força que lhe restava para saborear o gosto da rebeldia. Quando era mais jovem, numa época em que ela e o Homem faziam de tudo para esquecer, toda a sua existência era uma grande rebeldia. O Homem tirou isso dela. O tipo de rebeldia a que ela se entregava era vergonhoso. Ele havia dito isso da primeira vez que a pegou de carro.

Porém, havia outros tipos de rebeldia. Se ela quisesse e tivesse coragem, ele a ajudaria a seguir adiante.

Jelena queria, de corpo e alma.

Mas o caminho para a perfeição que o Homem dizia ser tão vital para a batalha era muito mais longo do que Jelena imaginava. Longo e doloroso. Sempre doía em algum lugar, quase sempre quando ele a queimava, mas isso tinha acontecido pouquíssimas vezes e apenas no início da relação entre os dois.

Agora ele tinha feito de novo.

Jelena sentia o corpo quente e febril. O peito doía quando respirava e seu corpo tinha tantas queimaduras que ela nem conseguia pensar na quantidade. Estava enlouquecendo com a dor.

Uma ideia desesperada lhe passou pela cabeça.

"Preciso pedir ajuda", pensou ela. "Eu preciso pedir ajuda".

Graças à força de vontade, escorregou da cama e começou a se arrastar para fora do quarto. Buscar ajuda por causa dos ferimentos era outra violação das regras, mas, dessa vez, ela tinha certeza de que morreria se não conseguisse ajuda médica.

Mais cedo ou mais tarde, o Homem sempre voltava para ajudá-la, mas dessa vez Jelena não teria tempo para esperá-lo. Sua força estava se esvaindo muito rápido.

"Preciso chegar até a porta da frente."

Sentiu o pânico crescer dentro de si. O que essa traição significaria para a relação entre ela e o Homem? O que restaria dos dois depois que agisse pelas costas dele?

É claro que o Homem jamais aceitaria uma demonstração de independência tão grande a ponto de deixar o apartamento naquele estado. Ele viria atrás dela e a mataria.

"Tempo", pensou Jelena enquanto se colocava de joelhos, tremendo, e agarrava a maçaneta da porta. "Preciso pensar".

Lutava para erguer o outro braço e alcançar a fechadura, destrancar a porta e abri-la. Não se lembrou de mais nada depois disso.

A porta se abriu e Jelena caiu, batendo o rosto no mármore frio.

Alex Recht começou o dia de trabalho mandando Fredrika a Uppsala para conversar com Maria Blomgren, antiga amiga de Sara Sebastiansson que esteve com ela durante o curso de redação em Umeå. Depois se sentou em sua sala com uma xícara de café na mão. Quieto e sozinho.

Algum tempo depois, Alex se perguntaria quando esse caso se transformou num animal selvagem que paralisou toda sua equipe ao manifestar, de maneira descarada e persistente, sua própria vontade e escolher seu próprio caminho. Era como se o caso tivesse vida e o objetivo único de confundir a equipe, prejudicando seu trabalho.

"Não ouse querer me controlar", dizia a voz interior de Alex. "Não ouse me dizer para onde ir."

Alex estava sentado, imóvel. Embora tivesse dormido apenas algumas horas, sentia-se cheio de energia. Também sentia uma raiva pura e genuína. Havia certa ousadia no plano do criminoso. O cabelo fora enviado para a mãe da menina. A criança tinha sido largada no estacionamento de um grande hospital. Alguém chegou a telefonar para o hospital com o intuito de garantir que a menina fosse encontrada. Tudo isso sem deixar uma pista sequer para trás. Ou, pelo menos, nada pessoal, como impressões digitais.

"Mas neste planeta ninguém é invisível, muito menos infalível", pensou Alex, enquanto discava o número do instituto forense em Solna.

Pela voz, o legista que atendeu Alex parecia surpreendentemente jovem. Na visão de Alex, médicos capacitados geralmente tinham mais de cinquenta anos, por isso ele costumava ficar levemente ansioso quando precisava trabalhar com alguém mais jovem que isso.

Apesar do preconceito, Alex percebeu que o legista era muito competente e usava termos para se expressar que até um policial comum conseguiria entender.

Para Alex, era o suficiente.

A legista de Umeå estava correta em sua avaliação preliminar. Lilian morreu envenenada, por overdose de insulina injetada diretamente no corpo, bem no alto da nuca.

A surpresa de Alex agora se misturava à raiva.

– Nunca vi nada parecido antes – disse o legista, com um ar de preocupação. – Mas é uma maneira eficaz e... como posso dizer... clínica de matar alguém. Além disso, o sofrimento da pessoa é mínimo.

– Ela estava consciente quando foi perfurada?

– Difícil dizer – disse o médico, hesitante. – Encontrei traços de morfina, então é possível que alguém tenha tentado acalmá-la. Mas não posso garantir que ela estava inconsciente quando recebeu a injeção. Também é difícil dizer o que o assassino esperava quando tentou injetar a insulina direto no crânio, ou quando injetou pela nuca. Naquela concentração, seria letal mesmo se injetada no braço ou na perna.

– Você acha que ele é médico? O assassino? – perguntou Alex, comedido.

– Dificilmente – respondeu o legista, lacônico. – Eu diria que a injeção foi dada de forma amadora. Como disse, por que ele tentaria injetar direto na cabeça da menina? Parece até algum tipo de ato simbólico.

Alex pensou no que acabara de escutar. Simbólico? Como?

A causa da morte parecia tão bizarra quanto o restante do caso.

– Ela comeu alguma coisa depois que foi sequestrada?

O legista demorou alguns instantes para responder.

– Não – disse ele. – Não, parece que não. Ela estava com o estômago totalmente vazio. Mas isso não é nada estranho se ficou dopada durante algum tempo.

– E o que você me diz das condições do corpo? – perguntou Alex, cansado.

– Como já constatado em Umeå, o corpo foi parcialmente lavado, no caso com álcool. Procurei traços do criminoso sob as unhas, mas não encontrei nada. Em alguns lugares eu consegui identificar restos de um tipo específico de talco, o que indica que usaram luvas de látex, dessas usadas em hospitais.

– Essas luvas podem ser obtidas em algum outro lugar?

– Teríamos de fazer mais alguns testes, mas provavelmente são luvas de hospital. E não são tão difíceis de conseguir quando conhecemos alguém que trabalha num hospital, pois elas não são vendidas em farmácias.

Alex assentiu consigo mesmo, pensativo.

– Mas se o assassino teve acesso a agulhas, álcool hospitalar e luvas... – começou ele.

– Então é provável que uma das pessoas envolvidas frequente esse tipo de ambiente – completou o legista.

Alex ficou em silêncio. O que o legista acabara de dizer...?

– Você fala como se fosse mais de um assassino – disse ele, curioso.

– Sim – disse o legista.

– Mas baseado em quê? – perguntou Alex.

– Me desculpe, imaginei que alguém já tivesse lhe dito isso em Umeå – disse o legista.

– Isso o quê?

– O corpo da menina estava intacto, exceto pela lesão no couro cabeludo. Ela não sofreu nenhum tipo de violência, muito menos sexual.

Alex suspirou aliviado.

– Mas – continuou o legista – há alguns hematomas distintos nos braços e nas pernas, provavelmente provocados por uma luta enquanto alguém tentava segurá-la. Algumas marcas foram feitas por mãos pequenas, provavelmente femininas. Na parte superior dos braços há hematomas maiores, provavelmente feitos por mãos masculinas.

Alex sentiu um aperto no peito.

– Então são duas pessoas? – perguntou Alex. – Um homem e uma mulher?

A hesitação do legista era perceptível.

– Pode ser que sim, embora eu não tenha tanta certeza – disse o legista, cauteloso. – Mas posso dizer que os hematomas foram feitos muitas horas antes da menina morrer. Provavelmente quando eles estavam raspando a cabeça dela.

– A mulher a segurou enquanto o homem raspava o cabelo – disse Alex, suavemente. – Lilian deve ter feito muita força, então eles mudaram de posição. A mulher raspou o cabelo enquanto o homem a segurava pelas pernas.

– Pode ser – disse o legista.

– Pode ser – repetiu Alex em voz baixa.

QUANDO FREDRIKA CHEGOU a Uppsala, os meios de comunicação já haviam divulgado o retrato falado da mulher que manteve Sara Sebastiansson em Flemingsberg. Fredrika ouviu a notícia no rádio enquanto parava o carro na frente do prédio de Maria Blomgren.

A polícia agora procura uma mulher que supostamente...

Fredrika desligou o aparelho e saiu do carro. Os meios de comunicação estavam acompanhando de perto o caso de Lilian. Eles ainda não tinham conhecimento dos detalhes repulsivos, mas era apenas uma questão de tempo até que tomassem conhecimento. E então seria o inferno na terra.

Estava mais quente em Uppsala do que em Estocolmo. Fredrika se lembrou de que, quando estudava, também achava a mesma coisa. Era sempre um pouco mais quente em Uppsala no verão e um pouco mais frio no inverno. Como se você viajasse para uma parte totalmente diferente do planeta.

Conhecer Maria Blomgren mexeu com toda a imaginação de Fredrika. Maria Blomgren, de maneira inconfundível, parecia ter vindo da mesmíssima parte do mundo que a própria Fredrika.

"Nós até nos parecemos um pouco", pensou Fredrika.

Cabelo escuro, olhos azuis. Maria talvez tivesse o rosto um pouco mais delgado nas bochechas, era um pouco mais alta e tinha a pele levemente mais escura. Seu quadril era mais largo e mais arredondado.

"Ela deve ter tido filhos", pensou Fredrika automaticamente.

Além disso, Maria dava a impressão de ser ainda mais reservada que Fredrika, se é que isso era possível. Quando viu a identificação policial de Fredrika, abriu um sorriso tão leve que não chegou a mostrar os dentes.

Mas não havia razões para sorrir, afinal de contas. Alex Recht havia telefonado para Maria Blomgren e explicado do que se tratava a visita. Maria disse que provavelmente não tinha muita coisa para acrescentar, mas é claro que colaboraria com a polícia.

Elas se sentaram à mesa da cozinha. Paredes cor de areia, azulejos brancos e armários modernos, da marca Kvik. A mesa era oval, com cadeiras em preto e branco. Além das paredes, quase tudo na cozinha era branco. O apartamento todo estava metodicamente arrumado e parecia limpo de uma maneira quase obsessiva.

"Tão diferente do apartamento de Sara Sebastiansson", pensou Fredrika. Era até difícil imaginar que as duas tivessem sido amigas um dia.

– Você queria me perguntar sobre aquele verão em Umeå? – disse Maria, indo direto ao ponto.

Fredrika revirou a bolsa procurando caderninho e caneta. Maria demonstrava claramente que, embora não se importasse de conversar com a polícia, queria acabar com aquilo o mais rápido possível.

– Você pode começar me contando como você e Sara ficaram amigas? Como se conheceram?

Fredrika notou uma hesitação bem definida no rosto de Maria. Depois, uma irritação quase imperceptível. Os olhos dela entristeceram.

– Nós fomos amigas no colegial – disse Maria. – Meus pais se separaram naquela época e eu tive de mudar de escola. Por acaso, Sara e eu estudamos na mesma turma de alemão; tivemos aulas durante três anos com o mesmo professor.

Maria começou a mexer num bonito vaso de flores que estava em cima da mesa. Fredrika se surpreendeu porque Maria não lhe ofereceu sequer um copo d'água.

– Eu realmente não sei que coisas você quer saber – disse Maria, calmamente. – Eu e Sara logo ficamos muito próximas. Os pais dela estavam passando por um tipo de crise também, estavam brigando muito. A gente se descobriu no mesmo barco. Éramos alunas exemplares, do tipo que empresta material para os colegas e não gosta de quem perturba as aulas.

Quando Maria levantou os olhos, Fredrika notou que eles brilhavam úmidos.

"Está triste", pensou Fredrika. "Por isso está tão reservada. Lembrar da amizade que teve com Sara a deixou triste."

– No último ano de colégio, Sara mudou – continuou Maria. – Ela queria se rebelar. Começou a usar maquiagem, a beber e sair com os meninos.

Maria balançou a cabeça.

– Acho que ela se cansou disso. Essa fase durou muito pouco, talvez o tempo de os pais reatarem. Acho que eles se separaram durante um período, mas não tenho certeza. Enfim, tudo voltou a ser como era antes. As aulas começaram de novo e nós ficamos na mesma turma. E decidimos que queríamos ser intérpretes da ONU.

Maria riu da lembrança e Fredrika respondeu com um sorriso.

– Vocês tinham facilidade para aprender idiomas?

– Sim, com certeza. Nossos professores de alemão e francês não paravam de nos elogiar.

Os olhos de Maria voltaram a ficar tristes.

– Mas então Sara teve outros problemas em casa. Os pais mudaram de igreja e Sara não aceitou muito bem as regras mais rígidas que os pais esperavam que ela seguisse.

– Igreja? – Repetiu Fredrika, demonstrando surpresa.

Maria ergueu as sobrancelhas.

– Sim, igreja. Os pais de Sara eram pentecostais, e não tinha nada mais estranho do que aquilo. Até que um grupo de fiéis se afastou e fundou uma ramificação sueca de um movimento da Igreja Livre Americana. Eles se denominavam Filhos de Deus ou alguma coisa do tipo.

Fredrika escutava com um interesse cada vez maior.

– E qual era exatamente o conflito com os pais? – perguntou ela.

– Então, era algo tão estúpido, na verdade – Maria suspirou. – Os pais dela sempre foram muito liberais, apesar das crenças. Eles não se importavam que a gente saísse ou coisas do tipo, mas eles mudaram durante os poucos anos que participaram desse novo grupo, ficaram mais radicais. Eram mais exigentes em relação a roupa, música, festas, etc. E Sara não aceitava as mudanças. Ela se recusava a participar de tudo que tivesse a ver com a igreja, o que os pais aceitavam mesmo que o pastor tentasse forçá-los a exercerem uma educação mais rígida. Mas para Sara isso não bastava; ela queria transpor ainda mais os limites.

– Com mais bebidas e garotos?

– Mais bebidas, garotos e sexo – suspirou Maria. – Não era tão cedo assim para transar, acho que tínhamos dezessete anos quando ela começou. Mas era irritante, porque parecia que ela transava com os rapazes só para atingir os pais.

Fredrika se viu cruzando as pernas embaixo da mesa. Tinha dezoito anos quando transou pela primeira vez.

– Enfim – continuou Maria –, ela conheceu um rapaz maravilhoso um ano depois disso tudo. E eu comecei a sair com o melhor amigo desse rapaz, então acabamos formando um grupinho que sempre saía junto.

– Como os pais de Sara encaram isso? O fato de ela ter namorado, quero dizer.

– Eles não ficaram sabendo a princípio, é claro. Mas quando descobriram... Acho que levaram numa boa. Sara ficou um pouco mais tranquila, e os pais sequer faziam ideia de todos os rapazes com quem ela tinha saído antes. Se soubessem, acho que a história seria bem diferente.

– E o que aconteceu depois? – perguntou Fredrika, realmente interessada na história.

– Daí veio o Natal, o inverno, a primavera... – disse Maria, que era uma excelente contadora de histórias e sabia que, diante de si, havia uma excelente ouvinte. – Sara de repente começou a ter dúvidas sobre a relação. Eles estavam passando mais tempo separados, e nosso grupinho já não se via com tanta frequência. Até que eu terminei com o rapaz e Sara acabou não querendo ficar com o outro.

Maria respirou fundo.

– A princípio, ele fez um alarde, o namorado de Sara. Não queria que o namoro acabasse. Não parava de ligar, de procurá-la. Mas logo depois ele encontrou outra menina e deixou Sara em paz. Faltavam poucas semanas para acabarem as aulas e Sara já tinha feito nossa inscrição num curso de redação em Umeå. Eu tinha tantos planos na cabeça. As festas de formatura, o curso de redação, a universidade.

Maria mordeu os lábios.

– Mas Sara estava incomodada com alguma coisa – disse ela, tranquilamente. – Primeiro eu pensei que era porque o rapaz não parava de persegui-la, mas ele se mandou. Depois eu pensei que ela estivesse brigando com os pais de novo, o que também não era, mas eu sentia alguma coisa errada. E fiquei muito magoada por ela não confiar em mim.

Fredrika fez algumas anotações no bloquinho.

– Então vocês foram para Umeå? – perguntou ela prontamente, percebendo que Maria havia ficado calada.

Maria mexeu na cadeira.

– Sim, isso mesmo – disse ela. – Fomos para Umeå. Sara não parava de dizer que as coisas iam melhorar depois que ela fosse embora. Até que ela me veio com uma novidade, dizendo que passaria todo o verão em Umeå e que por isso nós não voltaríamos juntas. Eu fiquei muito chateada; me senti ofendida e traída.

– Você não sabia que ela tinha conseguido um trabalho temporário?

– Não, eu não sabia de nada. Nem os pais dela; ela telefonou umas semanas depois para contar. Deu a entender que tinha surgido a oportunidade depois que já estávamos lá, o que era mentira. Antes de sairmos, ela já sabia que ficaria lá o verão inteiro.

– Ela deu alguma explicação? – perguntou Fredrika, pensativa.

– Não – respondeu Maria, balançando a cabeça. – Ela só disse que teve um ano difícil, que precisava se afastar um pouco. Pediu para eu não levar para o lado pessoal.

Maria recostou-se na cadeira e cruzou os braços sobre o peito, assumindo uma postura séria.

– Mas eu não consegui superar – disse ela, em tom provocador. A gente fez o curso e eu voltei para casa sozinha. Tínhamos planejado morar juntas em Uppsala quando os estudos começassem, mas, durante o verão, eu decidi ficar sozinha, numa moradia estudantil. Sara ficou magoada, se sentiu abandonada, sendo que ela tinha me abandonado primeiro. Até que...

Maria calou-se em completo silêncio. Um carro vermelho passou na rua, e os olhos de Fredrika o seguiram pela janela enquanto ela esperava Maria continuar.

– Até que tudo voltou a ficar bem – disse ela, em voz baixa. – Quer dizer, não do jeito que era antes. A gente se via muito em Uppsala, gostava das mesmas coisas e confiava uma na outra até certo ponto, mas... não era como antes.

Fredrika sentiu uma angústia estranha no peito. Com o passar dos anos, quantas pessoas ela havia deixado para trás? Será que sentia por eles a mesma tristeza de Maria em relação a Sara?

– Vamos voltar para a época em Umeå – disse Fredrika, rapidamente.

Maria piscou.

– Como estavam as coisas nessa época? Aconteceu alguma coisa diferente?

– Estava tudo bem, eu acho. A gente fazia o curso no instituto, conhecemos algumas pessoas.

– Você ainda tem contato com alguma dessas pessoas?

– Não, não tenho. Acho que deixei tudo para trás quando voltei para casa. O curso acabou e eu ia passar o resto do verão trabalhando. Ia trabalhar e depois me mudar para Uppsala.

– E Sara? Ela contou algo para você quando voltou?

Maria franziu a testa.

– Não, praticamente nada.

– Ela tinha algum amigo ou amiga mais íntima além de você?

– Não, acho que não. Ela tinha outros amigos, é claro, mas não tão próximos. Quando a gente se mudou para Uppsala, acho que ela simplesmente quis deixar muita coisa no passado. Para ela, a mudança era definitiva. Porém, ela fez muitos amigos em Uppsala. Isso antes de conhecer Gabriel, porque depois ela voltou a ficar bastante sozinha.

Tudo começava a fazer sentido.

– Você se encontrava muito com Sara depois que ela conheceu Gabriel?

– Sim, acho que nessa época a gente começou a retomar nossa amizade. Já haviam passado alguns anos desde o verão em Umeå, e logo faríamos as últimas provas para procurar trabalho. Estávamos prestes a começar uma vida nova, mais adulta, mas então Sara conheceu Gabriel e tudo mudou de novo. Ele subtraiu a vida dela completamente. Eu até tentei manter contato no início para...

Maria parou, e dessa vez Fredrika não teve dúvidas. Maria estava chorando.

– Para... o quê? – perguntou Fredrika, com cuidado.

– Para salvá-la – respondeu Maria, soluçando. – Eu percebia como ela era maltratada naquele namoro. Mas aí ela engravidou. Depois disso, perdemos totalmente o contato, nunca mais nos falamos. Eu não suportava vê-la com ele. Para ser sincera, eu não suportava ver como se consumia do lado dele e não movia uma palha para se libertar.

Fredrika discordou instintivamente sobre Sara Sebastiansson não fazer nada para se libertar de Gabriel, mas preferiu ficar calada. Por fim, comentou:

– Bom, na verdade ela se libertou agora. E está muito sozinha.

Maria enxugou uma lágrima no rosto.

– Como ela está?

Fredrika, que estava começando a juntar suas coisas para ir embora, levantou a cabeça.

– Ela quem?

– Sara? Como está a aparência dela?

Fredrika esboçou um leve sorriso.

– Tem o cabelo longo e ruivo. Ela é bonita, eu diria. E pinta as unhas do pé de azul.

As lágrimas brotaram de novo no rosto de Maria.

– Igual antigamente – sussurrou ela. – Ela sempre teve essa aparência.

Peder Rydh pensava sobre a vida e, mais especificamente, sobre seu casamento com Ylva. Coçava a testa como costumava fazer quando estava nervoso e estressado. Discretamente, também coçava a virilha. Naquela manhã, parecia se coçar inteiro.

Inquieto por natureza, ele atravessou o corredor para pegar o segundo café da manhã. Depois, esgueirou-se de novo até sua sala. Para garantir, fechou a porta. Precisava de um pouco de paz.

A noite anterior havia sido um pesadelo.

"Vamos todos para casa relaxar um pouco", dissera Alex.

Peder não descreveria o que sentira na noite anterior exatamente como uma experiência relaxante. Os meninos estavam dormindo quando ele chegou em casa. Já fazia vários dias que não chegava em casa cedo o suficiente para brincar com os filhos e passar algum tempo com eles.

E ainda tinha Ylva. Eles começaram a conversar como "seres humanos maduros", mas, depois de poucas palavras, Ylva enlouqueceu completamente.

– Você acha que eu não sei o que você anda fazendo por aí? – gritou ela. – Você acha mesmo?

"Quantas vezes eu já vi você chorando no último ano?", pensou. "Quantas?"

Peder tinha apenas uma arma para se defender e ele quase morreu de vergonha ao se lembrar de como a usou.

– Será que você não entende como esse caso é sério? – gritou ele de volta. – Você tem ideia de como me sinto terrível por ser pai e ver um monte de crianças morrendo na Suécia inteira? Será que é tão estranho assim dormir no trabalho de vez em quando? Hein?

Ele ganhou, é claro. Além de não ter nenhuma prova concreta de suas suspeitas, Ylva estava tão esgotada por causa do ano difícil que tivera que já não confiava mais em sua intuição. Acabou sentada no chão, chorando e pedindo desculpas. E Peder a abraçou, acariciou-lhe o cabelo e disse que a desculpava. Depois foi até o quarto dos meninos e se sentou na escuridão, em silêncio, entre o berço dos dois. "O papai chegou, crianças."

Peder sentiu o rosto ruborizar ao se lembrar disso.

Escroto.

Acabara de agir com uma completa escrotidão.

A lembrança fez seu corpo tremer. "Meu Deus."

"Eu sou um péssimo ser humano", pensou ele. "E um péssimo pai. Um pai inútil. Um cara detestável. Um sujeito..."

Ellen Lind interrompeu seus pensamentos batendo insistentemente na porta. Ele sabia que era Ellen, por mais que não a visse. Ela tinha um jeito único de bater. Ela abriu a porta antes que ele tivesse tempo de dizer "Entre".

– Desculpe incomodar – disse ela –, mas uma detetive de Jönköping acabou de telefonar pedindo para falar com alguém da equipe de Alex. Como ele está no telefone com alguém de Umeå, falou para você atender.

Peder, confuso, olhava para Ellen.

– Tudo bem – disse ele, esperando que alguém lhe transferisse a ligação.

Peder escutou uma voz feminina do outro lado da linha. Soava agradável, segura. Imaginou que estivesse conversando com uma mulher de meia-idade.

Ela se apresentou como Anna Sandgren e disse que era inspetora da Polícia Municipal de Jönköping.

– Hum-hum – disse ele, sem ter muito o que dizer.

– Desculpe, qual o seu nome? – perguntou Anna Sandgren.

Peder endireitou-se na cadeira.

– Meu nome é Peder Rydh – disse ele. – Inspetor da Polícia de Estocolmo. Faço parte da equipe especial de investigação de Alex Recht.

– Ah, perfeitamente – disse Anna Sandgren, mantendo o mesmo tom melódico. – Estou ligando para falar de uma mulher que encontramos morta ontem de manhã.

Peder ouvia com atenção. A mesma manhã em que Lilian foi encontrada.

– A avó havia comunicado o desaparecimento dela. Disse que a neta havia telefonado na quarta-feira à noite dizendo que lhe faria uma visita. Aparentemente, ela vivia com outra identidade por causa de uma relação violenta no passado e também costumava se esconder na casa da avó quando as coisas se complicavam.

– Certo – disse Peder, moderado, esperando entender o que isso tinha a ver com ele.

– Mas ela não apareceu conforme o prometido e não deu mais notícias – continuou Anna Sandgren –, então a avó telefonou e pediu para irmos até lá ver se tinha acontecido alguma coisa. Mandamos uma viatura e tudo parecia normal, mas a avó insistiu para que entrássemos no apartamento. Nós entramos e a encontramos morta na cama, estrangulada.

Peder franziu a testa. Ele ainda não tinha entendido por que o telefonema tinha sido transferido justamente para ele.

– Fizemos uma busca rápida no apartamento e encontramos o telefone celular dela. Não havia muitos números, e o aparelho não era tão usado, mas um dos números gravados era o de vocês.

Anna Sandgren ficou em silêncio.

– Nosso? – repetiu Peder, sem entender muito bem o que ela queria dizer.

– Nós verificamos todos os números no telefone, e um deles era o número que a polícia de Estocolmo divulgou para receber informações sobre a menina que foi encontrada morta em Umeå.

Peder endireitou a coluna na cadeira.

– Pelo que entendemos, embora o número estivesse no celular, ela não usou o aparelho para ligar. Mas achamos que vocês deviam saber. Principalmente quando se sabe muito pouco a respeito do caso.

Peder engoliu. "Jönköping". Essa cidade já havia aparecido em algum momento da investigação?

– Vocês sabem dizer quando ela morreu? – perguntou ele.

– Provavelmente algumas horas depois que telefonou para a avó e disse que iria para lá – respondeu Anna Sandgren. – Os legistas ainda nos darão uma hora mais precisa, mas o exame preliminar indica que ela deve ter morrido por volta das dez da manhã de quarta-feira. Ela havia comprado uma passagem de trem para Umeå, onde mora a avó, e devia pegar...

– Umeå? – interrompeu Peder.

– Sim, Umeå. Ela devia pegar o trem saindo de Jönköping na manhã em que a encontramos morta. Ontem, quer dizer.

Peder sentiu o coração bater mais forte.

– A avó dela sabe quem é ele? O homem que a agrediu, fazendo-a entrar no programa de identidade protegida?

– É uma história extremamente complicada – suspirou Anna Sandgren, resignada –, mas o resumo é o seguinte: Nora, como a vítima se chamava, foi morar com um homem quando ela vivia num lugarzinho perto de Umeå, isso há seis ou sete anos. Não era uma relação saudável. Nora também não estava muito bem na época. Tinha tirado licença do trabalho por causa de uma depressão e estava debilitada. Pelo que parece, os pais morreram quando ela era pequena e acabou crescendo em diversas casas de adoção.

Peder deu um longo suspiro.

– Vocês deviam conversar pessoalmente com a avó de Nora – disse Anna Sandgren. – Nós só conversamos com ela pelo telefone, e ela estava bastante abalada com a morte da neta, mas me disse que nunca se encontrou com esse homem, e que de repente Nora sentiu necessidade de ir para longe de Umeå e partiu. Ela conseguiu uma identidade protegida sem precisar dizer quem era o homem porque tinha lesões muito bem documentadas. Não acho que a polícia se esforçou para descobrir quem ele era. Acho que agiríamos da mesma maneira aqui se não soubéssemos o nome dele.

– Aqui também – disse Peder, sem pensar.

– Bom, agora vocês já sabem o que aconteceu – disse Anna Sandgren para finalizar a ligação. – Nós os manteremos informados do andamento de nossa investigação, é claro, mas, neste momento, não temos nenhuma pista do assassino – acrescentou, com uma risada irônica. – Quer dizer, eu exagerei um pouquinho. Temos uma única pista, uma pegada que encontramos na entrada do apartamento: sapato Ecco masculino, tamanho 46.

Fredrika Bergman voltou para o Casarão mais ou menos na hora do almoço. Ficou perplexa ao ver que Alex estava sentado sozinho no Covil. Ele franzia a testa e escrevia freneticamente numa folha de papel.

"Ele finalmente acordou", pensou ela. "Perdeu o rumo no princípio e seguiu a direção errada, mas agora voltou para o caminho certo."

– Nós vamos ter uma reunião? – perguntou, em voz alta, parada na porta.

Alex deu um salto.

– Não, não – respondeu. – Só estou sentado aqui, pensando. Como foi em Uppsala?

Fredrika refletiu.

– Bom – disse ela. – Bom. Mas há alguma coisa estranha com o curso de redação.

– Como assim "estranha"?

– Aconteceu alguma coisa lá, ou um pouco antes, que fez com que Sara quisesse ficar mais tempo em Umeå do que a amiga.

Alex levantou a cabeça, pensando no que ela disse.

– Acho que quero ir até lá – disse Fredrika, atravessando o batente.

– Umeå? – repetiu Alex, surpreso.

– Sim, para conversar com as pessoas desse curso, perguntar se eles sabem de alguma coisa que possa ter levado Sara a ficar.

Antes que Alex pudesse responder, Fredrika acrescentou:

– E acho que devo falar mais uma vez com Sara. Se ela estiver em condições de conversar, quero dizer, e se já tiver voltado para Estocolmo.

– Ela voltou – disse Alex. – Ela voltou com os pais hoje de manhã.

– Você sabia que os pais dela são bastante religiosos?

– Não – disse Alex. – Não, não sabia. Será que essa informação é relevante para nós?

– Pode ser – disse Fredrika. – Pode ser.

– Entendo – disse Alex. – Então sente-se aqui, me fale mais sobre isso.

Esboçou um sorriso enquanto Fredrika entrava na sala. Ela se sentou do outro lado da mesa.

– Onde está Peder? – perguntou ela.

– A caminho de Umeå – disse Peder, atrás dela, entrando na sala de reunião com uma bolsa de viagem pendurada no ombro.

"Igual um menino", pensou Fredrika. "Igual um menino indo para a aulinha de futebol".

Ela fez uma expressão de surpresa.

– O que aconteceu?

Peder examinou a sala, irritadiço.

– Era pra estarmos tendo uma reunião agora?

Alex soltou uma risada.

– Não, na verdade não. Mas como você está aqui...

Peder se jogou numa cadeira. Ele já havia dito tudo para Alex, então resumiu o relato para Fredrika numa única frase.

– A polícia encontrou uma mulher assassinada em Jönköping; ela tinha gravado no celular o número do telefone de informações que nós divulgamos e a avó vive em Umeå.

Fredrika sentiu um arrepio.

– Em Jönköping?

– Sim. É claro, nós não sabemos por que ela tinha nosso telefone, principalmente porque não parece ter usado o aparelho para ligar, mas...

– Mas é claro que ela ligou – interrompeu Fredrika.

Alex e Peder olharam para ela.

– Vocês não se lembram? Ellen falou sobre a ligação anônima de uma mulher que sabia quem era o criminoso e que já tinha vivido com ele.

Alex ficou tenso na mesma hora.

– Tem razão – disse ele, calmamente. – Tem razão. Mas como você sabe que é a mesma mulher encontrada em Jönköping?

– A ligação foi feita de um telefone público em Jönköping – disse Fredrika. – Mats verificou.

– E desde quando nós sabemos disso? – perguntou Peder, indignado.

– Nós descartamos a ligação como irrelevante – respondeu Fredrika, igualmente indignada. – E Jönköping estava fora de contexto naquele momento.

Alex levantou a mão, interrompendo-os.

– Está tudo lá na base de dados do Mat, para quem quiser perguntar – acrescentou Fredrika, de imediato.

Peder baixou o rosto.

– Não verifiquei isso com ele – admitiu, olhando na direção de Alex.

Alex limpou a garganta algumas vezes.

– Tudo bem, tudo bem – disse ele. – Vamos supor que foi essa vítima que telefonou. Há algum registro escrito do que ela disse?

Fredrika fez que sim com a cabeça.

– Ellen fez uma nota; deve estar na base de dados também.

Peder ficou de pé.

– Vou falar com Mats – disse ele, saindo da sala antes que Alex ou Fredrika conseguissem dizer qualquer coisa.

Fredrika deu um suspiro quase imperceptível.

– Espere um segundo – chamou Alex, e Peder voltou para a sala.

– Fredrika aparentemente também precisa ir a Umeå, mas não vejo sentido em mandar os dois para lá agora.

Fredrika e Peder escutavam ansiosos.

– Já recebemos diversas ligações sobre a mulher com o cachorro em Flemingsberg – disse Alex. – Estive com o analista, o...

– Mats – completou Fredrika.

– Isso, Mats, e nós analisamos todas elas. Concluímos que duas merecem nossa atenção. Uma foi feita pelo proprietário de uma locadora de automóveis. Ele acha que uma mulher que se parece com a do retrato falado esteve na loja. Depois outra mulher ligou, disse que foi mãe adotiva da menina há alguns anos e nos deu uma descrição preliminar de como ela era.

O silêncio tomou conta da sala. Fredrika e Peder se olharam.

– Talvez seja melhor – disse Alex lentamente, pronunciando cada sílaba – ou mais apropriado que Fredrika vá para Umeå conversar com a pobre avó da vítima e com o professor de redação. E você, Peder, pode ir atrás do dono da locadora e da mãe adotiva.

Peder e Fredrika assentiram um para o outro, concordando.

– Há mais alguma coisa que eu deva saber sobre a mulher que morreu em Jönköping? – perguntou Fredrika.

Peder passou o relatório para ela.

– Só sabemos isso aqui – disse ele, lacônico.

Fredrika começou a ler.

– Um par de sapatos Ecco tamanho 46 – disse ela, suavemente.

– Não podemos esperar muita coisa – disse Alex, que já havia lido o memorando –, mas é muita coincidência, não acha?

Fredrika continuou a leitura, franzindo a testa.

– Bem, então estamos resolvidos – disse Alex.

Fredrika, cética, observou Alex e Peder saindo apressados da sala.

"Caos", pensou ela. "Esses dois vivem no epicentro do caos. Acho que não conseguem nem respirar em outro lugar."

Naquele instante, Alex deu meia-volta.

– A propósito – disse em voz alta.

Peder e Fredrika prestaram atenção. Ellen colocou a cabeça para fora do escritório.

– Entrei em contato com a Polícia Nacional e passei as informações que conseguimos nos *e-mails* de Gabriel Sebastiansson – disse ele. – Aparentemente, "Titio Pernas Longas" é um personagem bem conhecido nesses círculos. A polícia está reunindo informações para uma grande operação contra ele e a rede, e todos ficaram felizes com as informações que demos. Queria agradecer em nome deles.

Peder Rydh tinha algumas ideias sobre o que era a polícia quando se inscrevera no curso de treinamento há dez anos.

Primeiro, que a polícia era o lugar onde as coisas realmente aconteciam. Segundo, que a profissão era importante. Terceiro, que as pessoas admiravam e respeitavam a polícia.

Esse terceiro ponto era crucial para Peder. Ser respeitado. Não que não estivesse acostumado a ter o respeito das pessoas, mas aquele tipo de respeito era *diferente*, era mais profundo.

De fato, ele se sentia um sujeito respeitado. Mas desde que abandonara o uniforme por ter assumido um posto mais alto, as pessoas não o encaravam mais como uma figura de autoridade e o tratavam de maneira distinta. Para ele, isso soava levemente estranho.

O proprietário da locadora que telefonou dizendo que reconheceu a moça do retrato falado era um bom exemplo. Quando Peder chegou lá, o homem o tratou com ceticismo até ele mostrar sua identidade. O sujeito então baixou um pouco a guarda, mas continuou insatisfeito.

Peder olhou em volta para avaliar o lugar. Era um escritório pequeno, localizado no centro de Södermalm. Nas janelas havia cartazes oferecendo aluguel de automóveis e aulas de direção, uma combinação não muito comum. Não havia nada no escritório que indicasse que as aulas de direção eram conduzidas ali.

O homem percebeu que Peder observava o lugar.

– A escola de direção é no andar de baixo – disse ele, em tom direto. – Se é isso que está procurando.

Peder sorriu.

– Só estava dando uma olhada – disse ele. – É um lugar ótimo para alugar carros, eu diria.

– Por quê?

"Mas que falta de senso de humor", pensou Peder, irritado, mas manteve o sorriso e disse:

– Só quis dizer que não deve ter muita concorrência por aqui. As maiores locadoras de automóveis pertencem aos grandes postos de gasolina e eles estão mais distantes do centro da cidade, não é mesmo?

Como o homem não respondeu e continuou incomodado, Peder resolveu não desperdiçar mais energia tentando ser agradável.

– Você telefonou e disse que viu essa mulher – disse ele rispidamente, colocando o desenho da mulher de Flemingsberg no balcão que o separava do homem.

O homem olhou para o desenho.

– Sim, parece com a mulher que esteve aqui.

– E quando foi isso? – perguntou Peder.

O dono da loja franziu a testa, pensativo, e abriu uma agenda diante de si.

– Foi ela que matou a menina? – perguntou ele, sem nenhuma sensibilidade. – Por isso ela está sendo procurada?

– Ela não é suspeita de nada – disse Peder, imediatamente. – Só queremos falar com ela. Talvez ela saiba de algo que nos interessa.

O homem assentiu enquanto olhava para a agenda.

– Achei – disse ele, batendo o dedo na página. – Foi nesse dia que ela esteve aqui.

Peder inclinou o corpo adiante. O homem virou a agenda para ele, com o dedo sobre a página esquerda. Sete de junho.

Peder desanimou.

– Por que tem tanta certeza desse dia? – disse ele, hesitante.

– Porque foi exatamente no dia em que eu extraí um maldito siso – disse o homem, parecendo bem satisfeito enquanto batia com o dedo nos rabiscos da página. – Eu estava fechando a loja para ir à clínica quando ela chegou.

Ele se inclinou sobre a mesa com um brilho nos olhos que deixou Peder desconfortabilíssimo.

– Parecia uma merdinha assustada – disse ele, com firmeza na voz. – Ficou aí parada, olhando em volta como um animal que acabou de se deparar com os faróis de um carro no meio da estrada. Do tipo que não move um dedo mesmo quando o perigo está em cima dela. Tinha essa aparência.

Deu uma risada curta e seca.

Peder ignorou a atitude do homem, mas desconfiou que deveria guardar aquelas informações na cabeça.

– Qual carro ela alugou, e por quanto tempo? – perguntou ele.

O homem pareceu desconcertado.

– Não, não – disse ele, olhando confuso para Peder. – Ela não queria alugar um carro.

– Não? – perguntou Peder, parecendo um tolo. – O que ela queria, então?

– Ela queria uma carteira de motorista. Mas isso foi antes de eu começar com as aulas de direção, então falei para ela voltar no início de julho, mas ela nunca mais voltou.

O cérebro de Peder trabalhava a toda velocidade.

– Ela queria tirar carteira de motorista? – repetiu ele.

– Sim – disse o homem, fechando a agenda com força.

– Ela disse o nome dela? – perguntou Peder, embora já soubesse a resposta.

– Não, e também não tinha motivos. Eu não poderia matriculá-la nas aulas, ainda não tinha autorização para o curso.

Peder suspirou.

– Você se lembra de mais alguma coisa?

– Não, somente o que já disse – respondeu o homem, acariciando a barba com uma mão e a barriga com a outra. – Ela estava muito assustada e parecia muito cansada também. O cabelo devia ser pintado, era tão escuro que não parecia natural. Bem preto. E ela deve ter apanhado de alguém.

Peder prestou atenção.

– Ela tinha hematomas no rosto – continuou o homem, apontando para a bochecha esquerda. – Não eram recentes, parecia que já estavam desaparecendo, entende? A aparência era horrível, deve ter doído muito.

Os dois não disseram mais nada. A porta foi aberta atrás de Peder e um cliente entrou. O dono da loja acenou, pedindo para o cliente aguardar um pouco.

– Estou indo embora, então – disse Peder. – Consegue se lembrar de mais alguma coisa?

O homem coçou a barba com força.

– Não, só que ela falava de um jeito esquisito.

– Esquisito? – repetiu Peder.

– Sim... meio desconexo. Imaginei que era porque tinha apanhado. Quando isso acontece, as mulheres aprendem a ficar caladas.

Quando Peder e Fredrika saíram do Casarão, Alex foi tomado pela mesma sensação de quando os filhos ainda eram pequenos e saíam para a casa de algum coleguinha no final da tarde: paz e silêncio.

Peder e Fredrika não eram as únicas pessoas que trabalhavam no mesmo corredor que Alex, longe disso, mas mesmo assim a ausência dos dois era quase palpável, o que, para ele, costumava ser uma bênção.

A esposa telefonou no celular.

– E nossas férias? – perguntou ela. – Tendo em vista esse novo caso, quero dizer. O agente de viagens telefonou querendo confirmar e receber o pagamento.

– Nós vamos sair de férias, não se preocupe – disse Alex.

– Tem certeza?

– E eu alguma vez menti a respeito disso?

Ele sorriu, sabendo que a esposa sorria do outro lado.

– Vai chegar tarde hoje à noite?

– Provavelmente.

– Podíamos fazer uma carne grelhada – sugeriu Lena.

– Podíamos ir para a América do Sul.

Alex se surpreendeu com as próprias palavras, mas não retirou o que disse, apenas deixou que flutuassem entre eles.

– O que você falou? – perguntou Lena imediatamente.

Alex sentiu a garganta secar.

– Eu disse que devíamos ir à América do Sul visitar nosso filho, que mora lá. Para que ele saiba que ainda queremos fazer parte da vida dele.

A esposa de Alex demorou um pouco para responder.

– É verdade, devíamos mesmo – disse ela, calmamente. – No outono, quem sabe?

– É, talvez no outono.

"Nada se compara ao amor pelos filhos", pensou Alex quando desligou o telefone. O amor pelos filhos era tão fundamental e inegociável. Por vezes Alex pensava que o amor pelos filhos era o que possibilitava que ele e Lena estivessem juntos há quase trinta anos. O que mais explicava o modo como superaram todos os contratempos, os períodos de tristeza e a chatice do cotidiano?

Mesmo sendo o chefe, Alex estava inteirado das fofocas que circulavam pelos corredores. Sabia do que falavam sobre Peder, que ele tinha uma amante na polícia de Södermalm. Alex nunca havia traído a mulher, mas conseguia facilmente imaginar como se dava uma situação desse tipo: quando se está muito cansado; quando se sente realmente o peso de um monte de problemas.

Porém, não quando se tem crianças em casa, como Alex sabia que Peder tinha. E, definitivamente, não com uma colega de trabalho, e de forma tão indiscreta a ponto de as pessoas notarem. Isso, sim, era desprezível e irresponsável.

Alex sentiu uma pontada de irritação. Os jovens eram tão mimados atualmente. Ele sabia que parecia antiquado e até um pouco reacionário, mas criticava seriamente a visão de mundo dos jovens e o que esperavam da vida. Para eles, a vida tinha de ser um longo passeio no parque sem nenhum obstáculo. O mundo havia se tornado um enorme parque de diversões onde qualquer um podia se divertir sempre que quisesse. Será que Alex teria feito o que o filho estava fazendo? Conseguiria se mudar para a América do Sul? Não, jamais. E era melhor assim, pois, quando opções desse tipo se abrem para nós, corremos o risco de nunca mais ter paz de espírito. Ou de acabar feito Peder.

Alex começou a se culpar por estar sentado ali, pensando. Não era da sua conta como seu colega de trabalho vivia a própria vida, mas, mesmo assim... Ele pensava na esposa e nos filhos de Peder. Por que Peder não pensava?

Seu pessimismo foi interrompido por um telefonema de Peder. Pelo menos havia motivação na voz dele, algo que dizia que Peder estava gostando do trabalho que fazia. Impossível não encarar essa motivação como algo positivo.

Dessa vez, no entanto, o colega não parecia tão feliz assim.

– A única novidade é que ela tentou tirar carteira de motorista – concluiu ele, mal-humorado, depois de contar o que descobrira na locadora. – Isso supondo que seja ela.

Alex o interrompeu.

– Nós também sabemos que ela apanhava de vez em quando, o que indica fortemente que encontramos a mulher certa, e o homem certo – disse ele, com a foz firme, e prosseguiu ainda mais sério. – Pense bem, Peder. A mulher que morreu em Jönköping participava de um programa de identidade protegida porque terminou com um homem que a agredia. Quando ela conversou com Ellen no telefone, falou sobre um tipo de campanha, do homem que queria punir determinadas mulheres. Imagine que esse lunático tenha encontrado outra garota que lhe servia de amante e parceira. Uma garota que estivesse mal, ou melhor, muito mal, e que por algum motivo se apaixonou por ele. Se, veja bem, *se* o homem que matou Lilian for o mesmo que matou essa mulher em Jönköping, então sabemos que ele deve ter tido ajuda para levar Lilian, viva ou morta, até Umeå, pois é impossível que ele estivesse em dois lugares ao mesmo tempo. E isso quer dizer que seria ótimo se sua parceira tirasse carteira de motorista a tempo.

Peder pensou e demorou um instante para responder.

– Será que devo procurar todas as autoescolas que encontrar em Södermalm e mostrar o retrato, enquanto estou aqui? Ela deve ter procurado outra.

– Ótima ideia, desde que você não se esqueça da mulher que disse tê-la adotado durante um tempo.

– Vou resolver isso também – disse Peder, rapidamente. – Já teve alguma notícia de Fredrika?

– Ainda não – suspirou Alex. – Acho que ela está indo conversar com Sara. Ela disse que ligaria antes de ir para o aeroporto.

Alex estava prestes a desligar quando Peder acrescentou:

– Tem mais uma coisa.

Alex esperou.

– Por que ele foi até Jönköping e matou essa mulher justo agora? Quer dizer, ele já estava ocupado com Lilian. Por que chamaria ainda mais atenção para si próprio?

Alex assentiu.

– Também andei pensando nisso – disse, hesitante. – Parece haver algum plano por trás disso tudo. Primeiro ele atrasa o trem e faz com que Sara fique presa em Flemingsberg; depois envia a caixa com o cabelo e as roupas. Talvez o assassinato em Jönköping faça parte do quadro, mas nós ainda não conseguimos enxergar.

– Pensei a mesma coisa – disse Peder –, mas nada se encaixa. O assassinato em Jönköping parece mais uma medida de emergência. Ele nem limpou o chão. Foi tão cuidadoso nos outros lugares e de repente deixa uma pista para trás.

– É, mas ele também deixou uma pista no trem – retrucou Alex.

– Porque não teve escolha – disse Peder. – Ele não podia limpar o chão do trem e dificilmente entraria descalço ou de meias. Isso, sim, chamaria atenção. De todo modo, devia estar se sentindo relativamente seguro no trem, onde haveria muitas outras pegadas.

– Então você acha que ele matou a mulher em Jönköping para mantê-la calada?

– Sim – respondeu Peder, depois de uma breve pausa. – Parece ser a única explicação plausível.

Alex refletiu.

– Tudo bem, mas como ele sabia?

– Sabia o quê?

– Como ele sabia que precisava mantê-la calada?

– Esse é o problema – disse Peder, inquieto. – Como ele soube que ela ligou para a polícia? Ou devemos supor que ele a mataria de qualquer jeito?

Ellen Lind estava feliz e exultante. Pensava na noite anterior e se sentia aquecida por dentro.

– Talvez ele me ame – murmurou.

Estava tão feliz por ter se encontrado com ele na noite anterior. Ele fora um excelente ouvinte, justamente quando ela mais precisava desabafar sobre o caso de Lilian. Por mais que não tivesse filhos, ele parecia entender como era traumático para todas as pessoas envolvidas.

Depois falaram sobre novos filmes que precisavam assistir. Ellen sentiu uma pontada de empolgação. Eles nunca tinham ido ao cinema juntos. A vida social dos dois era sempre confinada geograficamente aos hotéis em que ele por acaso estivesse, e o padrão dos encontros era sempre o mesmo: jantavam, conversavam, transavam e dormiam.

"Seria ótimo se fizéssemos alguma coisa diferente", pensou Ellen com um sorriso no rosto.

Se conseguisse levá-lo ao cinema, não seria tão difícil convencê-lo a conhecer as crianças. Se ele a amasse de verdade, entenderia que as crianças fazem parte do pacote.

Ellen sorriu enquanto pegava o celular. Acabara de enviar uma mensagem e estava esperando a resposta. Mas não recebeu nada.

Quando eles se despediram de manhã, Ellen perguntara quando se encontrariam de novo. Ele hesitou por alguns segundos e respondeu:

– Logo, espero. Precisamos ver quando vou conseguir.

"Quando vou conseguir", repetiu Ellen para si mesma com um sorriso seco. "Por que sempre tem que ser do jeito dele?"

O SOL FINALMENTE ESQUENTOU um pouco a atmosfera de Estocolmo, notou Fredrika enquanto estacionava em frente ao seu prédio. Subiu correndo as escadas, com a chave na mão, e em poucos segundos já havia entrado no apartamento. Seria rápido arrumar a mala para passar uma noite em Umeå.

A mala estava na última prateleira do guarda-roupa. Fredrika viu de relance o estojo do violino guardado no fundo. Tentou não olhar para ele, tentou não se lembrar, mas a velocidade dos pensamentos foi maior que sua força de vontade. As palavras lhe vieram à mente de uma maneira ainda mais automática e dolorosa que antes.

"Eu podia ter sido outra pessoa. Eu poderia estar em outro lugar."

A mãe de Fredrika havia trazido o assunto à tona recentemente.

– Os médicos nunca disseram que você não poderia mais tocar, Fredrika – dissera ela, suavemente. – Só disseram que você não poderia tocar profissionalmente.

Fredrika balançou a cabeça com determinação, os olhos cheios de lágrimas. Se não pudesse tocar como antes, então não queria tocar mais.

A luz da secretária eletrônica estava piscando quando ela foi até a cozinha. Surpresa, Fredrika reproduziu a mensagem.

– Olá. Quem fala é Karin Mellander – disse uma voz rouca feminina, dando a entender que se tratava de uma senhora. – Estou ligando do centro de adoção para falar do seu pedido. Você poderia me ligar, quando puder? O número é 08...

Fredrika ficou parada em silêncio, escutando o telefone. Os números ressoaram pela sala e chegaram aos seus ouvidos, diluindo-se no ar.

"Merda", pensou. "Merda, merda, merda."

O pânico e a ansiedade tinham um modo muito próprio de aguçar a racionalidade de Fredrika. Dessa vez, não houve exceção.

Ela voltou tranquilamente para o guarda-roupa e começou a fazer a mala. Calcinha, sutiã, blusa. Ficou em dúvida se devia levar mais uma calça comprida: será que passaria mais de uma noite fora de casa? Se sim, poderia ou não usar a mesma calça duas vezes? Sua cabeça estava ocupada demais para dar importância a essas trivialidades. Jogou a calça dentro da mala.

Tentou se concentrar enquanto arrumava a *nécessaire*. Por alguma razão, não conseguia parar de pensar em Spencer.

"Preciso contar para ele", pensou. "Eu realmente preciso contar para ele."

Com a mala pronta, saiu e trancou a porta atrás de si.

"Ar", pensou ela. "Preciso de ar."

Ao passar pela calçada, sentiu o vapor do asfalto quente lhe subindo pelas pernas.

Que droga, mas o que estava acontecendo? Se a ideia da adoção era tão ruim assim a ponto de lhe causar esse tipo de reação, era melhor desistir de uma vez.

Fredrika tomou fôlego e engoliu.

Uma olhada rápida na manchete dos jornais pendurados na banca da esquina fez com que voltasse para o aqui e agora.

QUEM MATOU LILIAN? – perguntavam os jornais.

"É nisso que preciso me concentrar", pensou Fredrika, cerrando os dentes. "Preciso me concentrar em Sara Sebastiansson, que acabou de perder a filha."

Perguntou-se o que era pior: ter uma criança e perdê-la, ou nunca ter criança nenhuma.

Por alguma razão, Fredrika não esperava que Sara abrisse a porta pessoalmente e se surpreendeu ao olhar nos olhos dela. Não via Sara desde que o corpo de Lilian fora encontrado. Sabia que precisava dizer alguma coisa. Abriu a boca, mas a fechou logo em seguida. Não fazia ideia do que deveria dizer.

"Que monstro que eu sou", pensou. "De jeito nenhum eu poderia ter um filho."

Respirou fundo. Tentou falar mais uma vez.

– Eu sinto muito, muito mesmo.

Sara assentiu formalmente.

O cabelo ruivo flamejava ao redor da cabeça de Sara. Ela devia estar exausta.

Fredrika entrou no apartamento, com passos hesitantes. O corredor iluminado começava a lhe parecer familiar, dando passagem à sala de estar logo à esquerda. Fora ali que havia conversado com o novo namorado de Sara, na primeira noite que esteve lá.

Como parecia distante.

Os pais de Sara apareceram atrás dela, enfileirados. Como uma formação de combate pronta para atacar. Fredrika os cumprimentou, apertando-lhes as mãos. Sim, eles já se conheciam. Quando a caixa com cabelo... sim, isso. Apontaram para onde Fredrika deveria ir. Ficariam na sala de estar. Sentiu o sofá duro. Sara se sentou numa poltrona grande, e a mãe se empoleirou num dos braços. O pai se sentou no sofá, um pouco mais perto de Fredrika.

Fredrika preferia que os pais de Sara não participassem da conversa. Não era correto e ia contra todas as regras de um inquérito. Ela sentia instintivamente que determinadas coisas não podiam ser ditas na presença deles. Porém, tanto Sara quanto os pais demonstraram claramente que Fredrika devia conversar com todos eles ou com ninguém.

Um grande e antigo relógio de pêndulo dominava um dos cantos da sala. Fredrika tentou se lembrar se já o havia visto antes. Eram duas da tarde.

"Que eficiência", pensou Fredrika. "Consegui ir a Uppsala, voltar para o Casarão e ainda passar em casa para fazer a mala."

O pai de Sara limpou a garganta para lembrar Fredrika de que ela não estava usando o tempo como deveria.

Fredrika abriu uma página limpa em seu caderninho.

– Então – começou, cuidadosa –, preciso lhe fazer mais algumas perguntas sobre Umeå. – Percebendo que Sara não entendeu, explicou: – Sobre a época em que você fez um curso de redação.

Sara anuiu levemente com a cabeça e puxou as mangas da blusa: continuava não querendo que os hematomas fossem vistos. Por algum motivo, isso gerou um nó na garganta de Fredrika. Ela engoliu diversas vezes, fingindo ler algumas anotações no caderninho.

– Conversei com Maria Blomgren hoje de manhã – disse ela, levantando os olhos para Sara.

Sara não esboçou nenhuma reação.

– Ela me pediu para mandar lembranças.

"Talvez ela tenha tomado algum calmante", pensou Fredrika. "Parece dopada".

– Sara e Maria perderam contato há muitos anos – disse o pai de Sara, bruscamente. – Nós falamos isso para o seu chefe, em Umeå.

– Eu sei – disse Fredrika rapidamente. – Mas surgiram alguns elementos na minha conversa com Maria, por isso preciso fazer mais algumas perguntas.

Fredrika tentava insistentemente encontrar os olhos vazios de Sara.

– Você estava saindo com um rapaz pouco antes de ir para lá – disse Fredrika.

Sara assentiu.

– O que aconteceu quando vocês terminaram?

Sara se mexeu na poltrona.

– Nada demais – disse, tranquila. – Acho que nada, na verdade; ele ficou com raiva, não queria terminar, mas depois acabou aceitando quando percebeu que não tínhamos nada a ver um com o outro.

– Ele entrou em contato depois? Talvez depois do verão, ou enquanto você estava em Umeå?

– Não, nunca.

Fredrika fez uma pausa.

– Você ficou em Umeå mais tempo que Maria – começou ela. – Por quê?

– Consegui um emprego temporário lá – disse Sara, indiferente. – Era uma proposta muito boa, eu não podia recusar. Mas Maria ficou irritada. E com ciúmes.

– Maria me disse que, antes de vocês irem para Umeå, você já sabia que não voltaria para Gotemburgo quando o curso terminasse e que já tinha conseguido o trabalho.

– Então ela mentiu.

A resposta de Sara foi tão rápida e veemente que Fredrika quase perdeu o rumo do que dizia.

– Ela mentiu?

– Sim.

– Mas por que ela mentiria sobre uma coisa dessas, que aconteceu há tanto tempo? – perguntou Fredrika, cautelosa.

– Porque ela ficou com ciúmes por eu ter conseguido o emprego e ela não – disse Sara, incisiva. – Ela nunca superou isso. Sempre usava como desculpa para justificar o fato de ter quebrado nossos planos de morarmos juntas em Uppsala.

Sara parecia encolher na poltrona.

– Ou talvez ela tenha confundido tudo – disse Sara, cansada.

– Maria me disse que tinha um emprego garantido para quando voltasse para Gotemburgo – disse Fredrika. – Você não tinha?

Sara pareceu não entender.

– Quer dizer, você não tinha nada planejado para o resto do verão? Afinal, o curso em Umeå duraria apenas quinze dias.

Sara assumiu uma postura evasiva no olhar.

– Como tive essa oportunidade de trabalhar lá, eu não podia jogar para o alto – disse, calmamente. – Virou uma prioridade.

A mãe de Sara mexeu-se inquieta no braço da poltrona e disse:

– Mas acabei de me lembrar que um dia encontrei com Örjan, o dono da pousada onde você costumava trabalhar durante as férias, e ele me disse que você recusou o emprego que ele ofereceu porque passaria o verão todo fora da cidade.

O rosto de Sara se fechou.

– Não posso fazer nada se aquele velho anda dizendo coisas por aí – retrucou Sara.

– É claro que não – intercedeu o pai de Sara. – E nossa memória nos engana muito nessas horas, não é?

"Ele sabe", pensou Fredrika. "Ele se deu conta de que Sara está tentando esconder alguma coisa, mas não sabe o que é, só sabe que vale a pena continuar escondendo, por isso está ajudando."

– Muito bem – disse Fredrika, tentando encontrar uma posição mais confortável no sofá. – O que aconteceu quando você chegou lá? Como foi essa oferta de trabalho?

– O professor de redação precisava de uma monitora – disse ela, calmamente. – E como eles acharam que eu escrevia muito bem, me ofereceram a vaga.

– Sara sempre escreveu textos excelentes – acrescentou o pai.

– Não tenho dúvida disso – completou Fredrika, sinceramente. – Mas imagino que o curso devia ser muito competitivo. A gente sabe que nessa idade...

– Mas ninguém levou a mal o fato de me escolherem – disse Sara, esticando algumas mechas do cabelo. – Quando nós chegamos, eles disseram que precisariam de ajuda durante o verão, e quem tivesse interesse poderia falar com eles.

– E depois te escolheram?

– Depois me escolheram.

O silêncio preencheu a sala. O ponteiro do relógio de pêndulo avançou. Lá fora, o sol se escondia atrás de uma nuvem.

– Ela está mentindo! –, disse Fredrika ao telefone, indignada, quando telefonou para Alex a caminho do aeroporto.

Alex ouviu a história e disse:

– Fredrika, não estou dizendo que não exista nada de importante para investigarmos aí, mas Sara está muito sensível neste momento, e os pais estão em cima como dois cães de guarda. Veja o que consegue descobrir em Umeå e depois nós decidimos o que fazer.

– Não consigo parar de pensar nesse namorado que ela teve – continuou Fredrika. – Segundo Maria Blomgren, ele ficou maluco quando Sara terminou com ele.

– Ele deve ter ficado mais do que maluco para guardar tanta raiva durante quinze anos e depois matar a filha de Sara – disse Alex, com um suspiro.

– Consegui saber quem ele é – disse Fredrika. – Telefonei e pedi para Ellen verificar os registros e parece que ele fez várias coisas depois de se formar.

– Tipo o quê? – perguntou Alex, curioso.

– Ele foi condenado por agredir o namorado de uma ex – respondeu Fredrika. – E também por receptação e roubo de automóvel.

– Com certeza ele faz o tipo criminoso, mas não parece tão capaz de fazer algo tão bem planejado como o sequestro de Lilian – objetou Alex.

– Mesmo assim – persistiu Fredrika.

Alex suspirou.

– E onde esse malandro vive hoje em dia?

– Parece que ele se muda bastante, mas no momento está em Norrköping. Saiu de Gotemburgo logo depois de cumprir o serviço militar.

Alex suspirou de novo.

– Jönköping, Norrköping, Umeå – disse ele, mal-humorado. – Essa investigação está cada vez mais ridícula, nada se encaixa.

– Mas pelo menos está andando! – disse Fredrika, persistente.

– OK – disse Alex. – Vou telefonar para o Peder. Ele está a caminho de Nyköping para conversar com a mulher que diz ter sido mãe adotiva da moça de Flemingsberg.

– Nyköping! – exclamou Fredrika. – Aí sim pode haver alguma coisa.

Alex respirou fundo.

– Você tem razão – disse ele. – Vou ligar para Peder agora mesmo. Ellen está com os dados desse sujeito?

– Sim – confirmou Fredrika.

– Ótimo. Me avise quando desembarcar – disse Alex.

Alex ficou parado com o telefone na mão. Pela primeira vez desde que Fredrika Bergman se juntara à equipe, ela demonstrava entusiasmo pelo trabalho. Antes estava sempre constrangida, cheia de objeções. Alex concluiu que agora, sim, ela parecia gostar do que fazia.

Era difícil para ele admitir, mas o fato é que Fredrika havia sido a primeira da equipe a ver as pistas que conduziram a investigação para o caminho atual. Não é que os outros não encontrariam a direção sem a ajuda dela, mas ela realmente fora mais rápida. Conseguiu identificar conexões naquele mundaréu de informações que Alex, de modo geral, precisaria de muito tempo para digerir. Por outro lado, se Gabriel Sebastiansson *fosse* o culpado, ela seria a última pessoa a perceber. E isso não era nada encorajador.

Alex olhou para um diagrama que havia montado com o que já sabiam.

Independente de como haviam chegado àquele ponto da investigação, Alex se perguntava: "O que a gente sabe de fato?".

Alex tinha quase certeza de que eram dois criminosos, não apenas um. A mulher com o cachorro em Flemingsberg e o dono do sapato Ecco. Olhou para as anotações que Ellen havia feito da mulher que havia telefonado de Jönköping. Nora. Será que era a mesma mulher? Alex suspirou, frustrado. Dane-se, eles dariam prosseguimento à investigação supondo que fosse.

Ellen escreveu que a mulher parecia confusa. Estava assustada e telefonou com pressa, interpretou Alex.

A mulher disse que o criminoso poderia ser alguém com quem ela havia se relacionado. Alguém que de vez em quando batia nela. Alex se lembrou automaticamente do que Peder dissera depois de visitar a locadora de automóveis. A mulher de Flemingsberg também apanhava. Ellen tinha feito algumas anotações. A mulher disse que o homem planejava um tipo de luta e queria que ela participasse. "As mulheres não podiam ficar com seus filhos porque não os mereciam". Humm. Alex continuou. "As mulheres não mereciam os filhos porque, se não gostavam de todas as crianças, não deviam ter nenhuma."

"Tem alguma coisa aqui", pensou Alex, franzindo o rosto.

Ele não entendeu o que estava lendo. O que queria dizer com "se não gostavam de todas as crianças"? É natural que as pessoas não gostem de todas as crianças igualmente. Além disso, não há crianças de que gostemos mais do que as nossas, pensou Alex.

Leu a anotação de Ellen de novo. As mulheres precisavam ser punidas, as mulheres não deviam ter filhos... "As mulheres?" Alex sentiu um nó no estômago.

"Você está errada, Fredrika", murmurou consigo mesmo.

A raiva do homem não estava voltada apenas para Sara Sebastiansson. Não se a mulher de Jönköping disse a verdade. A raiva do homem era direcionada para *diversas* mulheres. Mulheres que não gostavam igualmente de todas as crianças. E se a mulher de Jönköping estava dizendo a verdade, o homem tentara colocar o plano em ação antes, mas sem sucesso.

"Que loucura é essa?", pensou Alex. "E quem são as outras mulheres?"

Demorou muitos anos para que Magdalena Gregersdotter começasse a se sentir em casa em Estocolmo. Por isso, ela e o marido adiaram um pouco mais os planos de ter filhos até que ela se sentisse mais estabelecida na nova cidade.

– Só quero ter filhos depois que eu sentir que já criei amigos o suficiente e que posso contar com eles – dizia Magdalena, convicta.

Torbjörn, seu marido, concordava com ela, é claro. Ele sempre concordava, na verdade, e sabia que só seria bom insistir em formar uma família depois que a futura mãe se sentisse preparada.

Porém, as coisas não aconteceram como eles planejaram. Quando resolveram de fato ter filhos, acabaram descobrindo que não podiam engravidar. Tentaram durante um ano inteirinho e, como odiavam a palavra "tentar", depois passaram o ano seguinte fazendo exames. Em seguida, "tentaram" por mais um ano. Submeteram-se a onze sessões de inseminação artificial, até que Magdalena teve uma gravidez ectópica.

– Pro inferno com essa história! – esbravejou ela na cama do hospital. – Não aguento mais!

Torbjörn também não aguentava; então, tiraram uma licença não remunerada e passaram seis meses viajando pelo mundo. Depois decidiram adotar.

– Mas a criança não será de vocês – dizia a mãe de Torbjörn.

Foi a única vez na vida que Magdalena considerou a possibilidade de bater em alguém.

– É claro que ela vai ser nossa! – respondeu Magdalena, enfática.

E assim aconteceu. Torbjörn e Magdalena viajaram para a Bolívia e voltaram num dia de março com Natalie, e não havia um dia sequer que Magdalena não acordasse com um sorriso no rosto. Parecia ridículo quando ela dizia em voz alta, mas era tão verdadeiro que toda a ansiedade pelo seu iminente aniversário de quarenta anos não existia mais.

– Como você é bonita – sussurrou Torbjörn no ouvido dela aquela manhã.

– Sim, eu sei. Ainda estou jovem – respondeu ela.

"Quem tem filhos pequenos sempre é jovem", pensou Magdalena. E a pequena Natalie ainda não tinha completado um ano, então, pela lógica, Madalena era especialmente jovem.

Mais tarde ela não se lembraria por que de repente sentiu uma vontade súbita de olhar para Natalie. Apesar de estar crescendo rápido, todos os dias ela cochilava ao ar livre, no carrinho. Primeiro Magdalena a levava para passear no carrinho até dormir, depois parava no pequeno gramado do jardim que pertencia ao seu apartamento, no primeiro andar. O jardim era protegido por uma sebe bem alta, que Torbjörn havia fortalecido com uma pequena cerca.

Por isso Magdalena se sentia segura deixando Natalie dormir no carrinho. A porta que dava para o jardim ficava sempre aberta, e ela deixava uma babá eletrônica no carrinho: assim conseguia escutar os mínimos ruídos, até quando um passarinho pousava perto do berço, ou algum som estranho que pudesse preocupá-la. Talvez tenha sido isso que a fez ir tão rápido da cozinha até o jardim.

Ela viu o carrinho pelo vidro da janela e diminuiu os passos.

Uma rajada de vento atravessou a porta aberta, balançando as longas cortinas de linho. Uma flor plantada num vaso soltou uma pétala, que flutuou levemente até o chão. Ela jamais se esqueceria desses dois detalhes, tão vívidos e ainda presentes.

Magdalena inclinou-se sobre o carrinho. Estava vazio. Como se estivesse em transe, ela aprumou o corpo e correu os olhos pela sebe e além dela. Não havia ninguém.

"Cadê a Natalie?"

PEDER RYDH FOI DE AUTOESCOLA em autoescola no bairro de Södermalm. Encontrou mais duas pessoas que disseram ter condições de identificar a mulher do retrato falado, mas ninguém tinha certeza. Peder, no entanto, acreditava que todos tinham visto a mesma mulher, pois os depoimentos eram idênticos. Primeiro, ela parecia nervosa. Segundo, tinha hematomas no rosto e nos braços. E terceiro, queria tirar carteira de motorista o mais rápido possível. As duas autoescolas sugeriram um curso intensivo, mas, quando percebeu que o curso era presencial, que duraria vários dias e acontecia em outra cidade, ela perdeu o interesse. Não conseguiria se ausentar do trabalho, foi o que disse. E saiu.

"Para que ela precisava de uma certeira de motorista?", pensou Peder, sentindo-se frustrado. "Para levar o corpo até Umeå enquanto o namorado doentio ia para Jönköping apagar uma velha chama?"

Ele olhou para o relógio e entrou no carro rumo a Nyköping, para se encontrar com a senhora que dizia ter sido mãe adotiva da mulher de Flemingsberg. Teve de ficar atento para não se atrasar.

Ylva disse que levaria os meninos à praia de Smedsudde, em Kungsholmen. Queria ter perguntado se aquela era uma boa ideia. Ela sempre ficava nervosa quando estava sozinha com os meninos, por isso levá-los à praia talvez não fosse a decisão mais acertada. Porém, por outro lado, ele não podia dizer que Ylva era a irresponsável da família.

Peder mal olhava o telefone celular. Se visse uma chamada perdida de Ylva ou Pia, teria de sair da estrada. Começou a se perguntar se estava doente. Não havia lido um artigo interessante sobre homens com apetite sexual excessivo? Parecia improvável que os homens normalmente sentissem tanto apetite quanto ele. O único problema é que isso só havia começado a acontecer depois que os gêmeos nasceram. O que acontecera com a vida de outrora? Em que tipo de pessoa ele havia se transformado?

Ylva e Peder tentaram ter filhos durante um ano até dar certo. Eles ficaram tão felizes. Assustados, mas felizes.

– Puta merda – disse Peder quando Ylva fez o teste de gravidez. – Tem alguém crescendo aí dentro.

Colocou a mão cálida no abdômen dela, tentando imaginar como devia ser a vida lá dentro. Eles transavam feito dois malucos até sair o resultado daquele maldito ultrassom. Até aquele momento, não havia nada de errado com o apetite sexual de Ylva. Ela não se cansava dele. Uma vez ela chegou até a telefonar para seduzi-lo na hora do almoço.

– Devem ser os hormônios – disse ela, entre risadas, enquanto se vestiam.

A ideia de Ylva lhe telefonando no horário do almoço para transar parecia tão distante que ele deixou escapar uma risada seca. E nem era por causa do sexo, mas por causa da proximidade, da vontade de se sentir desejado e de se permitir desejar. Quando ela telefonava para ele no trabalho, era por causa de necessidades estranhas, impossíveis de serem satisfeitas quando se tem um trabalho. As necessidades de Peder deixaram de existir. Uma noite ele chegou em casa depois de encontrar, junto com outros policiais, dois aposentados que foram roubados e assassinados. Tiros no rosto. Ele tentou dormir colado em Ylva naquela noite. Ela se remexia na cama, se esquivando dele.

– Precisa ficar tão perto, Peder? Não consigo dormir com você respirando no meu rosto.

Ele se afastou. Para que Ylva dormisse. Cerrou os olhos, mas o sono não veio naquela noite. Nem na próxima.

Peder havia chorado tão poucas vezes depois de adulto que praticamente era capaz de se lembrar de todas elas. Chorou quando o avô morreu; chorou quando os gêmeos nasceram; e chorou duas semanas depois de encontrar os aposentados mortos. Chorou como um bebê, na companhia da mãe.

– Acho que isso não vai acabar nunca – sussurrou, referindo-se aos problemas com Ylva. – Não vai acabar nunca.

– As coisas mudam, Peder – respondeu a mãe. – As coisas vão mudar. A desgraça tem um limite natural. Chega um ponto em que as coisas não podem mais piorar, só melhorar.

Ela explicou que, no passado, achava que criaria dois filhos saudáveis até a vida adulta, mas acabou sendo obrigada a aceitar que um deles nunca seria mais do que uma criança grande.

De certa maneira, Peder sentia que já tinha ultrapassado esse limite da desgraça ao qual a mãe se referia. Sobretudo por ter se encontrado com Pia de novo. Havia uma coisa caminhando para o fim. Seu casamento. Todos os poros de Peder sentiam a proximidade do fim. Contudo, certamente essa não era sua intenção, pois não acreditava que seria a melhor maneira de sair do inferno. Mas precisava correr o risco.

Pelo menos, se continuasse vendo Pia.

A viagem até Nyköping acabou sendo bem mais curta do que ele imaginava. Atrapalhado, Peder olhou o mapa, questionando-se se já tinha ou não passado da entrada da cidade.

Tinha acabado de estacionar quando o telefone tocou. Atendeu enquanto saía do carro. Ainda estava bem quente, apesar de o sol ter se escondido atrás de várias nuvens pesadas. Peder observou as casas em volta. Classe média. Não havia carros novos, mas também não havia nenhuma sucata. Poucas bicicletas novas, a maioria já bem usada. Um pouco mais acima, algumas crianças esbanjando saúde brincavam na rua. A segurança e a estabilidade que quase todo sueco deseja.

A voz de Alex interrompeu sua análise improvisada da vizinhança.

– Já chegou? – perguntou ele.

– Sim – disse Peder. – Acabei de descer do carro. O que houve?

– Nada. Quer dizer, só se você ainda estivesse na estrada... Pensei numa coisa, mas pode esperar até mais tarde.

De rabo de olho, Peder viu abrir-se a porta da casa para onde ele iria.

– Pode mesmo? – perguntou.

– Sim, sem problemas – respondeu Alex. – Vou continuar pensando na minha teoria e ligo mais tarde. Mas tinha outra coisa também.

Peder gargalhou.

– Teoria? – disse ele. – Nesse caso, você devia ligar para Fredrika, não para mim.

– Eu vou ligar, é claro. Mas, como disse, tem mais uma coisa. Sara Sebastiansson teve um ex-namorado que hoje mora em Norrköping. Um malandro com quem ela se envolveu antes de fazer o curso de redação em Umeå. Você acha que consegue falar com ele antes de voltar para Estocolmo?

– Em Norrköping? – disse Peder, hesitante.

– Sim – disse Alex, cauteloso. – É no caminho, e...

– OK – disse Peder. – OK. Mas você precisa me dar mais informações.

Alex parecia aliviado.

– Vou pedir para Fredrika te ligar mais tarde – prometeu ele. – Boa sorte!

– Obrigado! – disse Peder, desligando o telefone.

Ele sorriu para a senhora que estava parada nos primeiros degraus da casa e foi ao encontro dela.

Birgitta Franke ofereceu café e *kanelbulle* para Peder, que não conseguia se lembrar da última vez que havia comido bolinhos de canela tão bonitos e saborosos. Aceitou dois.

Birgitta Franke parecia ser uma mulher dura, mas ao mesmo tempo muito gentil. Tinha a voz rouca, mas os olhos guardavam uma expressão cálida. O cabelo era grisalho, mas o rosto ainda mantinha uma aparência jovial. Em suma, Peder concluiu que ela era uma mulher que havia aprendido com a vida.

Peder perguntou discretamente se podia ver a carteira de identidade de Birgitta e notou que ela acabara de completar cinquenta e cinco anos. Ele lhe desejou um feliz aniversário atrasado e elogiou mais uma vez os bolinhos de canela. Ela agradeceu e abriu um sorriso, exibindo pequenas rugas ao redor dos olhos. Até que as linhas lhe caíam bem.

– A senhora telefonou para a polícia para falar sobre o retrato falado que publicamos – disse ele, esquivando-se da conversa que, até o momento, versava sobre os bolinhos e a decoração da cozinha.

– Sim – disse Birgitta. – Mas antes eu gostaria de saber por que ela está sendo procurada.

Peder tomou mais um gole de café, olhou para as cortinas e pensou na avó, o que não fazia há anos.

– Ela não está sendo formalmente procurada como autora de algum delito. Só queremos conversar com ela porque achamos que tem informações cruciais para determinado caso. Não podemos entrar em detalhes sobre o que é.

Birgitta assentiu, pensativa.

Por alguma razão, Peder pensou na mãe de Gabriel Sebastiansson. Aquela bruxa velha tinha muito a aprender com Birgitta no que se refere a saber se comunicar com as outras pessoas.

Birgitta se levantou da mesa da cozinha e foi até a sala. Peder a escutou abrindo uma gaveta. Ela voltou com um álbum grande de fotografia nas mãos e o colocou na frente de Peder, passando algumas páginas.

– Aqui – disse ela. – Foi aqui que tudo começou.

Peder olhou as fotografias, que mostravam uma versão jovem de Birgitta, um homem da mesma idade e uma menina que, com um pouco de imaginação, ele diria que lembrava a do retrato-falado. Também havia um menino em duas fotografias.

– Monika veio morar conosco quando ela estava com treze anos – começou Birgitta. – Naquela época era bem diferente adotar uma criança, pois não havia tantas crianças que precisassem de um novo lar como há hoje em dia, e a visão geral era que um pouco de amor e tolerância resolvia todos os problemas.

Birgitta deu um leve suspiro e puxou a xícara de café.

– Mas com Monika não foi assim – disse ela, suspirando mais uma vez. – Segundo meu marido, Monika era uma menina injuriada, não batia muito bem. Se você julgar pelas fotos, diria que era uma menina como outra qualquer. Uma garota loira com olhos adoráveis e traços delicados.

Mas, por dentro, ela não funcionava. Foi mal programada, como diria hoje quem trabalha com computadores.

– Como assim? – perguntou Peder, folheando o álbum.

Havia mais fotografias de Monika com os pais adotivos. Monika não sorria em nenhuma delas, mas Birgitta estava certa: ela tinha olhos adoráveis e um semblante delicado.

– A história dela era tão apavorante que, olhando para trás, nós mal acreditamos em como conseguimos trazê-la para morar conosco – disse Birgitta, repousando a cabeça nas mãos. – Embora eu diga honestamente que só soubemos da história dela quando aconteceu um desastre, mas aí já era tarde. Quer mais café? – perguntou.

Peder levantou o rosto.

– Sim, por favor – disse ele, automaticamente. – Onde está seu marido, aliás?

– No trabalho – respondeu Birgitta. – Mas ele deve chegar daqui a uma ou duas horas, seria ótimo se você ficasse para jantar conosco.

Peder abriu um sorriso.

– É muita gentileza da senhora, mas acho que não terei tempo.

Birgitta sorriu de volta.

– Que pena – disse –, você parece ser muito agradável.

Pegou a cafeteira e serviu um pouco mais nas duas xícaras.

– Onde eu estava? – disse, respondendo por si mesma. – Ah, sim, eu ia falar da história de Monika.

Ela se levantou e foi até a sala de novo. Voltou com uma pasta.

– Eu e meu marido guardamos aqui todas as informações que conseguimos sobre nossa filha adotiva – disse, orgulhosa, colocando a pasta diante de Peder. – Nós não podíamos ter filhos, por isso decidimos adotar.

Ela parecia muito satisfeita enquanto folheava o conteúdo da pasta.

– Aqui – disse –, o serviço social nos mandou isso aqui antes de Monika chegar. O restante era confidencial, por isso não temos cópias.

Peder afastou um pouco o álbum de fotografias e começou a ler os documentos.

Monika Sander, 13 anos, com um passado bastante fragmentado, precisa com urgência do lar de uma família estável, amável e estruturada. A mãe perdeu a guarda quando a menina tinha três anos, e desde então o contato entre elas tem sido mínimo.

A mãe perdeu a guarda de Monika como resultado de problemas com álcool e drogas. Teve diversos parceiros sexuais depois do nascimento da menina; é provável que seja prostituta. O pai da menina morreu muito cedo num acidente de carro. Os problemas da mãe começaram logo depois do acidente.

A menina passou três anos em seu primeiro lar adotivo. Os pais adotivos se separaram e a menina não teve com quem ficar. Passou por diversos lares temporários até os oito anos, depois morou em um orfanato durante um ano. Em seguida foi adotada por um casal que supostamente ofereceria uma solução mais permanente.

O aprendizado escolar da menina apresentou problemas desde muito cedo por causa das circunstâncias complicadas. Houve suspeitas de que ela teria sido abusada, mas as investigações não concluíram nada. Monika não se sociabiliza muito bem com outras crianças. Ela recebe reforço escolar com aulas particulares desde a terceira série e estuda em classes especiais com apenas seis alunos. Os resultados têm sido relativamente bons, mas não totalmente satisfatórios.

Peder leu mais duas páginas descrevendo os problemas escolares da menina. Quando foi morar com a família Franke, ela já havia sido presa uma vez como suspeita de furto e roubo.

Ele pensou imediatamente na mulher de Jönköping. Ela também não havia sido criada numa série de lares adotivos?

– Entendi – disse ele, depois de terminar a leitura. – E havia outras coisas que o serviço social não comunicou para vocês quando ela veio morar aqui, não é isso?

Birgitta assentiu e tomou um gole do café.

– A gente queria tanto que tudo desse certo – disse, olhando nos olhos de Peder. – A gente achou que podia ser o suporte que ela precisava na vida. Deus sabe como tentamos, mas em vão.

– A senhora tinha outra criança adotada na época? – Peder perguntou, pensando no menino que viu nas fotografias.

– Não – disse Birgitta. – Se você está se referindo ao menino nas fotografias, ele é meu sobrinho. Era da mesma idade de Monika, achamos que eles podiam ser coleguinhas. Eles frequentavam a mesma escola.

Birgitta deu um leve sorriso.

– É claro, não deu certo. Meu sobrinho era muito organizado e certinho já naquela idade. Ele não a suportava, dizia que era perturbada e maluca.

– Por que ela roubava as coisas?

– Porque tinha medo de coisas muito estranhas – disse Birgitta. – Ela não conseguia se relacionar com ninguém, estava sempre afastada num canto. Ficava muito brava e agressiva num momento e no outro simplesmente despencava no chão e caía no choro. Tinha pesadelos sobre o passado e acordava chorando no meio da noite, ensopada de suor. Mas ela nunca contava os sonhos que tinha; a gente ficava imaginando o que podia ser.

Peder estava cansado. Aquela era a maior desvantagem do trabalho na polícia: quase nunca se conversava com pessoas sensíveis que não tivessem problemas.

– Quanto tempo ela ficou com a senhora?

– Dois anos – disse Birgitta. – Mas acabamos desistindo. Ela parou de ir à escola; passava dias sumida, depois voltava e não dizia onde tinha estado. Até que começaram as ações ilegais: roubo, haxixe...

– Algum namorado? – perguntou Peder.

– Não conheci nenhum, mas é claro que ela tinha namorados.

Peder franziu a testa.

– E o que a senhora diz que gostaria de ter sabido antes de acolher a Monika?

Birgitta afundou o corpo na cadeira.

– Que ela era uma menina adotada – disse, calmamente.

– Como assim?

– A mulher identificada no relatório que você leu como mãe biológica de Monika na verdade era mãe adotada. Ela foi adotada.

– Mas como é que uma mulher assim conseguiu permissão para adotar? – perguntou Peder, desnorteado.

– Porque o que o relatório diz é verdade: os problemas da mãe adotiva só começaram quando o marido morreu. Talvez possam ter começado muito antes, mas até aquele momento ela tinha uma vida normal, com casa, emprego, carro. De repente, tudo desabou. Aparentemente essa mulher frequentava alguns círculos sociais meio marginais quando era jovem e depois que se viu sozinha com a menina e sem emprego, voltou a se encontrar com essas pessoas.

– E qual a origem verdadeira de Monika? – perguntou Peder.

– Algum país na região dos Bálticos – respondeu Birgitta, balançando a cabeça. – Não me lembro exatamente o país ou as circunstâncias da adoção.

A cabeça de Peder dava voltas tentando processar as informações.

– Quem contou para a senhora que ela era adotada?

– Uma das assistentes sociais – disse Birgitta, suspirando. – Mas eu nunca vi nenhum papel. O serviço de assistência social lidou muito mal com o caso de Monika. Eles deviam ter intervindo mais cedo. A gente via nitidamente que ela tinha sido abandonada: primeiro pela mãe biológica, depois pela mãe adotiva.

Birgitta hesitou.

– E talvez por mais uma família adotiva, mas não temos certeza – disse.

Peder leu mais uma vez o relatório do serviço social. Depois passou aleatoriamente pelas páginas do álbum. As fotografias mostravam a família em diversos ambientes. No Natal, na Páscoa, férias e excursões.

– Nós tentamos – disse Birgitta Franke, com a voz trêmula. – Nós tentamos, mas não conseguimos.

– A senhora sabe o que aconteceu com ela depois? – perguntou Peder. – Depois que ela deixou a senhora?

– Ela morou numa espécie de centro de reabilitação por seis meses, mas deve ter fugido umas dez vezes ou mais. Numa dessas vezes ela voltou para cá. Depois eles tentaram colocá-la com outra família, mas também não deu certo. Até que ela fez dezoito anos e nunca mais eu tive notícias. Até ver o retrato no jornal.

Peder fechou gentilmente o álbum.

– Mas como a senhora a reconheceu? – perguntou ele. – Quer dizer, vejo algumas semelhanças entre o desenho e a menina das fotos, mas... – disse ele, balançando a cabeça. – Como a senhora sabe que é a mesma menina?

Os olhos de Birgitta brilharam.

– O pingente – disse, sorrindo. – Ela ainda está usando o pingente que lhe demos quando crismou, pouco antes de ir embora.

Peder pegou o retrato falado da mulher da estação de Flemingsberg. Ele não havia notado, mas ela usava mesmo um pingente. Um leão de prata com uma corrente grossa, também de prata.

Birgitta abriu o álbum de novo e passou as páginas, parando no meio.

– Viu? – perguntou, apontando.

Era o mesmo cordão. O pingente em conjunto com a foto foi o suficiente para convencê-lo de que se tratava da mesma garota.

– Ela era obcecada por signos do zodíaco – disse Birgitta. – Por isso demos o pingente. No começo ela não queria ser crismada de jeito nenhum, mas nós prometemos que a mandaríamos para uma colônia de férias no arquipélago e que também daríamos um belo presente. Achamos que seria bom para ela ter um pouco de companhia, mas também não funcionou. Depois soubemos que ela furtou objetos das pessoas.

Birgitta começou a limpar a mesa.

– Foi nesse ponto que não aguentamos mais – disse ela. – Se uma pessoa rouba na colônia de férias da própria crisma, é porque não tem nenhuma dignidade. Mas ela gostou muito do pingente, não quisemos de volta.

Peder começou a anotar os detalhes do relatório de Monika Sander, mas teve uma ideia melhor.

– Posso levar esse relatório para fazer uma cópia? – perguntou ele, acenando com o documento na mão.

– Sim, é claro – disse ela. – Você pode me devolver pelo correio. Gosto de guardar as informações sobre as crianças que já adotei.

Peder assentiu, agradecido.

Pegou os papéis e se levantou da mesa.

– Se a senhora se lembrar de mais alguma coisa, por favor me telefone – disse ele, num tom amigável, colocando o cartão sobre a mesa.

– Prometo – disse Birgitta. E acrescentou: – Nunca imaginei que ela se envolveria numa situação tão terrível. Como será que se meteu nisso tudo?

Peder parou.

– Estamos tentando descobrir – disse Peder. – Estamos tentando.

FREDRIKA CHEGOU a Umeå no final da tarde. Quando o avião pousou, seu corpo doía de cansaço. Ligou o celular para ver se havia alguma mensagem nova. Infelizmente, já estava muito tarde para conversar com a avó de Nora e com o professor do curso de redação. Olhou o relógio: quase cinco e meia, pois o avião tinha atrasado. Deu de ombros. Não precisava ter pressa, desde que conseguisse realizar as entrevistas no dia seguinte.

Fredrika ainda não havia conversado com Peder sobre o ex-namorado de Sara, como havia prometido para Alex. Imaginou que ele tivesse conseguido sozinho as informações necessárias para realizar a entrevista.

Apesar do cansaço, sentia-se estranhamente eufórica. A investigação estava caminhando bem e, de certa forma, ela sabia que estava no caminho certo. Pensou em onde poderia estar o primeiro suspeito, Gabriel. Era provável que a mãe o tivesse ajudado a sair do país. Lembrou-se da casa de Teodora Sebastiansson e sentiu um arrepio. Havia algo sinistro em toda a propriedade.

O sol da tarde batia no asfalto quando Fredrika saiu do terminal do aeroporto. Enquanto esperava Alex atender o telefone, fechou os olhos e levantou o rosto. Sentiu o sol e uma leve brisa quente lhe tocar a pele.

"Primavera", pensou Fredrika. "Essa atmosfera não é de verão, mas de primavera."

Alex e Peder não atenderam o telefone, então ela apanhou a mala e procurou o táxi mais próximo. Havia reservado um quarto num luxuoso hotel no centro da cidade. Talvez conseguisse tomar uma taça de vinho no terraço enquanto planejava as tarefas do dia seguinte. Talvez também conseguisse pensar um pouco sobre o recado que recebera do centro de adoção.

Fredrika quase foi tomada pelo pânico ao se lembrar da mensagem. Será que a ligação serviria para finalmente convencê-la a adotar? Estaria na hora de começar a planejar a vida como mãe solteira? Sentiu os olhos lacrimejando.

Esforçou-se para respirar fundo e se controlar. Não sabia por que a ligação mexera tanto com ela. Não havia motivo para reagir daquele jeito, ainda mais ali, enquanto procurava um táxi na saída do aeroporto de Umeå. Olhou confusa ao redor. Já teria estado ali alguma vez? Concluiu que não. Pelo menos não se lembrava.

O telefone de Fredrika tocou assim que encontrou o táxi. Ela e o taxista colocaram a bagagem no porta-malas e ela se sentou no banco de trás para atender a ligação.

– Outra criança desapareceu, uma bebezinha – disse Alex, com uma nítida tensão na voz.

Toda a atenção de Fredrika se voltou imediatamente para o telefonema. O táxi estava abafado. Apertou o botão e abriu a janela.

O motorista reclamou ao volante.

– Você precisa ir abrindo a janela desse jeito? O ar-condicionado está ligado – disse, irritado.

Fredrika fez um gesto para que partisse logo.

– Como sabemos que tem alguma coisa a ver com nosso caso? – perguntou ela para Alex.

– Cerca de uma hora depois que a bebê desapareceu, a polícia encontrou um pacote no meio das plantas do jardim perto da entrada do prédio, e dentro estavam a roupa e a fralda da menina. E havia uma mecha de cabelo que a mãe havia prendido com uma presilha.

Fredrika não sabia o que dizer.

– Mas que merda – começou ela, surpreendendo-se com o próprio xingamento. – O que vamos fazer agora?

– Vamos virar as noites trabalhando até descobrir quem é – respondeu Alex. – Peder deve estar em Norrköping para falar com o antigo namorado de Sara Sebastiansson e depois vai vir direto para Estocolmo. Estou saindo agora para ver a mãe da menina.

Fredrika engoliu seco algumas vezes.

– Veja se ela tem alguma ligação com Umeå – disse ela, com a voz fraca.

– É claro – disse Alex.

Pelos ruídos do outro lado da linha, Fredrika entendeu que Alex tinha chegado ao carro.

– Parece que as coisas estão acontecendo mais rápido dessa vez, se for o mesmo homem – disse ela, calmamente.

Ela percebeu que Alex parou.

– Como assim? – perguntou ele.

– Sara só recebeu o pacote um dia depois de sua filha desaparecer. Você me disse que o pacote com a roupa e o cabelo da bebê foi entregue logo depois que a criança desapareceu.

Alex não disse nada por um instante.

– Merda, você tem razão – sussurrou ele.

Fredrika fechou os olhos, o telefone agarrado à orelha. Por que o criminoso estava com pressa dessa vez? Se as roupas e o cabelo já tinham sido entregues, significava que a bebê já está morta?

"O que o motiva a fazer isso?", pensou Fredrika. "Por quê?"

PEDER RYDH VOLTOU para Estocolmo à velocidade da luz. Alex telefonara dando a notícia do desaparecimento da segunda criança assim que ele chegou em Norrköping. Eles concluíram que Peder devia procurar o antigo namorado de Sara Sebastiansson, pois havia uma chance, ainda que microscópica, de que ele estivesse por trás do sequestro de Lilian e que agora tivesse sequestrado mais uma criança para dar a impressão de que Lilian havia sido vítima de um *serial killer* e não do ex-namorado da mãe.

Porém, no momento em que Peder viu o antigo namorado de Sara, suas esperanças desapareceram. Em suma, não havia a menor possibilidade de aquele sujeito ter sequestrado e matado uma criança. Ele tinha, sim, algumas passagens pela polícia, e confessou ter ficado magoado com Sara durante um bom tempo depois que eles terminaram, mas havia uma distância gigantesca entre essa mágoa e o assassinato da filha de Sara quinze anos depois.

Peder deu um suspiro, cansado. Havia passado mais um dia sem a conclusão que esperava. Entretanto, estava feliz por não ter sido mandado para Umeå no lugar de Fredrika. Em parte porque estava exausto demais para a viagem e em parte porque seria bom ter Fredrika fora do caminho, agora que o caso havia tido uma reviravolta com o desaparecimento de mais uma criança.

Peder não estava nada satisfeito com o desenvolvimento do caso, que parecia se mover para além da sua imaginação. Até o momento em que trabalhavam com a hipótese de que Lilian havia sido levada e assassinada pelo pai, ele sabia o que estava fazendo. O culpado em casos desse tipo quase sempre é alguém próximo à vítima. Quase sempre. Esse fato inquestionável precisa ser lembrado o tempo inteiro no cotidiano da polícia. Não havia outras circunstâncias para considerar; não havia outras crianças desaparecidas; Sara não tinha conflitos com ninguém.

Fredrika havia sido mais flexível na sua maneira de ver o caso praticamente desde o princípio. Ela identificou Sara, e não Gabriel, como a pessoa ligada ao assassino e tentou fazer a equipe pensar em outros suspeitos, além de Gabriel, para o sequestro de Lilian. O fato de ninguém ter dado ouvidos a ela certamente lhes custara o valioso tempo de investigação. Peder sabia disso, mas também sabia que nunca o reconheceria publicamente. Muito menos para Fredrika.

Todavia, Peder ainda tinha dúvidas sobre se tiveram ou não alguma chance de salvar Lilian da morte. Concluiu que não. Se nem mesmo Sara Sebastiansson imaginava conhecer alguém que a odiasse tanto a ponto de matar sua filha para puni-la, como é que os detetives poderiam descobrir alguma coisa?

Agora havia mais uma criança desaparecida. Peder sentiu um aperto no estômago. Uma bebê. Que tipo de ser humano normal seria capaz de machucar um bebê? A pergunta, naturalmente, tinha uma resposta simples: esse tipo de gente não é normal.

Só de pensar, Peder sentiu uma fincada no peito, mas não parecia provável que a equipe conseguiria salvar essa criança.

Ele cerrou a mão e deu um murro forte no volante.

Que bobagem estava pensando? Sua equipe faria o impossível para encontrar a criança, mas o desânimo voltou a tomar conta dele. Se a intenção do assassino fosse matar a segunda criança em menos de 24 horas, a equipe não teria tempo de encontrá-lo.

"Nós o encontraremos quando ele quiser", pensou Peder, deprimido. "Nós o encontraremos quando ele quiser se mostrar."

A polícia podia ser feita de heróis, mas também de pessoas impotentes. Peder pensou no que havia realizado ao longo do dia. Conseguira identificar a mulher que ajudou o sujeito do sapato Ecco, mas como relacionar os dois? Ela se comportara de maneira estranha com um cachorro na estação de Flemingsberg, talvez para atrasar Sara Sebastiansson. Tentou tirar carteira de motorista, talvez para levar o corpo de Lilian até Umeå. Eram muitas incertezas.

Peder engoliu seco. Se ela fosse quem eles pensavam e se tivesse o papel que suspeitavam, era fundamental que a equipe a encontrasse.

Alex resolveu na mesma hora liberar para a imprensa o nome e o retrato de Monika Sander, fazendo um apelo para que ela entrasse em contato com a polícia. Ou qualquer pessoa que a conhecesse e soubesse *onde* ela estava. Também pediriam para Sara identificar o nome e a imagem, pois ela podia confirmar se as duas eram a mesma pessoa. E pediriam a mesma coisa para os pais da bebê desaparecida.

Porém, tanto Alex quanto Peder estavam convencidos de que dificilmente Monika Sander tinha alguma coisa a ver com o desaparecimento da bebê. Se a descrição dada pela mãe adotiva não estivesse equivocada, o plano era preciso e sofisticado demais para que Monika o tivesse concebido e executado no momento correto. Entretanto, ela não deixava de ser uma figura central na história.

Peder balançou a cabeça. Havia algo em que deveria ter pensado, algo de que precisava se lembrar.

A secura na garganta persistiu. Estava com sede, mas não dava tempo de parar para comprar água. A prioridade era chegar a Estocolmo e dar prosseguimento à nova investigação na tentativa de encontrar alguma ligação entre os dois casos.

Tinha de haver uma conexão. O pacote deixado no jardim com o cabelo e a roupa do bebê não podia ser coincidência, afinal de contas a imprensa não sabia dos detalhes do sequestro de Lilian; a polícia não tinha divulgado nada.

Peder só pensava em uma coisa conforme se aproximava de Estocolmo e observava a silhueta do Globe Arena à sua direita: precisavam encontrar Monika Sander. E rápido.

As enfermeiras da ala 4 do Hospital da Universidade Karolinska, em Solna, área metropolitana de Estocolmo, receberam a instrução de tratar com muita gentileza a paciente que estava sozinha no quarto 3. A jovem chegara de ambulância à sala de emergência durante a madrugada. O vizinho dela acordou com um barulho estranho no corredor e verificou através do olho mágico da porta para ver se era um ladrão. Em vez disso, ele se deparou com a moça do apartamento ao lado deitada no corredor, com os pés ainda dentro do apartamento e o corpo sobre o chão de mármore. Ela havia tomado uma surra.

Ele ligou imediatamente para a ambulância e sentou no corredor para vigiar a garota, nitidamente inconsciente quando a equipe de enfermeiros chegou e a colocou numa maca, descendo depois pelas escadas.

Eles perguntaram ao vizinho como a moça se chamava.

– Jelena, ou algo parecido – disse ele. – Mas o apartamento não é dela. O dono não mora aqui há muitos anos. A garota é inquilina. Tem um homem que vem aqui de vez em quando, mas não sei o nome dele.

Não havia nome de ninguém na porta do apartamento. A moça, ferida, murmurou algumas palavras incoerentes quando uma das médicas lhe acariciou o rosto e perguntou seu nome. Uma enfermeira que estava na ambulância imaginou ter ouvido um nome. Ela parecia dizer Helena.

Depois, a jovem caiu inconsciente.

Quando ela chegou na emergência, seus ferimentos foram classificados como muito graves. Os exames revelaram quatro costelas quebradas, a maçã do rosto muito machucada, o maxilar deslocado, vários dedos fraturados e hematomas no corpo todo. Os médicos a levaram para a UTI quando examinaram o raio-X e descobriram um pequeno inchaço no cérebro.

A equipe do hospital não conseguia acreditar na quantidade de hematomas, cortes e ossos quebrados da paciente. O mais chocante foram as queimaduras. Havia mais de vinte, possivelmente provocadas com fósforos acesos. Todas as enfermeiras, ao se revezarem para cuidar da paciente, sentiram um arrepio na espinha só de pensar na dor que as queimaduras deviam ter causado.

Por volta das dez horas da manhã, a paciente, internada com o nome de "Helena", começou a recobrar a consciência, embora ainda estivesse zonza por causa da morfina. O chefe da UTI disse que ela já podia ser transferida para a enfermaria, e então a paciente foi levada para a ala 4.

A paciente estava sob os cuidados de Moa Nilsson, técnica de enfermagem. O trabalho não era tão complicado, mas Moa começou a achar muito traumático observar aquela figura esguia, com o rosto repleto de hematomas. Era impossível dizer qual seria sua aparência normal. Eles não encontraram os documentos dela, mas Moa imaginava como devia ser a vida daquela jovem, que tinha as unhas roídas quase na raiz e algumas tatuagens amadoras nos braços. O cabelo dela era vermelho, mas dava para ver que era pintado – Moa até diria que a tintura era recente. Os fios secos e mal cuidados estavam espalhados sobre o travesseiro. O vermelho era tão forte que parecia enquadrar o rosto numa poça de sangue.

As outras enfermeiras não paravam de entrar no quarto para saber como estava a evolução do quadro clínico da paciente, mas a situação só melhorou quando o carrinho de refeições passou pela porta fazendo barulho. A paciente abriu o olho que não estava inchado.

Moa deixou de lado a revista que tinha nas mãos.

– Helena, você está no Hospital da Universidade Karolinska – disse ela gentilmente, sentando-se na beirada da cama.

A jovem não disse nada; parecia muito assustada.

Moa acariciou-lhe o braço de leve.

A jovem murmurou alguma coisa, levando Moa a inclinar o corpo sobre ela, franzindo a testa.

– Me ajuda – disse ela, com a foz fraca. – Me ajuda.

SÁBADO

Spencer Lagergren tinha muitas virtudes, mas Fredrika Bergman sempre achou que faltava espontaneidade e surpresa na relação dos dois. Spencer era casado, o que explicava muita coisa: havia pouco espaço para a espontaneidade. Porém, Fredrika também atribuía a falta de surpresas à imaginação limitada de Spencer: ele só era capaz de surpreender se fosse guiado e ajudado pela mão do destino.

Mas toda regra tem sua exceção.

Fredrika abriu um leve sorriso enquanto tentava arrumar o cabelo escuro, prendendo-o atrás da cabeça. Seu plano era passar a noite sozinha em Umeå, tendo como companhia apenas uma taça de vinho e o caderno de anotações. Na verdade, a noite começou assim, até que, de repente, quando estava sentada no terraço do hotel apreciando um vinho dos mais caros, ouviu uma voz atrás de si.

– Com licença, esse lugar está vago?

Fredrika ficou tão feliz ao escutar a voz de Spencer que seu queixo literalmente caiu, e o gole de vinho que acabara de tomar lhe escapuliu pelo rosto.

Spencer parecia em pânico.

– E aí, tudo bem? – perguntou ele, um pouco agitado, limpando o rosto dela com um guardanapo que pegou sobre a mesa.

Fredrika ruborizou e caiu na gargalhada enquanto lutava para prender o cabelo.

A aparição ousada de Spencer a impressionou. Eles tinham um acordo muito claro, e o primeiro princípio era que o relacionamento não incluía nenhum tipo de obrigação ou promessa entre ambos. Nesse aspecto, o papel de Spencer na vida dela era inequívoco. No entanto, ele estava lá. Talvez nem tanto por ela, mas por si mesmo.

– A gente precisa aproveitar as oportunidades quando elas aparecem – disse Spencer, enquanto os dois erguiam as taças em um brinde, pouco depois que ele a surpreendeu. – Não é todo dia que temos a oportunidade de vir a Umeå desfrutar de um hotel tão luxuoso.

Fredrika, ainda impressionada, tentou agradecer a presença dele, mas também explicar sua situação. Era maravilhoso vê-lo assim de repente, mas ele sabia que ela tinha que trabalhar no dia seguinte e ainda pegar um voo de volta? Sim, ele sabia, mas estava com muitas saudades, e, pelo telefone, ela dera a impressão de estar muito cansada e desgastada.

Fredrika pensou que Eva, a esposa de Spencer, provavelmente sabia da relação dos dois. Isso explicaria a facilidade com que Spencer passava algumas noites fora de casa toda semana. Eva, por sua vez, teve casos extraconjugais ao longo dos anos.

Uma vez Spencer falou sobre não querer se divorciar. O casamento com Eva envolvia diversas relações delicadas, como a amizade dele com o sogro, para quem o divórcio era inconcebível. Além disso, acrescentou Spencer, ele e a esposa ainda se sentiam unidos por laços muito fortes, apesar de tudo; laços que, por mais esticados que fossem, jamais seriam rompidos.

Para Fredrika, porém, isso não era um problema, pois ela não tinha certeza se gostaria de dividir sua vida cotidiana com outra pessoa o tempo inteiro.

Os dois tiveram uma noite memorável. Tomaram vinho no terraço e jantaram num restaurante próximo, onde tocava um jovem pianista. Fredrika, um pouco embriagada pelo vinho e pela paz do momento, olhava fixamente para o pianista. Spencer esticou o braço sobre a mesa e acariciou-lhe a cicatriz no braço, pensativo, admirado. Fredrika continuou olhando o pianista e evitou o olhar de Spencer, mas não se afastou um milímetro sequer.

O rosto de Fredrika assumiu uma expressão séria enquanto guardava a escova de cabelos na bolsa e vestia o casaco. A única ansiedade gerada pela presença de Spencer havia sido o fato de ela ainda não ter falado para ele a respeito do telefonema do centro de adoção.

"Preciso contar para ele", pensou. "Independentemente do tipo de relação que mantemos. Preciso contar para ele. E logo."

Já havia passado das nove da manhã quando Fredrika saiu do hotel rumo à casa do professor de redação com quem Sara Sebastiansson fizera um curso há tantos anos. Despedir-se de Spencer era um ritual bastante complicado. Eles nunca sabiam quando se veriam de novo, mas isso não era importante: para eles bastava saber que *queriam* se ver de novo.

Fredrika conversou rapidamente com Alex antes de sair do carro na porta da casa do professor. Alex disse que a imprensa estava muito impaciente, algo que Fredrika já havia percebido ao olhar as manchetes depois de acordar. Para o alívio de todos os envolvidos, nenhum bebê morto havia sido encontrado, mesmo que a equipe soubesse que tinha pouquíssimo tempo.

– Dê notícias assim que puder – disse Alex no final da ligação. – Nós acompanhamos algumas pistas ontem à noite, mas, para dizer a verdade...

Fredrika conseguia imaginar Alex balançando a cabeça.

– Para dizer a verdade, não temos nada de concreto – completou ele, com um suspiro.

Fredrika saiu do carro e foi andando devagar até a porta da casa que, para ela, lembrava a casa da bruxa no conto de fadas de João e Maria. Linda, toda decorada com doces que mais pareciam uma pintura. A vizinhança parecia tranquila e elegante. Havia muitas árvores cheias de frutos e jardins floridos. Não havia crianças ou jovens ao redor. A ideia de um "bairro de aposentados" lhe veio à mente antes da porta se abrir e ela se deparar com um homem alto de cabelos ruivos volumosos.

Fredrika piscou, surpresa.

– Magnus Söder?

– Sim, sou eu – respondeu o homem, esticando a mão.

Fredrika se sentiu aliviada ao reconhecer a voz que havia escutado pelo telefone e apertou a mão dele. Abriu um sorriso fugaz e olhou fixamente nos olhos dele. Havia algo levemente agressivo naquele olhar?

Magnus Söder, recém-aposentado, com manchas de café no colete tecido à mão, era tão diferente do que Fredrika imaginara que ela quase ruborizou. Por alguma estranha razão, ela esperava que ele fosse mais jovem, de pele mais escura e mais atraente. E não tão alto. Fredrika sempre se sentia desconfortável na companhia de algum desconhecido mais alto que ela.

Magnus apontou o caminho, atravessando a casa até os fundos, onde havia uma varanda adorável. Ele não lhe ofereceu nada para comer ou beber, apenas se sentou diante de Fredrika e a observou.

– Como eu disse pelo telefone, não me lembro muito daquela época – disse ele, resumindo.

Antes que Fredrika pudesse comentar alguma coisa, ele acrescentou:

– Sou alcoólatra em recuperação, e a época a que você se refere foi muito difícil pra mim.

Fredrika assentiu devagar.

– Como tentei lhe explicar – disse ela –, minhas perguntas são bem gerais.

Magnus ergueu as mãos como se reconhecesse sua derrota.

– Encontrei alguns papéis daquela época – disse ele, suspirando. – Sempre fui péssimo em jogar papéis fora – disse ele, jogando uma pasta verde na frente de Fredrika, que se assustou com o som do material batendo sobre a mesa. – Sobre quem você quer conversar? – perguntou Magnus, rispidamente.

– Uma moça chamada Sara Lagerås – respondeu Fredrika rapidamente, orgulhosa de ter se lembrado do nome de solteira de Sara.

Magnus olhou para um documento que estava na pasta, agora aberta.

– Muito bem – respondeu de imediato.

Fredrika franziu as sobrancelhas.

– Muito bem – repetiu. – Tenho alguma coisa dela aqui. Ela morava em Gotemburgo, não é?

– Isso mesmo – disse Fredrika.

– E acabou de perder a filha? Eu vi nos noticiários.

– Sim.

Magnus emitiu um ruído impreciso.

– Tenho apenas algumas perguntas – disse Fredrika, arrumando a blusa ao perceber que Magnus olhava para seu decote.

Magnus deu um leve sorriso e levantou os olhos, sem dizer nada.

– Você consegue saber pelos seus papéis onde Sara morou durante o tempo em que trabalhou no instituto depois que o curso de redação terminou?

Magnus passou as folhas da pasta.

– Sim. Nós lhe pedimos que ficasse o resto do verão. Nós sempre pedimos a um dos alunos; eu e o outro professor, que hoje mora em Sydney, precisávamos de ajuda com algumas tarefas administrativas.

– Como vocês escolhiam essas pessoas? – perguntou Fredrika.

– Ou escolhíamos com antecedência ou durante o curso, quando víamos que algum aluno seria capaz de nos ajudar. Quer dizer, todos queriam ficar, era motivo de orgulho.

– E como vocês escolheram Sara Lagerås?

Magnus olhou a pasta de novo.

– Ela nos escreveu com antecedência – disse ele. – Tenho a carta aqui comigo. Diz que gostaria de trabalhar em Umeå durante o verão, e anexou um texto escrito por ela. Como parecia capaz, nós a escolhemos.

– Posso ver a carta?

Magnus entregou o papel para Fredrika.

Não havia nada de interessante na carta de Sara. Era apenas um formulário simples de inscrição para um trabalho temporário.

– Ela não mencionou outras razões que a motivassem a ficar aqui? – perguntou Fredrika.

– Não que eu me lembre – disse Magnus, suspirando.

Ao ver a expressão de Fredrika, ele prosseguiu:

– Acontece que, por mais que eu honestamente me lembre dessa moça, ela era apenas mais uma entre os diversos estudantes que recebíamos no verão. Ela morava no instituto e se encontrava com alunos dos cursos anteriores. Nem me lembro de conversar muito com ela, não falávamos de nada pessoal, só sobre o trabalho e escrita criativa.

Magnus esticou a mão para pegar a pasta e Fredrika a devolveu de imediato. Ficou em silêncio enquanto ele folheava de novo as páginas.

De repente, ele endireitou o corpo.

– Ah, sim – disse ele, em voz baixa, e olhou para Fredrika. – Aconteceu uma coisa meio fora do comum: um probleminha a respeito de uma data específica.

Fredrika fez uma expressão de surpresa.

– Essa moça, Sara, disse de uma hora para a outra que precisava de um dia de folga, que por acaso era a data em que havíamos planejado um seminário e que precisaríamos da ajuda dela. Ela insistiu, dizendo ter avisado com muita antecedência. Minha memória era muito ruim naquela época, então mesmo que ela tivesse me avisado com antecedência, eu não me lembraria. Fiquei extremamente irritado com ela, mas não pareceu fazer nenhuma diferença.

Magnus olhou o conteúdo da pasta mais uma vez.

– Dia 29 de julho.

Fredrika anotou a data.

– E o que aconteceu depois?

– Ela tirou o dia de folga, é claro. Insistiu, dizendo que não conseguia remarcar seu compromisso, mas todos nós achamos estranho, e o seminário se transformou num caos completo sem a ajuda dela.

Magnus balançou a cabeça.

– Você nunca perguntou onde ela esteve naquele dia? – questionou Fredrika.

– Não, ela só disse que precisava ver alguém – respondeu Magnus. – Alguém que só estaria na cidade naquele dia. Também não acho que ela tenha falado sobre isso com outra pessoa. Era muito reservada. Lembro-me de ter feito uma observação sobre a dificuldade que tinha de se relacionar com os outros. Estava sempre distraída, com o pensamento distante.

Fredrika assentiu levemente com a cabeça.

– Você se lembra de mais alguma coisa?

Magnus deu uma risada curta.

– Eu me lembro que nesse mesmo dia eu a vi tarde da noite. Estava tão pálida que não parecia normal. Fiquei preocupado, mas ela disse que só precisava descansar. Imaginei que o encontro não devia ter dado muito certo.

Ele deu de ombros.

– Ela já tinha dezoito anos; eu não podia obrigá-la a procurar a polícia ou um médico.

Fredrika abriu um sorriso mais do que formal.

– Você tem razão – disse ela, colocando um cartão sobre a pasta verde de Magnus.

– Se você se lembrar de alguma coisa – disse, levantando-se da cadeira.

– Ou precisar de uma companhia – disse Magnus, piscando um olho.

Fredrika deu outro sorriso formal.

– Não precisa me levar até a porta – disse ela.

Alex Recht se sentia um miserável. Miserável e furioso. Já havia cometido erros ao longo da carreira como policial, é claro. Ninguém era perfeito. Mas dessa vez era diferente, com toda essa questão do sequestro das crianças. Sentado na mesa de sua sala, teve vontade de socar alguém, qualquer pessoa. Não havia pensado na possibilidade de mais uma criança desaparecer. Ninguém havia, na verdade. Mesmo depois que a investigação descartara Gabriel Sebastiansson como principal suspeito, ele tinha quase certeza de que todos os eventos estivessem ligados à vida de Sara. Nem por um segundo considerou a hipótese de estarem lidando com o demônio em pessoa. Agora já era tarde demais.

Alex sentia uma dor no peito ao respirar. Sua raiva doía na garganta.

Mexeu no calendário em cima da mesa. Era sábado; já haviam se passado cinco dias desde o desaparecimento de Lilian Sebastiansson no trem X2000 vindo de Gotemburgo. *Cinco dias*. Não era tanto tempo assim, e isso era o que mais desconcertava a investigação da polícia: a velocidade com que o caso se desdobrava. Quando eles sentiam que estavam no controle da situação, o caso se mostrava lá na frente, num caminho totalmente oposto. Alex pensou na expressão "dar um passo para trás". Ele e sua equipe não estavam um passo atrás, mas sim quilômetros.

Alex prestou atenção nos ruídos pelo corredor. Geralmente não havia ninguém no Casarão nos finais de semana, mas aquele sábado estava agitado. O analista da Polícia Nacional estava se matando de trabalhar com as pistas que recebia da população pelo telefone. Alex pensou se havia de fato algum sentido em colocá-las todas numa base de dados. Até o momento, não tinham resultado nenhum, mas ele sabia que a culpa era da equipe. Peder, por exemplo, não conversou com o analista quando recebeu o telefonema sobre a mulher encontrada morta em Jönköping, o que atrasou a descoberta de uma conexão entre a vítima e o caso deles, mas Fredrika acabou dando a informação a tempo. Isso apenas confirmava uma teoria de Alex: os computadores estavam substituindo o papel, mas seu uso era limitado, porque sempre haveria alguém para guardar as informações importantes na cabeça. Com uma equipe mais unida, o fluxo de informações acontecia de forma natural, mesmo sem a ajuda dos computadores.

Alex deu um longo suspiro e olhou para o céu azul, salpicado de nuvens brancas.

Talvez estivesse ficando velho e ranzinza. Talvez estivesse perdendo o entusiasmo. Ou pior, talvez estivesse se transformando naquele tipo de investigador reacionário com quem nenhum policial gostava de trabalhar. Durante quanto tempo seria possível manter a fama de lenda quando não se consegue resolver os casos? Durante quanto tempo era possível viver da fama?

Juntou os papéis que estavam sobre a mesa. Fredrika acabara de telefonar de Umeå confirmando que Sara Sebastiansson havia mentido, pois já sabia que passaria o verão trabalhando antes de começar o curso. Alex franziu a testa. Era lamentável que Sara estivesse mentindo sobre uma possível relação em Umeå. Sentiu a raiva lhe subir pelo corpo. Ele mesmo pegaria o carro e procuraria Sara. Não dava a mínima para o luto e a dor da perda. Ela estava atrapalhando o trabalho da polícia, o que era imperdoável, independentemente do tamanho do sofrimento.

Porém, logo relaxou de novo. Sara não estava mentindo sobre suas relações em Umeå, ela estava mentindo sobre *um detalhe* específico. Um detalhe que ela imaginou poder esconder da polícia, mas que a polícia, em contrapartida, acreditava ser uma peça fundamental do quebra-cabeça. A equipe considerava a hipótese, parcialmente equivocada, de que algum acontecimento em Umeå tivesse exercido uma influência direta no futuro de Sara. Alguma coisa deve ter acontecido *antes* de Sara ir para o curso, algo que Sara tentou remediar passando um tempo distante.

Por causa disso, ela agora estava sendo punida por alguém, que matou sua filha. Provavelmente, a pessoa com quem ela teria se encontrado naquele dia.

Alex vasculhou os papéis procurando as imagens horríveis do corpo de Lilian. Por que alguém havia marcado sua testa com a palavra "Indesejada"? Por que alguém determinaria que ela não era querida? E por que ela fora encontrada na porta da emergência de um hospital? A localização do corpo era ou não era importante? Ela podia ter sido encontrada em qualquer outro lugar de Umeå? Ou em outra cidade?

Alex mexia nervoso nos papéis. A pergunta óbvia era se o próximo corpo também apareceria na porta do hospital de Umeå.

Alex tentou em vão não pensar na bebê desaparecida. Esperava que a entrevista com a avó da mulher de Jönköping desse algum resultado, e esperava encontrar logo a misteriosa Monika Sander. Sem ela, pelo menos por enquanto, o caso parecia perdido.

Levantou-se com disposição renovada. Precisava de uma xícara de café. E precisava se livrar daquela ansiedade. Se começasse a pensar sobre onde seria encontrado o corpo da próxima criança, a batalha estava perdida.

Peder Rydh havia dormido incrivelmente bem naquela noite. Ele e Ylva não conversaram muito quando ele chegou depois das dez. Os meninos já estavam dormindo, é claro. Ficou de pé na ponta de uma das camas, observando um deles, adormecido. Pijama azul com estampas de macaquinhos, o dedo na boca. Uma leve contração no rosto. Será que estava sonhando? Peder abriu um sorriso largo e passou a mão na testa do filho.

Ylva fez algumas perguntas sobre a segunda criança desaparecida, e Peder respondeu laconicamente. Depois eles tomaram uma taça de vinho, assistiram a um pouco de TV e foram dormir. Assim que ele apagou a luz, escutou a voz de Ylva.

– Precisamos conversar direito, Peder.

A princípio, ele não disse nada.

– Não podemos continuar assim – prosseguiu ela. – Precisamos falar do que estamos sentindo.

Então, pela primeira vez, Peder se manifestou.

– Não aguento mais essa situação. Não aguento – disse. – Não quero que minha vida seja assim. Não mais.

Estava virado para ela quando disse isso. Apesar da escuridão, percebeu que o rosto de Ylva ficou triste e que sua respiração mudou. Esperava que ele continuasse, mas não havia mais nada para dizer. Então ele dormiu, estranhamente aliviado, mas sem a menor preocupação por não sentir nada, nem arrependimento, nem pânico. Só alívio.

No carro, a caminho do trabalho, tentou pensar claramente no caso da bebê desaparecida.

Primeiro se lembrou de que não havia telefonado para Jimmy para dizer que não poderia visitá-lo conforme o planejado. Teriam de deixar a torta de marzipã para outro dia, pois Peder estava ocupado. Era difícil precisar até que ponto Jimmy entendia o que Peder dizia. Raramente o irmão captava os aspectos mais sutis da conversa, e a relação de Jimmy com o tempo era muito particular.

Peder teve a sensação de que tinha deixado passar um detalhe simples, mas crucial; algo que lhe havia escapado da memória. Os jornais tinham publicado o nome e a fotografia de Monika Sander dizendo que ela era procurada pela polícia. O retrato falado foi divulgado de novo, junto com a fotografia do passaporte feito há alguns anos. Alex e Peder haviam questionado se era uma boa ideia publicar a fotografia antiga que conseguiram com a mãe adotiva de Monika. A foto guardava poucas semelhanças com a aparência atual da procurada, e eles corriam o risco enorme de receberem telefonemas de pessoas que conviveram com ela no passado, relatando coisas de uma época irrelevante para a investigação. Porém, eles também sabiam que precisavam reunir o máximo de informações possível, sem lacunas. Monika Sander tinha de aparecer de qualquer maneira e a qualquer preço.

Peder havia falado com Alex pela manhã. Ninguém havia entrado em contato com informações relevantes. Peder se sentiu cansado e abatido. Aonde eles achavam que conseguiriam chegar com uma foto antiga, um retrato falado inútil e um nome que Monika Sander nem devia usar mais?

Foi então que se lembrou do que havia se esquecido quando liberou as informações sobre Monika. Estacionou na porta do Casarão e correu até o departamento.

Alex tinha acabado de voltar para sua sala carregando uma xícara de café quando Peder entrou correndo pela porta. Não deu tempo nem de dizer "bom dia".

– Precisamos procurá-la com outro nome!

– Do que você está falando? – perguntou Alex, assustado.

– Monika Sander – gritou Peder. – Precisamos ligar para o serviço de adoção e descobrir qual era o nome dela quando chegou na Suécia. Ela foi adotada, não foi? Deve ter descoberto seu antigo nome e usado como apelido ou algo do tipo.

– Bem, nós já divulgamos o nome Monika Sander, mas...

– Mas o quê?

– Eu ia dizer que foi uma excelente ideia, Peder – disse Alex, calmamente. – Fale com a Ellen, ela pode ligar para o serviço de adoção.

Peder saiu correndo até a sala de Ellen.

Alex abriu um sorriso seco. Era maravilhoso ver um homem com tanta energia e disposição.

Em outra região de Estocolmo, duas pessoas com muito menos energia que Peder Rydh também estavam ocupadas. Ingeborg e Johannes Myrberg estavam de joelhos, cada um numa extremidade de seu amplo jardim, limpando ervas daninhas entre arbustos e flores. A chuva havia impedido que trabalhassem no jardim até aquele momento, mas agora o verão parecia ter realmente chegado. Havia algumas nuvens aqui e ali, mas, enquanto o sol estivesse quente e brilhante, Ingeborg e Johannes Myrberg estariam felizes.

Ingeborg deu uma olhada no relógio. Quase onze. Já estavam ali fora há quase duas horas, sem intervalo. Esfregou os olhos com a mão e olhou para o marido. Johannes tivera alguns problemas de próstata recentemente e estava sempre correndo para o banheiro, mas naquela manhã os dois trabalharam sem interrupções.

Ingeborg abriu um sorriso quando viu o marido limpando os canteiros. Ainda mantinham pela casa uma admiração infantil. No fundo, nunca pensavam que aquela casa seria deles. Já tinham visitado muitas propriedades; ou eram caras demais, ou tinham muito mofo no porão e manchas de umidade no teto.

Ingeborg olhou para a casa branca e enorme diante de si. Havia espaço suficiente para acomodar todos os filhos e netos quando viessem visitá-los, mas não era grande o suficiente para perder o charme e a sensação de ser o lar de alguém. O lar *deles*.

– Johannes! – chamou Ingeborg, atravessando com sua voz a quietude do jardim.

O marido quase caiu de susto e ela começou a rir.

– Só para avisar que vou lá dentro pegar alguma coisa para beber. Você quer?

Johannes sorriu de soslaio, daquele jeito que ela bem conhecia depois de tantos anos de casada. Trinta e cinco anos, para ser exata.

– Sim, quero um copo de suco de morango.

Ingeborg levantou-se devagar, sentindo os joelhos protestarem. Quando era jovem, nunca imaginou que seu corpo um dia estaria fraco e frágil.

– Que verão incrível – disse, enquanto entrava em casa pela porta do terraço.

Parou. Seria impossível explicar o motivo de ter parado bem ali, naquela hora; apenas sentiu, antes de prosseguir, que havia alguma coisa errada.

Atravessou lentamente o quarto de hóspedes que dava para o terraço, chegando ao corredor entre os quatro quartos. Olhou para a porta dos quartos à esquerda, mas não viu nada. Olhou para a sala principal à direita, para a cozinha, e depois para a sala de estar. Não havia nada estranho ou fora do comum. Ainda assim, ela sabia que alguém havia invadido a casa.

Balançou a cabeça. Que ideia ridícula. Naquela idade, ficando paranoica? Aprumou o corpo e, decidida, foi até a cozinha pegar dois copos de suco para ela e o marido.

Ia sair com a bandeja quando achou melhor ir ao banheiro, já que estava dentro de casa. Como será que Johannes estava conseguindo ficar tanto tempo lá fora sem parar para vir ao banheiro?

O banheiro ficava do outro lado da casa, depois dos quartos. Não saberia dizer como chegou até lá, só se lembrava de ter colocado a bandeja sobre a mesa e de pensar em ir ao banheiro. De todo modo, teve de sair da cozinha, passar pela sala principal e atravessar o corredor até o banheiro, virar a maçaneta, abrir a porta e acender a luz.

Deparou-se com um bebê. Ele estava deitado no tapetinho do banheiro, enrolado em posição fetal.

Por alguns segundos, Ingeborg não entendeu o que estava vendo. Teve de dar mais um passo e se abaixar. Esticou o braço automaticamente para tocar a criança. Foi só quando seus dedos tocaram o corpo duro e frio que ela começou a gritar.

Fredrika Bergman recebeu o telefonema com a notícia de que a bebê tinha sido encontrada na casa de dois idosos no momento em que era servida de uma xícara de chá por Margareta Andersson, avó de Nora, a mulher assassinada em Jönköping. Fredrika teve de pedir desculpas e sair para a varanda.

– No chão de um banheiro? – repetiu ela.

– Sim – disse Alex, com a voz firme –, numa casa em Bromma. Com a mesma palavra escrita na testa. Estou indo agora para lá, e Peder está atrás de um psicólogo aí.

Fredrika franziu a testa.

– Ele deve estar muito afetado com tudo isso, não é?

– Não, não – disse Alex –, é para o caso, não para ele. Ele achou que talvez um desses que traçam perfis poderia nos ajudar e resolveu ir atrás de um.

Alex estava se expressando de maneira tão estranha e vaga que Fredrika achou que ele devia ter bebido. "Um psicólogo aí", "desses que traçam perfis". Não é em toda esquina que se encontra essas pessoas.

– Ele leu a respeito desse psicólogo no jornal – explicou Alex. – Por isso teve essa ideia.

– Leu sobre quem? – perguntou Fredrika, confusa.

– Um psicólogo criminal que trabalha para o FBI e está dando um curso de psicologia comportamental na universidade – completou Alex, dessa vez mais controlado. – Peder está tentando marcar um encontro com ele através de um amigo que está fazendo o curso.

– OK – disse Fredrika.

– Está tudo bem por aí? – perguntou Alex.

– Sim, tudo bem. Vou voltar para Estocolmo assim que terminar aqui. Ela fez silêncio por um momento.

– Mas por que será que a bebê apareceria em Bromma? – continuou ela. – Você acha que ele está saindo do esquema?

– Esquema? Não... – disse Fredrika. – Talvez a gente tenha levado muito a sério uma possível ligação clara com Umeå.

– Acho que não – ponderou Alex. – Mas acho que precisamos encontrar um denominador comum.

– Alguma coisa que ligue o banheiro em Bromma e uma cidade na região de Norrland? – perguntou Fredrika, com um suspiro.

– Sim, esse é o nosso segundo desafio – disse Alex, sério. – Precisamos entender a conexão entre o banheiro em Bromma e a emergência do hospital em Umeå. Supondo, obviamente, que a geografia seja relevante.

Se a situação não fosse tão grave, Fredrika teria caído na gargalhada.

– Está me ouvindo? – perguntou Alex quando não teve resposta.

– Desculpe, eu estava pensando. Qual é o primeiro desafio? – perguntou Fredrika. – Você disse que as conexões eram o segundo.

– Encontrar Monika Sander – disse Alex. – Acho que não vamos entender absolutamente nada desse caso sem falar com ela.

Fredrika não conseguiu evitar um sorriso, mas imediatamente se sentiu culpada. Era terrível sorrir quando uma bebê tinha acabado de ser encontrada morta.

– OK – disse ela, convencida. – Vamos fazer o melhor que pudermos.

– Pode apostar – completou Alex, suspirando.

Fredrika guardou o celular e voltou para o apartamento, pedindo desculpas à anfitriã.

– Sinto muito, eu tinha que atender a ligação.

Margareta assentiu, aceitando o pedido de desculpas.

– Vocês encontraram a bebê? – perguntou ela, para surpresa de Fredrika.

– Sim – respondeu ela, hesitante, depois de uma pausa. – Encontramos, mas ainda não é nada oficial. A senhora por favor...

Margareta fez um gesto com a mão, tranquilizando Fredrika.

– Fique tranquila, não vou dizer nada – disse ela. – Além disso, eu não converso com ninguém, só com Tintin.

– Tintin? – perguntou Fredrika.

– Meu gato – respondeu Margareta dando um sorriso, e indicou uma cadeira para Fredrika se sentar junto à mesa arrumada com duas xícaras de chá e fatias de pão de cardamomo.

Fredrika gostou da voz de Margareta, grave e profunda, rouca, mas feminina. Ela tinha os ombros largos, mas não era gorda, nem robusta; era firme, no sentido mais puro da palavra. E também segura, pensou Fredrika.

Fredrika repassou rapidamente todas as informações que obteve sobre Nora com a polícia de Jönköping. Passara a infância em diversos lares temporários, tinha problemas emocionais e tirou licença médica várias vezes. Teve um relacionamento com o suspeito de ter matado ela, Lilian Sebastiansson e agora a bebê. Mudou-se de Umeå para Jönköping, onde tinha emprego, casa, mas não tinha nem amigos nem familiares.

Fredrika resolveu começar do princípio.

– Como Nora foi parar num centro de adoção?

A avó de Nora estava estática. Tão estática que Fredrika teve a sensação de escutar o gato ronronando, deitado no cesto.

– Sabe que eu me perguntava a mesma coisa? – disse ela, sem pressa.

Deu um longo suspiro, colocou as mãos enrugadas no colo e puxou a bainha do vestido, de tecido marrom e vermelho. Para Fredrika, o vestido era mais apropriado para o inverno.

– A gente tenta não criar tantas expectativas em relação aos filhos. Quer dizer, pelo menos eu e meu marido tentamos. Quando ele morreu, eu continuei pensando assim, mas... a gente sempre tem algumas expectativas que não conseguimos deixar de lado, é natural. É claro que queremos ver os filhos crescidos, capazes de cuidar de si próprios, mas a mãe de Nora nunca teve essa capacidade, e não tivemos mais filhos além dela.

Margareta se calou e Fredrika só percebeu que ela estava chorando quando levantou os olhos do caderno de anotações.

– Podemos fazer uma pausa, se a senhora quiser – disse, cautelosa.

Margareta negou com a cabeça, cansada.

– É que dói muito pensar que não tenho mais nenhuma das duas – disse ela, soluçando. – Eu fiquei tão deprimida quando a mãe de Nora morreu. Mas eu sabia que tipo de vida ela levava, como tinha sido difícil para ela. Só podia terminar de um jeito mesmo. Pelo menos eu me consolava sabendo que ainda tinha Nora. Agora, nem ela mais.

Tintin saiu do cesto onde estava deitado e se aproximou da mesa. Fredrika automaticamente encolheu as pernas. Nunca gostara de gatos.

– Desde muito cedo as coisas deram errado para a mãe de Nora – continuou Margareta. – Quando ainda estava no colegial, logo depois que o pai morreu, ela se envolveu com más companhias e cada dia aparecia em casa com um namorado diferente. Eu quase enlouqueci quando ela resolveu abandonar a escola para trabalhar. Arrumou um emprego numa fábrica de doces, que já fechou há muitos anos. Mas ela não seguia as regras, acabou sendo demitida. Acho que foi aí que se envolveu com prostituição e começou a usar drogas pesadas.

A família de Fredrika costumava citar uma frase bem conservadora que dizia: "Em toda mulher, de qualquer idade, mora uma mãe". Ela pensou se dentro dela também habitava uma. Pensou o que faria naquela posição, se sua filha saísse da escola, começasse a trabalhar numa loja de doces e depois se prostituísse.

– Quem era o pai de Nora? – perguntou Fredrika, cautelosa.

Margareta riu com amargura e enxugou as lágrimas.

– Ninguém sabe – disse ela. – Podia literalmente ser qualquer um. Nora não foi registrada com o nome do pai quando nasceu. Eu acompanhei o parto, a mãe só a pegou no colo vários dias depois.

O sol se escondeu brevemente atrás de uma nuvem, escurecendo o apartamento. Fredrika quase sentiu frio, sentada ali.

– Nora foi uma criança extremamente indesejada – sussurrou Margareta. – A mãe já a odiava ainda no ventre; desejou durante muito tempo que tivesse um aborto. Mas não teve. Nora nasceu, querendo ela ou não.

Fredrika sentiu o chão balançar sob seus pés.

"Indesejada", repetiu em voz baixa, lembrando imediatamente das fotografias do corpo de Lilian Sebastiansson. Alguém havia escrito "Indesejada" em sua testa. "Indesejada".

Fredrika engoliu.

– Ela sabia disso quando menina, que não era desejada? – perguntou Fredrika, tentando não mostrar ansiedade demais.

– Sim, é claro que sim – disse Margareta, com um suspiro. – Nora morou comigo praticamente o tempo todo até completar dois anos, pois a mãe não a queria. Mas aí a assistência social descobriu e achou que seria melhor para Nora levá-la para um centro de adoção até que encontrasse "uma família de verdade", como diziam.

Margareta apertou com força a beirada da mesa.

– Ela teria sido muito mais feliz comigo – disse, com a voz trêmula. – Seria muito melhor para ela ter morado comigo do que ter passado de família em família. Ela sempre podia vir me visitar, mas de que adiantava? Não tinha como se tornar uma pessoa saudável com tanta gente para destruir a cabeça dela.

– Vocês sempre moraram aqui em Umeå? – perguntou Fredrika.

– Sim, sempre. É até difícil acreditar que uma pessoa possa ter morado em tantos endereços diferentes de uma só cidade, mas foi o que aconteceu com Nora. A única coisa que me animava um pouco era saber que ela estudou até terminar o colegial. No último ano, dedicou-se a uma linha de estudos mais sociais, mas pelo menos a escola lhe dava uma certa estrutura.

– Ela conseguiu emprego quando terminou os estudos?

– Eu não diria "emprego", entende? – disse Margareta, com um suspiro. – Fez como a mãe: começou a sair dos trilhos, a beber demais, ir a muitas festas, sair com vários rapazes. Nunca parava num emprego só. Estava sempre com a aparência malcuidada e cansada. Até que conheceu aquele homem.

Fredrika sentiu o coração acelerar.

– Eu me lembro porque foi no mesmo ano que meu irmão se casou pela primeira vez. Isso foi há sete anos.

Tintin deu um salto do chão para o colo de Margareta. Ela colocou a mão sobre ele e acariciou-lhe as costas.

– No começo, imaginei que ela tinha encontrado alguém interessante – recordou Margareta. – Ele a fez parar de beber, parar de usar drogas. Achei lindo, quase a história de Cinderela. A menina pobre que encontra o príncipe e se livra de uma vida miserável. Mas aí... as coisas mudaram. E eu comecei a ficar muito assustada.

Fredrika franziu o rosto.

– Eu nunca o conheci – disse Margareta. – É melhor eu dizer logo para que você não tenha falsas esperanças, então não imagine que eu vá aparecer com um monte de fotos ou coisas assim.

– Mas o que a senhora tem a me dizer também é muito importante – disse Fredrika rapidamente, mas com uma sensação cada vez maior de decepção. Ela acreditava que sairia da casa de Margareta pelo menos com a mínima descrição do suspeito.

– Ela o conheceu no início da primavera. Não sei ao certo como se conheceram, mas acho que ele a salvou de uma situação complicada na rua.

– Nora também era prostituta?

– Não, não – disse Margareta, irritada –, mas mesmo assim você pode acabar se envolvendo com essa gente, não é mesmo?

Fredrika não teve certeza, mas preferiu não dizer nada.

– Ela me contou sobre ele logo depois. Disse que era psicólogo, muito inteligente e bem-apessoado. Depois contou que ele sempre dizia que ela era "especial" e "escolhida", e que juntos realizariam coisas grandiosas. Ela se tornou uma pessoa totalmente diferente. Durante um tempo, imaginei que havia entrado para algum tipo de seita. Quer dizer, acho que para ela era bom ter uma vida mais ordenada, mas na época estava muito deprimida e a mensagem do homem, basicamente, era "Tenha força, você pode superar se quiser". Mas quando ela demorou a melhorar...

Margareta parou. Respirou fundo diversas vezes.

– Quando ela demorou a melhorar, ele perdeu a paciência e começou a agredi-la com uma violência descomunal.

Lágrimas pesadas voltaram a rolar pelo rosto de Margareta, pingando sobre as costas do gato.

– Eu implorei para que o deixasse – prosseguiu Margareta, entre soluços. – Até que ela o deixou. Foi logo depois que ele a queimou de uma maneira horrível. Ela o abandonou assim que saiu do hospital.

– Queimou? – perguntou Fredrika, com a voz suave.

– Ele a queimou com fósforos – respondeu Margareta. – Ele a amarrou na cama e foi acendendo, um depois do outro.

– Mas vocês não procuraram a polícia? – insistiu Fredrika, enjoada com o que acabara de escutar.

– É claro que procuramos, mas não adiantou. Por isso, Nora foi embora e conseguiu entrar no programa de identidade protegida.

– A senhora quer dizer que ele não foi acusado pelos crimes que cometeu, apesar das lesões de Nora?

– A gente não sabia quem ele era – gritou Margareta, com a voz rouca. – Você entende? Nora nem sabia o nome dele. Ele dizia para que pensasse nele apenas como “o Homem”. E eles só se encontravam no apartamento de Nora.

Fredrika tentava entender o que havia escutado.

– Ela não sabia o nome dele, onde ele morava ou onde trabalhava?

Margareta balançou a cabeça sem dizer nada.

– Mas o que ela disse que eles realizariam juntos? O que eles iam fazer?

– Eles iam punir todas as mulheres incapazes de amar os filhos e que os rejeitavam – sussurrou Margareta. – Exatamente o que a mãe de Nora havia feito, afinal: rejeitado Nora e depois se recusado a amá-la.

DIZEM QUE ESTOCOLMO é uma das capitais mais adoráveis do mundo. No entanto, não era isso que Alex percebia ao olhar pela janela de sua sala. Não sabia há quanto tempo estava parado ali, olhando para fora, como costumava fazer quando precisava pensar. Depois do que Fredrika lhe dissera ao telefone, ele tinha muita coisa para pensar.

– Ele está punindo as mulheres, do jeito que Nora contou para a polícia quando telefonou – gritou Fredrika para que Alex ouvisse, pois o sinal estava horrível. – Ele está punindo as mulheres por terem machucado seus filhos, por rejeitá-los em alguma situação. E as garotas que se envolvem com ele também foram muito maltratadas pelas mães. É uma vingança, Alex.

– Mas – disse Alex, confuso –, não temos nada que sugira que esses pais tenham maltratado seus filhos. Nem Lilian, nem a bebê que desapareceu, sofriam maus-tratos em casa – Alex encolheu os ombros. – Isso supondo que Gabriel não maltratava a própria filha – acrescentou ele, rapidamente.

Fredrika protestou.

– Ainda assim não faria sentido. Ele está punindo as mães, não os pais. São as mães que fizeram algo errado.

– Mas se uma mãe escolheu não salvar a filha de um pai que a maltratava, isso não pode contar como crime?

Fredrika pensou na pergunta.

– Talvez. Mas a dúvida continua: onde ele as encontra?

– Encontra?

– Como ele saberia que Lilian, por exemplo, era maltratada? Não há relatos oficiais. E a bebê? Como ele saberia que a criança sofreu alguma coisa?

Alex sentiu o coração pulsar mais forte.

– A gente deve ter deixado alguma coisa escapar, alguma coisa relacionada com essas famílias – disse ele.

– Talvez não – comentou Fredrika. – Talvez a relação dele com essas pessoas seja tão distante que nós não conseguimos enxergar.

– Será que ele trabalha numa escola?

– Mas a bebê que morreu nunca foi à escola – objetou Fredrika.

Impaciente, Alex batia os dedos na mesa.

– Peder já voltou do psicólogo? – perguntou Fredrika.

– Não – respondeu Alex, balançando a cabeça. – Mas acho que deve falar com ele daqui a pouco.

– Acho que precisamos falar com Sara de novo. E com a mãe da bebê – disse Fredrika.

Alex olhou furioso pela janela. Não aguentava mais tantos elementos esquisitos.

– Precisamos pegar mais firme nesse caso, Fredrika – disse ele. – Já passou da hora de encontrarmos um denominador comum.

Só que não era tão fácil assim, percebeu Alex ao desligar o telefone. O que eles realmente sabiam? Ele reuniu todas as informações que Fredrika lhe dera. Tudo precisava ser passado para Peder antes que ele conversasse com o psicólogo norte-americano. Não havia nada de errado em ter novas ideias, mas Alex não estava nada confiante em colocar novas pessoas na investigação.

Examinou o material diante de si. Numa folha branca, tentou construir um diagrama, estabelecendo diversas hipóteses. Não ficou tão bom quanto ele gostaria, mas como não ia mostrar para ninguém, serviria pelo menos para organizar suas ideias.

Vingança, dissera Fredrika.

"Vingança?" Era isso que eles estavam procurando?

"Certo", murmurou Alex consigo mesmo. "Certo, vamos com calma: o que sabemos? E o que precisamos saber?"

Eles sabiam que duas crianças de idades diferentes foram mortas. Também sabiam que não havia nenhuma ligação óbvia entre as duas crianças. Uma garotinha, Natalie, era adotada, e a outra, não. Os pais da menina adotada pareciam viver numa relação sem conflitos, enquanto os pais de Lilian tinham se separado e esperavam o divórcio. A família de Natalie era de classe média, enquanto Lilian era filha de um homem rico e de uma mulher que podia ser dita de classe média.

A equipe de investigação estava se esforçando ao máximo para identificar quaisquer conexões passadas entre as duas famílias, mas até agora não haviam descoberto nada.

Alex escreveu no papel: *Ele está punindo as mães. Provavelmente porque deixaram as filhas na mão em algum momento. Provavelmente porque as rejeitaram.*

Eles precisavam se concentrar nas mães, não nas crianças. Os erros das mães levaram ao assassinato das filhas. Alex remoeu a frase "porque as rejeitaram" até sentir dor de cabeça. De que maneira Sara Sebastiansson teria "rejeitado" Lilian? E se a rejeitou, por que matar a criança em vez de punir a mãe?

Alex continuava incomodado com o lugar onde os corpos foram encontrados. Um deles, na porta da emergência de um hospital em Umeå, e o outro no banheiro de uma casa em Bromma, na região metropolitana de Estocolmo. A escolha dos lugares parecia muito bizarra. Primeiro, tratava-se de dois lugares nada discretos. Segundo, a escolha parecia sem nenhuma lógica. Nenhuma das crianças tinha conexão aparente com os lugares onde foram deixadas.

Alex pensou que a única coisa em comum era o modo de agir: as duas crianças foram sequestradas e assassinadas. A criança é sequestrada, as roupas e o cabelo são enviados para a mãe, e pouco tempo depois o corpo da criança é colocado em algum lugar estranho onde será encontrado de imediato.

"Não consigo entender", pensou Alex. "Não consigo entender absolutamente nada".

Alex ouviu um batido na porta. Um dos jovens investigadores transferidos para o caso colocou a cabeça na porta.

– Fomos à casa de Magdalena Gregersdotter e do marido, como você pediu – disse ele.

Alex precisou balançar a cabeça e limpar a mente antes de entender o que o colega estava dizendo. O investigador, junto com Alex e Peder, foi até lá durante a manhã para dar a notícia da morte de Natalie. Os pais se desesperaram, ficaram em estado de choque, então Alex sugeriu que um deles voltasse depois. Aparentemente, o investigador e outro membro da equipe tinham acabado de voltar de lá.

– Nós mostramos uma fotografia da casa e dizemos onde a bebê foi encontrada – disse ele, falando tão rápido que Alex precisava se concentrar para entender. – E Magdalena, a mãe, conhecia muito bem o lugar.

– Como? – perguntou Alex.

– Ela cresceu naquela casa. Morou lá até se formar e ir para a universidade. Entendeu? O filho da mãe colocou o corpo da filha na antiga casa dos pais dela, que eles venderam há mais de quinze anos.

Peder Rydh estava sentado no carro, fervilhando de ódio. Era sábado, horário de almoço, e ele estava preso no trânsito, voltando para Kungsholmen. Não fazia diferença se era sábado ou dia de semana: qualquer acidente na estrada gerava um engarrafamento gigantesco.

Peder quase sentiu-se zonzo ao pensar nos acontecimentos da última semana. Ele jamais imaginaria que o caso de Lilian Sebastiansson se transformaria no monstro que eles tinham nas mãos. Duas crianças mortas em uma semana. Será que já tinha trabalhado em algum caso parecido?

Peder começou a ficar irritado com os veículos que passavam colados à lataria do seu carro, soltando monóxido de carbono no seu nariz, mas o que mais o irritava era não ter conseguido descobrir quase nada nas últimas horas. A única boa ideia que ele teve foi que Monika Sander devia estar usando como apelido o nome que tinha antes de ser adotada. Aparentemente, o nome dela era Jelena Scortz.

Depois disso, Peder entrevistou rapidamente os pais da bebê Natalie e os quatro avós. Nenhum deles conseguiu pensar em alguém que pudesse querer machucá-los.

– Pense bem, faça um esforço – disse Peder. – Lembre-se do passado. Tente pensar no mínimo problema que não foi resolvido.

Mas não, ninguém se lembrava de nenhuma rusga, por menor que fosse.

Foi então que as entrevistas foram interrompidas pela descoberta do corpo de Natalie no banheiro de uma casa em Bromma. Peder teve primeiro de voltar à casa dos pais de Natalie e depois teve de supervisionar a primeira fase da investigação em Bromma. Dessa vez, assim como da anterior, eles não tinham a cena do crime.

Porém, pelo menos sabiam como o assassino matava as vítimas; por isso, sabiam vagamente o que deveriam procurar. O legista de plantão disse imediatamente que Natalie tinha uma pequena marca na cabeça, provavelmente por causa da injeção letal. A autópsia confirmaria isso depois, mas a equipe supôs que ela também fora morta com uma overdose de insulina, dessa vez injetada no topo da cabeça da criança, pela fontanela. Talvez tenha sido isso que o assassino tentou fazer com Lilian, o que explicaria a marca na cabeça dela.

Havia ainda outros paralelos com a morte de Lilian e como seu corpo havia sido encontrado. Natalie também estava nua e tivera o corpo limpo com um tipo de álcool. Na testa, a mesma palavra, "Indesejada". Mas Natalie estava em posição fetal, não deitada de costas como Lilian. Peder se perguntou se isso tinha alguma importância.

Ele também pensou na palavra "Indesejada". Ele tinha acabado de conversar com Alex sobre o assunto. Palavras como "indesejada" e "rejeitada" apareciam o tempo todo na investigação, embora nenhuma das crianças parecesse ter sido uma coisa ou outra.

A fila de carros lentamente ia se dispersando. Peder estava péssimo. A ideia de falar com o psicólogo norte-americano parecia tão óbvia; e seu amigo se oferecera a fazer a ponte. Ou assim pareceu. Pensando agora, Peder tinha dúvidas se valia ou não a pena. O tempo gasto para dirigir até a universidade e voltar parecia perdido. O amigo de Peder achou que o psicólogo teria tempo para dar uma palavra com Peder depois da entrevista, mas ele acabou se mostrando extremamente frio e indiferente. Apesar da magnitude do caso, insinuou rispidamente que Peder passara um pouco dos limites ao aparecer de repente para lhe fazer perguntas. Não tinha o menor interesse em se envolver num caso sueco esquisito quando havia pessoas esperando-o para almoçar no Villa Källhagen.

O sujeito havia confirmado todos os preconceitos de Peder em relação aos psicólogos e aos norte-americanos. Obtusos, indolentes e sem nenhum trato social. Pessoas desagradáveis. Peder praticamente jogou seu cartão de visitas no sujeito e saiu. "Idiota."

O engarrafamento finalmente se dissipou. Peder enfiou o pé no acelerador e foi direto para o Casarão.

Foi quando ouviu o celular tocando.

Surpreendeu-se consideravelmente ao descobrir que a ligação era do psicólogo.

– Sinto muito se te dei um fora sem a menor educação – disse ele, desculpando-se. – Mas se eu dissesse que podia ajudar ali, na frente dos seus colegas, todos os alunos de psicologia iam pensar que eu estava livre para fazer o mesmo com eles, e, com toda sinceridade, eu não dou palestras com esse intuito.

Peder, sem saber se o psicólogo telefonara só para pedir desculpas ou para oferecer ajuda, não disse nada e pensou em qual seria a melhor maneira de responder.

– Estou querendo dizer que será um prazer poder ajudar – continuou o psicólogo. – Posso me encontrar com você e seus colegas logo depois desse maldito almoço, o que acha?

Peder sorriu.

Alex a princípio não soube o que dizer quando Peder telefonou e disse que o psicólogo criminalista havia concordado em participar de uma reunião durante a tarde. Por fim, acabou concluindo que era uma ótima ideia. Eles precisavam de toda ajuda que conseguissem; além disso, Fredrika estaria voltando de Umeå dali a poucas horas.

Alex girou os diagramas sobre a mesa, olhando-os de todos os ângulos. Pelo menos, agora eles tinham um padrão. O assassino sequestrava e assassinava as crianças, depois colocava o corpo em algum lugar relacionado às mães. E numa velocidade impressionante.

Alex se perguntava por que o intervalo entre os dois sequestros e assassinatos foi tão curto. O assassino estava correndo um risco enorme cometendo dois crimes gravíssimos um atrás do outro. *Três*, se contasse a mulher em Jönköping. Existem psicopatas, é claro, que não esperam outra coisa além de serem pegos. Muito embora a palavra não fosse "esperar", mas *querer* ser descoberto. Será que o assassino em questão era um desses perturbados?

Alex pensou mais uma vez no lugar onde as crianças foram encontradas. Não importava se eles não soubessem exatamente o que Sara Sebastiansson havia feito ou quem conhecera em Umeå. O mais importante era a certeza de que o lugar tinha algum significado para ela, o que explicava o fato de Lilian ter sido levada justamente para aquele lugar, e não deixada em Estocolmo.

Muitas vezes a verdade é mais simples do que se pensa. Alex aprendera isso com o passar dos anos. Por isso, no princípio, parecia tão óbvio se concentrar em Gabriel Sebastiansson. Dessa vez, no entanto, tudo era diferente. Dessa vez, a verdade parecia estar a um quilômetro de distância. A responsabilidade pelos crimes não era de um parente próximo, mas sim de um *serial killer*.

"Quantos assassinos seriais você realmente viu em todos esses anos na polícia, Alex?", sussurrou sua voz interna.

Ellen interrompeu seus devaneios com uma forte batida na porta.

– Alex! – gritou ela, tão alto que ele saltou na cadeira de susto.

– O que houve? – gritou ele de volta.

– Uma ligação do Hospital da Universidade Karolinska – disse ela, animada.

Alex parecia confuso.

– Eles estão com uma paciente que pode ser Jelena Scortz.

Alex Recht pensou em ir direto para o Hospital da Universidade Karolinska conversar com a mulher que poderia ser Jelena Scortz, mas concluiu que seria injusto com Peder. Afinal, graças a ele haviam identificado a mulher. Por isso, resolveu que iriam juntos. Estava bem-humorado. Tinha acabado de saber que Sara Sebastiansson parecia ter reconhecido Jelena como a mulher que a segurou na estação de Flemingsberg. Ela não tinha tanta certeza, pois a fotografia que a polícia tinha era muito antiga, mas achava que podia ser a mesma pessoa.

Peder sentiu um surto de euforia quando chegou no Casarão e soube que iria direto para Karolinska tentar uma conversa inicial com Jelena Scortz, ou Monika Sander, como estava registrada no país. Saiu apressado até o carro, seguido por Alex, e os dois foram voando para Solna, ultrapassando todos os limites de velocidade no caminho.

Peder nunca fez questão de guardar segredo sobre o que mais gostava na profissão. Ele vivia por esses momentos de adrenalina, que só acontecem quando há uma mudança repentina numa investigação. Sabia que Alex sentia a mesma coisa, embora estivesse na polícia há muito mais tempo.

Peder se sentia um tanto irritado por Fredrika parecer imune a esses prazeres. Quando todos pareciam entusiasmados, ela se fechava em si mesma e se limitava a perguntar "Será que é isso mesmo?", ou "Não poderia ser de outra maneira?". Claro que, naquela ocasião, fora parcialmente graças a ela que o caso teve uma reviravolta, então Fredrika pelo menos podia abrir um sorriso ao receber a notícia. Ele gostava de trabalhar com pessoas sorridentes.

Alex e Peder não sabiam muito o que esperar quando chegaram ao hospital. Eles souberam, é claro, que a mulher suspeita de ser Monika Sander estava gravemente ferida e ainda numa espécie de choque. Mas nada do que lhes disseram de antemão serviu como preparo para o que os esperava no quarto do hospital.

O rosto dela inteiro estava inchado e deformado pelas escoriações. Longos hematomas deformavam seu pescoço. O braço esquerdo estava engessado até acima do cotovelo, e o antebraço direito estava enfaixado. A testa estava coberta de curativos até a beira do couro cabeludo.

"Coitada dessa moça", pensou Peder assim que a viu. "Coitada."

Ao lado da cama havia uma técnica de enfermagem, sentada, com a expressão séria. Peder imaginou que não fosse o único abalado pela gravidade dos ferimentos da moça.

Uma pessoa limpou a garganta discretamente, fazendo-os virar para trás. Um homem de uniforme branco, cabelos grisalhos e bigode escuro estava parado na porta. Ele se apresentou como Morgan Thulin, médico responsável pelos cuidados de Monika.

– Peder Rydh – disse Peder, apertando a mão do homem.

Avaliou o aperto de mão como confiável. Firme. Imaginou que Alex faria a mesma avaliação.

– Não sei o que vocês já sabem a respeito dos ferimentos – disse ele.

– Praticamente nada – admitiu Alex, olhando de relance para o que restava da mulher deitada na cama.

– Então, nesse caso – disse Morgan Thulin com firmeza, mas em tom gentil –, é meu dever informá-los. O estado dela, como veem, ainda é muito grave. Ela passa a maior parte do tempo inconsciente e tem dificuldades para falar, quando tenta. Toda a mandíbula está danificada, e até hoje de manhã a língua estava tão inchada que praticamente ocupava a boca inteira.

Peder engoliu seco enquanto o médico prosseguia.

– Os policiais que estão investigando a agressão estiveram aqui mais cedo perguntando quem a machucou, mas ela não conseguiu dizer nada de coerente ou compreensível. Meu palpite é que ela ainda esteja em choque, sem contar o efeito dos sedativos e analgésicos que está tomando. Além dos ferimentos visíveis, ela está com várias costelas quebradas. Não parece ter sofrido nenhum tipo de abuso sexual, mas tem diversas queimaduras muito graves.

– Queimaduras? – repetiu Peder.

Morgan Thulin concordou com a cabeça.

– Queimaduras de fósforos, umas vinte espalhadas pelo corpo, inclusive na parte interna da coxa e na nuca.

O quarto diminuiu de tamanho, o ar se rarefez e Peder teve vontade de ir embora. Toda a sua empolgação evaporou. Olhou indiferente para as folhas de uma planta no parapeito da janela.

– Ela terá cicatrizes permanentes por causa das queimaduras, mas, em termos clínicos, nenhum dano que afete suas funções vitais. Quanto às cicatrizes psicológicas, é muito cedo para dizer, mas tenho certeza de que ela precisará de um longo tratamento. Bem longo, na verdade.

Estranho, a planta parecia se mover. Será que uma corrente de ar vinda da janela estava balançando a planta? Os olhos de Peder passaram de um lado a outro das folhas antes de ele voltar à realidade e perceber o silêncio que se instalara no quarto. Tudo estava quieto. Por que o médico havia parado de falar? Alex tossiu.

– Perdão – disse Peder, em voz baixa. – Perdão, esses últimos dias estão muito puxados...

Ele mal acreditava estar ouvindo a própria voz. O que acabara de dizer?

Morgan Thulin lhe deu um tapinha no ombro. Alex levantou uma sobrancelha, mas não disse nada.

– Tenho mais algumas coisas para dizer, têm certeza que querem saber?

Peder se sentiu tão envergonhado que sua vontade era se esconder atrás daquela maldita planta.

– É claro, quero escutar tudo que tenha para nos dizer – respondeu, tentando parecer no controle da situação.

Morgan Thulin olhou para ele, ainda em dúvida, mas foi generoso o suficiente para não dizer nada. Alex fez o mesmo.

– Ela também tem marcas de agressões anteriores – disse o médico. – Então parece que essa não foi a primeira vez que foi espancada.

– Não foi a primeira?

– Não, com certeza não. Os exames de raio-X das mãos mostram cicatrizes ósseas de fraturas que se curaram sozinhas. Os dois braços já foram quebrados, e há sinais de lesões anteriores nas costelas. Ela também tem marcas de queimaduras anteriores. Nós conseguimos contar dez, então desta vez o nível da agressão parece ter sido bem mais alto.

Quando Morgan Thulin terminou de falar, Alex e Peder continuaram parados, assentindo com a cabeça. Foi quando a moça deitada se moveu de repente.

Ela choramingou levemente e tentou se sentar. A enfermeira, que estava a postos, imediatamente a segurou. Se ela continuasse deitada, eles ergueriam um pouco a cabeceira da cama.

Peder se apressou para ajudar com a cama. Parcialmente porque ele queria mesmo ajudar e parcialmente pela oportunidade de se aproximar da moça. Percebeu que ela mal conseguia abrir os olhos, mas seguia os movimentos dele, primeiro quando atravessou o quarto e depois enquanto ajudava a levantar a cama.

Morgan Thulin os deixou no quarto, dizendo:

– Estarei na minha sala se precisarem de mais alguma informação.

Peder procurou um lugar para se sentar. Parecia íntimo e invasivo demais sentar na beirada da cama. Como a poltrona do outro lado do quarto estava muito distante, ele a puxou para mais perto da cama e se acomodou numa distância mais apropriada. Alex ficou parado na porta.

Peder se apresentou pelo nome e pelo sobrenome, depois apresentou Alex e disse que eram da polícia. O rosto da moça mudou, entristecendo-se, e Peder levantou a mão para tranquilizá-la.

– Só queremos conversar com você – disse ele, cauteloso. – Se não conseguir responder, ou não quiser, não tem problema. Nós vamos embora.

Peder interrompeu a frase antes de dizer "e voltamos outro dia".

A mulher continuou em silêncio, depois assentiu.

– Consegue me dizer seu nome?

Peder esperou, mas ela não falou nada. A enfermeira a ajudou a tomar um gole de água. Peder continuou esperando.

– Jelena – sussurrou ela.

– Jelena? – repetiu Peder.

A mulher assentiu.

– E qual seu sobrenome?

Mais uma pausa. Outro gole de água.

– Scortz.

Uma leve brisa entrou pela janela entreaberta e passou pelo rosto de Peder. Ele tentou não sorrir para não demonstrar como estava contente. Era ela mesma. Finalmente haviam encontrado Monika Sander.

Peder ficou sem saber como prosseguir. Eles nem sabiam ao certo se essa mulher, Monika Sander, era a mesma que tinha segurado Sara Sebastiansson em Flemingsberg, mas precisavam saber. A cabeça de Peder estava a mil, principalmente por ele não ter programado a entrevista antes de chegar ao hospital. Resolveu começar pelo final.

– Quem fez isso com você? – perguntou ele, com tranquilidade.

Ela esfregou o gesso no lençol. Talvez já estivesse coçando.

– O Homem – sussurrou.

Peder inclinou o corpo, se aproximando.

– Desculpe, acho que não...

A enfermeira presente ficou claramente irritada, mas não disse nada.

– O Homem – repetiu ela, e ficou claro que ela fazia um esforço enorme para falar com clareza. – Era assim... que eu... o chamava.

Peder olhou para ela.

– O Homem? – repetiu ele.

Ela assentiu levemente.

– OK – disse ele, cauteloso. – E você sabe onde ele mora?

– Só via.. no meu... – balbuciou ela.

– Você só o via no seu apartamento? – completou Peder.

Ela assentiu.

– Então você não sabe onde ele mora?

Ela negou com a cabeça.

– Sabe onde ele trabalha?

Ela negou com a cabeça.

– Psi-co-lo...

– Psicólogo? Ele é psicólogo.

A mulher parecia aliviada por ele ter entendido.

– Mas você não sabe onde ele trabalha?

Ela balançou a cabeça de novo, com uma expressão de tristeza.

Peder refletiu.

– Você sabe o carro que ele dirige?

A mulher pensou. Parecia franzir a testa, mas os músculos não obedeciam. "Ela deve estar sentindo muita dor", pensou Peder.

– Di... ferente – sussurrou ela, por fim.

Peder esperou.

– Nunca... era... o mesmo...

Peder foi pego de surpresa. Ele dirigia carros roubados ou alugava quando precisava?

– Carro... da empresa...

– Você acha que ele usava diferentes carros da empresa onde trabalha?

– Ele... disse...

"Ele claramente mentiu sobre tudo, por que não mentiria sobre o carro?", pensou Peder, sentindo-se frustrado.

– Onde você o conheceu? – perguntou ele, curioso. – Onde o viu pela primeira vez?

A pergunta provocou uma reação imediata na moça. Ela virou o rosto para o outro lado, parecendo furiosa. Peder esperou alguns instantes e decidiu não forçar.

– Talvez não queira falar sobre isso? – disse ele, hesitante.

Ela balançou a cabeça.

Alex andou levemente até a outra ponta do quarto, mas não disse nada.

Peder resolveu se concentrar na mulher de Jönköping e no que dissera quando telefonara anonimamente para a polícia. De repente lhe ocorreu que aquele seria o melhor ponto de partida para a entrevista.

E começou, ainda em dúvida:

– Nós achamos que o homem que a agrediu fez a mesma coisa com outras mulheres.

Jelena Scortz, exausta, estava com a cabeça repousada no travesseiro, mas os olhos acompanhavam as palavras de Peder, interessados.

– Achamos que ele se aproxima das mulheres e as convence a se juntar a ele num tipo de luta ou campanha.

A mulher baixou os olhos, mas até Peder, sem nenhuma experiência médica, percebeu a cor se esvair do rosto dela. A enfermeira, impaciente, tentou olhar nos olhos de Peder, mas ele a evitou.

– É muito, muito importante encontrá-lo – disse Peder, tentando ser gentil.

Depois de uma pausa, ele continuou.

– É extremamente importante que o encontremos antes que outras crianças sejam sequestradas e mortas.

A mulher começou a gemer e se debater incontrolavelmente na cama.

– Calma, fique calma... – começou a enfermeira, passando a mão no cabelo de Jelena. – Fique tranquila para não se machucar.

Peder, no entanto, ficou satisfeito com a reação de Jelena. Agora ele sabia que ela estava envolvida, pelo menos no desaparecimento de Lilian.

Levantou-se e sentou na beirada da cama. Jelena se recusava a olhar para ele.

– Jelena – disse, gentilmente. – Nós sabemos que você deve ter sido forçada a fazer tudo isso.

Aquilo também não era certeza, mas não importava no momento. Era mais importante fazer Jelena se acalmar, o que de fato ocorreu.

– Preciso do máximo de informações possível – implorou Peder. – Como ele encontra essas crianças? Como ele escolhe?

Jelena respirava ofegante, de uma maneira estranha. Continuava sem olhar para Peder ou para a enfermeira.

– Como ele escolhe?

– As... mães.

A resposta foi tão baixa que ele quase não escutou o que ela disse. No entanto, não teve dúvidas do que ouviu.

– Certo – disse ele, esperando que ela acrescentasse mais alguma coisa. Como não disse nada, Peder continuou: – São mulheres que ele já conhecia? Como as encontra?

Ela virou o rosto devagar até olhar de novo nos olhos dele. Ele sentiu um arrepio lhe subir pela espinha quando viu como os olhos dela eram tristes.

– Você não... escolhe – sussurrou ela. – Você ama... todos... que têm... ou nenhum.

Peder engoliu seco, diversas vezes.

– Não escolhe o quê? – perguntou Peder. – Não entendo, o que a gente não escolhe?

– As... crianças – sussurrou Jelena, debilitada, repousando a cabeça no travesseiro de novo. – Você tem... que amar... todas elas.

Depois disso, Jelena calou-se completamente e Peder entendeu que precisava parar.

Estava um alvoroço tão grande no corredor da equipe de investigação que Fredrika se surpreendeu quando voltou para o Casarão. Encontrou Alex e Peder no Covil. O analista da Polícia Nacional, Mats – "Será que já não fez demais?", pensou ela –, e também um outro homem que Fredrika não reconheceu.

– Fredrika Bergman.

– *Excuse me?*

Tomada pela surpresa, Fredrika repetiu seu nome com uma pronúncia menos marcada. Dessa vez, o homem entendeu e se apresentou como Stuart Rowland. Sentou-se na cadeira desocupada que estava no canto da sala.

Peder ficou de pé quando viu Fredrika se apresentando para o misterioso Stuart Rowland. Explicou, em inglês, o que o visitante fazia ali.

– Dr. Rowland é psicólogo criminalista, traça perfis – disse, exprimindo quase uma reverência. – Ele se ofereceu para nos ajudar com seus conhecimentos.

"Como se o próprio papa estivesse ali", pensou Fredrika.

Peder se virou para Fredrika e perguntou, discretamente, em sueco:

– Tudo bem se fizermos a primeira parte da reunião em inglês?

Quando ela percebeu que ele estava falando sério, sentiu que seu rosto começava a enrubescer.

– Desde que a reunião seja em inglês, alemão, francês ou espanhol, por mim tudo bem – disse ela, com um sorriso sem graça.

Peder piscou, sem entender a ironia das palavras dela.

– Ótimo – disse, sentando-se de novo.

Alex, observando Peder e Fredrika à distância, abriu um sorriso.

– Fredrika, estou feliz por ter voltado a tempo para a reunião. Sente-se para começarmos.

Fredrika, que até o momento não tinha percebido que eles a estavam esperando, sentou-se. Ellen abriu um sorriso e fechou a porta do Covil, empurrando-a com o pé.

Toda investigação tem seu momento crítico. Alex teve a nítida sensação de que a investigação violenta na qual estava envolvido tinha chegado exatamente nesse ponto. Estava convencido de que restavam poucos fatos a serem descobertos. Já tinham quase todas as evidências de que precisavam.

Olhou rapidamente para o professor de psicologia que Peder havia praticamente sequestrado da universidade. Usando uma jaqueta marrom com bolsos de camurça e retalhos nos cotovelos, também de camurça, o Dr. Rowland tinha um bigode que se movia embaixo do nariz como o rabo de um esquilo. Parecia que tinha saído diretamente do cenário de um filme britânico.

Entretanto, Alex sabia que não podia ser exigente demais. Naquele momento da investigação, toda ajuda seria bem-vinda.

– Muito bem – disse, olhando para todos os presentes.

O ar estava extremamente pesado. Alex engoliu seco, com força. Quando as pessoas estão tensas assim, dificilmente conseguem chegar a alguma teoria mirabolante. Olhou para Fredrika. Ela seria a exceção, é claro. Fredrika parecia capaz de se concentrar em qualquer coisa a qualquer hora, desde que fosse algo importante. E nada era mais importante do que aquilo.

Alex prosseguiu, em inglês:

– Quero agradecer especialmente o professor Rowland – disse, na esperança de não ter sido formal demais. – Estamos muito felizes por participar da reunião.

O professor fez um gesto gracioso, concordando, e sorriu sob o bigode.

Alex precisou de uma autorização de seus superiores para que o professor Rowland participasse da reunião. Por mais que a situação fosse desesperadora, a polícia sueca tinha regras de confidencialidade que precisavam ser observadas.

Alex imaginou que todos soubessem disso ao ligar o retroprojetor. Com a ajuda do analista, cujo nome agora ele sabia ser Mats, eles tinham reunido num esquema todas as informações que conseguiram no decorrer da investigação, incluindo as informações mais recentes dadas por Fredrika pelo telefone.

Alex resumiu o caso e suas descobertas com brevidade exemplar. Evitava olhar para o convidado estrangeiro. Assumiu como verdade que trabalhar para o FBI devia ser muito mais divertido do que trabalhar na polícia de Estocolmo.

Como se pudesse ler os pensamentos de Alex, o professor de repente abriu a boca.

– Preciso dizer que esse caso é muito interessante – disse ele.

– Mesmo? – questionou Alex, sentindo-se lisonjeado.

– Sim – disse Rowland. – Mas, observando esse diagrama, sinto que não sei exatamente por que vocês precisam da minha ajuda. O que não está claro?

Alex olhou para o próprio esquema. Nada estava claro.

– Está mais do que claro, sem nenhuma dúvida, que o mesmo homem sequestrou e matou as duas crianças – começou o professor. – Mas se a mulher que vocês identificaram no hospital de fato for cúmplice dele, o que podemos concluir tendo como base a entrevista, então ele deve ter realizado o segundo crime sozinho, sem ajuda dela. A pergunta é: alguma coisa deu errado no primeiro assassinato? Assassinos seriais raramente começam a matar com dois crimes tão sérios com pouco tempo de intervalo, crimes que chamariam muita atenção.

O professor fez uma pausa para verificar se todos acompanhavam o raciocínio dele.

Alex inclinou a cabeça.

– Então, professor Rowland, o senhor acha que o fato de a mulher ter conseguido sair do apartamento depois de ser atacada e ir para o hospital o levou a agir mais rápido?

– Estou convencido que sim – disse o professor, com firmeza. – A mulher provavelmente foi punida por não completar alguma tarefa como deveria durante o primeiro assassinato. A natureza dos ferimentos parecem indicar que ele estava com muita raiva, totalmente fora de si. Isso indica que ela pode ter sido descuidada com alguma coisa que não entendia ser fundamental para o assassino *em termos simbólicos*.

Alex se sentou, deixando a palavra com o professor.

– Precisamos deixar bem claro que o crime foi cometido por duas pessoas – disse Rowland, enfaticamente. – As duas mulheres que o homem tentou ter como cúmplices eram pessoas fracas, que ocupavam posições muito vulneráveis e tiveram um passado difícil, apesar de serem jovens. Elas provavelmente se sentiram atraídas por ele porque ninguém daquele tipo havia demonstrado interesse por elas.

Fredrika se lembrou imediatamente do que Margareta, avó de Nora, havia lhe dito: quando Nora conheceu o homem que acabaria destruindo sua vida, parecia uma verdadeira história de Cinderela.

– Certamente vocês estão procurando por uma pessoa muito determinada e carismática – continuou o professor. – Ele deve ter um histórico militar, mas seja qual for o passado dele, é muito educado. Tem boa aparência. É assim que atrai essas moças abandonadas e faz com que o adorem a ponto de fazer qualquer coisa por ele. Se ele for psicólogo, como as duas garotas disseram, não deixa de ser perigoso.

– Mas a primeira mulher o abandonou – objetou Fredrika, pensando de novo em Nora, de Jönköping. – Teve forças para romper com ele e começar outra vida.

– É verdade – disse o professor –, mas ela não estava totalmente sozinha. Tinha a avó para apoiá-la. Esse assassino com certeza aprendeu com o próprio erro, se é que essa foi a primeira vez. A mulher que ele procura tem de ser fraca e totalmente sozinha. Não pode haver alguém que exerça influência sobre ela. Só ele pode dominá-la e ditar as regras de como ela deve viver.

O professor Rowland mexeu-se na cadeira, mudando de posição. Parecia que gostava de falar e continuaria falando, desde que ninguém o interrompesse.

– Ele achou que tivesse o controle total dessa moça, Jelena, mas ela conseguiu surpreendê-lo e deixá-lo. Essa mulher é importante para ele, em termos práticos, não psicológicos. Ela confirma e reforça a imagem dele como um gênio. E...

Ele assumiu uma expressão séria e levantou um dedo, alertando os colegas.

– E, meus amigos, ele é um gênio. Nenhuma das mulheres sabe o nome dele, onde trabalha ou que tipo de carro dirige. Só o chamam de "Homem". Ele pode ser qualquer um. A melhor esperança é conseguir as impressões digitais dele no apartamento dela, mas duvido que conseguirão. Se pensarmos na estratégia que ele parece usar, não ficaria surpreso se soubesse que desfigura os próprios dedos.

As pessoas começaram a murmurar, e Alex interviu rapidamente:

– Como assim, desfigurar?

– Ah, não é difícil – disse o professor Rowland, com um sorriso. – E também não é incomum. Muitos exilados políticos fazem isso, dificultando o registro das impressões. Assim podem solicitar asilo em outros países, caso não consigam no primeiro.

O silêncio era absoluto. Alex ainda tinha esperanças de conseguir impressões digitais ou DNA para solucionar o caso, supondo que o homem já tivesse passagem pela polícia. Endireitou as costas.

– Espere um instante, você acha que o homem já teve passagem pela polícia?

– Se não teve, a probabilidade de conseguir as impressões digitais no apartamento será maior – disse o professor Rowland. – Se já teve, o que acredito ser o caso, eu ficaria surpreso com a falta de cuidado em deixar algum rastro para trás.

Fredrika pensava no que o professor dissera sobre o criminoso ter acelerado o plano depois que a mulher escapou do apartamento.

– Podemos dizer então que mais crianças vão desaparecer? – perguntou, franzindo a testa.

– Com toda a certeza – respondeu o professor Rowland. – Acho que podemos supor que ele tenha uma lista das crianças que pretende sequestrar. Não é algo que ele decide durante o processo, já tem tudo planejado.

– Mas como ele encontra essas crianças? – falou Peder, frustrado. – Como escolhe?

– Ele não escolhe as crianças – disse o professor. – Escolhe as mães, está punindo as mães. As crianças são apenas um meio para um fim. Está se vingando em nome de alguém. Está pondo as coisas no lugar.

– Mas isso não responde minha pergunta – disse Peder, exacerbado. – O que o motiva?

– Não – concordou o professor –, não responde exatamente. Mas quase. As duas mulheres foram punidas da mesma maneira: ele roubou as crianças e as matou, depois deixou o corpo num lugar com o qual as mães têm algum tipo de ligação. Assim, uma conclusão possível é que as duas mulheres já tenham cometido o mesmo crime e ele está se vingando por isso.

O professor Rowland ajustou os óculos e examinou o diagrama de Alex.

– Ele está punindo as mulheres por não amar igualmente seus filhos. Está punindo porque, se você não ama todas as crianças, então não deve amar nenhuma.

Ele franziu a testa.

– É difícil saber exatamente o que ele quer dizer – suspirou. – Parece que essas mulheres, de maneira inconsciente, total ou parcialmente, erraram com os próprios filhos, ou com alguma outra criança. Não acho que as mulheres necessariamente se lembram da ocasião precisa. Provavelmente elas não fizeram nada de errado, mas *ele acha* que sim.

– Assim como a mulher no hospital – disse Fredrika.

Os outros olharam para ela e concordaram com a cabeça.

O professor afastou as mãos.

– A palavra que ele usa para marcar as crianças, "Indesejada", identifica esse sujeito como muita clareza, principalmente agora que ele conhece a história das duas companheiras, mas nós ainda não sabemos qual é o gatilho, portanto não sabemos também como ele encontrou essas mulheres que perderam as crianças. Mas nós *sabemos* que ele deve conhecer o passado delas, pois os dois corpos foram deixados numa cidade ou lugar com o qual as mulheres tiveram contato há muitos anos.

O professor Rowland tomou um gole do café, agora já frio.

Fredrika perguntou, hesitante:

– Os lugares onde as crianças foram encontradas: será que eles têm alguma ligação com o suposto crime que elas teriam cometido?

– Talvez – respondeu o professor. – Ou, por outro lado, pode ser que o primeiro corpo não tenha sido colocado da maneira como ele queria. Vocês estão trabalhando com a hipótese de que a mulher que está internada dirigiu o carro até Umeå, enquanto o homem foi para Jönköping atrás de Nora, não é? Essa hipótese parece estar correta, por isso não podemos assumir que Lilian foi encontrada exatamente como ele planejou. Ele delegou a última parte do plano à mulher, abdicando temporariamente do controle da situação.

Alex e Peder trocaram olhares. "Para o inferno com a confidencialidade", pensou Alex.

– A menina estava deitada de costas – disse. – A bebê foi encontrada em posição fetal.

– Sério? Mas isso é muito interessante. Talvez esse seja o detalhe que a mulher não conseguiu executar, e por isso foi agredida.

– Mas como um detalhe como esse pode ser tão significativo no contexto geral? – perguntou Fredrika.

– Não podemos esquecer que, embora nosso adversário seja muito inteligente e astuto, ele não é nada racional. Para nós, não importaria em nada se a criança estivesse deitada ou enrolada, nós nos preocuparíamos em nos livrar do corpo da maneira mais discreta possível. Porém, esse homem está preocupado com alguma coisa a mais. Ele está *arrumando* o corpo das crianças. Ele quer nos dizer alguma coisa.

Todos ficaram quietos. O único som que se ouvia era o ruído do ventilador, no canto da sala. Ninguém disse nada.

– Há dois buracos nessa teoria – retomou Rowland. – Vocês não sabem o tipo de contato que o homem tinha com as mulheres, mas podem dizer com quase toda a certeza que foi há muito tempo. O papel exato dos lugares que ele escolhe também não está claro, mas acho que vocês deveriam investigar mais a fundo alguma ligação *especial* das mulheres com esses lugares. A outra coisa que vocês não sabem é o motivo da punição, mas tem a ver com a incapacidade de amar todas as crianças de maneira igual. Examinem o passado dessas mulheres. Talvez elas tenham trabalhado com crianças e se envolveram em algum tipo de acidente, por exemplo.

Alex olhou para fora da janela. Havia mais nuvens sobre a capital.

– Vocês parecem abatidos – disse o professor Rowland, sorrindo. – Mas não acho que vão demorar para solucionar esse caso. Não podemos esquecer que existe um motivo que o levou a ser um sujeito tão doente.

Quando vocês encontrarem o criminoso, certamente vão descobrir que ele teve uma infância muito perturbada, provavelmente sem um dos pais, ou sem os dois.

Alex esboçou um sorriso.

– Só mais uma coisa – disse Peder rapidamente, antes que a reunião terminasse. – Aquela mulher, Nora, o conheceu há uns sete anos. Isso quer dizer que houve assassinatos anteriores? E por que demorou quase dez anos para ele encontrar uma nova parceira?

O professor Rowland olhou para Peder.

– Excelente pergunta – disse ele, calmamente. – Acho que vocês devem começar por aí. Onde esse sujeito estava nos anos que se passaram entre a primeira e a segunda cúmplice?

A REUNIÃO NÃO DUROU MUITO mais depois que o professor Rowland saiu da sala e Ellen o levou até a porta. Todos os membros da equipe, tanto os novos quanto os antigos, continuaram sentados em volta da mesa, apreensivos.

Fredrika teve a mesma sensação de quando assistia a um filme de suspense policial e sentia em todos os seus poros que a trama estava quase solucionada, mas continuava sem ter noção de como ia terminar. Convidar o professor Rowland fora um golpe de mestre. Fredrika disse a si mesma que precisava elogiar Peder pela iniciativa.

Para sua satisfação, todos os presentes estavam igualmente entusiasmados. O fato de ser um sábado e estarem todos com tanta energia dizia muito sobre a natureza do caso.

Alex estabeleceu as duas linhas de investigação que seguiriam dali em diante. A prioridade maior seria procurar os indivíduos que estavam presos e foram soltos naquele ano, ou no final do ano anterior. Alex reconheceu que não sabiam exatamente o que procurar, mas havia diversos indícios da idade do assassino, que provavelmente era um homem instruído. Talvez ele fosse mesmo psicólogo, como disseram Nora e Jelena. Para ter uma data mais precisa, precisariam perguntar de novo a Jelena Scortz quando ela o conhecera. Eles também podiam verificar com ela se o Homem tinha as mãos ou os dedos desfigurados.

A outra prioridade seria investigar o passado de Sara Sebastiansson e Magdalena Gregersdotter. Em que momento da vida elas se envolveram com o lugar onde os corpos foram encontrados?

A divisão do trabalho foi comunicada em duas frases: Peder cuidaria de identificar os suspeitos que se encaixassem no primeiro critério. Fredrika faria o mapeamento do passado das duas mulheres. Alex colocou a mão pesada no ombro de Fredrika.

– Facilitaria muito se você, que adora estabelecer conexões de causa e efeito, encontrasse uma relação entre o banheiro em Bromma e a morte da criança – disse ele, piscando um olho, cansado.

Fredrika não tinha motivo nenhum para reclamar da tarefa que havia recebido, muito pelo contrário: estava bem feliz. Deu um sorriso melancólico quando pensou nas palavras de Alex: "você, que adora estabelecer conexões de causa e efeito...". Não havia muito o que dizer em momentos como esse, descobriu ela. Melhor aprender a lidar com isso.

Fredrika fechou os olhos e apoiou a cabeça nas mãos.

"A emergência de um hospital numa cidade onde Sara Sebastiansson esteve há quinze anos."

"O banheiro de uma casa onde Magdalena Gregersdotter morou há quinze anos."

Repetiu as palavras para si mesma diversas vezes. Emergência de um hospital...

Tentou inclinar-se para trás na cadeira. Corria pelo seu corpo uma espécie de tensão febril. Eles estavam deixando alguma coisa passar. Alguma coisa fundamental.

As palavras de Alex ecoaram de novo na cabeça dela. "Facilitaria muito se você, que adora estabelecer conexões de causa e efeito, encontrasse uma relação entre o banheiro em Bromma e a morte da criança."

Depois, lembrou-se da voz do professor: "As duas mulheres provavelmente estão sendo punidas pelo mesmo crime".

Uma ideia lentamente começou a tomar forma na cabeça de Fredrika. Com medo de perder o foco, agarrou uma caneta sem se mexer na cadeira.

Sentiu o coração acelerar quando o pensamento finalmente apareceu. É claro.

Era só brincar um pouco com as palavras até que elas se encaixassem.

"Alguma coisa que ligue o banheiro em Bromma e uma cidade na região de Norrland". Foi isso que Fredrika havia dito com uma risada sarcástica quando Alex telefonara e ela teve de ir para a varanda da casa de Margareta Andersson, em Umeå, para atender o telefone. "Alguma ligação entre o banheiro em Bromma e a emergência do hospital de Umeå".

Mas é óbvio. Só quando o pensamento lhe ocorreu é que ela percebeu o que deixaram passar na investigação. Umeå não tinha a menor importância, mas sim o hospital.

As perguntas erradas levaram inevitavelmente às respostas erradas. Tendo em vista que a segunda criança fora encontrada num banheiro, seria bem estranho se a intenção inicial fosse colocar a primeira criança na porta do hospital. Seguindo o mesmo princípio, a bebê poderia simplesmente ter sido colocada na calçada da casa onde foi encontrada. Então, a pessoa que deixou Lilian em Umeå havia cometido mais do que apenas um erro. E pagou caro por isso.

Com a última peça do quebra-cabeça finalmente no lugar, Fredrika se sentiu aliviada. A ligação geográfica com os lugares não era das crianças, mas das mães. Então Alex disse errado e pensou errado quando pediu para ela encontrar uma conexão entre o banheiro em Bromma e a criança assassinada. Mas da primeira vez ele estava certo. A conexão entre o banheiro em Bromma e a mulher que já havia morado na casa. Então a conexão equivalente seria entre o Hospital da Universidade de Umeå e...

Fredrika já estava pegando o telefone quando concluiu o pensamento. Só havia mais uma pessoa com quem ela precisava conversar antes de ter um quadro completo do que realmente manteve Sara Sebastiansson em Umeå naquele verão.

Embora fosse sábado à tarde, Peder estava trabalhando. Era verão, e estava nublado. Estava frio, mas o ar era úmido. Nada estava certo.

Peder se viu novamente arremessado entre extremos de emoções opostas. Não conversara com Ylva o dia todo e agora estava arrependido. Começou o dia se sentindo inútil e improdutivo no trabalho e agora, de repente, se sentia no auge da carreira. Convidar o professor norte-americano fora uma jogada de muita sorte, principalmente para a investigação, mas também para si mesmo. Peder agora se sentia muito mais do que adequado: sentia-se estimulado e pronto.

O carro foi praticamente sozinho até Karolinska. Dessa vez, ele não avisou que estava indo para lá. Se fosse inconveniente, teria de voltar no dia seguinte.

Tentou sentir compaixão por Jelena Scortz, que havia passado por tantos infortúnios numa vida relativamente curta. Porém, ao mesmo tempo, tinha uma crença inabalável no livre arbítrio. E daí se a vida de Jelena Scortz tinha sido uma merda? A infância abominável só devia influenciar a vida de uma pessoa adulta até certo ponto. Aos olhos de Peder, quem se envolvia em assassinato de crianças não merecia sua compaixão. E isso também valia para Jelena Scortz. Na verdade, valia *especialmente* para Jelena Scortz; ele se lembrou daquele olhar triste e furioso que vira no rosto dela enquanto falava por que as mulheres tinham de ser punidas.

"Ela sabia o que estava fazendo quando segurou Sara na estação de Flemingsberg", pensou, amargurado. "Aquela miserável sabia."

Mesmo assim, ele amoleceu quando subiu até a ala do hospital onde Jelena estava internada. Não era do tipo que se alegrava ao ver tamanha violência contra um ser humano.

Havia uma enfermeira ao lado da cama de Jelena, ajudando-a a beber alguma coisa com um canudo. A enfermeira levou um susto quando ouviu Peder chegar atrás dela.

– Você me assustou – disse ela, dando uma risada ao ver a identificação de Peder.

Não era a mesma enfermeira de antes.

Peder sorriu de volta. Jelena não moveu um músculo sequer.

– Eu gostaria de conversar um pouco com Jelena, se ela estiver disposta – disse. – Estive aqui hoje de manhã.

A enfermeira franziu a testa.

– Bem, eu não tenho certeza se... – começou.

– Eu não vou demorar – acrescentou Peder, apressado – e só ficarei se Jelena não se importar.

A enfermeira se virou para Jelena.

– Você não se importa de conversar com o policial um minutinho? – perguntou ela, relutante.

Jelena não disse nada.

Peder se aproximou lentamente da cama.

– Tenho só algumas perguntas para fazer. Mas só se você estiver disposta.

Jelena não disse nada, mas continuou olhando para ele e não mexeu a cabeça para negar. Peder interpretou aquilo como um consentimento.

– Desde quando você conhece o Homem? – perguntou.

Jelena virou lentamente a cabeça no travesseiro. Será que começava a se arrepender de ter fugido do Homem? Será que o estava traindo por abandonar a batalha? Se sim, era improvável que dissesse mais alguma coisa para a equipe de investigação.

– Desde... Ano Novo...

Ela falou tão baixo que Peder quase não ouviu.

– Desde o Ano Novo – interpretou a enfermeira, com a voz clara.

Peder assentiu, curioso.

– Por favor, me diga como vocês se conheceram...

Ele estava implorando, algo que raramente fazia.

Lágrimas pequenas e solitárias correram lentamente pelas bochechas inchadas e machucadas de Jelena. Peder engoliu seco. O trabalho na polícia jamais podia se tornar algo pessoal, mas também era impossível se manter indiferente a ponto de perder a sensibilidade humana.

– Na rua – disse Jelena, tranquila. Dessa vez, tanto Peder quanto a enfermeira entenderam claramente.

Mesmo assim, a enfermeira repetiu as palavras de Jelena. Peder fez um gesto pedindo para ela ficar quieta.

– Na rua... – repetiu ele, calmamente. – Você... você trabalhava como prostituta quando o conheceu?

Perguntas que exigiam sim ou não como resposta eram mais fáceis: ela só teria de balançar a cabeça, concordando ou negando. Dessa vez, ela concordou.

"Ele é caçador de putas?", perguntou-se Peder. "Será que é assim que vamos encontrá-lo?"

Jelena de repente pareceu muito letárgica e a enfermeira pareceu preocupada. Peder se levantou para ir embora, pois já havia conseguido a informação que queria.

– Só mais uma pergunta, Jelena – disse ele.

Ela virou a cabeça e olhou para ele.

– Tinha alguma coisa estranha com as mãos dele? Elas eram machucadas ou alguma coisa assim?

Ela engoliu diversas vezes. Peder viu que estava sentindo muita dor.

– Queimadas.

Peder franziu a testa.

– Queimadas – repetiu Jelena. – Ele disse... que foram... queimadas.

Estava exausta. Peder olhou para ela até achar que seus olhos iam saltar para fora. Não podia ser verdade.

– Ele disse que tinha queimado as mãos?

Ela concordou.

– E elas pareciam queimadas?

Ela concordou de novo.

Peder tentava pensar, mas sua cabeça estava a mil.

– Onde? – continuou. – Como?

Limpou a garganta:

– As cicatrizes eram nas costas ou na palma das mãos?

– Palmas.

– E as cicatrizes pareciam antigas?

Jelena balançou a cabeça.

– Novas – sussurrou ela. – Novas... quando... nos conhecemos...

Mas que droga! Será que esse homem realmente tinha pensado em tudo?

Peder engoliu seco de novo.

– Jelena, se você tiver qualquer coisa, qualquer coisa mesmo, para dizer, pode falar quando quiser. Muito obrigado.

Peder se levantou para ir embora, mas Jelena emitiu um ruído.

Ele olhou para ela, curioso.

– Boneca – sussurrou Jelena, que já havia parado de chorar. – Ele.... me chama... boneca.

Peder teve a impressão de que ela tentava sorrir.

Fredrika recebeu um telefonema de uma pessoa que se apresentou como Dra. Sonja Lundin. Por um momento, ficou confusa. Não reconheceu a voz, nem o nome.

– Sou médica legista do hospital de Umeå – esclareceu ela. – Fui eu que realizei o primeiro exame no corpo da menina encontrada aqui na porta.

Fredrika ficou envergonhada por não reconhecer o nome da médica, mas logo de lembrou que Alex cuidara dessa parte da investigação.

– Acho que ainda não nos falamos – disse Sonja Lundin, em resposta ao silêncio de Fredrika. – Eu liguei para falar com seu colega Alex Recht, e me transferiram para você porque ele está no meio de outro telefonema. Alguém da sua equipe deixou um recado para mim a respeito de um prontuário.

Fredrika sentiu o coração acelerar.

– Pode falar comigo – confirmou Fredrika. – Fui eu que liguei.

Fredrika ficou profundamente agradecida por Alex não ter atendido a ligação. Essa conversa não era para os ouvidos dele.

– Em termos gerais – disse Sonja Lundin, hesitante –, esse tipo de informação é confidencial.

– É claro – apressou-se Fredrika.

– Mas pensando na natureza no crime e na sua pergunta, que não é tão específica, não vejo problema em responder – disse Sonja Lundin, bruscamente.

Fredrika segurou a respiração.

– Temos um prontuário aqui com o nome que você me passou – disse Sonja Lundin.

Fredrika fechou os olhos. Ela sabia!

– Você pode me dizer a data? – perguntou ela, tranquilamente, com medo de ultrapassar algum limite e perguntar coisa demais.

Sonja Lundin ficou em silêncio por um instante.

– 29 de julho de 1989 – disse ela. – A paciente foi liberada no mesmo dia. Mas acho que não posso dizer por que ela esteve aqui, a menos que...

Fredrika a interrompeu.

– Isso é tudo que eu preciso saber. Muito obrigada pela ajuda.

A noite começava a cair. O céu assumiu uma aparência quase outonal quando o sol se escondeu atrás de uma nuvem. O que acontecera com o verão? Alex aquietou o olhar e ficou observando a vista pela janela. Aquela noite estava diferente. Havia uma empolgação no ar.

A paz reflexiva de Alex foi interrompida por Peder, que entrou galopando na sala. Alex sorriu. Enquanto Fredrika sempre se esgueirava em missões secretas para depois relatar suas descobertas com dramaticidade nas reuniões, Peder gostava de comunicar com mais frequência seus feitos e conclusões.

– Eles se conheceram no Ano Novo – disse ele, sentando-se na poltrona sem ser convidado.

– Quem?

– Jelena e o tal Homem.

– E como você sabe disso?

Peder endireitou o corpo.

– Eu te falei que ia no Hospital Karolinska – respondeu ele, com um ar levemente desafiador.

Como Alex não disse nada, ele prosseguiu.

– Ele a pegou na rua; ela era prostituta.

Alex suspirou e repousou o queixo numa das mãos.

– A outra moça também não era? A que ele matou em Jönköping? – perguntou Peder.

Alex franziu a testa.

– Acho que não – disse ele, em dúvida. – Pergunte para a Fredrika, mas eu acho que não. Pensando bem, acho que ela conhecia algumas prostitutas, então é provável que o tenha conhecido nas ruas.

Peder fez um gesto impaciente.

– Ah, qual é? – disse ele. – O que ela estaria fazendo nas ruas se não fosse prostituta?

– E como é que eu vou saber? – respondeu Alex, irritado. – Foi o que a avó dela disse, e, se a avó quer disfarçar um pouco a verdade, isso é problema dela. Mas ela pode estar certa. Nora não está em nenhum registro de prostituição nosso.

– Mas como ela se encaixa nisso tudo? – perguntou Peder. – Não entendo por que, nesse momento crítico, ele se dá ao trabalho de correr até Jönköping para matar a ex-namorada.

– Uma ex-namorada que há muito já fez parte dos planos dele – lembrou Alex.

– Certo – disse Peder. – Mas mesmo assim. Qual o propósito de acabar com ela?

– Estou de acordo com você, mas, por hora, não vamos nos preocupar com isso – disse Alex, obstinado. – Conversei com a polícia de Jönköping. Eles não conseguiram nenhuma pista do assassino, exceto a pegada do sapato Ecco. A investigação de Jönköping não vai nos levar a lugar nenhum.

– Mas nós chegamos a suspeitar que, de algum jeito, ele conseguia informações sobre o andamento da investigação – começou Peder.

– Deve ter sido coincidência – comentou Alex. – Naquele momento, a gente nem tinha se dado conta de que a mulher ligou dando pistas sobre ele.

Peder ficou quieto. Depois completou:

– Eles não encontraram nada porque ele destruiu os próprios dedos.

Alex olhou para ele.

– Você tá falando sério?

Peder assentiu com a cabeça.

– Púta merda! – resmungou Alex. – Que tipo de sujeito é esse?

Peder, sem demora, completou a informação.

– Será que ele é caçador de puta?

Alex foi pego de surpresa.

– Caçador de puta?

– É assim que ele consegue as mulheres.

Alex inclinou a cabeça.

– É, faz sentido – disse ele, com calma. – Faz sentido. E caçador de puta não tem classe social, a gente sabe muito bem.

– Certo, vou começar a investigar por aí – declarou Peder.

– Faça isso – disse Alex com a mesma determinação, acrescentando: – E procure também os caras que foram presos por violência contra mulheres ou alguma coisa do tipo. Essa não deve ter sido a primeira vez que ele espanca uma mulher.

Peder assentiu, entusiasmado.

Em seguida, os dois ficaram em silêncio, tentando reunir forças para se levantar e voltar ao trabalho.

– Ela disse que ele a chama de "boneca" – disse Peder, quebrando o silêncio.

– Boneca? – repetiu Alex.

Toda perda é difícil de superar.

Mas a dor de perder uma criança não é só pesada: é negra como a noite.

Fredrika tentou se concentrar nessa ideia quando saiu do carro na porta do prédio de Sara Sebastiansson. Como já tinha recebido o telefonema de Umeå, não havia motivos para atrasar a conversa com Sara. Perguntou-se se não estava agindo errado ou ultrapassando algum limite por procurá-la num sábado à noite, e concluiu com um enfático "não". Não, dadas as circunstâncias. Não havia nada de errado.

Fredrika tentou não sentir raiva. Tentou entender e, acima de tudo, tentou se convencer de que Sara devia ter um motivo para agir daquela maneira. Porém, ao mesmo tempo, sentia a frustração brotando dentro de si. Durante todo esse tempo ficara faltando uma peça do quebra-cabeça, e Sara simplesmente ficou lá, parada, com ela na mão. Além de atrasar a investigação do assassinato da própria filha, a frieza de Sara também travava o andamento do caso da bebê Natalie.

Quando tocou a campainha, Fredrika desejou de todo coração que Sara estivesse sozinha. Do contrário, teria de pedir para os pais de Sara saírem.

Sara abriu a porta no segundo toque da campainha. Parecia pálida e cansada, com olheiras tão negras ao redor dos olhos que toda a raiva e frustração de Fredrika se dissiparam imediatamente. A realidade se colocou na frente dela: esta é a mulher que acabou de viver na própria pele seu pior pesadelo. Não havia espaço para criticá-la.

– Me desculpe ter vindo sem avisar – disse Fredrika, com a voz suave, mas firme. – Eu preciso muito falar com você.

Sara se afastou da porta para que Fredrika entrasse e lhe apontou a sala de estar. Parecia que a sala estava servindo como quarto extra: havia um colchão no chão. Provavelmente os pais de Sara ainda não tinham ido embora, mas, para o alívio de Fredrika, eles não estavam em casa.

– Você está sozinha? – perguntou Fredrika.

Sara assentiu.

– Meus pais foram ao supermercado – disse ela, com a voz baixa. – Devem voltar logo.

Fredrika pegou discretamente seu bloquinho.

– Vocês o encontraram?

A pergunta escapou da boca de Sara.

– Você quer dizer... – começou Fredrika, um pouco confusa.

– Gabriel – respondeu Sara.

Fredrika sentiu um arrepio frio por todo o corpo quando a encarou. Os olhos de Sara brilharam de puro ódio.

– Não – respondeu Fredrika –, ainda não o encontramos. Mas fizemos um alerta nacional e expedimos o mandado de prisão.

Ela engoliu e fez uma pausa.

– Mas ele não é mais suspeito pela morte de Lilian. Em termos práticos, ele não poderia ter feito isso.

Sara olhou longamente para Fredrika.

– Eu também não acho que ele matou nossa filha – disse ela. – Mas agora que eu sei da pornografia infantil no computador dele, não vejo a hora de vocês o encontrarem. Tomara que fique preso o resto daquela vida miserável dele.

Fredrika nem pensou em falar sobre o tipo de sentença que esperava Gabriel Sebastiansson para quando o encontrassem, se é que o encontrariam. Guardou tudo para si e tentou dizer algo reconfortante:

– Não há nada que indique que ele tenha abusado de Lilian.

Sara olhou para a frente com o olhar vazio, e disse, com a voz mais alta:

– Me disseram isso também. Mas ninguém garante que ele não a tocou, aquele asqueroso filho da mãe.

Sara gritou as últimas palavras com tanta força que Fredrika começou a achar que não tinha feito a coisa certa em aparecer sozinha e sem avisar, mas segurou o nervosismo. O que ela precisava conversar com Sara era crucial para a investigação.

– Sara – disse ela, resoluta –, preciso falar com você sobre Umeå.

Sara enxugou algumas lágrimas que começaram a escorrer pelo rosto.

– Já falei sobre Umeå – disse ela.

– Mas eu queria perguntar se você sabe por que Lilian foi deixada na porta do hospital – disse Fredrika.

– Não tenho a menor ideia – disse Sara, evitando olhar para Fredrika.

– Nós achamos que ela foi deixada lá por um motivo específico – continuou Fredrika, implacável. – Achamos que você tem alguma ligação com o lugar, que o assassino sabia disso e por isso escolheu aquele lugar.

Sara olhou para Fredrika, sem entender.

– Tem alguma coisa que você não contou para nós? – perguntou Fredrika. – Alguma coisa que você achou que não fosse importante, que talvez não tivesse nenhuma ligação com o caso... alguma coisa muito particular sobre a qual você não goste de falar.

Sara baixou os olhos e negou com a cabeça.

Fredrika segurou um suspiro.

– Sara, nós sabemos que há um prontuário seu no Hospital da Universidade de Umeå – disse ela, com firmeza –, e temos quase certeza de que há uma ligação entre a sua ida ao hospital e o fato de Lilian ter sido encontrada lá.

– Eu fiz um aborto – sussurrou Sara, depois de uma longa hesitação.

Fredrika não desviou o olhar do rosto de Sara. Era disso que ela suspeitava, mas precisava confirmar.

– Eu engravidei mais ou menos quando terminei com aquele namorado, e é claro que eu não podia contar nada em casa. Então decidi fazer o aborto enquanto eu estivesse em Umeå. Não foi muito complicado de conseguir.

Disse para o professor que precisava de um dia de folga para me encontrar com uma pessoa e daí fui ao hospital.

Quais seriam as coisas mais solitárias da vida? Fazer um aborto escondido com certeza estava na lista. Seria esse o motivo de Sara estar sendo punida com tanta crueldade?

– Sinto muito, Sara, por termos de remexer nessas coisas – disse Fredrika –, mas precisamos saber, para o bem da investigação.

Sara assentiu e deixou cair algumas lágrimas em silêncio.

– Alguém sabia do que você fez em Umeå? Qualquer pessoa?

Sara balançou a cabeça.

– Ninguém sabia – respondeu, soluçando. – Nem Maria, que fez o curso comigo. Não contei para ninguém. Você é a primeira pessoa que sabe.

Sara sentiu um aperto no peito, como se a sala do apartamento estivesse se fechando em volta dela.

– E foi por isso que você ficou mais tempo em Umeå do que Maria? – perguntou ela.

– Sim, eu não ia conseguir fazer se Maria ainda estivesse lá – disse Sara, que agora parecia cansada.

Endireitou o corpo e parou de chorar.

– Seria muito ruim se meus pais descobrissem – disse, com a voz trêmula.

– Eu garanto que ninguém vai ficar sabendo de nada – disse Fredrika, confortando-a rapidamente, com a esperança de que não estivesse mentindo. Depois voltou a perguntar: – Você tem certeza que não contou para ninguém? Nem para o seu namorado? Será que ninguém soube ou suspeitou de alguma coisa?

Sara balançou a cabeça.

– Não contei para ninguém – respondeu, obstinada. – Nenhuma alma viva.

"Mas alguém sabia", pensou Fredrika. "Uma pessoa ruim sabia."

Sem pensar muito no que estava fazendo, Fredrika inclinou o corpo para a frente e passou a mão no ombro de Sara. Quase igual à conselheira que ela disse que não queria ser.

Ellen Lind não se sentia culpada por ir embora mais cedo que seus colegas de equipe. Seu papel não era dos mais vitais, afinal de contas.

Quando criança, Ellen havia sido um caso clássico de garota sobrepujada. Ela vivia permanentemente na sombra de seus irmãos mais velhos e mais benquistos, mas também dos pais, triunfantes e atraentes. Ela tinha plena ciência de que era a filha não planejada, enquanto as outras crianças eram muito mais queridas. Ellen, nem mesmo era um nome típico na família, diferentemente dos que os irmãos mais velhos receberam.

Sua sensação de exclusão cresceu e criou raízes profundas. Ellen era diferente. Até sua aparência era diferente, pois suas proporções físicas destoavam dos outros, e seus traços eram mais duros. Os irmãos e irmãs eram mais altos, mais bonitos e mais seguros desde cedo. Ellen, não.

Porém, havia muito tempo que Ellen deixara tudo isso para trás. Agora que já era adulta e tinha sua própria família, sua relação com os pais e irmãos era mais distante.

A experiência passada permitia que Ellen, já escaldada, não se importasse com a sensação de exclusão no trabalho. Estava acostumada a ser estranha, acostumada a não se encaixar nos padrões. Ela e Fredrika já haviam conversado discretamente sobre isso – tudo o que Fredrika fazia era discreto – quando Fredrika entrou para a equipe, mas não se tornaram exatamente amigas. Para Ellen, era uma pena, pois sabia que Fredrika seria a amiga ideal.

No entanto, nem Fredrika nem o trabalho ocupavam sua mente naquele sábado à noite enquanto voltava para casa. Ellen pensava em Carl e nas crianças. Principalmente em Carl.

Estava preocupada porque ele não havia respondido suas mensagens de texto durante o dia, nem no dia anterior. Também não atendeu quando ela telefonou. A chamada sequer caiu na caixa postal; em vez disso, Ellen ouvia uma voz robótica que dizia, sílaba por sílaba, "este número encontra-se indisponível, tente novamente mais tarde".

Era como se ele tivesse sido tragado pela terra.

Ellen tentou não se preocupar. Tudo havia dado tão certo da última vez que se encontraram. Desde que seu casamento acabara, Ellen estava muito sensível com as relações. De vez em quando, ficava um pouco paranoica, e essa característica era a menos desejável no mercado matrimonial. Sentiu que seu peito apertava e, lá dentro, uma pressão tomava maiores proporções. Respirar fundo algumas vezes a fez se sentir melhor. Um pouco mais tarde, no entanto, Ellen sentiu o estômago doendo.

Sabia que aquilo era uma besteira. Carl teria uma explicação perfeitamente natural para seu silêncio. Não tinha o direito de achar que ele estava disponível o tempo todo.

Tentou rir de si mesma.

Dessa vez, havia caído na rede. Pela primeira vez, Ellen estava perdidamente apaixonada.

A MÉDICA LEGISTA que realizou a autópsia de Natalie finalmente conseguiu entrar em contato com Alex. Em poucas palavras, ela disse que o procedimento parecia idêntico ao modo como Lilian Sebastiansson fora assassinada. Alguém tinha injetado insulina pela fontanela. Não foram encontradas impressões digitais, tampouco rastros do DNA de outra pessoa no corpo da bebê.

Mas havia uma diferença: no corpo de Natalie, não foram encontrados resquícios do talco encontrado no corpo de Lilian.

– O que é muito estranho – observou a legista. – É como se o assassino não quisesse usar luvas para esse crime.

– Não há nada de estranho nisso – disse Alex. – Pelo visto, nosso assassino não precisa se preocupar em deixar impressões; só a mulher, que era sua cúmplice, precisava de luvas. E a mulher não encostou na segunda criança.

– Por que ele não precisa usar luvas? – perguntou a legista, surpresa.

– Ele queimou as próprias mãos para não deixar marcas.

– Inacreditável – sussurrou a legista, basicamente para si própria.

Alex perguntou se ela tinha mais alguma coisa para dizer. Enquanto ela pensava, os dois ficaram em silêncio.

– Não – disse ela, por fim. – Mais nada. Quer dizer, tenho sim.

Alex esperou.

– Não encontramos nenhum sinal de sedativos em Natalie, como encontramos em Lilian.

Alex refletiu sobre a informação.

– A bebê estava dormindo quando foi sequestrada – murmurou Alex. – O assassino provavelmente não precisou sedá-la.

– É verdade – disse a patologista. – É verdade. Acho que não tenho mais nada a dizer sobre ela. Não houve violência além da injeção letal, e não encontrei nenhum hematoma no corpo, antigo ou recente.

– Antigo? – perguntou Alex, franzindo a testa.

Foi capaz de visualizar a legista ruborizando do outro lado da linha ao responder:

– Há tantos pais doentes por aí. Só para garantir...

Alex abriu um sorriso triste.

– Sim, você está certa.

Alex ficou surpreso quando descobriu com que frequência os assassinos eram encontrados na vizinhança da vítima. Demorou anos para entender como isso era possível. Entendia como alguém era capaz de perder a cabeça no calor do momento e bater em outra pessoa, mas a distância entre um golpe e um assassinato a sangue frio, muitas vezes com plena consciência do ato, era demais para sua cabeça. Além disso, as pessoas pareciam matar pelos motivos mais bizarros.

"O mundo está maluco", sussurrou Alex para a esposa uma vez antes de dormir, logo depois de se casarem.

Ela havia escolhido aquele momento para dizer a Alex que estava grávida do primeiro bebê. A escolha daquele momento não serviu de nada para desfazer a visão que Alex tinha do mundo: ele *estava* maluco.

Porém, por mais que Alex lutasse para encaixar o caso de Lilian no padrão de todos os casos de crianças desaparecidas que já tinha visto na carreira, por mais que quisesse que o caso terminasse de uma maneira corriqueira, ele sabia que o sequestro e o assassinato de Lilian Sebastiansson era um acontecimento único, do qual jamais se esqueceria.

Espiou o relógio. Quantas horas mais eles iam aguentar? Valia mesmo a pena atravessar a noite trabalhando? Como estariam no dia seguinte se não descansassem? A equipe precisava continuar firme.

A legista tossiu do outro lado da linha. O som interrompeu os pensamentos de Alex e o fez se sentir um idiota.

– Desculpe – apressou-se em dizer –, mas acho que não escutei a última parte.

A legista pareceu hesitar.

– O fato de ele injetar a substância tóxica na cabeça da criança – começou ela, devagar.

– Sim?

Mais hesitação.

– Eu não sei, talvez eu esteja totalmente errada e isso não tenha nada a ver com o caso, mas... Em alguns países, trata-se de um método totalmente legal de realizar um aborto tardio.

– Como? – perguntou Alex, levantando as sobrancelhas.

– É verdade – disse a legista, dessa vez mais convicta.

Como Alex não disse nada, ela prosseguiu:

– É um método praticado em diversos países onde o aborto tardio é permitido. É mais um parto, na verdade, do que um aborto. Quando a cabeça do bebê aparece, a substância letal é injetada direto no crânio, então teoricamente a criança nasce morta.

– Meu Deus – disse Alex.

– É assim que eles fazem – concluiu a legista. – Mas, como eu disse, talvez não tenha importância nenhuma para o caso.

Alex sentiu a cabeça girar.

– Eu não pensaria assim – disse Alex. – Eu não pensaria assim.

Alex retomou, com energia renovada, a análise do material que estava espalhado em cima da mesa.

O clima no Covil era mágico desde que o psicólogo norte-americano falara com eles. Na verdade, fazia muito tempo que Alex não encontrava um homem que falasse com tanta propriedade. Ele praticamente fez um esboço de toda a estrutura de investigação dali em diante.

Alex pegou o relatório que tinha acabado de receber da equipe que visitou o apartamento de Jelena Scortz. Fora muito difícil conseguir um mandado de busca com o promotor de justiça. Ele achou o que tinham pouco para ela ser considerada cúmplice do assassinato de Lilian. Alex defendeu o argumento de que embora eles não pudessem provar que ela estivesse envolvida no assassinato, ela havia admitido que o principal suspeito ficava no apartamento dela, e isso bastava para justificar um mandado.

Todavia, como o psicólogo havia previsto, a busca no apartamento não revelou nada que ajudasse a identificá-lo. Eles naturalmente encontraram diversas impressões digitais, e praticamente todas eram de Jelena. Ela tinha as impressões arquivadas no sistema da polícia porque havia sido presa e condenada por roubo e receptação de bens há alguns anos.

As outras impressões não constavam nos arquivos. E o assassino, é claro, não havia deixado nenhuma.

Alex sentiu náuseas ao olhar as fotografias tiradas na cama onde Jelena tinha sido deixada depois da agressão. Havia sangue nos lençóis, nas paredes, no chão.

A equipe de busca não encontrou nenhum objeto que talvez pertencesse a um homem. Só havia uma escova de dentes no banheiro, que foi recolhida para análise. Alex tinha plena certeza de que encontrariam apenas o material genético de Jelena na escova. A equipe também não encontrou roupas masculinas.

Porém, havia dois itens interessantes que a polícia levou do apartamento. Primeiro, alguns fios de cabelo encontrados no banheiro que, com sorte, seriam de Lilian Sebastiansson; assim eles não precisariam mais procurar por uma ligação de Jelena ao assassinato. Segundo, um par de sapatos Ecco, tamanho 46, logo na entrada.

A princípio, Alex não entendeu nada. Como um sujeito tão estratégico e inteligente cometeria uma mancada dessas? Depois percebeu que só podia haver uma resposta e sentiu o coração acelerar até quase explodir.

Era óbvio, óbvio, que o assassino tinha voltado ao apartamento depois de agredir Jelena. Voltou e viu que ela tinha ido embora. Não demorou a perceber que a polícia logo estabeleceria uma ligação entre Jelena e o crime, principalmente se tivesse visto o apelo por informações divulgado na imprensa.

– Merda! Merda! Merda! – gritou Alex, batendo o punho fechado na mesa.

Olhou para a fotografia do sapato Ecco, que parecia rir da cara dele com tanto descaramento que ele sentiu as pernas bambearem.

"Ele sabia que a gente não ia demorar a identificar Jelena, e que isso nos levaria ao apartamento", pensou Alex. "Ele deixou de presente essa merda de sapato na entrada."

Eram quase sete e meia e Fredrika pensava se deveria procurar Magdalena Gregersdotter antes de anoitecer de fato ou se deixaria para o dia seguinte. Resolveu voltar para o Casarão e conversar com Alex antes de decidir.

Estava tão ansiosa que mal conseguia ficar sentada no carro. A música soava no volume máximo dos alto-falantes. "O lago dos cisnes". Por um átimo de segundo, Fredrika foi transportada para a vida que levava antes do acidente. A música a fazia sentir viva; era uma atividade a que se dedicava com toda paixão.

Ouviu a voz da mãe:

"Toque de um jeito que o ouvinte consiga dançar; pense sempre que há um bailarino invisível."

Fredrika quase conseguiu enxergar o bailarino invisível dançando "O lago dos cisnes" no capô do carro. Como há muito tempo não acontecia, sentiu-se viva. Não tinha palavras para descrever quão glorioso era aquele momento.

Cheia de euforia, mandou uma mensagem de texto para Spencer assim que estacionou na porta do Casarão, agradecendo pela noite maravilhosa que eles tiveram. Seus dedos queriam escrever algo mais amoroso, mas, como sempre, a razão venceu e ela jogou o telefone na bolsa sem disparar nenhuma declaração de amor. Mas sentiu de novo que alguma coisa havia mudado. Alguma coisa estava diferente.

"Ultrapassamos alguns limites nos últimos dias", pensou ela. "Estamos nos vendo com mais frequência e começamos a verbalizar o que sentimos um pelo outro."

Ainda havia gente trabalhando quando Fredrika deixou a bolsa e o casaco em sua pequena sala. No mundo policial, o sucesso era medido pela quantidade de metros quadrados de sua sala. Corria uma conversa de que a polícia planejava sair do Casarão e se instalar num prédio novo, com salas abertas, divididas em baias. Fredrika riu em silêncio só de imaginar o rebuliço que seria no departamento se esse plano fosse executado. Imaginou o colega Håkan levantando a voz para protestar:

"E vocês esperam que *eu* trabalhe num escritório aberto, sendo que esperei vinte e dois anos para mudar para a sala ao lado?"

Fredrika estava de bom humor, mas, alguns instantes depois, quando parou na porta da sala de Alex, sentiu que toda a sua energia se dissipava.

– Aconteceu alguma coisa? – perguntou ela automaticamente ao ver o olhar sério no rosto de Alex.

Ela imediatamente se arrependeu de ter perguntado. Duas meninas foram assassinadas em menos de uma semana, e só isso era o bastante para que sua pergunta parecesse ridícula.

Mas Alex não perdia tempo com as palavras e Fredrika sabia lidar com isso muito bem.

– E então, descobriu alguma coisa na sua visita-relâmpago? – perguntou ele.

Fredrika havia surpreendido Alex diversas vezes nos últimos dias. A expectativa dele era alta.

– Acho que sei o crime que as mulheres cometeram e por que estão sendo punidas – disse ela.

Alex levantou as sobrancelhas.

– Também tenho uma teoria – sorriu ele. – Será que elas se encaixam?

Peder começou a procurar nos registros por todos os homens que cumpriram sentenças por violência contra mulheres, soltos a partir de novembro do ano anterior. Havia muitos. Ele restringiu a busca a um grupo de idade específica, homens entre quarenta e cinquenta.

Percebeu que a maioria dos homens havia cumprido sentenças relativamente curtas. Haviam se passado sete anos desde que Nora conhecera o homem; o que ele andou fazendo durante todo esse tempo? Será que outras mulheres haviam passado pela mesma coisa, mas a polícia não teve notícias? Ou pior, será que outras crianças morreram nas mesmas circunstâncias?

Peder quase entrou em pânico. Por que não pensou nisso antes? Por que eles supuseram que essas eram as primeiras vítimas?

Depois se acalmou um pouco. Se outros policiais no país tivessem trabalhado em casos semelhantes nos últimos vinte anos, sem dúvida já teriam entrado em contato com os colegas de Estocolmo. A não ser que o assassino tivesse tentado e fracassado. Talvez ele tivesse sequestrado uma criança, mas não chegara a consumar o assassinato...

Peder balançou a cabeça, frustrado. Precisava se concentrar e correr o risco de seguir uma linha única de investigação. Tomou nota das opções que podia descartar. "Que bom que você está assumindo prioridades", diria Fredrika se o visse daquele jeito.

Resolveu pedir a Alex para delegar a outros membros da equipe aquelas linhas de investigação que ele ainda considerava importantes, mas menos urgentes.

Olhou para a lista sobre a mesa. Havia muitos sujeitos que cumpriram sentenças bem curtas. A equipe de investigação concordava em alguns pontos:

1. *O assassino passara um tempo inativo desde que perdera o controle de Nora, "recrutando" Jelena no lugar dela;*
2. *Ele provavelmente já tinha passagem pela polícia e tinha cumprido pena grave por algum tipo de violência, o que o manteve preso desde que Nora o abandonou;*
3. *Muito provavelmente, era um desequilibrado;*
4. *Provavelmente ia atrás de prostitutas.*

Seguindo esses critérios, restariam poucos nomes na lista. Mas como se filtra esse tipo de informação?

Peder digitava de maneira frenética.

"Os arquivos da polícia não foram feitos para esse tipo de investigação", pensou ele, furioso.

De início, ele recebeu ajuda para organizar os dados, mas a ajuda, quer dizer, Ellen, já havia ido embora e só voltaria no dia seguinte. Talvez estivesse na hora de dar o dia por encerrado e ir para casa dormir um pouco.

Peder se encheu de ansiedade só de pensar em ir embora. Não sentia a menor vontade de ir para casa e enfrentar seu casamento decadente. Sentia falta dos meninos. Mas estava extremamente cansado da mãe deles.

– Mas que inferno, o que eu vou fazer? – murmurou.

Não tinha notícias de Pia Nordh desde que saíra do apartamento dela. Estava grato por isso. Estava se sentindo um tanto envergonhado pelo modo como se comportou de manhã, e assustado porque parecia que anos já haviam se passado, quando na verdade eram poucos dias.

Olhou para as anotações que fizera. Leu uma vez. Leu outra vez.

Abriu o armário e pegou o diagrama que ele e Fredrika haviam esboçado com a linha do tempo contendo as ações de Gabriel Sebastiansson no dia em que a filha dele fora sequestrada. Pegou uma folha branca na gaveta e começou a fazer uma nova linha.

"Tudo aconteceu muito rápido", pensou enquanto traçava. "A equipe é pequena e há informação demais para ser processada em pouco tempo; por isso estamos deixando passar algumas coisas".

Os pais de Magdalena Gregersdotter haviam vendido a casa em Bromma há mais de quinze anos. Se o assassinato de Natalie tinha alguma coisa a ver com a casa da família de Magdalena, então o assassino deve ter tido algum contato com Magdalena antes de os pais venderem a casa.

Então é isso. Primeiro o assassino estava em Estocolmo. De alguma maneira ele conheceu Magdalena, provavelmente quando ela cometeu o "crime" pelo qual agora era punida. Depois ele se mudou, temporária ou permanentemente, para Umeå. Ficou lá tempo suficiente para que seu caminho se cruzasse com o de Sara Sebastiansson e de Nora, a mulher de Jönköping, agora morta.

Peder parou um pouco para pensar e resolveu restringir sua busca ainda mais. O homem que eles procuravam provavelmente cometera em Umeå o crime que o levou para a cadeia, ou ali na região.

Examinou a lista e acrescentou um último elemento: o homem não passou necessariamente sete anos na prisão. Ele podia estar sob cuidados psiquiátricos.

Peder escutou uma batida na porta.

– Você pode vir aqui para uma reunião rápida antes de encerrarmos o dia? – perguntou Alex.

– Claro – respondeu, enquanto enviava o *e-mail* para Ellen com os tópicos anotados. Ela cuidaria disso na manhã seguinte.

– Aborto? – perguntou Peder, surpreso.

– Sim – respondeu Fredrika.

Os olhos de Peder, antes caídos, agora estavam arregalados.

– Magdalena Gregersdotter também fez um aborto? Lembra que o psicólogo disse que as mulheres provavelmente cometeram o mesmo "crime"?

Fredrika assentiu com a cabeça, convicta.

– Sim, eu me lembro – disse ela. – Mas eu ainda não consegui conversar com Magdalena. Vou fazer isso amanhã de manhã.

– Será que ele era o médico que realizou os abortos? – perguntou Peder, em voz alta.

– Não podemos nos adiantar tanto assim – alertou Alex, levantando a mão. – Primeiro precisamos confirmar se Magdalena fez um aborto. Se sim, precisamos esclarecer por que ele colocou a bebê morta no banheiro da antiga casa dos pais dela e não no hospital onde o aborto foi realizado.

– Antigamente as mulheres abortavam sozinhas – começou Peder, mas Fredrika e Alex o interromperam. Ele resolveu ficar quieto.

– E com certeza precisamos entender – disse Alex, com um tom objetivo – por que nós não soubemos disso antes.

– Porque raciocinamos exatamente como você fez agora – disse Fredrika, com franqueza.

Peder e Alex olharam para ela, sem entender.

– Você acabou de dizer "por que nós não soubemos disso antes" – explicou ela. – "Não soubemos", em vez de "descobrimos". Se encararmos os fatos como coisas que precisamos descobrir, fazendo as perguntas corretas, por exemplo, não seríamos tão vulneráveis e confiantes nas informações que os outros nos dão.

Alex e Peder trocaram olhares e esboçaram um sorrisinho apagado.

– Vocês não acham? – perguntou Fredrika, agora hesitante.

Alex gargalhou como há muito não fazia.

– Acho que você tem toda razão – disse ele, entre risos.

Fredrika ruborizou.

– Sara não quis falar nada sobre o aborto e todos nós aceitamos que, se ela tivesse alguma conexão com o hospital e não com Umeå, acabaria dizendo por conta própria – disse Alex, pensativo, assumindo de novo a seriedade de antes. – Isso foi um erro. Devíamos ter confiado na nossa intuição e a pressionado, mesmo que não parecesse o ideal a fazer.

Ele juntou os papéis sobre a mesa.

– Continuamos amanhã de manhã – disse. – Está tarde e tivemos um dia longo, acho até que longo demais.

– Acho que justamente por isso não devemos ir para casa agora – protestou Peder.

– Eu sei que parece ruim, mas a gente precisa descansar – insistiu Alex. – Amanhã de manhã a gente retoma. Já avisei a todo mundo que teremos o dia cheio amanhã. Vamos ter que tirar folga outra hora.

Fredrika virou a cabeça para a janela e olhou o céu pesado, nublado e cinzento daquele verão.

– Tiramos folga quando o verão resolver chegar – disse, irônica.

ÚLTIMO DIA

Ellen Lind foi a primeira a chegar no Casarão no domingo de manhã. Era a primeira a chegar e a primeira a ir embora. Gostava de trabalhar assim.

Enquanto o computador ligava, mandou uma mensagem de texto para a filha. Havia perguntado mais de cem vezes se as crianças ficariam bem sozinhas em casa sem uma babá, e elas responderam pelo menos cem vezes que ficaria tudo bem.

O pedido de Peder estava no topo da caixa de entrada de Ellen. Ela abriu o *e-mail*. "Deus meu, que tipo de busca esse homem acha que é possível realizar nos arquivos da polícia? Será que ainda não percebeu que não estamos em um estúdio de TV de uma série policial americana, mas sim na polícia real?", pensou ela.

De todo modo, Ellen resolveu dar uma olhada e telefonou para a Polícia Nacional para pedir ajuda.

Do outro lado da linha, a mulher que atendeu parecia mal-humorada e resmungou.

– Mas que droga, logo num domingo!

Ellen não disse nada. Para ela, havia circunstâncias excepcionais. E por mais que fossem grotescas, tinha de reconhecer que eram emocionantes.

Menos emocionante e mais frustrante era o fato de não ter tido nenhuma notícia de Carl. Deixara o celular ligado a noite toda na esperança de que ele fosse entrar em contato, mas não recebeu nenhuma mensagem. Ellen não achava que havia motivos para duvidar do amor de Carl e preferiu pensar que alguma coisa devia ter acontecido. Se não tivesse notícias até a noite, começaria a telefonar para os hospitais.

Mas mesmo assim...

Mesmo assim havia alguma coisa errada. Uma leve sensação de ansiedade começou a brotar dentro de Ellen. Por mais que tentasse, não conseguia se livrar dela.

Inquieta, resolveu recolher os faxes que haviam chegado durante a noite. Fredrika havia recebido uma série de folhas do Hospital da Universidade de Umeå. Ellen franziu o rosto enquanto folheava a pilha de papéis. Tratava-se claramente do boletim médico de uma paciente chamada Sara Lagerås. Havia uma mensagem curta:

Envio o prontuário médico. Sara Sebastiansson autorizou, pelo telefone.
Atenciosamente,
Sonja Lundin.

Ellen ficou curiosa. O que será que ela tinha perdido indo embora cedo no dia anterior?

Fredrika Bergman acordou naquele domingo com a cabeça pesada. Exausta, esticou a mão até o despertador. Ainda faltavam dez minutos para tocar. Enfiou a cabeça no travesseiro o máximo que conseguiu. "Preciso descansar, preciso descansar", pensou ela.

Ao sair do apartamento, uma hora depois, ela se lembrou de que não tinha dado muita atenção ao recado do centro de adoção. Não *o suficiente*, quer dizer. Fredrika desculpou a si mesma, concluindo que aquela era uma decisão importante demais para ser tomada no meio de uma investigação policial extensa e pesada.

Estava concentrada no trabalho que tinha nas mãos. Dirigiu direto para a casa de Magdalena Gregersdotter e telefonou do caminho para avisar que estava chegando. Fez questão de ressaltar que precisava conversar com Magdalena sozinha.

Uma mulher alta, de cabelos escuros, abriu a porta quando ela tocou a campainha.

– Magdalena? – perguntou Fredrika, dando-se conta de que não tinha a menor ideia de quem era a mãe de Natalie.

– Não – respondeu a mulher, estendendo a mão. – Sou Esther, irmã dela.

Esther conduziu Fredrika até a sala de estar.

"Tudo arrumado e limpo", pensou Fredrika. "A família deve detestar desordem". Para Fredrika, essa era uma característica bem atraente.

Esther a deixou sozinha no meio da sala. Muitos lares abrem as portas para você quando se é da polícia, sinal de que famílias do país inteiro confiavam muito na corporação. Fredrika ficava zonza só de pensar no tamanho dessa confiança.

Magdalena Gregersdotter apareceu na sala e Fredrika foi trazida de volta à realidade.

Achou interessante que Magdalena não tivesse nada a ver com Sara Sebastiansson. Uma mulher que jamais pintaria as unhas dos pés de azul.

Dava para perceber pelo modo como se apresentava, pelo ar de integridade que transmitia, que suas experiências de vida eram muito diferentes das experiências mais exuberantes de Sara. Se ela dissesse que realizou um aborto no banheiro da casa dos pais, Fredrika teria dificuldades para acreditar.

– Podemos nos sentar? – perguntou Fredrika, gentilmente.

Pelo menos ela esperava ter soado gentil, pois sabia muito bem como parecia rude em certas situações.

Magdalena se sentou na beirada do sofá e Fredrika numa poltrona larga, coberta de um tecido colorido que contrastava fortemente com as paredes brancas. Fredrika não conseguiu concluir se era bonito ou cafona.

– Vocês... chegaram em algum lugar?

Magdalena tinha um aspecto melancólico no olhar.

– Quer dizer... a investigação. Vocês encontraram alguém?

Alguém. A palavra mágica que circundava todo policial. Encontrar alguém. Identificar alguém. Responsabilizar alguém.

– Ainda não identificamos ninguém, mas estamos trabalhando numa linha de raciocínio que parece bem sensata – disse Fredrika.

Magdalena concordou diversas vezes com a cabeça. Bom, bom, bom.

– E é essa teoria que me traz aqui hoje – continuou Fredrika. – Tenho uma única pergunta – disse ela, olhando nos olhos cansados da mulher.

Fredrika pausou intencionalmente para garantir que Magdalena prestasse atenção só nela.

– É uma pergunta muito pessoal e parece terrível eu ter de fazê-la, mas...

– Vou responder qualquer coisa que você me perguntar – interrompeu Magdalena. – Qualquer coisa mesmo.

– Ótimo – disse Fredrika, sentindo-se estranhamente segura. – Ótimo. Ela respirou fundo.

– Queria saber se você já fez algum aborto.

Magdalena olhou para ela.

– Aborto? – repetiu.

Fredrika concordou com a cabeça.

Magdalena não baixos olhos.

– Sim – disse ela, com a voz rouca. – Mas há muitos anos. Quase vinte anos.

Fredrika esperou, quase prendendo a respiração.

– Foi logo depois que saí de casa. Eu estava saindo com um homem quase quinze anos mais velho. Ele era casado, mas prometeu que largaria a esposa para ficar comigo. – Magdalena deu uma risada seca. – Mas não largou, é claro. Ele entrou em pânico quando soube que eu estava grávida. Gritou comigo, mandou eu me livrar da gravidez de qualquer jeito.

Magdalena balançou a cabeça.

– Não era pedir demais – disse ela, bruscamente. – Eu me livrei da gravidez, é claro. E nunca mais o vi.

– Onde o aborto foi realizado? – perguntou Fredrika.

– Aqui em Estocolmo, no hospital de Söder. – respondeu Magdalena, rapidamente. – Mas a gravidez estava tão recente que eu tive de esperar várias semanas antes de fazer o procedimento.

Fredrika viu os olhos da mulher se entristecendo de novo.

– Tudo foi muito estranho. Veja só, o procedimento não funcionou, e eles não perceberam. Então eu fui para casa achando que estava tudo bem, mas na verdade o feto ainda estava dentro de mim. Alguns dias depois eu passei muito mal e tive um aborto espontâneo. Meu corpo rejeitou o bebê, por assim dizer. Acho que foi por isso que nunca mais consegui engravidar. A infecção que tive em decorrência disso me deixou estéril.

Ela ficou em silêncio. Fredrika engoliu, procurando as palavras certas para formular a pergunta vital.

– Onde o aborto terminou? – perguntou ela, em voz baixa.

Magdalena pareceu confusa, como se não entendesse.

– Onde você perdeu o bebê? – sussurrou Fredrika.

A expressão de Magdalena mudou totalmente e ela colocou a mão na boca, como se quisesse encobrir um grito.

– No banheiro da casa dos meus pais – disse ela, começando a chorar. – Perdi o bebê onde ele deixou Natalie.

Peder Rydh acordou mal-humorado no domingo. O único ponto positivo foi ter conseguido alegrar o dia de Jimmy, ligando para ele a caminho do trabalho.

– Bolo em breve, Pedda? – vibrou Jimmy no telefone.

– Bolo muito em breve – concordou Peder. – Talvez amanhã!

"Se é que vai ter algum motivo pra comemorar", acrescentou para si mesmo.

O mau-humor matinal de Peder não melhorou quando ele descobriu que Ellen ainda não tinha conseguido nada nos arquivos.

– Esse tipo de coisa leva tempo, Peder. Seja paciente, por favor – pediu ela.

Ele não suportava essa frase, mas nunca tinha discutido com Ellen e não seria agora que discutiria. Voltou para sua sala antes de dizer alguma coisa da qual pudesse se arrepender.

Naquela noite, não tivera a mesma paz de espírito que na anterior. Dormiu no sofá, o que nunca tinha acontecido. Chegou até a pensar em dormir no centro de assistência onde Jimmy morava, mas percebeu que isso só deixaria o irmão confuso e ansioso.

A falta de sono tirava a racionalidade de Peder, e ele sabia disso. Por isso não trocou nenhuma palavra com Ylva durante a noite e pela manhã, e começou o dia com duas grandes xícaras de café.

Sentou na frente do computador e fez algumas buscas em diferentes registros, mas logo descobriu que a tarefa era impossível. Não tinha acesso total aos arquivos, e havia outros que sequer conseguia visualizar.

Abriu o armário e pegou todo o material que havia reunido. Voltou a fazer as mesmas perguntas que todos repetiram nos últimos dias. "O que sabemos?" "O que não sabemos?" "O que precisamos de fato saber para solucionar o caso?"

Eles achavam que sabiam o motivo: as mulheres estavam sendo punidas por terem abortado no passado. Isso se encaixava na frase "As mulheres que não gostam igualmente de todas as crianças não deviam ter nenhuma". No início Peder havia interpretado a frase como se o homem quisesse punir as mulheres que não amavam todas as crianças igualmente, mas agora ele sabia que estava errado.

O que a equipe *não* sabia, no entanto, era como o homem escolhia as mulheres entre tantas em Estocolmo que realizaram abortos e depois acabavam tendo filhos. Será que o criminoso era o pai das crianças "rejeitadas"? Não parecia muito provável. De alguma maneira o assassino esteve presente na vida dessas mulheres quando elas realizaram o aborto, ou ainda estava. Ele podia ser médico, por exemplo. Ou então teve contato com o nome delas depois, em prontuários ou coisas do tipo. Nesse caso, ele nem as teria conhecido na época dos abortos.

Peder suspirou. As possibilidades eram praticamente infinitas.

Obstinado, voltou a olhar as anotações.

Várias coisas indicavam que o criminoso poderia estar ligado a algum ambiente médico, como um hospital: os traços de talco de luvas de hospital, as drogas às quais ele parecia ter acesso, como sedativos e outras substâncias mais letais.

Peder refletiu. Os medicamentos não eram tão incomuns assim. Certamente podiam ser encontrados em qualquer hospital da Suécia, mas nem todos os hospitais tinham em sua equipe membros que foram presos por graves crimes de violência. Será que alguém já tinha checado essas coisas? Se sim, será que o homem poderia estar trabalhando num hospital usando identidade falsa?

Peder duvidou. Com certeza os hospitais prestavam atenção nessas coisas antes de contratar. A não ser que o sujeito tivesse mudado de nome legalmente.

Peder leu e releu as informações enquanto a frase "Deve ter algum jeito de verificar isso" ecoava em sua cabeça. Virou um mantra, uma boia na qual ele se segurava. Lá fora, em algum lugar, estava o homem que eles procuravam. Só precisavam encontrá-lo...

Ele não fazia ideia de quanto tempo passou sentado ali, preso em seus pensamentos, quando Fredrika telefonou para confirmar o que todos suspeitavam: Magdalena Gregersdotter também tivera um aborto anos atrás. Para Peder, a ligação com o banheiro em Bromma era trágica e fascinante ao mesmo tempo.

Meia hora depois, Fredrika entrou na sala dele. Parecia diferente, de calça *jeans*, jaqueta e uma blusinha simples por baixo, sem mangas. O cabelo estava preso num rabo de cavalo e ela estava praticamente sem nenhuma maquiagem. Para Peder, estava muito bonita.

– Você tem um tempinho? – perguntou Fredrika.

– Claro – respondeu ele.

Fredrika se sentou do outro lado da mesa. Tinha uma pilha de papéis na mão.

– Os hospitais me mandaram por fax o prontuário das mulheres – disse ela, acenando com os papéis. – Da época dos abortos.

Peder se sentiu revigorado.

– Você também está achando que o assassino trabalha num hospital?

– Acho que ele trabalha, ou trabalhou, no sistema de saúde – disse Fredrika, com cuidado. – E acho que foi aí que as mulheres o conheceram. Não creio que elas tenham *necessariamente* se encontrado com ele, mas acho bem provável. E penso que não se lembram dele hoje porque seu papel no tratamento foi muito pequeno.

– Um sujeito às margens – murmurou Peder.

– Exatamente – disse Fredrika, entregando para Peder metade dos papéis. – Podemos fazer isso juntos enquanto Ellen verifica os registros? Quem sabe encontramos aqui o atalho que estamos buscando...

A sala foi ficando cada vez mais quente. Ellen tinha a sensação de que o desodorante usado de manhã evaporava com o suor que lhe pinicava a pele. Sabia que o suor era sinal de nervosismo, pois sempre transpirava nessas horas.

Por que ainda não tinha tido notícias de Carl? E por que tinha decidido esperar até a noite para ligar para os hospitais? Era tempo demais para esperar.

Estava quase chorando de tão ansiosa. O que será que acontecera? Passou os dedos no buquê de flores que Carl lhe enviara uns dias antes. Ela tinha tanto amor para dar, mas por que precisava ser tão difícil?

"Estou muito instável emocionalmente", pensou Ellen com um sorriso, embora fosse cada vez mais difícil admitir que tudo aquilo era uma coincidência.

Então sentiu a ansiedade e a melancolia se transformando em frustração. Não ter notícias de Carl era uma coisa, mas por que as crianças não respondiam suas mensagens de texto? Será que não entendiam que estava preocupada?

Já havia passado boa parte da manhã; Ellen tinha certeza que as crianças já estavam acordadas. Pegou o telefone de mesa e tentou telefonar para casa. Ninguém atendeu, mesmo depois de uns vinte toques.

A ansiedade a remoía por dentro. As crianças não estariam dormindo às onze da manhã e dificilmente teriam saído de casa. Ou será que o estresse a fizera se esquecer de alguma atividade que eles tinham programado? Talvez uma apresentação de ginástica ou treino de futebol?

Tentou se concentrar um pouco. Ainda estava esperando os dados que Peder solicitou. Depois de alguns minutos, telefonou de novo para casa. Ninguém atendeu. Ligou para os celulares das crianças. Ninguém atendeu.

Permaneceu sentada na cadeira, em silêncio. Estava preocupada com as crianças, estava preocupada com a falta de notícias de Carl. Olhou para as flores sobre a mesa. Pensou em todas as confidências que havia trocado com Carl. Ele havia dito que ela era muito importante para ele. E também havia dito: "Você me dá tudo que preciso".

Nesse instante, Ellen percebeu como tudo se encaixava. A preocupação e a irritação deram lugar a um ataque de pânico. Estava aterrorizada.

PEDER E FREDRIKA ATRAVESSARAM o batente da porta logo depois que Alex os chamou pelo telefone. Quase não deu tempo de desligar. Pareciam dois colegiais, um do lado do outro. Alex sorriu.

– Suponho que vocês já sabem da boa notícia?

Peder e Fredrika trocaram olhares.

– Que nós o pegamos! – esclareceu Alex.

– Mas como? – perguntou Fredrika.

– Simples – disse Alex, radiante. – Ele tentou pegar um avião de Copenhagen para a Tailândia e foi detido no controle de passaportes. Foi excelente a ajuda que tivemos da Interpol para bloquear o passaporte dele.

– Perdão, mas de quem você está falando? – perguntou Peder, confuso.

Alex franziu a testa.

– Gabriel Sebastiansson, é claro.

Fredrika deixou escapar um forte suspiro e foi obrigada a se jogar na cadeira de visitas.

– A gente achou que você estava falando do assassino – disse ela, com a respiração presa.

– Não, não – disse Alex, irritado. – A gente nem conseguiu identificá-lo ainda.

Peder e Fredrika trocaram olhares de novo.

– Acho que conseguimos sim – disse Peder.

Alex fez um gesto para que ele se sentasse na outra cadeira.

Fredrika estava abrindo a boca para dizer alguma coisa quando Ellen entrou correndo.

– Desculpem – disse ela, em choque –, mas preciso ir em casa rapidinho. Não vou demorar.

– O que aconteceu? – perguntou Alex, preocupado. – Nós precisamos de você aqui.

– Eu sei – disse Ellen, suspirando. – Mas meus filhos não atendem o telefone e eles não estão acostumados a ficar sozinhos em casa. Liguei para o pai deles e para os amiguinhos onde vão de vez em quando. Ninguém sabe deles. Só quero ver se está tudo bem e dar uma bronca por não atenderem o telefone quando a mãe liga, preocupada.

– Tudo bem, mas volte correndo – disse Alex.

Alex também tinha filhos. Teria feito exatamente a mesma coisa no lugar de Ellen e com certeza daria uma bronca daquelas, sem pensar duas vezes.

– Diga que da próxima vez quem vai atrás deles sou eu! – gritou Peder logo depois que ela saiu.

Depois voltou suas atenções para Fredrika e Peder.

– Nós achamos que ele é psicólogo, como disse para Nora e Jelena – começou Fredrika, com os olhos brilhando.

– E achamos que foi o trabalho dele como psicólogo que o colocou em contato com as mães das crianças que ele matou – completou Peder.

Alex esperava que não o enlouquecessem falando assim, em turnos. Ele acabaria confuso.

– É um procedimento padrão que as mulheres passem por orientação psicológica quando abortam – explicou Fredrika. – E encontramos registros nos dois hospitais de que elas aceitaram se consultar.

Fredrika folheou os papéis que tinha em mãos.

– Segundo esta ficha, Magdalena Gregersdotter se consultou com um estudante de psicologia que estava de plantão no hospital de Söder na época. Por causa do trauma resultante das complicações que ela teve depois do aborto, ela também se consultou com um psicólogo profissional algum tempo depois, mas, de início, enquanto eles achavam que tinha corrido tudo bem com o aborto, ela conversou com um rapaz que fazia estágio. Segundo os registros, o nome dele era David Stenman.

Alex franziu a testa. “David?”

– O aborto de Sara Sebastiansson foi realizado alguns anos depois, em Umeå. Ela também teve orientação psicológica – continuou Fredrika. – De acordo com o arquivo, ela visitou um psicólogo, mas não há o nome dele aqui, só as iniciais: DS. Eu liguei para o hospital em Umeå e eles confirmaram que é a mesma pessoa.

Alex olhou para ela, depois para Peder.

– Ellen te passou uma lista de possíveis suspeitos encontrados nos nossos arquivos? – perguntou Alex.

– Não – respondeu Peder. – Mas nós procuramos por David Stenman no cadastro de pessoas físicas e não encontramos nada.

– Mas descobrimos que ele tem ficha na polícia – interpôs Fredrika. – Nós recebemos uma cópia da ficha dele, por fax. Foi internado no início de 2000 num manicômio judiciário por provocar um incêndio e liberado no final do ano passado. Havia uma circunstância atenuante: a pessoa que morreu no incêndio era avó dele, por quem ele foi criado em condições terríveis. Por exemplo, ela costumava queimá-lo com fósforos para puni-lo por coisas erradas.

– E agora ele está punindo as outras da mesma maneira – disse Alex, com a voz calma.

– Exatamente – disse Peder. – Há outros detalhes interessantes, como o fato de que não era para ele ter nascido. A mãe dele era viciada e tentou abortar com uma agulha de tricô.

– Por isso o ódio pelas mulheres que escolhem cometer um pecado, aos olhos dele – disse Alex sem muitos rodeios, inclinando-se sobre a mesa. – Mas se vocês descobriram que ele tem ficha criminal, não conseguiram o número da identidade para verificar nos registros? Talvez ele tenha mudado de nome...

– Foi exatamente isso que ele fez quando foi liberado – disse Fredrika, colocando sobre a mesa uma folha impressa da tela do computador. – Ele mudou o nome para Aron Steen. De acordo com o cadastro nacional, ele mora em Midsommarkransen. Consegui também uma antiga foto do passaporte, veja.

Fredrika colocou outra folha sobre a mesa.

Alex sentiu o coração acelerar quando olhou a fotografia de um sujeito bem atraente.

– O que acha, Alex? – perguntou Peder, inquieto.

– Acho que encontramos o maldito – respondeu Alex, com um sorrisinho no canto da boca, batendo a palma de uma mão contra a outra. – Muito bem! Sugiro que a gente faça o seguinte. Peder, chame as viaturas e mande os policiais para esse endereço agora mesmo. Se tivermos sorte, ele não desconfiou que estávamos chegando perto e não teve tempo de se esconder.

Alex limpou a garganta e prosseguiu.

– Juntem todas as informações possíveis de se conseguir sobre esse sujeito num domingo. Conversem com Sara e Magdalena de novo, se precisar, para ver se elas se lembram dele. Precisamos ser minuciosos e verificar cada passo que ele deu depois de ser solto, e não se esqueçam de falar com o promotor o mais rápido possível. Vejam quem está de plantão hoje. E verifiquem a lista de Ellen assim que ela voltar. Não quero excluir a possibilidade de que seja outra pessoa que esteja nos nossos arquivos.

Fredrika e Peder assentiram, mal conseguindo se conter. Até Fredrika foi tomada pela empolgação dessa vez.

– Nós conseguimos encontrar a pessoa responsável pela condicional dele – disse Fredrika. – Nosso amigo Aron Steen tem se comportado impecavelmente desde que foi liberado e até conseguiu um emprego. Numa empresa de limpeza. Não me surpreenderia se essa empresa tiver algum contrato com hospitais nos últimos meses. Assim saberíamos onde ele conseguiu as luvas cirúrgicas e o medicamento.

Fredrika sorria enquanto falava. Tinha a voz firme e esbanjava energia.

"Está no sangue dela", pensou Alex. "Eu estava errado, e ela também. Ela se ilude quando diz que não tem fome pelo trabalho".

Eles ouviram passos apressados no corredor. Ellen apareceu na porta com o rosto avermelhado.

– Da próxima vez esqueço a cabeça – disse ela, nitidamente sob pressão. – Deixei a chave do carro na sala.

Ela parou quando viu a expressão de alegria de todos.

– O que houve?

A pergunta fez todos começarem a rir. Era a gargalhada de alívio, dizia Alex.

– Acho que o encontramos, Ellen – disse ele, com um sorriso no rosto.

– Tem certeza? – perguntou Ellen, agora pálida.

– Bem – disse Alex. – Nunca temos cem por cento de certeza, mas estamos quase lá, tenho certeza.

Ele puxou a folha de papel com a fotografia do passaporte e esticou o braço, mostrando para Ellen.

– Permita que eu lhe apresente... – começou ele. – Qual o nome do sujeito mesmo? – perguntou, irritado.

Fredrika e Peder sorriram.

– Bom, se você não presta atenção no que a gente diz, é melhor começar a falar com outro chefe – suspirou Peder, abrindo os braços num gesto teatral.

Ninguém notou como Ellen reagiu quando deu dois passos para a frente e olhou o homem na foto. Ninguém notou que o rosto dela ficou vermelho e ela piscava, tentando espalhar as lágrimas que lhe embaçaram a visão. Mas todos escutaram o murmúrio:

– Graças a Deus.

Todos fizeram silêncio.

Ela apontou para a foto com a mão trêmula.

– Por um momento eu achei que... achei que fosse o homem que... – Ela deu uma risada. – É cada ideia que a gente tem de vez em quando – disse ela, soluçando e sorrindo ao mesmo tempo.

Então o celular dela tocou. O filho falou do outro lado, com a voz trêmula.

– Mãe, vem pra casa agora.

– O que aconteceu, meu amor? – perguntou Ellen, ainda com um sorriso nos lábios.

– Mãe, vem pra casa, por favor – repetiu o filho, nervoso. – Ele falou que você tem que vir agora, o mais rápido que puder. Parece que ele está passando muito mal.

QUANDO A ÚLTIMA CRIANÇA DESAPARECEU, fazia um dia claro e ensolarado. Eles receberam a notícia enquanto se preparavam para capturar Aron Steen.

Alex saiu correndo pelo corredor e encontrou Fredrika e Peder no Covil. Peder estava colocando o colete à prova de balas, enquanto Fredrika, séria, mexia com uns papéis.

– Ele pegou outra criança – disse Alex. – Um garoto de quatro anos desapareceu num parquinho em Midsommarkransen, perto de onde ele mora, há meia hora. Os pais ligaram e disseram que encontraram as roupas do menino e talvez algumas mechas do cabelo dele debaixo de uma árvore no canto do parque.

– Mas a casa dele está sendo vigiada – exclamou Peder. – Os policiais disseram que o viram na janela do apartamento e que ele não saiu de lá.

– Pelo visto, saiu sim – disse Alex –, porque outra criança desapareceu.

– Ele não pode ter ido muito longe – disse Fredrika, mexendo, nervosa, num pedaço de papel.

– Não, acho que não – disse Alex, apressado. – E dessa vez ele devia estar com muita pressa. Ele simplesmente jogou roupas emboladas no chão e não chegou a raspar a cabeça do garoto, só cortou algumas mechas.

– Ele sabe que estamos atrás dele – disse Peder, resoluto, prendendo a arma no cinto.

Fredrika olhou desconfiada para a arma, mas não disse nada.

– O que fazemos agora? – perguntou ela.

– Seguimos com a operação do jeito que planejamos – disse Alex, com a voz firme. – Precisamos entrar no apartamento e ver se encontramos alguma pista do lugar para onde ele levou o menino, mas ele não vai muito longe, como eu disse. Já colocamos barreiras em todas as saídas da cidade, e emitimos um alerta nacional.

Fredrika parecia confusa.

– Imagino que vamos conversar com os pais do menino – disse ela. – Para saber as circunstâncias do sequestro, quero dizer.

– Sim, claro – respondeu Alex. – Já temos dois detetives no local. Dessa vez nós sabemos o que estamos procurando. Precisamos saber onde aconteceu o aborto da mãe e precisamos estar lá quando ele aparecer com a criança.

Fredrika assentiu, mas continuava com a sobrancelha erguida.

– Se não for tarde demais. Se ele está tão apressado assim, o menino já pode ter morrido. Não podemos eliminar essa possibilidade.

Alex engoliu em seco.

– Não, claro que não – disse ele. – Mas podemos fazer tudo para evitar que isso aconteça.

Peder estava pensando.

– E se ele souber que estamos atrás dele? – começou, hesitante.

– Sim?

– Ou ele perdeu a cabeça, como estamos imaginando, e nesse caso já matou o menino, mesmo que tenha planejado uma ação mais organizada, mas ele também pode ser um cara racional e, nesse caso, não vai se livrar do corpo tão rápido.

– E vai usá-lo para negociar sua liberdade – acrescentou Alex.

– Exatamente – disse Peder.

O silêncio tomou conta da sala.

– Por sinal, alguém teve notícias de Ellen? – perguntou Fredrika.

Alex balançou a cabeça.

– Ela insistiu que queria ir sozinha, disse que estava tudo bem, mas eu mandei uma viatura junto. Alguma coisa estava estranha naquela história.

Alguns raios de sol brilhantes começaram a entrar, espalhando calor. Montículos de poeira rolavam pelo chão. O ar-condicionado ganhou vida.

Passos rápidos foram ouvidos pelo corredor. Um jovem investigador entrou correndo e gritou:

– A equipe de vigilância na casa de Steen acabou de ligar. Ele voltou para casa.

– Quem voltou para casa? – perguntou Alex, irritado.

– Aron Steen. Ele acabou de voltar para o apartamento.

– E o menino? – perguntou Peder.

– Ele estava carregando o menino no colo, nu. Como se soubesse que estávamos vigiando, mas não estava nem aí.

Durante algumas horas, Ellen acreditou que não tivera notícias de Carl simplesmente porque ele era o assassino que a polícia estava procurando. E que seus filhos não atendiam o telefone porque Carl os havia sequestrado, mas não foi nada disso que aconteceu.

Ellen não conseguia entender como acabou deixando sua vida pessoal tão misturada com o trabalho. Quando foi que perdeu o controle da própria imaginação? Quando foi que o trabalho tomou conta de sua existência a ponto de invadir outras coisas importantes?

"Preciso pensar nisso", concluiu Ellen. "Preciso descobrir o que é realmente importante para mim".

As crianças não atenderam o telefone porque estavam tomando café da manhã na casa do vizinho e esqueceram os celulares em casa. Simples assim.

Mas quanto a Carl...

Ellen olhou de soslaio para ele enquanto se sentava no chão da sala. As crianças foram imediatamente para o quarto quando ela chegara.

– Ele estava sentado na escada quando voltamos do café – disse a filha de Ellen, apontando com a cabeça para Carl, sentado no último degrau, com as pernas esticadas. – Conversa com ele, acho que está confuso.

Ellen estava em dúvida. Será que deixava ele entrar?

Uma viatura passou devagar e parou na porta.

Ellen convidou Carl para entrar, mas deixou a porta aberta. A viatura continuou esperando.

A primeira coisa que Carl fez foi se jogar no antigo sofá de Ellen e começar a chorar. Ellen resolveu se sentar no chão, um pouco distante, e assim ficaram os dois.

A vida era imprevisível de uma maneira peculiar. Quem podia imaginar que aquele homem sério e contido, que sempre escolhia as palavras cuidadosamente e sempre parecia tão forte, sofreria um colapso tão natural? Como Ellen não sabia o que dizer em situações desse tipo, continuou calada. Escutou o filho conversando no telefone dentro do quarto fechado, e a filha tocando guitarra.

– Eu sou casado.

Ellen levou um susto quando Carl interrompeu o silêncio.

– Eu sou casado – repetiu ele.

– Mas... – começou Ellen.

– Eu disse que era solteiro, mas menti. Sou casado há quinze anos e temos dois filhos. Moramos numa casa em Borås.

Ellen balançou a cabeça lentamente.

Uma batida na porta da frente os interrompeu.

Um policial de uniforme entrou na sala.

– Está tudo bem? – perguntou ele.

Ellen assentiu.

– Se estiver tudo bem, nós vamos embora – disse ele, hesitante.

– Tudo bem – disse ela, com a voz monótona. – Está tudo bem.

O policial saiu e fechou a porta da frente.

A filha tocava os primeiros acordes de "Layla"; o filho deu uma risada alta no telefone.

"Que estranho, tudo continua como se nada tivesse acontecido."

– Por isso eu não quis conhecer sua família, Ellen – disse Carl, com a voz mais suave.

Secou o nariz num lenço com suas iniciais bordadas na ponta. Será que a esposa dele gostava tanto assim de costurar?

– Eu estava com muitas dúvidas, Ellen – disse ele, suspirando. – Sobre nós. Sobre o que havia entre nós, sobre o que poderia acontecer. Se eu era corajoso o suficiente.

Ellen estufava e relaxava o peito, como se tentasse respirar sem que o ar lhe enchesse os pulmões.

– Corajoso o suficiente para quê? – perguntou, em voz baixa. – Corajoso para *fazer o quê*?

– O que acabei de fazer. Deixar minha família.

Ellen se deu conta de que, durante a conversa, não deixou de olhar um segundo para os olhos dele.

Carl começou a falar mais rápido.

– Eu sei que fiz tudo errado. Sei que meu comportamento foi péssimo. E sei que você ficava imaginando coisas quando eu não atendia suas ligações, mas, mesmo assim, preciso saber...

Silêncio de novo. Silêncio além da guitarra tocando Eric Clapton e das risadas ao telefone.

– Ainda preciso saber se você acha... se você acha que a gente podia tentar...

Ellen olhou para os olhos escuros dele. Por um breve momento, enxergou nele a mesma pessoa que havia visto quando se conheceram. Um cara íntegro e cheio de vida.

Mas isso tinha sido antes. O que ela poderia esperar daquele outro homem que agora estava na frente dela?

– Não sei, Carl – sussurrou. – Simplesmente não sei.

A PORTA DO APARTAMENTO de Aron Steen estava entreaberta quando a tropa de elite da Piketen entrou. Alex e Peder ficaram na retaguarda, com as armas já engatilhadas. Fredrika ficou no Casarão. Alex não queria se responsabilizar por civis desarmados numa situação crítica como essa.

– Aron Steen – gritou Alex, imperativo.

Nenhuma resposta.

Os oficiais deram um chute na porta, que se abriu de uma vez.

Nada à direita, nada à esquerda.

A tropa entrou no apartamento e seguiu por um corredor sombrio, com paredes escuras e lisas, sem decoração nenhuma.

Um cheiro cáustico invadiu as narinas de Alex.

Gasolina. *O apartamento fedia a gasolina.*

Eles o encontraram na cozinha. Estava sentado tranquilamente numa cadeira com o garoto nos braços, inconsciente, embebido em gasolina, e um isqueiro na mão.

Os oficiais começaram a falar em voz baixa: "Fique calmo" e "Não entrem, tem gasolina espalhada no chão".

Eles não entraram na cozinha.

Alex também não.

Baixou a arma e ficou lá, hesitando com o corpo no batente da porta que separava o final do corredor e o início da cozinha. O limite onde acabava o território de Alex e começava o de Aron Steen.

– Finalmente nos conhecemos, Alexander – disse ele, quebrando a tensão do silêncio.

– Finalmente – disse Alex, com calma.

Aron mexeu as pernas, mudando o menino de posição. A tropa monitorava cada movimento dele. Aron sorriu de novo.

– Acho que podemos resolver isso sem violência desnecessária – disse ele, inclinando a cabeça. – Pode pedir para seus colegas esperarem lá fora, Alex? Para conversarmos em paz.

Era a voz de um professor. Ele falava como se Alex fosse uma criança, um aluno seu. Alex sentiu uma onda de fúria. Aron Steen não tinha nada para lhe ensinar; que isso ficasse bem claro.

De repente Peder apareceu colado ao ombro de Alex, com a arma na mão. Alex acenou para que ele se afastasse e levasse todos os homens para fora. De lá eles continuariam acompanhando a situação, mas de maneira menos invasiva.

Aron os observou sair. Tinha um sorriso no rosto, mas os olhos inflamados.

– O fogo tem algo de especial, não acha? – sussurrou ele, passando o dedo no isqueiro. – Aprendi isso quando era muito pequeno.

Alex se manteve à distância e questionaria o motivo de ter agido assim, algum tempo depois.

Aron olhou para Alex e para os homens atrás dele, mais ao fundo.

– Troco o menino pela minha saída do país.

Alex assentiu demoradamente.

– OK.

– Vai ser desse jeito – continuou Aron Steen, com a voz suave. – Eu saio do apartamento com o garoto, entro no carro e vou embora. Vocês *não vão* me seguir. Depois eu telefono e digo onde o menino está.

Raios de sol dançavam no parapeito da janela atrás de Aron e o menino. Alex deixou o olhar seguir os raios, depois olhou de volta para Alex.

– Não – disse ele.

Aron pareceu surpreso.

– Não? – repetiu ele.

– Não – disse Alex. – O menino não vai sair do apartamento.

– Então ele vai morrer – disse Aron, tranquilamente.

– Isso se ele continuar com você – desafiou Alex com a mesma tranquilidade de Aron. – Por isso não podemos deixá-lo com você.

Aron parecia nervoso.

– Mas por que eu o mataria? Já disse, quero trocar o menino pela minha saída do país.

– E eu disse OK – respondeu Alex. – Mas a troca acontece aqui. Você me dá o garoto e nós saímos do apartamento.

Aron deu uma risada tão alta e levantou-se tão rápido da cadeira que Alex deu um passo para trás. Os oficiais da tropa avançaram pelo corredor e pararam. Uma sensação de absoluta segurança atravessou o corpo de Alex, juntamente com a energia da tropa atrás dele. Era como se a presença dos oficiais fizesse toda a diferença.

– Eu te mostrei como trabalho, não mostrei? – perguntou Aron, levantando a voz. – Não mostrei a precisão de como realizo meu trabalho?

Alex prestou atenção no tom de voz mais alto de Aron e se preocupou. Era fundamental para a segurança de todos que ninguém se exaltasse.

– Nós percebemos seu jeito de trabalhar – disse ele, tranquilo. – E ficamos muito impressionados, é claro.

– Não tente me enganar – sussurrou Aron.

Mas funcionou.

Aron se sentou de novo.

O menino estava pesado e mole no colo dele, e a gasolina o deixava todo escorregadio. Alex viu como as gotas do combustível pingavam do nariz do menino. Aron se mexeu na cadeira, ajeitando-o no colo.

A cabeça de Alex começou a doer por causa do cheiro da gasolina.

Ele abriu a boca para dizer alguma coisa, mas Aron foi mais rápido.

– Eu e o menino saímos juntos do apartamento; do contrário, não tem negociação – disse ele, em voz baixa.

– Nós podemos negociar – disse Alex, agachando-se no chão. – Nós dois sabemos muito bem o que queremos. Eu quero o garoto e você quer sua liberdade.

Alex abriu os braços num gesto de apelo.

– Acho que conseguimos chegar num acordo, não é?

– Certamente – disse Aron, sereno.

Houve um momento de silêncio. Uma nuvem passou na frente do sol. O apartamento foi tomado pela sombra.

– Mas o garoto não pode sair do apartamento? – disse Aron, finalmente.

Alex balançou a cabeça.

– Não, não pode.

Passeou os olhos pelo lugar. A única saída era pela porta onde Alex estava parado. Uma ansiedade imensa atravessou o ambiente cheio de gasolina e se apoderou de Alex. Por que Aron não estava sentado com o garoto na sala? Havia uma porta que dava para uma varanda que não estava sendo vigiada, e ele podia fugir por ali. *Por que ele mesmo se encurralou?*

Aron deu a resposta para a pergunta silenciosa de Alex.

– Justamente como eu pensei – disse Aron, com um sorriso. – Você nunca ia me deixar sair do apartamento.

Antes que Alex pudesse responder, Aron acendeu o isqueiro e num segundo toda a cozinha estava em chamas.

PARTE III

Sinais de recuperação

FINAL DE SETEMBRO

O OUTONO JÁ COMEÇAVA a dar seus primeiros sinais, sem que o verão tivesse realmente chegado. Foi quando finalmente parou de chover. O céu estava limpo, sem nuvens, mas as tardes eram cada vez mais frias, e as noites caíam cada vez mais cedo.

Alex Recht voltou a trabalhar na terceira semana de setembro. Parou na porta de sua sala e sorriu. Era bom estar de volta.

Na salinha dos funcionários, todos comemoravam o retorno de Alex, esperando-o com bolo e café pronto. O chefe fez um rápido discurso. Agradeceu com uma mesura, aceitou as flores e disse "obrigado".

Sozinho na sala algum tempo depois, não conseguiu evitar algumas lágrimas. Era muito bom estar de volta.

Suas mãos estavam se recuperando mais rápido que o esperado, e os médicos prometeram que ele logo recuperaria o movimento total nas duas.

Talvez pela milésima vez, Alex inspecionou novamente as cicatrizes que lhe adornavam as costas e as palmas das mãos. Uma pele fina, com manchas irregulares em vários tons de rosa, cobria suas mãos e se espalhava até os pulsos.

Estava surpreso por não lembrar de sentir dor enquanto suas mãos pegavam fogo. Ele se lembrava de tudo: da cozinha de Aron Steen se transformando num inferno em chamas; de Aron sentado na cadeira, envolto em chamas, com o garoto pegando fogo no colo. Alex se lembrava de ter se jogado no meio das chamas para tirar o garoto dos braços de Aron. E se lembrava dos próprios gritos, que ecoavam em sua mente:

– Saiam da frente! O garoto está pegando fogo!

O garoto estava mesmo pegando fogo. O fogo era tanto que Alex sequer percebeu que ele também estava pegando fogo. Saiu correndo com o garoto, o colocou no chão da entrada e começou a rolar por cima dele para apagar as chamas. Peder veio correndo com uma toalha de banho e a jogou sobre Alex, tentando enrolar as mãos dele. O fogo estalava e crepitava, queimando tudo.

A tropa invadiu a cozinha com um tapete que estava na entrada ou que ficava no banheiro e um monte de toalhas para se proteger do fogo.

Era impossível chegar até a mesa onde Aron Steen queimava como uma tocha. Ruído nenhum escapava de sua boca enquanto o fogo o consumia. Essa cena, como ficaria claro algum tempo depois, era a que mais aparecia nos pesadelos da equipe envolvida na operação. O homem em chamas, imóvel, sentado à mesa da cozinha.

Um vizinho que escutou todo o barulho chegou correndo com um extintor de incêndio, usado para conter o fogo até a chegada do corpo de bombeiros e da ambulância. Até lá, no entanto, havia uma pessoa morta e um garoto com queimaduras sérias no corpo todo. A equipe da ambulância encontrou Alex no banheiro, tentando aliviar os ferimentos das mãos com água corrente.

Alex tinha dificuldades de se lembrar do que acontecera depois disso. Sabia que passou vários dias sedado. Sabia que sentiu uma dor infernal quando voltou a si. Porém, quando a recuperação começou, as coisas também começaram a melhorar, mais até que o esperado.

Durante o tempo em que Alex estava de licença, a imprensa não fez outra coisa a não ser escrever sobre o caso. Diversos jornais publicaram detalhes do assassinato das crianças e de Nora, em Jönköping. Havia cronologias, mapas com setas e linhas vermelhas, contando a história inúmeras vezes.

Alex leu todos eles. Principalmente porque não tinha coisa melhor para fazer, como dizia.

O destino de Nora e Jelena foi recontado de diversas maneiras. A imprensa encontrou supostos parentes das moças, pessoas que nunca tiveram contato nenhum com elas, mas estavam loucas para sair nos jornais. Antigos colegas de escola contaram histórias estranhas da época de estudantes, e os artigos traziam falas de professores e até de antigos empregadores que foram localizados e entrevistados.

O trabalho da polícia também foi colocado à prova. Será que a polícia não podia ter agido antes? Como a polícia não conseguiu identificar o assassino mais cedo? Diversos especialistas deram suas opiniões. Muitos disseram que a polícia tinha feito uma bagunça com o que basicamente era "uma investigação muito simples", enquanto outros defenderam a ideia razoável de que a polícia agiu certo ao procurar o pai de Lilian Sebastiansson como principal suspeito. Havia sido o certo, mesmo que tivesse custado um tempo valioso.

Todavia, a crítica foi mais pesada em relação à abordagem da polícia no apartamento de Aron Steen em Midsommarkransen. Alguns disseram que a polícia devia ter saído assim que sentiu o cheiro de gasolina e depois voltado com cobertores e extintores. Outros achavam que eles não tinham que tentar um diálogo com Aron Steen, mas sim impedi-lo de agir com um tiro dado pela janela, pois ele estava bem diante dela.

Nenhum desses supostos especialistas estava presente na abordagem, entretanto. Alex, ao contrário, estava. E sustentaria até a morte que a abordagem não poderia ter sido feita de outra maneira. Se eles tivessem sinalizado presença e depois voltado para buscar o equipamento de incêndio, a vida do garoto correria muito mais risco. A partir do momento em que entraram no prédio, só havia uma direção a seguir: adiante.

Os artigos que Alex conseguiu ler com interesse e sem se irritar foram as páginas duplas sobre o assassino. Nessas matérias, os jornais tiveram um cuidado maior de trazer informações de fundo e documentar o texto, tornando a leitura mais satisfatória. Para Alex, todas as matérias indicavam que os jornalistas não sabiam o que estavam fazendo. Era impossível relatar a trágica história de Aron Steen sem que houvesse um tom compassivo e compreensivo nas palavras. Não era perdão, destacavam eles; era compreensão.

"A verdade é que Aron nunca teve uma oportunidade", pensou Alex. Ainda bebê, era terrivelmente maltratado pela avó, que passaria anos menosprezando-o como ser humano, confundindo o conceito de certo e errado e impedindo-o de desenvolver o sentimento mais básico de empatia. Ele aparecia na escola com roupas imundas, parecendo um selvagem raivoso, dia após dia. Fedia ao cigarro que a avó fumava. As outras crianças implicavam com ele, chamando-o de menininha da vovó. Era tão magro e tinha o cabelo tão comprido que era difícil saber se era menino ou menina, diziam. Os mais cruéis se inspiravam no cheiro de fumaça e na aparência malcuidada e o chamavam de Cinderela.

Ele já estava com quinze anos quando o serviço de assistência social finalmente interveio e o levou para um orfanato. A avó não hesitou em culpá-lo pela morte da mãe, filha dela, e disse às assistentes sociais que não entendia como acreditavam que um garoto como ele se transformaria numa pessoa normal.

A princípio, pareceu que a avó de Aron Steen estava errada. Ele terminou os estudos, entrou na universidade, formou-se como psicólogo e tornou-se independente, mas os sinais de desequilíbrio continuavam presentes. A professora do jardim de infância dissera que, desde muito jovem, ele adorava provocar dor nos animais. Achava difícil fazer amigos e manter amizades, embora fosse expansivo e se expressasse muito bem verbalmente. Na vida adulta, era considerado um sujeito bonito, o que o ajudava em termos sociais.

Tinha dificuldades de se adaptar aos trabalhos e mudava constantemente de emprego. Estava sempre se mudando e era visto pelos outros como uma pessoa inquieta.

Ele conheceu Nora quando voltou para Umeå, cidade onde fora criado, e trabalhava no hospital. Segundo os jornais, o término com Nora deve ter desencadeado uma crise psicótica, porque foi na mesma época que ele apareceu na casa da avó no meio da noite e colocou fogo em tudo, queimando-a viva na cama.

O resto, como diziam, era história. Alex havia conversado recentemente com os pais do garoto que Aron Steen usou como refém. O garoto se recuperava lentamente. Seus ferimentos eram muito mais graves que os de Alex, mas pelo menos ele estava vivo. Os pais lhe eram muito gratos. Só o tempo diria se o garoto sentiria a mesma gratidão por Alex.

Apesar de conseguirem identificar o assassino, muitas perguntas não foram respondidas pelo trabalho da polícia. Foi impossível dizer o local exato usado por Aron para matar as crianças. Provavelmente Lilian morreu no apartamento de Jelena, e Natalie, no de Aron, mas não havia provas. A investigação também não conseguiu descobrir por que Nora foi morta justo naquele momento. Quando eles conversaram com Jelena Scortz, ela disse que não sabia nada a respeito disso.

Quanto a Jelena, ela havia sido liberada do hospital e aguardava julgamento no presídio de Kronoberg. Ela negou todas as acusações, mas havia indícios técnicos que confirmavam a presença de Lilian no apartamento dela. A calcinha de Lilian fora encontrada numa sacola de plástico dentro de uma caçamba de lixo no subsolo do prédio de Jelena. Ela se recusou a explicar como a peça de roupa foi parar ali. Alex não sabia se sentia pena dela ou não.

Alex ligou o computador e passou as páginas do calendário sobre a mesa. Só trabalharia algumas semanas antes de visitar o filho na América do Sul com a esposa, Lena. Ele não tinha dúvidas de que seria uma viagem inesquecível.

Alex escutou uma batida discreta na porta.

Fredrika estava hesitante à porta, sem saber se entrava ou não.

– Pode entrar – disse Alex, com a voz cálida.

Fredrika entrou e se sentou na cadeira de visitas, sorrindo.

– Só queria saber como você está – disse ela. – Tudo bem?

Alex assentiu e sorriu.

– Quase muito bem, na verdade – disse ele. – E com você, tudo bem?

Foi a vez de Fredrika assentir. Sim, estava tudo bem.

– Como foram as férias? – perguntou Alex, parecendo realmente interessado.

Fredrika foi pega de surpresa pela pergunta. O verão e as férias já pareciam tão distantes. De todo modo, a pergunta lhe suscitou lembranças felizes da semana que ela e Spencer passaram juntos numa pequena pousada em Skagen, na Dinamarca.

Ela sorriu, ainda que seus olhos tenham ficado turvos.

– Minhas férias foram muito agradáveis – disse ela, enfaticamente.

As palavras lhe trouxeram a imagem de Spencer, sentado na areia, olhando o mar. O vento no rosto dele e as pálpebras semicerradas formando duas fendas estreitas, protegendo os olhos do sol.

"Isso é o melhor que teremos juntos, Fredrika", dissera Spencer.

"Eu sei", respondeu ela.

"Só não quero que você se sinta enganada", completara ele.

"Não se preocupe com isso. Sempre me senti segura ao seu lado."

E os dois continuaram lá, sentados na areia, observando o mar e as ondas enormes que perseguiam umas às outras, até que Fredrika, hesitante e morrendo de ansiedade, rompeu o silêncio:

"Por falar em enganar, eu preciso conversar com você sobre uma coisa..."

Alex limpou a garganta, despertando Fredrika do devaneio.

– Obrigado pelo CD que você mandou – disse ele. – Eu e Lena adoramos, estamos escutando todo dia.

– Ah, que bom que gostaram! – disse ela. – Eu também gosto muito de ouvi-lo.

De novo, o silêncio.

Alex se mexeu na cadeira e decidiu fazer uma pergunta mais importante e específica, mas Fredrika falou primeiro.

– Quando Peder volta?

Alex precisou pensar.

– Dia primeiro de novembro – disse ele. – A não ser que escolha ficar em casa só cuidando dos filhos.

Fredrika não segurou o sorriso.

Peder e Fredrika tinham reunido forças para concluir a investigação que começou quando Lilian Sebastiansson desapareceu de um trem na Estação Central de Estocolmo. O trabalho rendeu bons frutos e ajudou a fazer com que se respeitassem. Quando Peder saiu de licença-paternidade no início de agosto, os dois se despediram como bons colegas de trabalho.

Foi a última vez que se viram. Fredrika pensou algumas vezes em telefonar para ele, mas acabou não ligando. Talvez porque o encarasse apenas como um colega de trabalho e não um amigo, e agora já havia passado muito tempo para que um telefonema soasse natural.

Além disso, corria pelos corredores do Casarão o boato de que Peder estava "temporariamente" separado da esposa e que havia pedido para um amigo advogado cuidar dos papéis do divórcio e da divisão dos bens.

Trágico, pensava Fredrika.

Alex também pensava a mesma coisa.

Mas ninguém disse nada; preferiram deixar o assunto pairando no ar.

Para romper o silêncio mais uma vez, Alex fez a pergunta que tentara fazer antes.

– E você, Fredrika? Vai continuar aqui conosco?

Fredrika endireitou o corpo e olhou bem nos olhos de Alex.

– Sim – disse ela, tranquila. – Vou ficar.

Alex sorriu.

– Que bom! – disse ele, honestamente.

Mais um consenso que não precisava de palavras. Fredrika pensou rapidamente se aquele era o momento de dizer que, apesar de continuar com Alex, algumas coisas teriam de mudar. Algumas coisas relacionadas ao modo como o departamento valorizava suas habilidades e competências. A imprensa falou bastante do envolvimento de Fredrika na investigação, gerando uma discussão sobre a participação de civis na força policial. Fredrika recusou pelo menos dois convites para participar de debates na televisão. Ela não tinha a menor vontade de dar suas opiniões pessoais na televisão.

Fredrika concluiu que o assunto podia esperar. Era o primeiro dia de Alex de volta ao trabalho desde o incêndio; não parecia justo iniciar uma conversa tão séria naquele momento.

Além disso, havia uma outra coisa que ela precisava falar com ele.

– Preciso lhe dizer que devo tirar licença-maternidade no final de abril do ano que vem.

Alex levou um susto. Fredrika teve de morder o lábio inferior para segurar o riso.

– Licença-maternidade? – repetiu Alex, extasiado.

– Sim, eu vou ser mãe – disse Fredrika, sentindo o rosto ruborizar de orgulho.

– Meus parabéns! – disse ele, automaticamente.

Alex olhou para ela.

– Mas ainda não dá pra ver – Alex deixou escapar, vacilando.

Fredrika sorriu, dando margem para Alex cometer mais uma mancada.

– Você vai casar às pressas?

Dessa vez foi Fredrika quem vacilou e Alex fez um gesto defensivo com as mãos, dando a entender que retirava as próprias palavras. Fredrika começou a gargalhar sem querer.

"Casar às pressas! Até parece!", pensou ela, decidindo explicar.

– Não, infelizmente não. O pai da criança já é casado, entende?

Alex olhou para Fredrika com um sorriso sem graça, esperando que ela desmentisse o que acabou de dizer, mas ela não desmentiu.

Alex desviou os olhos e olhou para fora da janela.

"Acho que vai me fazer muito bem ir para a América do Sul", pensou ele.

AGRADECIMENTOS DA AUTORA

Como este é meu primeiro livro, provavelmente esta será a lista de agradecimentos mais longa que vou escrever na vida.

Seria impossível escrever este livro se eu não tivesse passado vinte anos me distraindo ao escrever contos e histórias intermináveis. Afinal de contas, é preciso começar em algum lugar. E o início, para mim, foi quando escrevi um livrinho de contos na escola, aos sete anos. Sou muito grata aos excelentes professores e professoras da escola primária que me ensinaram desde muito cedo a gostar de ler e escrever e nunca deixaram de me incentivar a escrever quando perceberam que era minha paixão: Kristina Göransson, Kristina Permer e Olle Holmberg.

Não tenho a menor noção de onde surgiu a ideia deste livro. Acho que como todas as minhas outras ideias: um dia ela simplesmente apareceu, implorando para ser escrita. Era agosto de 2007 e faltavam oito dias para minhas férias. Em janeiro de 2008, a primeira versão estava pronta. A sensação foi maravilhosa. Era a primeira vez que eu terminava um projeto de livro. Há muitas razões de ter sido um momento especial, e quero agradecer ao meu colega escritor, Staffan Malmberg, por uma delas. As palavras que ele me disse uma vez, "Você só precisa passar da página 90! Depois disso, vai conseguir escrever o quanto quiser!", me convenceram de que nem todas as histórias precisam acabar no fundo da gaveta como fragmentos de romances.

O livro é um romance policial, produto da minha imaginação. Pelo menos no que se refere à trama. Trabalho numa organização policial desde o final de 2005. Isso não faz de mim uma policial totalmente treinada, embora eu tenha aprendido muita coisa nesses anos. Portanto, devo agradecer a Sven-Åke e Patrik, que fizeram comentários muito úteis e divertidos no manuscrito, baseados em sua longa experiência na carreira policial, e que também me ensinaram o que eu precisava saber sobre a dura arte da investigação. Vocês dois, de maneiras diferentes, contribuem muito para a força policial da Suécia. Quaisquer erros (ou desvios dos procedimentos-padrão da polícia) que porventura permaneceram no texto são da minha total responsabilidade.

A tarefa da escrita, ao contrário do que pensam muitas pessoas, na verdade é uma parte muito pequena na produção do livro finalizado. Eu escrevo muito rápido, mas o restante do processo acontece num ritmo muito mais lento. Todo escritor acaba percebendo, mais cedo ou mais tarde, que Stephen King (esse gênio!) estava certo quando escreveu: "Escrever é humano. Editar é divino". E é na edição que, na maioria dos casos, o escritor precisa de mais ajuda – ajuda que tive, e da melhor qualidade.

Em primeiro lugar: muitíssimo obrigada à Editora Piratförlaget e sua incrível equipe, que acreditou em mim e decidiu publicar meu livro. Desde a primeira vez que entrei pela porta da editora, eu sabia que seria feliz com eles. Agradeço especialmente a Sofia Brattselius Thunfors e Anna Hirvi Sigurdsson. Sofia me apresentou o mundo editorial com muito entusiasmo e paciência e me guiou pelo processo que levou à publicação do livro, além de fazer comentários muito sólidos e construtivos sobre o manuscrito. Anna, com sua sensibilidade ímpar para a palavra escrita e o traço firme de sua caneta mágica, foi um verdadeiro amparo na revisão do texto.

Obrigada à minha insuperável cunhada, Caroline Ohlsson, que, além de me pedir para ser madrinha de sua primeira filha, Thelma, arrumou tempo, mesmo estando no último estágio da gravidez, para ler e comentar meu primeiro rascunho quase deplorável.

Muito obrigada, Helena Carrick, que leu o livro num estágio mais avançado e também contribuiu com comentários vitais. Uma leitora impecável, uma crítica perspicaz e, acima de tudo, uma amiga maravilhosa. É realmente um presente ter uma pessoa tão inspiradora e cheia de energia na minha vida.

Por fim, muito obrigada, Sofia Ekholm, que me mostrou o verdadeiro significado da lealdade sem limites e esteve presente em todas as ocasiões, me fazendo acreditar, através de suas palavras e ações, que isso é algo que eu posso fazer, e fazer *bem*. Você faz parte desse livro em muitos aspectos; sem você, tudo seria muito menos divertido.

Obrigada.

Kristina Ohlsson
Do meu escritório, Estocolmo, primavera de 2009

LEIA TAMBÉM

Silenciadas

Kristina Ohlsson

Quinze anos atrás: uma adolescente é surpreendida enquanto colhia flores para a celebração do solstício de verão e brutalmente violentada. No presente, um homem é morto em um atropelamento. Ele não tem nenhuma identificação e não é reportado como desaparecido. Ao mesmo tempo, um sacerdote e sua esposa são encontrados mortos em um aparente duplo suicídio. Fredrika Bergman, juntamente com a equipe de investigação de Alex Recht, é encarregada de casos aparentemente desconexos. A investigação leva a uma rede de contrabando de pessoas: um novo agente a operar rotas de imigração ilegal a partir de Bangkok, Tailândia. À medida que a polícia desmantela o esquema, começa a se revelar uma trilha que remonta à década de 1980, a um crime não denunciado, mas cujas consequências irão muito além do que qualquer um poderia esperar.

Desaparecidas

Kristina Ohlsson

A analista criminal Fredrika Bergman e a equipe do inspetor Alex Recht são designados para investigar o brutal homicídio de Rebecca Trolle, uma jovem desaparecida dois anos antes, vista pela última vez a caminho de uma festa. Seu corpo é localizado numa cova rasa em uma remota área florestal e algum tempo depois outras vítimas são encontradas no mesmo local. Fredrika descobre que, à época de sua morte, Rebecca estava fazendo uma pesquisa para sua monografia sobre uma figura pública – alguém com um passado obscuro. A investigadora está profundamente envolvida com o caso, que a essa altura já não é para estômagos fracos, mas quando o nome de seu companheiro entra para a lista de suspeitos, a provação poderá ser grande demais para ela suportar...

Este livro foi composto com tipografia Electra e impresso
em papel Off-White 70 g/m² na gráfica Assahi.